तसलीमा नसरीन

तसलीमा नसरीन सुख्यात लेखक और मानवतावादी विचारक हैं। अपने विचारों और लेखन के लिए उन्हें अकसर फ़तवों का सामना करना पड़ा है। विवादास्पद उपन्यास 'लज्जा' पर उन्हें उनके देश से निष्कासित कर दिया गया जहाँ वे 1994 से नहीं गईं। भारत समेत कई देशों से उन्हें विभिन्न सम्मानित पुरस्कारों और मानद उपाधियों से विभूषित किया जा चुका है। दुनिया की लगभग तीस भाषाओं में उनकी रचनाओं का अनुवाद हो चुका है।

उत्पल बैनर्जी

उत्पल बैनर्जी का जन्म 25 सितम्बर, 1967 का भोपाल, मध्य प्रदेश में हुआ। बांग्ला से हिन्दी में उनके द्वारा अनूदित एक दर्जन से अधिक कृतियाँ अब तक प्रकाशित हो चुकी हैं। राजकमल से प्रकाशित कृतियाँ हैं—'बेशरम', 'होने का दुख', 'निःशब्द की तर्जनी'। मौलिक कविताओं का एक संग्रह 'लोहा बहुत उदास है' नाम से प्रकाशित है। नॉर्थ कैरोलाइना स्थित अमेरिकन बायोग्राफ़िकल इंस्टीट्यूट के सलाहकार मंडल के मानद सदस्य तथा रिसर्च फ़ेलो हैं।

सम्प्रति : डेली कॉलेज, इन्दौर, मध्य प्रदेश में हिन्दी अध्यापन।

स्त्री
अधिकार और क़ानून

तसलीमा नसरीन

अनुवाद
उत्पल बैनर्जी

राजकमल पेपरबैक्स

राजकमल पेपरबैक्स में
पहला संस्करण : 2024
दूसरा संस्करण : 2026

राजकमल पेपरबैक्स : उत्कृष्ट साहित्य के जनसुलभ संस्करण

राजकमल प्रकाशन प्रा. लि.
1-बी, नेताजी सुभाष मार्ग, दरियागंज
नई दिल्ली-110 002
द्वारा प्रकाशित

शाखाएँ : अशोक राजपथ, साइंस कॉलेज के सामने, पटना-800 006
पहली मंजिल, दरबारी बिल्डिंग, महात्मा गांधी मार्ग, प्रयागराज-211 001
1, अनमोल सोराबजी सन्तुक लेन, धोबी तलाव, मरीन लाइंस, मुम्बई-400 002
वेबसाइट : www.rajkamalprakashan.com
ई-मेल : info@rajkamalprakashan.com

विकास कम्प्यूटर एंड प्रिंटर्स
ट्रॉनिका सिटी-201 102
द्वारा मुद्रित

मूल्य : ₹350

STREE : ADHIKAR AUR KANOON
by Taslima Nasreen
Translated by Utpal Banerjee

ISBN : 978-93-6086-457-6

स्त्री

अधिकार और क़ानून

क्रम

मुक्तियुद्ध ने स्त्रियों को क्या दिया?

मैंने आँखें बन्द कर ली थीं। हाथ-पैर और बदन को ढीला छोड़कर निद्रित व्यक्ति की तरह बिस्तर पर पड़ी हुई थी। पहले एक टॉर्च की रोशनी मेरे चेहरे पर पड़ी, रोशनी मेरे चेहरे पर रखते हुए ही वे आपस में बात करने लगे—वे क्या बोले, मैं समझ नहीं सकी, वे उर्दू में बोल रहे थे।

मुझे तब नहीं पता था कि घर में घुसते समय उन्होंने मेरे पिता के दोनों हाथों को पीठ के पीछे मोड़कर बाँधते हुए उन्हें नारियल के एक पेड़ से बाँध रखा था। मुझे तक तक पता नहीं था कि मेरी माँ आँगन को पार कर पनाह लेने कहीं और चली गई थी। वे लोग आ गए हैं, यह बुरी ख़बर पहले मुझे नहीं मिली थी। मुझे केवल बरामदे से चलकर आती चार जोड़ी बूटों की आवाज़ सुनाई दे रही थी और किसी अन्य भाषा में हो रही उनकी बातचीत ने मुझे—हालाँकि मेरी उम्र कम ही थी—यह समझा दिया था कि आज एक भयंकर दुर्घटना घट चुकी है। आज हम लोगों का बड़ा ही दुःसमय है। मेरी उम्र कम थी इसलिए मुझे आँगन के अँधेरे को पार कर पड़ोसियों के घर में पनाह नहीं लेनी पड़ी थी, बस दक्षिण की ओर वाले कमरे में बेहोश होकर एक पुराने पलंग पर पड़े रहना पड़ा था। एक समय बूटों की आवाज़ मेरे कमरे के पास आकर थम गई थी। पास में मेरी छोटी बहन सो रही थी। वे आवाज़ें कमरे का पूरा चक्कर लगाकर मेरे सिरहाने आकर थम गईं। ज़िन्दगी में उस दिन मैंने पहली बार सोने का अभिनय किया था, मानो सो रही हूँ और मुझे कुछ भी सुनाई नहीं दे रहा है, कुछ दिखाई नहीं दे रहा है, आपकी जो मर्ज़ी कर लीजिए लेकिन सोते हुए व्यक्ति को मत जगाइएगा। उन लोगों ने

मेरे चेहरे पर टॉर्च की रोशनी डाली, रोशनी में आँखें काँप उठती हैं, मेरी काँपी थी या नहीं मुझे नहीं पता।

वे लोग रोशनी के नीचे क्या देख रहे थे—मेरी उम्र? उन्हें उम्र पसन्द नहीं आई इसलिए उन्होंने वहाँ से रोशनी हटा ली, पास के बिस्तर पर रिहल[1] पर खुली हुई क़ुरान शरीफ़ रखी हुई थी, क़ुरान शरीफ़ पर माँ के हाथ के दो कंगन रखे हुए थे। उन लोगों ने माँ के कंगन उठा लिये, कमरे की अलमारी खोलकर हमारा जो भी सोना-चाँदी उन्हें मिला, उसे रख लिया। वे बातें कर रहे थे, हँस रहे थे, बीच-बीच में मुझे लग रहा था कि मेरी उम्र को लेकर वे निश्चय ही दुखी हो रहे थे कि मेरी उम्र थोड़ी और ज़्यादा क्यों न हुई!

मैं बिना हिले-डुले बिस्तर पर पड़ी रही। उनकी क्रूर हँसी, उनकी निकृष्ट भाषा, उनके भयंकर बूटों ने मुझे ज़बर्दस्त जड़ता प्रदान की थी, मुझे अब भी अपनी देह पर रेंगता एक ठंडा साँप दिखाई देता है। अगर मेरी उम्र थोड़ी और ज़्यादा होती तो! उस एक अँधेरे कमरे में, दम घोंटती उस भयंकर रात को यदि मेरी उम्र पन्द्रह, सोलह, सत्रह, अठारह, उन्नीस होती तो!

वैसी उम्र किसी की थी क्या? थी। वैसी उम्र वाले किसी घर आधी रात को असतर्क अवस्था में क्या हमले नहीं हुए? वह भी हुए हैं। वे अनगिनत तरुणियों को उठा कर ले गए थे। मेरी ख़ाला, पड़ोस में रहनेवाली मेरी बहन, मेरी परिचित, वे जिनसे थोड़ा परिचय था, अनगिनत रिश्तेदार और अन्य लोग उनकी विकृत लालसा के शिकार हुए थे। यह कोई नई बात नहीं है। सभी को पता है। इकहत्तर में इस देश की स्त्रियों के साथ हुए पाकिस्तानी बर्बर सेना के अबाध बलात्कार की ख़बर सबको है। सभी जानते हैं, बस जानते ही हैं, इसके सिवा कुछ नहीं।

देश में एक इतना बड़ा युद्ध लड़ा गया। इतनी हत्याएँ, सामूहिक हत्याएँ, इतनी लूटें हुईं, बलात्कार हुए—फिर भी बलात्कार की संज्ञा में कोई बदलाव नहीं आया। एक मलबे के ऊपर खड़े होकर लोग जब निःस्व, अपाहिज, सर्वहारा और अपनों को खोने की वेदना में नीले पड़ रहे थे—तब उन्हीं लोगों

1. काठ की बनी कैंचीनुमा चौकी

ने बलात्कार की शिकार स्त्रियों की ओर पुरानी नज़रों देखा, उन पर पुरानी उँगली ही उठाई। हाय, मूर्ख बंगाली! हाय अभागे, दुश्चरित्र, दुर्गत बंगाली!

जिस देश में ऐसा एक मुक्तियुद्ध हुआ, जिस मुक्तियुद्ध में ऐसी अबाध नर-हत्याएँ हुईं, स्त्रियों के साथ अबाध रूप से बलात्कार हुए—उस देश में बलात्कार की संज्ञा कुछ नई क्यों नहीं होती? उस देश में बलात्कार को बूट और संगीनों के अत्याचारों की तरह एक अत्याचार क्यों नहीं माना जाता? बलात्कार की शिकार स्त्रियों को सामाजिक स्वीकृति का अभाव क्यों झेलना पड़ता है? बलात्कार ग्रहणीय क्यों नहीं होता, जिस तरह अन्य अत्याचार समाज में ग्रहणीय होते हैं?

मुक्तियुद्ध यदि हमें एक नया बोध न दे सके, तो फिर उसने हमें दिया ही क्या है, जिसे लेकर हम विजय दिवस का उत्सव मनाते हैं, स्वाधीनता दिवस की ख़ुशी में रोशनी की सजावट में मत्त हो उठते हैं, चेतना के भीतर एक गाढ़ा अँधेरा रखते हुए रोशनी की यह सजावट क्या हमें ज़रा भी रोशन करती है?

एक ही युद्ध हमें लड़ाई के तमाम नुक़सानों को स्वीकार करने का साहस और ताक़त जुटाना सिखा सकता है। एक ही युद्ध हमें लड़ाई की सारी टूटन पर विजय पाकर जीत का परचम लहराने की शक्ति दे सकता है। हमने परचम लहराया ज़रूर, हमने देश से बाहरी बर्बरों को भगा ज़रूर दिया है, लेकिन समाज के बुरे और गंदे संस्कारों को हम दूर नहीं कर सके—जिन संस्कारों ने इकहत्तर के अत्याचारों की शिकार किसी तरुणी को माफ़ नहीं किया था और लम्बे बीस वर्षों बाद आज भी उन्हें माफ़ करने की ताक़त अर्जित नहीं कर सके हैं।

हमें फिर से एक और मुक्तियुद्ध का इंतज़ार करना होगा—फिर से देशव्यापी तुमुल तांडव की प्रतीक्षा करनी होगी—हमें फिर से अनगिनत मौतों की राह देखनी होगी। इस समाज के कटघरे में बलात्कार की शिकार स्त्रियों को सिर उठाकर खड़े होने और नफ़रत के साथ असभ्य पुरुषों के नाम उचारने के लिए और कितनी मौतें, कितनी टूटन, कितने बलात्कारों की दरकार होगी! एक युद्ध से हम मन और मानसिकता का विकास नहीं कर सके, एक युद्ध से हम सत्य और सुन्दरता के पक्ष में जाने का थोड़ा-सा दुःसाहस भी

अर्जित नहीं कर पाए। इस देश में और कितने युद्धों की ज़रूरत है? कितनी मौतों की?

इस देश में साल भर जीत का उत्सव मनाया जाता है। पूरा देश ख़ुशी से नाच उठता है, असहनीय कुशासन से थक चुका तीसरी दुनिया का एक अभागा देश। दिसम्बर की सोलह तारीख़ की हर सर्द सुबह खुले बरामदे में खड़ी-खड़ी मैं शहर के उत्सवों को देखती हूँ और मेरी देह पर एक ठंडा साँप रेंगता चलता है। आँखें बन्द करते ही अपने बदन पर टॉर्च की रोशनी महसूस करती हूँ। वे मेरी उम्र माप रहे हैं। शहर के इस अश्लील उत्सव के प्रति नफ़रत से मेरी दोनों आँखों से रुलाई फूट पड़ती है। कौन है जो मेरी और मेरी तरह अनगिनत स्त्रियों की रुलाई को रोके? इस देश में कोई क़ानून, कोई संस्कार है? मुक्तियुद्ध ने बहुत-से लोगों को बहुत कुछ दिया है, उसने स्त्रियों को क्या दिया है?

समानाधिकार की बात कीजिए

'फूल की तरह सुन्दर एवं पवित्र'—अकसर इस उपमा का प्रयोग किया जाता है, लड़कियों के लिए इसका प्रयोग किया जाता है। जो लड़की लड़कों की ओर आँख उठाकर नहीं देखती, जो छत पर नहीं जाती, जो हँसती नहीं, जो अपने पहनावे में पर्दानशीन है, जो मंथर गति से चलती-फिरती है, जिसका कंठस्वर ऊँचा नहीं है, आमतौर पर उसी लड़की को 'फूल की तरह पवित्र' कहा जाता है।

पवित्रता का गहरा अर्थ यह है कि स्त्री को कोई पुरुष न छुए, ख़ासतौर पर अन्य पुरुष। फूल के साथ पुरुष की कभी कोई उपमा नहीं दी जाती, स्त्री की दी जाती है। फूल दिखने में सुन्दर होते हैं, वे ख़ुशबू बिखेरते हैं। स्त्रियों को भी दिखने में तमाम रंगों की तरह होना पड़ता है। होंठ गुलाब की पंखुड़ियों की तरह, भौंरे-सी काली आँखें, गुलाबी गाल, घने काले रेशमी बाल, दूध में आलता-जैसी या फिर कच्ची हल्दी-जैसी त्वचा, मोतियों-से दाँत। लड़कियों के बालों और त्वचा से यदि मीठी-मीठी ख़ुशबू न निकले तो लड़कियाँ ठीक-ठीक लड़कियाँ नहीं लगतीं। इसलिए हर रोज़ घिस-माँजकर शरीर की बदबू दूर करने के लिए साबुन बनाए जा रहे हैं, उन सब साबुनों के लिए कमनीय रमणियाँ सौन्दर्य की रक्षा के विज्ञापन कर रही हैं। तमाम तरह की सुगन्धियों से बाज़ार भर गए हैं। लोग फूलों की ख़ुशबू लेते हैं और यदि इस मामले में फूल स्त्री हो तो लोग पुरुष हैं। मनुष्य रूपी, पुरुष फूल रूपी स्त्रियों की सुगन्ध ग्रहण करते हैं, तमाम रंगों पर मुग्ध होते हैं। फूल को कोई यदि छूता-तोड़ता है तो जिस तरह फूल मुरझा जाता है या सूख जाता है, उसी तरह स्त्री को यदि पुरुष छू दे

तो माना जाता है कि स्त्री की पवित्रता मुरझा जाती है। स्त्री को 'सुगन्धित फूल' माना जाता है और इसलिए उसे 'घ्राता' या 'अनाघ्राता' विशेषण से चिह्नित किया जाता है। 'अनाघ्राता स्त्री' का अर्थ है, ऐसी स्त्री, जिसका किसी ने अभी तक घ्राण नहीं लिया। स्त्री वह सुगन्धित पौधा या सुगन्धित द्रव्य है—जो एक ही साथ रंग और गन्ध से 'व्यक्ति' को मुग्ध करती है, मोहित करती है, तुष्ट और तृप्त करती है।

आज तक किसी पुरुष को इस तरह रंग-गन्धयुक्त किसी पौधे की उपमा से अलंकृत नहीं किया गया। आज तक किसी स्त्री-चित्रकार या मूर्तिकार ने पुरुष की देह को विभिन्न प्रकार से रंग और रेखाओं से इस तरह उद्भासित नहीं किया—जिस तरह पुरुष चित्रकारों और मूर्तिकारों ने स्त्री-देह के साथ किया है। आज तक किसी कवयित्री या स्त्री-उपन्यासकार ने पुरुष के शरीर के नाना प्रत्यंगों का ललचाने वाला वर्णन नहीं किया—जैसा कवियों या पुरुष-उपन्यासकारों ने स्त्री-देह को लेकर किया है। इसका कारण पुरुष के शरीर के प्रति स्त्रियों का आकर्षण कुछ कम है—ऐसा बिलकुल भी नहीं है। यह एक प्रकार की लज्जा का अनुशीलन है—ऐसा माना जाता है कि यह लज्जा स्त्रियों को मोहक बनाती है।

पुरुषों के बाल, उनकी आँखें, बाँह, सीना, नितंब देखकर स्त्रियाँ मुग्ध हो जाती हैं, जिस तरह स्त्रियों के कुछ अंग-प्रत्यंग पुरुषों की मुग्धता और कामोत्तेजना का कारण बनते हैं। लेकिन स्त्रियों की मुग्धता की कोई स्वच्छंद अभिव्यक्ति न तो समाज में है और न ही साहित्य में। शादी करनी हो तो लड़का और लड़के का पूरा ख़ानदान दाब-दूब कर, परखकर लड़की को घर ले आते हैं। लड़की की त्वचा, दाँत, बाल, आँखें, आकार, आकृति, कमर, नितंब किसी की भी परख बाक़ी नहीं रखी जाती। लेकिन लड़के को परखने का नियम नहीं है। लेकिन लड़के का शरीर लड़के के लिए कोई महत्त्वपूर्ण मुद्दा नहीं होता—ऐसा नहीं है। यह भी उस लज्जा का निरलस अनुशीलन है। लड़कियाँ जन्म लेते ही पूरी तरह 'लड़की' नहीं होती, इन सब लाज और लज्जा के सफल अनुशीलन के बाद ही वे पूरी तरह से 'लड़की' में तब्दील होती हैं। पुरुष की लोमश बाँहें, काली गहरी आँखें, घनी भौंहें, नुकीली नाक,

घने काले बाल, चौड़े कन्धे, चिकनी पीठ, बालों से भरा सीना—स्त्री के लिए इन सबका आकर्षण ठीक वैसा ही होता है, जैसा स्त्री के काले लम्बे रेशमी बालों, बड़ी-बड़ी आँखों, तीखी नाक, पतले होंठ, उभरी हुई छाती, पतली कमर और भारी नितंबों के प्रति पुरुषों का होता है। स्त्रियाँ भी पुरुषों के नितंबों और जाँघों के प्रति वैसा ही आकर्षण महसूस करती हैं, जैसा आकर्षण स्त्रियों के नितंबों और जाँघों के प्रति पुरुष महसूस करते हैं।

स्त्रियों को मोह तो है, लेकिन मोह का वर्णन नहीं मिलता। पुरुष के अंग को देखकर स्त्री सिहरन महसूस कर रही है—मैंने किसी भी स्त्री के मुख से इस सत्य को कहते नहीं सुना। लेकिन स्त्री के किसी अंग को देखकर या छूकर पुरुष किस प्रकार के पुलक का अनुभव करता है—इतने समय से यह इतनी भाषाओं में, इतने विशद वर्णन में, बिना किसी दुविधा के उच्चारित होता रहा है कि निर्दिष्ट रूप से उसके उल्लेख की आवश्यकता नहीं होती।

मैं स्त्री-चित्रकारों को स्त्रियों की काममय तसवीर बनाते देखती हूँ, मैं स्त्री-उपन्यासकारों को स्त्रियों के रूप-वर्णन में अविकल पुरुषों की ही तरह सिद्धहस्त पाती हूँ। तो फिर पुरुष के रूप का वर्णन कौन करेगा? पुरुषों के शरीर से दुर्गन्ध को दूर करने की सलाह कौन देगा? पुरुष के शरीर को ऐसा आकर्षक द्रव्य बनाया जाना चाहिए कि वे लोग रोज़ साबुन लगाकर शरीर को साफ़-सुथरा रखें, ताकि स्त्रियों को उनकी देह पर किसी तरह की धूल और मैल का अस्तित्व न दिखाई दे। उन्हें बालों की देखरेख और चर्चा में मन लगाना चाहिए, उन्हें अपनी त्वचा की ताज़गी और कोमलता को बनाए रखना चाहिए, वे अपनी जाँघों को सुडौल और नितंबों को सुगठित रखें, वे सीने को लोमश और प्रशस्त रखें, वे अपने पैरों और एड़ियों को चिकना और ताज़गी भरा रखें। पुरुषों की देह को यदि पण्य में बदल लें तो पुरुषों द्वारा उपयोग में लाई जाने वाली पण्य-सामग्रियों का उत्पादन और उनकी बिक्री भी ख़ूब बढ़ सकती है।

ख़रीदने वाला हमेशा से एक ही पक्ष का क्यों हो? क्रेता और विक्रेता अपनी बेची जाने वाली चीज़ों को लेकर दूसरी ओर से विक्रेता और क्रेता भी होते हैं। यदि ऐसा न हुआ तो व्यापार की दुनिया में एक ही पक्ष को केवल लाभ होता रहेगा और दूसरे पक्ष को नुक़सान।

स्त्रियाँ इस समय ज़बर्दस्त ढंग से माँग करें कि उन्हें पुरुषों के कमरख-जैसे होंठ चाहिए, चिरी हुई मिर्च-जैसी आँखें, करौंदों-जैसी जीभ, कटहल के कोये समान बदन का रंग, नाशपाती-जैसे दाँत, मचान की लौकी-जैसी सुडौल जाँघ, रजनीगन्धा-जैसी देह की गन्ध। अब स्त्रियों की फ़रमाइश के हिसाब से पुरुषों को सर्वांगीण रूप से लायक़ हो जाना चाहिए। उसे सम्पूर्ण हो जाना चाहिए। स्त्रियों की देह के प्रति तृष्णा यदि पुरुषों के लिए वैध है तो फिर स्त्रियों के लिए पुरुषों के सारे अंग वैध क्यों नहीं हैं? स्त्रियाँ इस बात को कहने में क्यों शर्म महसूस करती हैं—'उसके हर अंग के लिए रोए मेरा हर अंग?' पुरुष को तो यह बात लिखने में शर्म नहीं आई!

फूल और फलों के साथ नारी के अंगों की तुलना चलती है। फूल और फल की आयु बहुत कम होती है, घ्राण लेने और खाने पर फूल और फल दोनों ही कचरेदानी में चले जाते हैं, यही हाल स्त्री के भी होते हैं। स्त्री को भी खा-पीकर जूठन की तरह फेंक दिया जाता है। पुरुष को कोई कितना भी खाए लेकिन वह खाया हुआ नहीं माना जाता, क्योंकि वह फूल या फल नहीं होता, वह तो मनुष्य है। इस मामले में स्त्री भी फूल या फल नहीं होती, वह भी मनुष्य है, यह समझाने के लिए मनुष्य नामक पुरुष को भी इसी कतार में लाकर उसे भी फूल या फल की उपमा देनी होगी, ताकि प्रमाणित हो सके कि यदि किसी को फूल या फल कहा जाए तो स्त्री और पुरुष दोनों को ही कहा जाना चाहिए। अन्यथा किसी को भी नहीं।

स्वाधीनता पर स्त्री का कोई अधिकार नहीं

1

महाभारत में एक श्लोक है—*न स्त्री स्वातंत्रमर्हति*—अर्थात स्वाधीनता पर स्त्री का कोई अधिकार नहीं है।

2

'रूपचर्चा' नामक एक चीज़ हुआ करती है, जिसे कुछ रसीली पत्रिकाओं ने लड़कियों को घोलकर पिलाने का प्रण लिया है। कौन कितनी क़ीमती विदेशी प्रसाधन सामग्री का उपयोग कर रही है—लड़कियों में इसकी ज़ोरदार प्रतियोगिता चलती रहती है। स्त्रियों के मस्तिष्क को गालों के रंग, आँखों के काजल, बालों की स्टाइल की चर्चा में व्यस्त रखने के अभिनव कौशल रोज़-रोज़ खोजे जा रहे हैं। मानो थोड़े रंग के बिना, थोड़े प्रलेप के बिना स्त्रियाँ काफ़ी नहीं हैं, पूर्ण नहीं हैं। स्त्रियों के विषय-आशयों को लेकर जो पत्रिकाएँ प्रकाशित हो रही हैं, उनके अधिकांश सम्पादक ही पुरुष हैं। वे, स्त्रियों द्वारा गालों पर किस तरह पावडर लगाने से, कितनी तरह की लहरों वाला जूड़ा बनाने से, ब्लाउज़ का कट कैसा होने, कब किस रंग की साड़ी पहनने से वे पुरुषों को आकर्षक लगेंगी—इन सब मामलों में निरलस ज्ञान दान किये जा रहे हैं। ये सारी पत्रिकाएँ 'पति के प्रति पत्नी के कर्तव्य' शीर्षक वाली कुछ अश्लील किताबों के श्लील संस्करण के अलावा और कुछ नहीं हैं।

3

नारी के पर्यायवाचियों में एक है 'भार्या'। भार्या शब्द का अर्थ है भरणीया अर्थात जिसका भरण करना पड़ता है। भृत्य और भार्या शब्दों के व्युत्पत्तिगत अर्थ एक ही है। स्त्रियों के लिए किसी भी प्रकार की व्यावसायिक शिक्षा पर पाबन्दी थी, इसलिए भोजन और कपड़े के लिए स्त्री को पति पर निर्भर रहना पड़ता था। मध्ययुग में विदेशों में पति को लॉर्ड पुकारने की प्रथा थी। पत्नी और नौकर घर के स्वामी को लॉर्ड बुलाया करते थे। लॉर्ड, भोजन के लिए जिस पर लोग आश्रित होते हैं।

4

ऑर्किड एक ऐसी वनस्पति है, जो किसी अन्य वनस्पति का आश्रय लेकर ज़िन्दा रहती है। मैं उन लड़कियों को ऑर्किड कहना पसन्द करती हूँ—जो शादी से पहले पिता और बाद में पति की पूँछ पकड़कर जीवित रहती हैं। सुवर्णा हक़ एक दिन अचानक सुवर्णा चौधरी हो गईं। उसने वह जो घर बदला, वह जो एक आश्रय से दूसरे आश्रय चली गई, वह जो किसी के सहारे जीवित रही, अपना नाम देकर वे लोग इसे प्रमाणित करते हैं। मान लेती हूँ कि सुवर्णा नामक लड़की हर तरह से आत्मनिर्भर है। फिर भी जो अपने नाम के बीच में पिता या पति के नाम को धारण करने की प्रवणता है, यह बहुत समय से चल रहे स्त्री उत्पीड़न का ही कुफल है। बुद्धू लड़कियाँ इस व्यवस्था को स्वीकार करके यह साबित कर रही हैं कि शिक्षा किसी भी धारणा को अतिक्रमित नहीं कर सकती।

5

ढाका शहर में गायों को ट्रकों में भरकर ले जाना एक आम दृश्य है। उस दिन यह दृश्य देखकर मैंने अपने एक मित्र से कहा—एक बार हम

स्कूल की लड़कियाँ भी इसी तरह ट्रक पर सवार होकर पिकनिक के लिए गई थीं।

मित्र नाराज़ हो गया, छि: गाय के साथ लड़कियों की तुलना? मैंने कहा—क्यों नहीं? कहावत तो है ही 'भाग्यवान की पत्नी मरती है, अभागे की गाय।' इसका अर्थ है, सम्पत्ति के रूप में स्त्रियों की स्थिति गाय से भी नीचे है। कारण कि गाय ख़रीदने के लिए धन की ज़रूरत होती है और नई बहू लाने पर धन मिलता है।

6

चिकित्साशास्त्र में 'हिस्ट्री ऑफ़ एक्सपोज़र' नामक एक चीज़ होती है। इस विषय में जानने के लिए मरीज़ से कुछ सवाल पूछे जाते हैं। बाहर की लड़कियों के साथ आप मिलते-जुलते हैं या नहीं पूछने पर मरीज़ पहले तो आसमान से गिर जाते हैं। छि: छि: कितने शर्म की बात है, वे लोग ज़ोरदार ढंग से सिर हिलाकर मना करते हैं—नहीं, उसने कमीशन के समय में भी किसी तरह का ख़राब काम नहीं किया। इलाज के स्वार्थ के लिए अन्त तक उनका यह ज़ोर नहीं टिक पाता, इधर-उधर नज़र दौड़ाकर बहुत नीचे स्वर में उन्हें कहना पड़ता है—हाँ, मिलते-जुलते हैं।

घर में पत्नी है?

है।

तो फिर?

कोई जवाब नहीं। दाँत निपोरकर वे नि:शब्द हँसते रहते हैं। इन सब मरीज़ों की उम्र बारह से लेकर बहत्तर भी हो सकती है। ये विद्यार्थी, शिक्षक, व्यवसायी, बेरोज़गार, श्रमिक, पुलिस, वक़ील, इंजीनियर, छोटे ठाकुर, बड़े ठाकुर, उद्योगपति, नौकरशाह—कौन नहीं हैं? ये लोग नियमित रूप से वेश्यालयों में जाते हैं। ये लोग वेश्याओं की शरीर से रोग के जीवाणु (ट्रिपोनेमा पैलिडम) अपने शरीर में वहन करके ले आते हैं। ये लोग सिफ़िलिस रोग से आक्रांत होते हैं—इसमें मुझे कोई आपत्ति नहीं है, मुझे केवल तब आपत्ति होती है,

जब ये लोग अपनी पत्नी को संक्रमित करते हैं। एक स्वस्थ मनुष्य के शरीर में अपनी विलासिता का ज़हर छोड़ देते हैं।

तीस साल उम्र की एक लड़की को उसके पति ने संक्रमित कर दिया था, सिफ़िलिस से उसका स्नायुतंत्र आक्रांत हो चुका था, अपने निश्चल शरीर को लेकर बहुत मुश्किलों में वह अपने दिन बिता रही थी। आत्मीय-स्वजन, पड़ोसी और शुभचिन्तकों ने कहा था—यह ज़िन्न के अलावा और कुछ नहीं है। फ़कीर ओझा आकर पूरे दो महीनों तक ज़िन्न भगाने का खेल दिखाते रहे। तब तक, लोगों को यही लगा कि उस स्त्री को एक दिन अचानक ज़िन्न की हवा लग गई और उसने बिस्तर पकड़ लिया, दो महीनों तक चुप-चुप ही रही और एक दिन अचानक उसकी मौत हो गई।

चारों ओर यही घटित हो रहा है। किसी को नहीं पता कि इतनी जल्दी-जल्दी एबॉर्शन क्यों हो रहे हैं, गर्भ से इतने मरे हुए बच्चे क्यों निकल रहे हैं, इतने विकलांग बच्चे क्यों जन्म ले रहे हैं। इसकी वजह है सिफ़िलिस। बहुत भयंकर है यह बीमारी सिफ़िलिस। इस बीमारी से निजात पाने के लिए समाज के 'अच्छे लोगों को' गुप्त रूप से पेनिसिलिन के इंजेक्शन लेने पड़ रहे हैं।

हरेक सचेत लड़की से मेरा अनुरोध है कि शादी से पहले लड़के के ख़ून (सेरोलॉजिकल टेस्ट फ़ॉर सिफ़िलिस) की जाँच अवश्य करा ले। परिणाम निगेटिव आ जाए तो बिना किसी दुविधा के शादी कर ले। और यदि परिणाम पॉज़िटिव आए तो मैं कहूँगी, उस रिश्ते को त्याग दे।

7

उस दिन एक सज्जन ने अत्यन्त गम्भीर स्वर में मुझसे कहा—ये जो आप स्त्रियों के पक्ष में इतना लिखती रहती हैं, स्त्रियों की ग़लतियों और विचलन के बारे में भी कुछ लिखिए।

ग़लती और विचलन मतलब?

वे बहुत उत्साह के साथ हाथ-पैर हिला-हिलाकर लगभग एक घंटे तक लड़कियों की त्रुटियों और विचलन के बारे में समझाते रहे। मुझे तब याद

आया कि मेरे एक छोटे भाई को कीड़े-मकोड़ों को लेकर खेलना बहुत पसन्द था; एक दिन वह पैरों के नीचे एक छिपकली को दबाकर मार रहा था और मुझसे कह रहा था—'देख बुबू, यह छिपकली कितनी बदमाश है, पूँछ हिला रही है।'

जो पीस कर मारता है उसे भले ही न पता हो लेकिन जिसे पीसा जा रहा है उसे पता रहता है कि वह ख़ुशी के मारे पूँछ हिला रहा है या कि दर्द की वजह से।

स्त्री-उत्पीड़न क़ानून के उपयोग में लड़कियों को दुविधा क्यों?

भास्वर चट्टोपाध्याय। रुद्रनील घोष। संजय मुखोपाध्याय। कृष्णकिशोर भट्टाचार्य। ये सभी कला और संस्कृति से जुड़े लोग हैं। लेकिन इसका मतलब यह नहीं कि ये समाज के लोग नहीं हैं। ये सभी पुरुषशासित समाज के लोग हैं। जो पुरुष गाने गाते हैं, कविता लिखते हैं, बाजे बजाते हैं, अभिनय करते हैं—यानी कला-साहित्य की चर्चा करते हैं, माना जाता है कि इनसान के रूप में ये पुरुष अत्यन्त उन्नत हैं, मानवता या मानवाधिकारों में विश्वास करते हैं, स्त्री-स्वाधीनता का समर्थन करते हैं। यह सौ प्रतिशत ग़लत तथ्य है। कला और साहित्य के बाहर के लोगों में जिस परिमाण में अच्छाई और बुराई है, भीतर के लोगों में भी उनका परिमाण समान ही है। गाँव के एक कृषक स्त्री-पुरुष स्वाधीनता में विश्वास करने वाले हो सकते हैं, और एक नामचीन नायक इसमें बिंदुमात्र भी विश्वास न करने वाला हो सकता है। शिक्षित और अशिक्षित दोनों में ही स्त्री-उत्पीड़न के सवाल पर कोई दो-राय नहीं है। बल्कि शिक्षितों में यह देखा गया है कि पुरुषतांत्रिक मानसिकता तुलनात्मक रूप में ज़्यादा ही है। इसका कारण यह है शिक्षित लोग बेहतर ढंग से तंत्र-मंत्र सीख पाते हैं। वे अत्यन्त त्रुटिविहीन ढंग से नियम-क़ानून और पुरुषतंत्र की बारीक़-से-बारीक़ बातें सीख सकते हैं। अशिक्षितों के लिए इतना सीखना सम्भव नहीं हो पाता।

पुरुषों में जो लोग किसान हैं, मज़दूर हैं, छोटी नौकरी करते हैं, बड़ी नौकरी करते हैं, व्यवसायी हैं, वक़ील हैं, न्यायाधीश हैं, डॉक्टर, इंजीनियर, वैज्ञानिक, उद्योगपति, कलाकार, साहित्यकार या और कुछ हैं, अमीर हों, ग़रीब

हों, शिक्षित हों, अशिक्षित हों—देखने में यह आता है कि वे सभी स्त्री-उत्पीड़न में लगभग समान रूप से सिद्धहस्त हैं। जिसके पास पैसा जितना भी रहे, वे एक ही समाज में रहते हैं, और वह समाज पुरुषतांत्रिक है। पुरुषों के नियमों से, उनके आधिपत्य में, पुरुषों की वंशवृद्धि से वह समाज चलता है। शिक्षित लोग कुछ कम उत्पीड़न नहीं करते। ऐसा सोचना ठीक नहीं कि पढ़े-लिखे होने से ही लोग स्त्रियों को मनुष्य होने की मर्यादा देंगे। जो शिक्षा प्रचलन में है, स्कूल, कॉलेज और विश्वविद्यालयों में लड़के-लड़कियों को जो शिक्षा मिल रही है, उसके साथ पुरुषतंत्र का कोई विरोध नहीं है। हमारे स्कूलों में लड़के-लड़कियाँ किसी भी किताब में पुरुषतंत्र के विरुद्ध कोई भी वाक्य नहीं पढ़ते। पाठ्यपुस्तकों में स्त्रियों के समानाधिकारों के पक्ष में किसी भी ज्ञान के वितरण की व्यवस्था नहीं है। जो शिक्षा चलन में है, वह विद्यार्थियों को पुरुषतांत्रिक मानसिकता लेकर बड़े होने में हरसम्भव सहयोग करती है। बच्चे भी घर में, बाहर देखते हैं, सीखते और समझते हैं कि स्त्रियों की जगह घर में, परिवार को पालने, बच्चों की देख-रेख करने, पति की सेवा करने में है और पुरुषों का वास विशाल, विस्तृत बाहरी संसार में है, विद्या, विज्ञान, वैभव, विप्लव, विद्रोह, विद्वेष और विजय में है। स्त्री विदुषी हो, निरक्षर हो, धनी हो, दरिद्र हो, वह शहर में रहे या कि गाँव में, पुरुषशासित समाज की स्त्रीविरोधी संस्कृति के सामने वह समान रूप से असहाय है।

ये सारे तथ्य किसी भी व्यक्ति के लिए अजाने रहने की चीज़ नहीं है। यदि बोध-बुद्धि रहे तो कोई भी इन सबको लेकर तर्क नहीं करता। लेकिन मैंने कोलकाता के कुछ पढ़े-लिखे लोगों को देखा, वे कह रहे थे, स्त्री-उत्पीड़न क़ानून भारतवर्ष में सभी के लिए उपयुक्त नहीं हैं। क्यों नहीं है पूछने पर अत्यन्त गम्भीर गले से एक ने कहा, मुर्शिदाबाद के गाँव की किसी लड़की के लिए यह क़ानून ठीक है, गड़ियाहाट की बहुमंज़िला फ़्लैटों की लड़कियों के लिए यह क़ानून काम का नहीं है। काम का क्यों नहीं जानना चाहा तो उन्होंने जो कहा वह इस प्रकार था, जिस तरह गाँव की अशिक्षित स्त्रियों पर अत्याचार होते हैं, वैसे अत्याचार तो शहरों की स्त्रियों पर नहीं होते न। गाँव की स्त्रियों को मार-मारकर अधमरा कर देने पर भी तो वे मुक़दमा करने तो नहीं जातीं,

लेकिन शहर की शिक्षित स्त्रियाँ ज़रा-सी मार खाने पर ही फ़ोर नाइनटी एट दिखा देती हैं। मैं देर तक भौंचक रही। इसके पहले कि मेरे विस्मय का ख़ुमार उतरता, वे बोलते रहे, लड़कियाँ इस क़ानून का ख़ासा दुरुपयोग कर रही हैं। यह क़ानून पुरुषविरोध क़ानून है। मार खाने पर लड़कियाँ थाने में रिपोर्ट लिखवा सकती हैं, लेकिन फ़ोर नाइनटी एट क्यों? तमाम निरपराध पुरुषों को इस क़ानून के द्वारा परेशान किया जा रहा है। शहर के लोग इस मामले को समझ गए हैं। इसलिए बैकलैश हो रहा है। ग़ुस्से के मारे पुरुषों की आँखें जल रही थीं। स्त्रियों के प्रति भीतर से उनकी नफ़रत छिटककर बाहर आ रही थी।

मुझे केवल सरकारी समीक्षा की याद आ रही थी कि भारतवर्ष की दो-तिहाई शादीशुदा लड़कियाँ घरेलू हिंसा की शिकार हैं। मेरी यह जानने की बड़ी इच्छा हो रही थी कि दो-तिहाई स्त्रियों में से कितनों ने स्त्री-उत्पीड़न के मुक़दमे दायर किये हैं। मुझे संख्या के बारे में नहीं पता। लेकिन मैं अनुमान लगा सकती हूँ कि एक लाख या उससे भी अधिक उत्पीड़ित लड़कियों में से हो सकता है एक लड़की क़ानून का आश्रय लेती है। जो लड़कियाँ मामले दर्ज़ नहीं करातीं, उनके ऐसा करने के तमाम कारण होते हैं। कारण इस प्रकार हैं—(1) उन्हें पता ही नहीं स्त्री-उत्पीड़न-क़ानून-जैसा कोई क़ानून है। (2) पति पर आर्थिक रूप से निर्भर। पति के ख़िलाफ़ मामला दर्ज़ कराने पर पति उसे खाना-कपड़े देना बन्द कर देगा, या फिर उसे घर से निकाल देगा। तब वह कहाँ जाएगी, क्या खाएगी, क्या पहनेगी, उसकी यह दुश्चिन्ता होती है। (3) वह ख़ुद कमा रही है। लेकिन तलाक़ हो जाने पर अकेले की कमाई पर अभावमुक्त जीवनयापन सम्भव नहीं सकेगा। (4) मामला दर्ज़ कराने पर पति मार-मारकर हड्डी-पसली एक कर देगा। वह जान से भी मार सकता है, इस बात का डर रहता है। (5) मामला दर्ज़ करने लोग भला-बुरा कहेंगे। (6) तलाक़ होने पर बच्चों को तकलीफ़ होगी। (7) वे इस उम्मीद में रहती हैं कि हो सकता भविष्य में पति की मानसिकता बदल जाए। (8) तलाक़ होने पर असहनीय जीवन जीना पड़ेगा। इस समाज में तलाक़शुदा लड़कियों की दुर्गति का कोई अन्त नहीं है। (9) किसी अन्य पुरुष के साथ शादी होने पर हो सकता है वह भी वैसे ही चरित्र का निकले। इसलिए क्या ज़रूरत है!

(10) यह समूचा समाज ही तो ऐसा है। कितनी ही लड़कियाँ उत्पीड़न सहती हैं। वे यदि चुप रह सकती हैं, तो फिर वह क्यों नहीं रह सकती! (11) पीहर से उसे सलाह दी जाती है कि मुक़दमा करने की बजाए वह समझौता कर ले। (12) भगवान ने यह जोड़ी मिलाई है, लिहाज़ा इस जोड़ी को तोड़ना यानी भगवान के ख़िलाफ़ जाकर पाप कमाना होगा।

मूलतः इन सब अत्याचारी पतियों के ख़िलाफ़ स्त्री-उत्पीड़न के मुक़दमे दायर न कराने की यही कुछ वजहें हैं। डर। दुविधा। दुविधा और डर को त्यागकर जिन लड़कियों ने मामले दर्ज़ कराए, उनके ख़िलाफ़ पुरुष जिस तरह ग़ुस्से से आगबबूला हुए बैठे हैं, उसका अनुमान करना कठिन है।

स्त्री-उत्पीड़न-क़ानून स्त्रियों के पक्ष और पुरुषों के विपक्ष का क़ानून नहीं है। यह अन्याय, अत्याचार, उत्पीड़न इत्यादि के विरोध का क़ानून है। स्त्रियों पर रोज़ ही उत्पीड़न होते हैं, शारीरिक रूप से, मानसिक रूप से, सामाजिक और आर्थिक रूप से दुर्बल होने के कारण स्त्रियों को मार खानी पड़ रही है। तो फिर उनकी मज़बूती के पथ में कौन बाधा है! हमें नहीं पता, ऐसा तो नहीं है।

समाज की व्यवस्था ऐसी है कि इस पुरुषशासित समाज में पुरुष मालिक की भूमिका में हैं और स्त्रियाँ दासी की भूमिका में। दासी शब्द सुनने में ख़राब लगता है, लेकिन दासी न कहकर यदि कर्त्री कहें तो भी भूमिका में कोई हेरफेर नहीं होता। पुरुषतांत्रिक समाज में स्त्रियों को आदिकाल से जिस स्थान पर रखा गया, आज भी स्त्रियाँ उसी स्थान पर रखी जा रही हैं। स्त्रियों के अवस्थान में कोई परिवर्तन नहीं हुआ है। आज भी शादी होने पर लड़कियाँ अपने घर यानी पीहर से पति के घर यानी ससुराल जाती हैं।

मुक़दमा दायर करके लड़कियों को कोई पैसे नहीं मिलते, यह आर्थिक रूप से बिलकुल भी फ़ायदेमंद नहीं है, मुक़दमा दायर कराने पर पुरुषों को नहीं, उलटे स्त्रियों को ही सामाजिक रूप से नज़रबन्द किया जाता है, पुरुष लोग भविष्य में उनसे सम्बन्ध जोड़ने के लिए प्रयास नहीं करते, इतने सारे ख़तरे उठाकर भी जब एक लड़की मुक़दमा दायर करती है, तो कोई उपाय शेष नहीं रहता, इसलिए दायर करती है। मुक़दमा करके मूलतः वह अपनी ही जान बचाती है, अपने मान-सम्मान को बचाती है। हर दिन के असहनीय

अपमान से, अकल्पनीय अवज्ञा से, मर्मान्तक मृत्यु से वह ख़ुद को बचाती है। आत्मविश्वास और आत्मसम्मान के रहने पर कोई भी मार खाकर जीवित नहीं रहना चाहता। ख़ासतौर पर उसकी मार, जिसे जीवन में सबसे बड़ा मित्र, सबसे बड़ा सहमर्मी होना चाहिए था।

पुरुष लोग स्त्री-उत्पीड़न-क़ानून के विरोधी हैं। कारण कि यह क़ानून स्त्रियों के साथ मनमाना व्यवहार करने में बाधा पहुँचा रहा है। स्त्री तो अपने अधिकार की वस्तु है, अपनी इस वस्तु को यदि लात मारकर, थप्पड़ रसीदकर, घूँसे मारकर वश में रखना सम्भव न हुआ, तो फिर और किसे रखना सम्भव होगा! सहवास के लिए राज़ी न होने पर यदि उसके साथ दुष्कर्म न किया जा सके तो फिर कहाँ जाएगा पौरुष! इस क़ानून ने पुरुषों के पौरुष पर घाव कर दिया है। इसलिए वे चाहते हैं कि शहर की लड़कियाँ भी गाँव की दरिद्र, अशिक्षित लड़कियों-जैसी बनें। चुप रहकर, पीठ बिछाकर सारे अनाचार सहना सीखें। वे न सहें तो पुरुषों को ग़ुस्सा आ जाता है। उनका तन-बदन जलने लगता है।

पुरुष नहीं चाहते कि स्त्रियाँ अपने अधिकारों को लेकर सचेत हो जाएँ। वे स्वाधीनता का अर्थ समझें। या कि उनमें किसी तरह का आत्मसम्मानबोध रहे। इसलिए वे तमाम कहानियाँ गढ़कर बड़ी चतुराई से यह अभियोग लगा रहे हैं कि इस क़ानून का दुरुपयोग हो रहा है। ऐसा कहकर वे इस क़ानून के विरोध में ही बोल रहे हैं।

इसमें नया कुछ नहीं है। दुनिया के सभी देशों में जब भी स्त्रियों पर पुरुषों के अत्याचारों के ख़िलाफ़ कोई क़ानून बना है, स्त्रियों के अधिकारों के विरोधी पुरुष इसी तरह नाराज़ हुए हैं, उफने और चीख़े हैं। और इनमें हर तरह के लोग थे, बल्कि मजूर-किसानों के मुक़ाबले शहरों के तथाकथित शिक्षित पुरुषों की संख्या ही अधिक थी।

जब भी कोई लड़की मार खा-खाकर झुकी हुई अपनी पीठ सीधी करती है, अपना सिर उठाती है, अब और मार नहीं खाएगी ऐसा प्रण करती है, वैसे ही पुरुष लोग उस लड़की की ओर उँगली उठाते हुए कहते हैं यह लड़की बुरी है, ख़राब है यह लड़की। यह भी कोई नई बात नहीं है। सारे देशों में, सब समाजों में ऐसा घटित हुआ है। घटित होता है।

इस भारतवर्ष में दो-तिहाई लड़कियाँ पतियों द्वारा उत्पीड़ित हो रही हैं। जिस दिन हर उत्पीड़ित लड़की यानी दो-तिहाई लड़कियाँ स्त्री-उत्पीड़न के मामलों में अत्याचारी पतियों को जेल में डालेंगी, उस दिन समझूँगी कि इस भारतवर्ष में कम ही सही, लड़कियाँ सचेत हुई हैं, कम ही सही लेकिन उनमें आत्मसम्मानबोध है। जिस दिन उनका डर ख़त्म हो जाएगा, दुविधा दूर हो जाएगी, उस दिन समझूँगी कि लड़कियों ने सिर उठाकर खड़े रहने की योग्यता अर्जित कर ली है। आत्मसम्मान का बोध रहे तो अपने पैरों पर खड़े होने का कोई-न-कोई उपाय निकलता ही है।

हमारा यह भूलना ठीक नहीं कि पतियों द्वारा स्त्रियों पर जितना अत्याचार किया जाता है, उनसे वे जितनी लांछित होती हैं, अपमानित होती हैं, उतनी किसी और के द्वारा नहीं होतीं। हमें यह नहीं भूलना चाहिए कि लड़कियों की हत्या करनेवाले दूसरे उतने नहीं होते, जितने उनके पति होते हैं। हमें यह नहीं भूलना चाहिए कि लड़कियाँ जिनकी वजह से सबसे ज़्यादा आत्महत्या करने के लिए बाध्य होती हैं, वे उनके पति ही होते हैं।

पुरुषों के वक़्त 'अधिकार', स्त्रियों के वक़्त 'दायित्व'

पुरुषों को राष्ट्र के नागरिक के रूप में जो मान-मर्यादा प्राप्त होती है, स्त्रियों को वह प्राप्त नहीं होती। प्राप्त नहीं होती, लेकिन होनी चाहिए। यह कोई नई बात नहीं है, समता और न्यायपरायणता में भरोसा रखने वाले शुभबुद्धिसम्पन्न लोग बहुत समय से यह बात कह रहे हैं। मुट्ठी भर-भरकर इतिहास उठाकर, तत्व-तथ्य-दर्शन की वर्षा करके उन्होंने दिखाया है एक समय स्त्रियों की दशा क्या थी, और अब विकास के कारण अब कहाँ जा पहुँची है, और अभी भी मंज़िल तक पहुँचने में कितना रास्ता बचा हुआ है।

स्त्रियों को क्या यह तीसरी दुनिया ही ठग रही है! विकसित देशों में कई-कई शताब्दियों तक कोई धारणा नहीं थी कि लड़कियाँ माँ की नस्ल से बाहर भी एक नस्ल हैं, जिस नस्ल का नाम मनुष्य-नस्ल है। लड़कियाँ हमेशा से ही नगण्य के रूप में चिह्नित होती रही हैं, नागरिक के रूप में नहीं। नागरिक शब्द की उत्पत्ति नगर से हुई है। एक समय था जब एक-एक नगर ही एक-एक राष्ट्र हुआ करता था। भूमध्यसागर के किनारे पर बिखरे हुए पंद्रह सौ नगर ही, प्लेटो मज़ाक में कहा कहते थे, 'पोखर के चारों ओर मेढक की तरह', उस ज़माने का यूनान हुआ करता था। यूनान, जहाँ पर आज से ढाई हज़ार साल पहले गणतंत्र की शुरुआत हुई थी, उस गणतंत्र में जिन्हें नागरिक की मर्यादा प्राप्त होती वे सरकार चलाते, राजनीति के ज्ञान का प्रसार करते, वे ही, उँगलियों पर गिने जा सकने वाले चन्द लोग। नागरिकता पाने से वंचित रहते थे बच्चे, स्त्रियाँ और ख़रीदी गई दास-दासियाँ।

नागरिकता, नागरिकों के अधिकार—धीरे-धीरे इन सब धारणाओं का

विकास हुआ। रोमन साम्राज्य के विस्तार के साथ-साथ नागरिकता का बोध और भी विस्तृत, और भी गहरा होता चला गया। साम्राज्य को बरक़रार रखने के लिए इसकी ज़रूरत थी। नागरिक-नीतिबोध का निर्माण कर राष्ट्र की प्रतिरक्षा के लिए प्रतिश्रुत होना, अपने कर्मों, श्रम, शृंखला, देशभक्तिबोध और देशप्रेम में अपने आप को उत्सर्ग करना नागरिक होने की शर्तें हुआ करती थीं। साम्राज्य के सभी को नागरिकता प्राप्त हो गई। एक केवल मुँह की बात बनकर नहीं रह गई, क़ानूनन इसे लागू किया गया। यह कमाल की बात थी। लेकिन उस रोमन साम्राज्य में भी नागरिक होने से ये दो ज़ातें (!) वंचित रह गईं, औरतज़ात और नीचीज़ात।

सोलहवीं सदी से एक पक्ष के कन्धे का दायित्व थोड़ा दूसरे पक्ष के कन्धे पर भी ढुलक गया। नागरिकों को पालन करने के लिए ढेर सारे दायित्व दिये गए, लेकिन नागरिकों के लिए राष्ट्र का क्या कोई दायित्व नहीं है? निश्चय ही रहना चाहिए, अब से नागरिकों की शारीरिक, पारिवारिक, वैषयिक सुरक्षा के विधान की ज़िम्मेदारी राष्ट्र की होगी। राष्ट्र के दाय-दायित्वों और नागरिकों के अधिकारों के विषय में फ्रांसीसी दार्शनिकों के चिन्तन-मनन ने साधारण लोगों पर ऐसा प्रभाव डाला था कि एक दिन फ्रांसीसी क्रांति-जैसी विस्मयकर घटना भी घटित हो गई। मनुष्य के अधिकारों का क़ानून लिखा गया। उधर अमरीका-जैसे नये देश में भी बदलाव का ज्वार उठा था। वहाँ स्वाधीनता आन्दोलन चल रहा था, गणतंत्र की स्थापना हुई थी, समानाधिकार का संविधान भी रचा जा चुका था, रचा तो जा चुका था लेकिन ग़ुलामों को ख़रीदने की प्रथा, साम्राज्यवाद, उपनिवेशवाद, पुरुषतंत्र वग़ैरह सभी कुछ मौजूद थे, जिन सब प्रथाओं, वादों और तंत्रों में काले लोगों, दरिद्र और स्त्रियों के किसी भी अधिकार को स्वीकृति नहीं मिली थी।

पुरुषों ने इसी तरह समूचे विश्व में अपने अधिकारों की घोषणा 'मनुष्यों के अधिकार' कहकर की थी। कोई भी क्रांति—कोई भी संविधान—किसी भी क़ानून ने स्त्रियों के पक्ष में ज़रा भी आवाज़ नहीं उठाई थी। तब भी बड़े-बड़े वरेण्य क्रांतिकारी बुद्धिजीवियों का मन स्त्रियों को मनुष्य मानने को तैयार नहीं था। पुरुषों के लिए 'अधिकारों' की व्यवस्था हो चुकी थी, पुरुषों को बोलने,

मतदान करने, चुनाव में खड़े होने, सोचने, स्वाधीनता पाने का अधिकार था। स्त्रियों के लिए कर्तव्यों की व्यवस्था की गई। घर-संसार सँभालना, पुरुषों को सुख-शान्ति प्रदान करना, सन्तान की उत्पत्ति, सन्तानों के पालन-पोषण की ज़िम्मेदारी। एक सदी, दो सदी करके समय बीतता चला जा रहा है, स्त्रियों को जिस कुएँ में डाल कर रखा गया था, वे उसी कुएँ में हैं, उधर तमाम देशों में तथाकथित गणतंत्र की चमक बढ़ती जा रही है, रंग-रोग़न बढ़ रहा है, आज़ादी और अधिकार पुरुषों की व्यक्तिगत सम्पत्ति-जैसे हो गए हैं। फिर भी कमाल है, स्त्रियों के अधिकारों की बात कोई भी पुरुष या महापुरुष नहीं कर रहा है। दो-एक ने कहा भी है, लेकिन आख़िर में स्त्रियों को ख़ुद ही खड़े होना पड़ा है, अपने अधिकारों को पाने के लिए स्त्रियों को ख़ुद अपना लहू देकर लड़ना पड़ा है। वोट के अधिकार के लिए लम्बे समय से आन्दोलन करके ही पश्चिम की स्त्रियाँ सफल हो सकी हैं। लेकिन पश्चिम की स्त्रियों की सफलता का अर्थ व्यापक अर्थ में स्त्रियों की सफलता नहीं है। इस इक्कीसवीं सदी में भी पृथ्वी के अनेक देशों में स्त्रियों को वोट डालने का अधिकार नहीं है। स्त्रियाँ अभी भी राजनीति, अर्थव्यवस्था, शिक्षा, स्वास्थ्य इन सारे ही क्षेत्रों में भयंकर वैषम्य की शिकार हैं। अपने प्राप्य से वे बहुत अन्यायपूर्ण ढंग से वंचित हैं।

औपनिवेशिकता-विरोधी राष्ट्रीय आन्दोलन के प्रतिनिधियों ने स्त्रियों को किस नज़र से देखा था, स्त्रियों की नागरिकता के सवाल को लेकर उनकी सोच किस तरह की थी! किस तरह की थी? औपनिवेशिक शक्ति के साथ जब संघर्ष आरम्भ हुआ तो उस शक्ति के इतिहास के मुक़ाबले भारतीय इतिहास कालिख से मुक्त, गंगाजल से धुला, शुद्ध था—इसे समझाने के लिए भारतीय स्त्रियों को पहले से भी अधिक बन्दी होकर घर की छोटी-सी दुनिया में सिमटकर रह जाना पड़ा। भारतीय संस्कृति, भले ही वह संस्कृति स्त्रियों की स्वाधीनता को चूर-चूर करने वाली संस्कृति क्यों न रही हो, उसकी रक्षा की बड़ी ज़िम्मेदारी राष्ट्रवादियों ने स्त्रियों के कन्धे पर ही थोप दी थी। उन्नीसवीं सदी के अन्त से लेकर बीसवीं सदी के आरम्भ की ओर यह समझाने के लिए बहुत-सी पुस्तकें प्रकाशित हुईं कि स्त्रियों का स्थान घर में है, बाहर नहीं। बाहर की

दुनिया पुरुषों की है, स्त्री की नहीं। बाहर की दुनिया में शक्ति और साहस की ज़रूरत है, बाहर की दुनिया मेहनत की दुनिया है, संग्राम की दुनिया है, बाहर की दुनिया युद्ध, राजनीति की दुनिया है, वहाँ होना पुरुषों को ही शोभा देता है, स्त्रियों को नहीं। स्त्रियाँ मुलायम होती हैं। भंगुर होती हैं। डरपोक होती हैं। बुद्धू होती हैं। 'आत्मविस्तृति' और 'आत्मत्याग', इन दोनों चीज़ों से ही स्त्रियों को संसारधर्म का पालन करना होगा। इससे ज़रा भी विचलित नहीं हुआ जा सकता। इधर पुरुषों के लिए दो गुण बहुत ही ज़रूरी हैं, 'आत्मनिर्भरता' और 'आत्मगौरव'। यदि स्त्रियों में ये दो गुण रहें तो घर-संसार बर्बाद हो जाता है, समाज नष्ट हो जाता है, जाति का सर्वनाश हो जाता है।

स्त्रियों के लिए शिक्षा की ज़रूरत की बात की जाती थी, वह शिक्षा आदर्श पत्नी और आदर्श माता बनने की शिक्षा थी। उन्नीस सौ बयालीस में प्रकाशित 'नारीधर्म शिक्षा' पुस्तक में स्त्रियों को नियमशृंखला, साफ़-सफ़ाई, नम्रता, घुटनों के बल बैठे रहने की शिक्षा दी गई है। उस किताब में आदर्श गृहिणी की तसवीर है, पहली स्त्री चमचमाते रसोईघर में बैठकर चरखा चला रही है, दूसरी स्त्री एक सजीधजी बैठक में बैठकर 'नारी के कर्तव्य' किताब पढ़ रही है, तीसरी स्त्री उसी कमरे में एक चटाई पर बैठकर एक बच्चे के साथ खेल रही है। उस किताब में स्त्रियों के लिए कुछ नियम दिये गए हैं। वे नियम इस प्रकार हैं—(1) सुबह नींद से उठकर तथा रात को सोने से पहले भगवान का नाम लेना। (2) सूर्योदय से पहले नींद से उठना होगा, यदि ऐसा नहीं कर सकी तो फिर उपवास करो। (3) नहाकर सूर्य देवता की पूजा करो। (4) एक हज़ार पाँच सौ बारह बार हरे राम मंत्र का जाप करो। (5) भगवान को हर घंटे में कम-अज़-कम एक बार याद करो। (6) बुज़ुर्गों के पैर छूकर उन्हें प्रणाम करो। (7) कभी भी ग़ुस्सा नहीं करना। (8) भगवान की पूजा करना। (9) कभी भी अतृप्ति या असन्तुष्टि को व्यक्त मत करना। (10) यदि तुम्हारे पति के अलावा किसी और पुरुष पर तुम्हारी नज़र जाए तो तुरंत भगवान का नाम लेना। (11) कभी भी किसी की आलोचना मत करना। (12) खाना खिलाते समय किसी को ठगना नहीं। (13) कभी भी निष्ठुर मत होना। (14) कभी कौतुक मत करना। (15) कभी किसी के मन को कष्ट

मत पहुँचाना। (16) हमेशा सच बोलना। (17) कभी कुछ भी मत छिपाना। (18) तुम यदि किसी नियम को तोड़ती हो तो एक सौ आठ बार हरे राम मंत्र का जाप करना।—घोर राष्ट्रवादी-धार्मिक-मर्दवादी आदर्शों से ही ये आदेश निकले हैं। ताकि भगवान की सेवा में, पति की सेवा में, गृहस्थी की सेवा में स्त्रियाँ मग्न रह सकें। भारतीय स्त्री को भारतीय आदर्शों का प्रतीक बनना है, लेकिन भारत की पूर्ण नागरिकता पाने की योग्यता उनकी नहीं रहेगी। भारत के आर्थिक-सामाजिक-राजनीतिक क्षेत्र में स्त्रियों को हिस्सेदारी से महरूम रखा जाएगा। घटना तो ऐसी ही घटी है, और इस घटना को पश्चिमी शिक्षा प्राप्त पुरुषों ने अंजाम दिया है, ज्ञान और गुण में वे लोग ही तब सर्वेसर्वा थे। शासकों की भाषा और संस्कृति के पाठ को लेकर शासक के तंत्र-मंत्र को सीखकर शासकों पर ही आक्रमण किया गया है। अच्छी बात है, लेकिन कहाँ तो उन्हें समता और साम्य का सपना लेकर अन्त:पुर से स्त्रियों को बाहर निकालना चाहिए था, उन्होंने ऐसा न करके इसका बिलकुल उलटा किया है।

उन्नीस सौ सत्रह से उन्नीस सौ चालीस तक भारत में स्त्रियों के मताधिकार को लेकर, यूरोप और अमरीका में जिस तरह के आन्दोलन चल रहे थे, वैसा भले ही न हुआ हो, लेकिन धीमे स्वर में वाद-विवाद तो होते ही रहे। वोट का अधिकार एक नागरिक का राजनीतिक अधिकार है, लेकिन भारत के मुस्लिम और हिन्दू दोनों ही धर्म के राष्ट्रवादी नेताओं ने इस अधिकार को अस्वीकार कर दिया था कि यदि स्त्रियों को वोट का अधिकार मिल जाएगा तो घर-गृहस्थी बर्बाद हो जाएगी, पर्दाप्रथा को क्षति पहुँचेगी।—भारत भर में कैसी भयभीत चीख़-पुकार मची हुई थी! कहा जा रहा था कि नारीत्व और नागरिकत्व इन दोनों का मिलन किसी भी दशा में सम्भव नहीं हो सकता।

स्त्रियों को क्या चाहिए, आरक्षित सीट, या कि सारे लोगों को वोट का अधिकार? उनका एक दल इस पक्ष में और दूसरा दल उस पक्ष में था। तीस के दशक की शुरुआत में ऐसा ही घटित हुआ था। राजनीतिज्ञों के बीच इस बात को लेकर बहुत दिनों तक बहस चलती रही। अभी बहस चल ही रही थी कि अचानक एक दिन, 1932 के सितंबर में, कांग्रेस के कुछ नेताओं ने पूना-समझौता को अपना समर्थन दे दिया, उनमें गाँधीजी भी थे। वे लोग हिन्दू

इलाक़ों में महिलाओं के लिए सीट आरक्षित करवा आए। इस तरह उन्होंने मामला रफ़ा-दफ़ा कर दिया। मताधिकार के लिए विभिन्न धर्मों में विश्वास रखनेवाली स्त्रियाँ एकजुट होकर जिस आन्दोलन को आगे बढ़ा रही थीं, वे लोग ठंडे दिमाग़ से, उस आन्दोलन की गर्दन काट आए।

ब्रिटिशविरोधी आन्दोलन के शुरुआती दौर में भारतीय नारीवादी लोग अंग्रेज़ तथा आइरिश नारीवादियों की प्रेरणा से मताधिकार के दावे को लेकर रास्तों पर उतरने की तैयारी कर रहे थे। लेकिन उससे पहले ही स्त्रियों की माँग का प्रसंग राष्ट्रवाद की हवा में बिला गया। उस समय सब लोग स्वाधीनता का स्वाद चखना चाहते थे। स्त्रियों को दासी-बाँदी मानने का प्राचीन पुरुषतांत्रिक आदर्श तब राष्ट्रवादी चेतना के लिए ख़ुराक का काम कर रहा था। उन दिनों स्त्रियों की संस्थाओं-संगठनों की संख्या कोई कम नहीं थी, लेकिन सभी ने, बिना किसी सोच-विचार के अपने आप को राष्ट्रवादी आन्दोलन के साथ जोड़ लिया था। जब मताधिकार का सवाल उठाया गया तो सरोजिनी नायडू, बेगम शाहनवाज़, राधाबाई सुबारायन सभी ने क्षीण स्वर में कहने की कोशिश की थी कि 'स्त्रियाँ गृहस्थ-धर्म का ठीक-ठीक पालन करते हुए भी राजनीति के आँगन में क़दम रख सकती हैं, अपने मताधिकार का प्रयोग कर सकती हैं। इससे स्त्रियों का स्त्रीत्व, सतीत्व कुछ भी नष्ट नहीं होगा। राजनीतिक जागरूकता आ जाने पर वे अपनी सन्तानों को भी आदर्शवादी मनुष्य के रूप में गढ़ सकेंगी।' किसी को किसी तरह की ग़लतफ़हमी न रह जाए इसलिए नेत्रियों ने कह दिया था कि 'वे लोग नारीवादी नहीं हैं। वे लोग पश्चिम की स्त्रियों की तरह लिंगयुद्ध नहीं चाहती हैं। इसके अलावा, भारतवर्ष में नारीवादी आन्दोलन की कोई ज़रूरत नहीं है। कारण कि यहाँ पर कोई भी काम हो पुरुष और स्त्री एक-दूसरे के सहयोग से करने के आदी हैं।' कुछ उच्च-मध्यवर्गीय, शिक्षित, धनाढ्य, सुविधाप्राप्त स्त्रियाँ कितने भयंकर ढंग से देश की अधिकांश स्त्रियों को भूल ही गई थीं, वे स्त्रियाँ जो वंचित थीं, लांछित, निरक्षर, उत्पीड़ित, उपेक्षित और अपमानित थीं।

भारत आज़ाद हो गया, देश का बँटवारा हुआ, धर्म और वर्ण को भुलाकर जो स्त्रियाँ कन्धे से कन्धा मिलाकर खड़ी हुई थीं, उनका बँटवारा हो गया।

अब स्त्रियों का परिचय 'स्त्री' नहीं है, उनमें से कोई 'बहुसंख्यक' हैं तो कोई 'अल्पसंख्यक'। वे अब धर्म की बुनियाद पर खड़े सम्प्रदायों को टिकाए रखने की औज़ार हैं। भारत में जिस नारीवादी आन्दोलन के घटित होने की सम्भावना थी, उसकी बहुत ही करुण मृत्यु हो गई। भारत के संविधान में धर्म की स्वाधीनता पर ज़ोर दिया गया है। और इस मौक़े का फ़ायदा उठाकर अनपढ़, असहिष्णु मुसलमान पुरुष मुसलमान स्त्रियों को भारतीय गणतंत्र के मानवाधिकारों, सुरक्षा और न्याय-विचार से वंचित होने के लिए बाध्य कर रहे हैं। शाहबानो प्रकरण में हमने देखा कि सम्प्रदाय में विश्वास रखने वाली साम्प्रदायिक राज-शक्तियाँ इसमें मदद कर रही हैं।

वर्ष उन्नीस सौ चौंतीस में भारतीय नारी-सभा में समता के क़ानून की माँग उठी थी, उत्तराधिकार, विवाह और सन्तान के अभिभावकत्व के मामले में स्त्रियों के ख़िलाफ़ मौजूद वैषम्य को दूर करने की माँग उठी थी, उस दिन की वह माँग आज भी केवल एक माँग ही बनकर रह गई है। अब यह माँग काफ़ी हद तक एक अस्पृश्य की तरह हो गई है। जब भी 'मुस्लिम परिवार क़ानून' में सुधार या उसकी विलुप्ति की बात उठती है तो हिन्दू-कट्टरपंथी दलों के समर्थक के रूप में बदनाम हो जाएँगे, यह डर तथाकथित धर्मनिरपेक्ष स्त्री-पुरुषों को भी सताने लगता है। समान नागरिक क़ानून, जिस क़ानून से स्त्री और पुरुषों में समता की व्यवस्था सुनिश्चित होती है, वह क़ानून क्या गणतंत्र की पहली शर्त नहीं है! 'धार्मिक क़ानून' यदि मानवाधिकारों को लाँघने लगे, व्यक्ति की आज़ादी का विनाश करे, तो फिर उस क़ानून को अक्षत रखकर भारतवर्ष किनका भला कर रहा है? धर्म तो हर पल इस देश को डँस रहा है, फिर भी अदूरदर्शी और स्वार्थ की तलाश में जुटे राजनीतिज्ञों की धर्म को दूध-केला खिलाकर पालने-पोसने की अदम्य इच्छा दूर नहीं होती!

हिन्दू क़ानून में स्त्री और पुरुष के बीच की विषमता को धीरे-धीरे कम कर दिया गया है लेकिन मुस्लिम क़ानून में स्त्रियों के अधिकार आज भी एक बड़ा प्रश्नवाचक चिह्न है। जिस राष्ट्र में शास्त्र का अनुसरण कर 'परिवार क़ानून' तैयार किये जाते हों, उस राष्ट्र को मैं भला कैसे 'धर्मनिरपेक्ष' कहूँ! जिस राष्ट्र में सम्प्रदाय के आधार पर तमाम दीवानी क़ानून मौजूद रहते हों,

तो मैं भला कैसे उस राष्ट्र को 'असाम्प्रदायिक' कहूँ! जिस राष्ट्र में स्त्री और पुरुष के समानाधिकार को स्वीकृति न मिलती हो, मैं उस राष्ट्र को भला कैसे 'गणतंत्र' कहूँ!

बहुत-से लोग कहते हैं कि सतीदाह, मुस्लिम पारिवारिक क़ानून तथा अनेक लिंग-आधारित वैषम्यों के विरुद्ध भारतवर्ष की स्त्रियों ने बहुत लम्बे समय से आन्दोलन किये हैं। इस विषय में मेरा दो मत है। भारतवर्ष में, सही अर्थों में, मेरा ऐसा विश्वास है कि कोई शक्तिशाली नारी-संगठन था ही नहीं, यहाँ कोई नारीवादी आन्दोलन हुआ ही नहीं, अभी तक स्त्रियों के पक्ष में जो कुछ भी हुआ, वह समाज-सुधारक पढ़े-लिखे पुरुषों की करुणा की वजह से हुआ है। स्त्रियाँ अशिक्षा के अन्धकार में ठूँस कर संसार के पिंजरे में बन्दी बनाकर रखने के पुरुषतांत्रिक षड्यंत्र की शिकार हैं, यह स्त्रियाँ अपने अधिकारों को लेकर जागरूक नहीं हैं, इन स्त्रियों को स्वाधीनता का 'स' भी नहीं मालूम। कुछ पाने के लिए जिन्हें कठोर संग्राम नहीं करना पड़ा, उन्हें पाने का अर्थ ही नहीं मालूम। बिना किसी आन्दोलन के जिन्हें तमाम तरह के अधिकार मिल जाते हैं, उनके लिए अधिकार के महत्त्व को समझ पाना कठिन होता है, प्राप्य अधिकार को अर्जित करने के लिए आन्दोलन करना भी मुश्किल काम है। स्त्री-विरोधी क़ानून के अन्याय और अत्याचारों की वजह से साल-दर-साल स्त्रियों को तमाम विपत्तियों को सहन करते रहने के बाद भी, भयावह सामूहिक-बलात्कार की शिकार होने पर भी, बड़े पैमाने पर उनकी हत्या हो जाने पर भी बहुत कम स्त्रियाँ ही प्रतिवाद में रास्तों पर उतरती हैं। भारत की स्त्रियाँ इस उम्मीद में बाँहें समेटकर बैठी रहती हैं कि कोई महापुरुष आकर उनकी सारी समस्याओं का समाधान कर जाएगा।

असल में, उस संस्कृति को किसी भी देश, किसी भी समाज में संस्कृति के रूप में सम्मान मिलना उचित नहीं है, जो संस्कृति लोगों के मुक्त-चिन्तन और उनकी स्वाधीनता के लिए नुक़सान की वजह बने, जो संस्कृति निर्मम ढंग से लोगों के अधिकारों का हरण कर ले। संस्कृतियाँ तो मनुष्य के कल्याण के लिए होती हैं। यदि कुछ अकल्याणकर घटित होता है तो उस संस्कृति में आमूल सुधार किया जाना चाहिए, अन्यथा उसे कचरे के ढेर पर फेंक देना

चाहिए। पृथ्वी के इतिहास में बहुत-सी संस्कृतियाँ पुरानी होकर, सड़-गल कर मर गई हैं। मनुष्य आगे बढ़ता गया है।

आज हमारे सम्मुख यह सवाल है कि स्त्रियों के अधिकारों और विभिन्न संस्कृतियों वाले समाज को एक ही साथ कैसे सँजोकर रखा जा सकता है। मेरा कहना है, जिस भी तरह से हो अधिकारों को बचाकर रखना ही होगा, संस्कृति इसके साथ ताल मिलाकर चल सके तो बेहतर, अन्यथा वह पिछड़ जाएगी। पिछड़ जाए, तो पिछड़ जाए। स्त्रियों के अधिकारों की रक्षा करना ही स्त्रियों की पहली और प्रधान ज़िम्मेदारी है।

धर्म रहेगा, स्त्रियों के अधिकार भी रहेंगे, ऐसा सम्भव नहीं

नारी-स्वाधीनता, मानवाधिकार, मानवता, मुक्त चिन्तन, मत प्रकट करने का अधिकार, गणतंत्र और धर्ममुक्त जीवन-आचरण के साथ धर्म, धर्मान्धता, धार्मिक अन्धविश्वास, धार्मिक क़ानून, धार्मिक शासन इत्यादि का सबसे अधिक विरोध रहता है। यह विरोध आज का नहीं है, जिस दिन से धर्म का आविर्भाव हुआ, उसी दिन से है। मैं स्त्रियों के अधिकारों की बात करूँगी, लेकिन धार्मिक कट्टरवादी लोग मुझ पर नाराज़ नहीं होंगे, मौक़ा मिलने पर आक्रमण नहीं करेंगे, ऐसा तो हो नहीं सकता। कुछ लोग कहते हैं कि तुम उन्हें टोंचती क्यों हो, उन्हें क्यों उकसाती हो, क्यों इतनी ज़्यादती करती हो, इसीलिए तो वे फ़तवा देते हैं, या हत्या करने के लिए उद्यत रहते हैं। इसका मतलब तो यह हुआ कि कट्टरवाद की वजह से स्त्रियाँ अपने अधिकारों से वंचित रहें तो रहें, कट्टरवाद समाज में आतंक फैला रहा है तो फैलाए, कट्टरवाद स्त्रियों को बेड़ियों में जकड़ता है तो जकड़े, स्त्रियों को अन्धकार में क़ैद करके रखता है तो रखे, लेकिन स्त्रियों को चाहिए कि वे चुप रहें। वे यदि चुप न रहीं तो कट्टरवादी फिर से नाख़ुश होंगे, नाराज़ होंगे, वे गाली देंगे, पत्थर मारेंगे। इसके फलस्वरूप समाज में अराजकता दिखाई देगी, और इसे तो किसी भी क़ीमत पर नहीं होने दिया जा सकता।

एक समय था, जब दुनिया पर धर्म का शासन हुआ करता था, उस समय को कहा जाता था 'द डार्क एजेस' यानी 'अन्धकार युग'। ईसाई लोग लड़कियों को डायन बताकर उन्हें ज़िन्दा जलाकर मार देते थे। हिन्दू

लोग लड़कियों को ज़िन्दा जलाते थे, पति के साथ उन्हें सहमरण के लिए बाध्य करते थे, पुरुषों में बहुविवाह का चलन तो था ही, उत्तराधिकार और मानवाधिकारों से भी स्त्रियों को वंचित रखा जाता था, स्त्रियाँ सिर्फ़ यौनदासी और पुत्र उत्पादन के यंत्र के रूप में उपयोग में लाई जाती थीं। स्त्रियों को ज़िन्दा भले ही न जलाएँ लेकिन उन्हें यौनदासी और पुरुषों की सम्पत्ति के रूप में उपयोग में लाना अन्य धर्मों की तरह इस्लाम का भी आदर्श है। विश्व भर में विभिन्न कालों में तमाम दार्शनिकों, तर्कवादियों, और स्वतंत्र चिन्तन में विश्वास करने वालों ने धार्मिक शासन की आलोचना की है, उन्होंने साम्य की, समानाधिकार की बात मुखर होकर कही है, और हर काल में, हर समाज में उनकी आवाज़ को दबाने की कोशिशें की जाती रही हैं। गैलिलियो गैलिली, जियोर्दानो ब्रूनो से लेकर बंगाल में विद्यासागर, राममोहन राय सभी पर आक्रमण हुए हैं। अन्धकार समाज को जिसने भी आलोकित करने की कोशिश की है, उनके सिर काटने वाले लोगों का किसी भी काल में अभाव नहीं था। आज भी नहीं है।

तर्कवादियों की अनथक मेहनत की वजह से अन्य धार्मिक समुदायों में धीरे-धीरे नैतिक और लौकिक शिक्षा के प्रसार तथा राष्ट्र और धर्म को अलग-अलग करने की व्यवस्था होने के बाद भी अधिकांश मुस्लिम इलाक़े आज भी बहुत पिछड़े हुए हैं। पूँजीवादी ताक़तें अपने स्वार्थ के लिए बहुत समय से मुस्लिम राष्ट्रों का उपयोग करती आ रही हैं। साधारण जनता को अज्ञानता और अलौकिकता में बड़ी चतुराई से डुबोए रखकर ही स्वार्थ की सिद्धि सम्भव हुई है। मुस्लिम शासकों के स्वेच्छाचार, निजी स्वार्थों, अदूरदर्शिता ने अधिकांश मुस्लिम राष्ट्रों को अभी भी सभ्यता से कई आलोकवर्ष दूर हटा रखा है। वहाँ मानवाधिकार, मानवता, स्त्रियों के अधिकार, गणतंत्र, बोलने का अधिकार लगभग नहीं ही हैं। वहाँ पर जो कुछ घटित होता है, उसका प्रभाव तमाम देशों के अल्पसंख्यक मुस्लिम इलाक़ों पर पड़ता है। इसके फलस्वरूप धर्मनिरपेक्ष होने की बजाय लोग कट्टर होते जा रहे हैं। इसके अलावा मुस्लिम देशों में विराट पराशक्ति के अहं के बम-विस्फोट ने मुस्लिम युवा-समाज को पथभ्रष्ट करके कट्टर बनने की राह पर क़दम बढ़ाने में मदद की है। कम्यूनिज़्म के

पतन ने भी लोगों को दिग्भ्रमित किया था, तो लोगों ने धर्म को अपना आश्रय समझ लिया है।

विप्लव के अलावा, जनजागरण के अलावा कट्टरवाद की दानवी शक्ति के साथ युद्ध कर पाना आज असम्भव है। इनके डर से लोग जितने दुबके रहेंगे, सभ्यता का संकट उतना ही उत्तरोत्तर बढ़ता जाएगा। बाहर से जिस तरह ज़ोर लगाकर गणतंत्र की स्थापना नहीं की जा सकती, मानवाधिकार को भी ज़ोर लगाकर कहीं पर आरोपित नहीं किया जा सकता। जिनके लिए गणतंत्र है, जिनके लिए समानाधिकार है, उन्हें इन सबको ग्रहण करने के लिए तैयार होना होता है। जागरूक न होने पर तैयार नहीं हुआ जा सकता। लोगों को जागरूक करने के लिए युगों-युगों से तमाम चिन्तक, तमाम सुधारक कोशिशें करते रहे हैं। मैं भी अपने लेखन के ज़रिये वही कोशिश कर रही हूँ।

मुस्लिम देश में जन्म होने के कारण मैंने लड़कियों पर इस्लामी क़ानून और परम्पराओं के शासन को बहुत क़रीब से देखा है। अनेक धर्म और संस्कृति वाले समाज में बड़े होने की वजह से ग़ैरमुस्लिम लड़कियों पर अन्य धर्म और संस्कृतियों के अनाचार भी मैंने बहुत देखे हैं। मैं तो एक बहुत ही मामूली-सी शै हूँ, जिसने डॉक्टरी की पढ़ाई की। डॉक्टरी करके मज़े से अपना जीवन बिताऊँगी, ऐसा सोचा था। लेकिन सब-कुछ छोड़-छाड़कर अपनी ज़िन्दगी को ख़तरे में डालकर स्त्रियों से विद्वेष करने वालों, पुरुषतांत्रिकों, धार्मिक और असहिष्णु कट्टरवादियों से भरे इस समाज में मैंने स्त्रियों के अधिकारों की बात यदि ऊँचे स्वर में कहनी शुरू की, तो क्यों? मुझे इसका शौक़ आ रहा था। या कि मुझे इस समाज को स्वस्थ करने की ज़िम्मेदारी महसूस हुई? दुःशासन के ख़िलाफ़ किसी-न-किसी को तनकर खड़ा होना ही पड़ता है। कुछ लोग हैं जो किसी भी षड्यंत्र के साथ समझौता न करके अन्याय का प्रतिवाद करते हैं!

आरोग्य, साम्य और सुन्दर का स्वप्न लेकर धर्म, कट्टरवाद, अन्धविश्वास, पुरुषतंत्र इत्यादि के विरुद्ध लड़ाई करते हुए आज मैं तेरह वर्षों से निर्वासन का जीवन बिताने के बाध्य हो रही हूँ। चुप रहने की शर्त मान लेने पर सम्भव है मैं अपने देश लौट पाती। आश्रय की माँग करते-करते मुझे एक देश से दूसरे

देश भटकना नहीं पड़ता। घोर अनिश्चयता के बीच दोस्तों और रिश्तेदारों के बिना यह कठिन जीवन नहीं बिताना पड़ता। लेकिन मैं तो लिखती हूँ, जो बातें बहुत ज़्यादा लोग नहीं लिखते, और उन रास्तों पर चलती हूँ, जिन पर चलने का साहस सब लोगों में नहीं होता।

मैं बार-बार कहती हूँ कि कट्टरवाद के ख़िलाफ़ यह मुझ अकेली की लड़ाई नहीं है, यह सारे स्वतंत्र चिन्तन, अपना मत प्रकट करने के अधिकार और व्यक्ति-स्वतंत्रता में विश्वास करने वाले लोगों की लड़ाई है। यह लड़ाई सत्य और असत्य की है। तर्क के साथ तर्कहीनता की है। नये के साथ पुरातन की है। तमीज़ के साथ बदतमीज़ी की है। समानता के साथ असमानता की है। यह लड़ाई ज्ञान के साथ अज्ञानता की है। शिक्षा के साथ अशिक्षा की। उन्नति के साथ अवनति की।

मुझ पर अकसर दकियानूसी पुरुषतांत्रिक धार्मिक कट्टरवादियों के हमले होते हैं। हमले क्यों होते हैं? फ़तवे क्यों जारी होते हैं? क्यों मेरे सिर की क़ीमत का ऐलान होता है? निश्चय ही मैंने सही जगह पर चोट की है। मैं स्त्रियों के अधिकारों के पक्ष में लिखूँ और स्त्रियों के अधिकारों की विरोधी ताक़तें मुझसे ख़ुश रहें, ऐसा तो सम्भव नहीं।

केवल शरीर पर टूट पड़ना ही हमला है, ऐसा तो नहीं। हिंसक हमले तो भयानक कुप्रचार और ज़हर उगलकर भी किये जाते हैं। मुझ पर जब भी कट्टरवादियों के हमले होते हैं, मैंने देखा है प्रगतिशील लोग या फिर जो भी कलाकार, साहित्यकार और बुद्धिजीवीवर्ग कट्टरवादियों की आलोचना करने आगे आते हैं, कहते हैं, तसलीमा के विचारों से या कि उनके सारे विचारों से मैं या हम सहमत नहीं हैं, लेकिन उन पर हुए हमले की हम मज़म्मत करते हैं। मेरी तब यह जानने की बड़ी इच्छा होती है कि मेरे किस विचार से वे लोग सहमत नहीं हैं—(1) मानवाधिकार, (2) स्त्रियों के अधिकार, (3) मानववाद, (4) धर्मनिरपेक्षता। इन चारों में से वे किसे नहीं मानते? इन चार आदर्शों के लिए ही मेरा लिखना-पढ़ना है, मेरी लड़ाइयाँ हैं।

प्रगतिशीलता के मुखौटे पहने कुछ कट्टरवादी मुझे सावधान करते हुए कहते हैं कि मुझे किसी को कोंचना नहीं चाहिए, किसी को नाराज़ नहीं करना

चाहिए। मुझे 'हदें पार' नहीं करनी चाहिए। मुझे संयत रहना चाहिए, सोच-समझकर लिखना चाहिए ताकि कट्टरवादी परेशान न हों, जुलूस न निकालें। कोई-कोई कहता है कि मैं यह सब जान-बूझकर करती हूँ ताकि कट्टरवादी लोग नाराज़ हो जाएँ, वे आन्दोलन करें ताकि मुझे प्रचार मिले। कोई-कोई कहता है, मुझे लिखना नहीं आता, न तो पद्य और न ही गद्य। मैं साहित्यकार नहीं हूँ। मैं तो अकसर केवल ऐसे मन्तव्य प्रकट करती रहती हूँ कि जिनसे कट्टरवादी लोगों को उकसाया जा सके। इसलिए कट्टरवादियों को मुझ पर हमले करने की पर्याप्त वजहें मिल जाती हैं। कोई-कोई कहता है, स्त्रियों की शिक्षा, उनके स्वास्थ्य, उनकी आत्मनिर्भरता वग़ैरह को लेकर मैंने कभी नहीं लिखा, स्त्रियों को किसी और तरह की स्वाधीनता नहीं चाहिए, उन्हें केवल यौन-स्वाधीनता चाहिए। लिहाज़ा कट्टरवादी लोग तो हमले करेंगे ही। जो लोग यह सब आरोप लगाते हैं, उन लोगों ने इस देश में बुद्धिजीवी के रूप में बड़ा नाम कमाया है। मेरे ख़िलाफ़ यह कुप्रचार और झूठ फैलाने से कट्टरवादियों के हमलों को कुछ तो सार्थकता मिल सके, वे लोग यही चाहते हैं।

केवल धार्मिक कट्टरपंथी ही प्रतिबन्धक नहीं हैं, मेरी आवाज़ को दबाने के लिए बड़ी ताक़तें नंगी होकर मेरे सामने खड़ी हैं। मूर्ख धर्मान्ध लोग विधायक होकर भी प्रकट रूप से हत्या की धमकी देते हैं, लॉ-बोर्ड के अध्यक्ष होकर भी मेरे सिर की क़ीमत का ऐलान करते हैं, कहते हैं कि मेरी हत्या करके वे फाँसी पर चढ़ने को तैयार हैं। देश भर के समझदार लोग उन पर लानत भेजते हैं। लेकिन वे चालाक लोग, जिन्हें मैं प्रगतिशीलों के रूप में जानती हूँ, नितान्त विद्वानों की मुद्रा में जब यह कहते हैं कि मेरा 'दुस्साहस' ठीक नहीं है या फिर मुझे ऐसी बातें नहीं कहनी चाहिए, जिनसे दूसरों की धार्मिक अनुभूतियाँ आहत होती हों, तब वे लोग ही जनसाधारण को बहुत अधिक प्रभावित करते हैं और वे लोग ही तब प्रगति की प्रतिगामी-शक्ति के रूप में कट्टरवादियों के मुक़ाबले दोगुने भयंकर हो जाते हैं। 'दुस्साहस न करने का फ़तवा' 'सिर की क़ीमत के फ़तवे' से अधिक विपदजनक है। सिर की क़ीमत का फ़तवा देने का अर्थ हुआ अचानक एक दिन हत्या हो जानी है। दुस्साहस न करने का मतलब यह हुआ कि मुझे बाक़ी की ज़िन्दगी चुप्पी

साधकर गुज़ारनी पड़ेगी। एक दिन की तकलीफ़ के मुक़ाबले जीवन भर की तकलीफ़ निश्चय ही भयावह है।

मैं यदि स्त्री-विरोधी दो मुख्य ताक़तों; धर्म और कट्टरवाद के ख़िलाफ़ मुँह खोलती हूँ तो वही तो धार्मिकों और कट्टरवादियों के लिए मेरा 'हदों को पार करना' हुआ। और वे शान्तिप्रिय साहित्यकार भी तो इसे 'हदों को पार करना' ही समझते हैं, जिन लोगों का विश्वास है कि कट्टरवाद और स्त्री-स्वाधीनता दोनों ही समाज में एकसाथ रहेंगे और कभी भी इनमें किसी तरह की टकराहट नहीं होगी। और टकराहट हुई तो दोष स्त्री का होगा। वे लोग दूध-केला खिलाकर कट्टरवाद नामक विषधर साँप को पालने का उपदेश देते हैं। हमारी आँखों के सामने एक साँप से लाखों साँप जन्म ले रहे हैं। लेकिन डर के मारे दुबककर, चुप रहकर, साँस रोककर जीवन काटने को वे 'हदों को पार न करना' समझते हैं।

मुझे यह कहना अच्छा लगता है कि इस कट्टरवाद के विरोध में किये जा रहे संग्राम में मैं अकेली नहीं हूँ, अनगिनत धर्ममुक्त, तर्कवादी, मानववादी लोगों के जुलूस का मैं भी एक हिस्सा हूँ। मैं एक क्षुद्र व्यक्ति हूँ लेकिन 'हम लोग' क्षुद्र नहीं हैं। हो सकता है एक दिन शत्रुपक्ष बहुत सहजता से मेरा अन्त कर दे। लेकिन 'हम लोगों' का अन्त नहीं कर सकेगा। मुझे हर पल मौत की आशंका के साथ जीना पड़ता है। उस दिन मरकर भी मुझे सुकून मिलेगा, जिस दिन पता चलेगा कि स्त्रियाँ अपनी सबसे बड़ी विरोधी ताक़तों को पहचान रही हैं। उन ताक़तों का नाम है धर्म, नाम है कट्टरवाद। उस दिन मर कर भी मुझे सुकून मिलेगा, जिस दिन पता चलेगा कि दुनिया में अब कट्टरवाद का अस्तित्व नहीं रहा, और स्त्रियाँ अपने पूरे अधिकारों को अर्जित कर, मनुष्य के अधिकारों को हासिल कर शिक्षा और आत्मनिर्भरता के साथ इज़्ज़त के साथ रह रही हैं। कोई कट्टरता नहीं बची जो कहे कि घूँघट से सिर ढको, बुरक़े से बदन को ढको, ग़ैरमर्दों के सामने नहीं जाओगी, हँसोगी नहीं, बातें नहीं करोगी। मुझे मरकर भी शान्ति मिलेगी जिस मुझे पता चलेगा कि अब कहीं पर भी कट्टरता शेष नहीं जो आँख दिखाकर कहेगी कि तुम्हें पति की दासी होना होगा, तुम उसके सारे आदेशों-निषेधों का अक्षरशः पालन करोगी, पति की

अन्य सारी पत्नियों को स्वीकार कर लोगी, पति जितनी चाहेगा उतनी सन्तानों को जन्म दोगी, पति की मार खाकर चुप रहोगी। कोई कट्टरता नहीं बची जो तर्जनी उठाकर कहे कि तुम किसी की उत्तराधिकारी नहीं हो, तुम किसी की कुछ भी नहीं हो, तुम्हारा जीवन तुम्हारा नहीं है वह दूसरों की सुविधा के लिए है, दूसरों के कल्याण के लिए है, तुम इनसान नहीं हो, तुम नरक का कीड़ा हो, तुम दोज़ख़ का दरवाज़ा हो।

इतने दिनों में सभ्य क़ानून

नारी-उत्पीड़न सुबह नींद से उठने-जैसा हुआ करता था, उठकर पेशाब के लिए जाने, दाँत माँजने, चाय पीने-जैसा। नारी-उत्पीड़न मोहल्ले की दुकान से हाफ़ पैक सिगरेट ख़रीदने-जैसा हुआ करता था, हर रोज़ बस में चढ़ने-जैसा, ऑफ़िस जाने की तरह। नारी-उत्पीड़न लंच के बाद थोड़ा ऊँघने-जैसा हुआ करता था। बागड़ की ग्रिल पर बैठकर गप्पे लगाने-जैसा, हथेली में खैनी मलकर दो चुटकी मुँह में डालने-जैसा। वह शाम के दो पेग-जैसा हुआ करता था। टी.वी. पर क्रिकेट देखने-जैसा। रात में खा-पीकर जाँघ खुजाते-खुजाते बिस्तर पर जाने-जैसा। नारी-उत्पीड़न इतना ही निरीह था, इतना ही नगण्य। ऐसा ही नित्य-नैमित्तिक, ऐसा ही नॉर्मल।

अब अचानक यह क्या हुआ? हुआ क्या है, ठंडे भात में घी!

क्या, गाँव में आईनबाबू आए हैं। आईनबाबू अब अपनी लाल आँखें तरेरकर लोगों को चेता रहे हैं, बदमाशी की कि मरे। इस दुष्टों के देश में बिना बात के लाल आँखों की छड़ी घुमाई जा रही है! आईनबाबू को देखकर मर्द जनता त्रिशूल हाथ में लिए निकल पड़ी और लिंग के आगे लाल पताका लटका कर यौन-अनशन पर बैठ गई कि आईनबाबू को गाँव से खदेड़े बिना कोई भी अन्न का दाना तक मुँह में नहीं डालेगा। चारों ओर हिंसा की फुसफुसाहट। सभ्य दिखने वाले लोग तो नाक सिकोड़ कर बोल ही रहे थे, 'आईन बनाने से कुछ नहीं होने वाला, जिस आईन का प्रयोग कभी नहीं होगा, उस आईन को लागू करके आईन को ही हँसी की वस्तु बना डाला है।' कोई-कोई आदमी दाँत पीसते हुए कह रहा था, 'यह क़ानून नहीं, फ़तवा है।' कोई बोल रहा था, आधुनिक

समाज में जितने कम विधिनिषेध जारी किये जाएँ, उतना ही अच्छा। समाज अपने आंतरिक संशोधनों के तक़ाज़ों से चलता है। बाहर के हुक़ुम से नहीं।

इस शहर में इन सड़े हुए पुराने विश्वासों से अटे समाज को आधुनिक समाज मानने का दावा करने और इसे लेकर गर्व करने वाले लोगों का अभाव नहीं है। सोचने पर ताज्जुब होता है कि धर्मांध पुरुषतांत्रिक समाज कब और कैसे आधुनिक हुआ! लड़कियों को अब भी पुरुष लोग 'देखने आते' हैं। शादी के बाद पुरुष स्त्रियों को अपने घर ले जाते हैं। शादी के बाद स्त्रियों को शाँखा पहनना होता है, सिन्दूर लगाना पड़ता है, अपना सरनेम बदलना होता है, यह प्रकट करने के लिए कि वे किसी की सम्पत्ति हो गई हैं। लेकिन पुरुषों को शादी की कोई निशानी वहन नहीं करनी पड़ती!

इस 'आधुनिक' समाज में ही स्त्रियों पर शारीरिक, मानसिक, आर्थिक सब तरह के अत्याचार होते हैं। कन्याभ्रूण हत्या होती है, बेटा पैदा न हुआ तो लांछन सहने पड़ते हैं, इस तथाकथित आधुनिक समाज में ही पति की मृत्यु हो जाने पर विधवा पत्नी को दु:सह जीवनयापन करना पड़ता है, लेकिन विधुर पुरुष को किसी तरह की ग्लानि नहीं भोगनी पड़ती। इस आधुनिक समाज में पति और पत्नी दोनों ही नौकरी या फिर व्यापार के सिलसिले में घर से बाहर जा रहे हैं, लेकिन घर लौटकर दासी के काम पत्नी को ही करने पड़ते हैं, पति तब स्वामी की तरह ही रहता है, प्रभु की तरह। समाज जितना आधुनिक हो रहा है, स्त्रियाँ उतनी ही पण्य में तब्दील होती जा रही हैं। पुरुष के शरीर और मन को तृप्त करने के लिए उन्हें नाप के अनुरूप अपने शरीर को ढालना पड़ रहा है, कपड़े पहनने पड़ रहे हैं। इस आधुनिक समाज में ही तो बलात्कार, बहू की हत्या तथा बहू को उत्पीड़ित करने का काम बड़े मज़े से हो रहा है। इस आधुनिक समाज में ही तो काले रंग की वजह से उपेक्षा और अवज्ञा सहन करते-करते लड़कियाँ हताशा में डूबकर आत्महत्या कर रही हैं!

यही यदि आधुनिकता की संज्ञा है! तो फिर साल के बीतते-बीतते सूर्य अपनी ज्योति खो बैठे तो भी, सारे ग्रह एक-एक कर अपनी कक्षाओं से भटक जाए तो भी इस समाज को सचमुच आधुनिक बनाना दुष्कर होगा।

लड़कियों के विश्वविद्यालय से बड़ी-बड़ी डिग्रियाँ लेने से, तंग कपड़े पहनकर बाहर निकलने से, डिस्कोथेक में जाकर नाचने से, शराब और सिगरेट पीने से समाज आधुनिक नहीं हो जाता। आधुनिकता की संज्ञा इतनी संकीर्ण नहीं है।

नहीं। यह समाज आधुनिक नहीं है। समाज में असमानता की दुर्गन्ध है। आपसी समझौते हैं। इस समझौते की नीति-रीति का नाम और जो कुछ भी हो, 'आधुनिकता' नहीं है। यह नितान्त ही स्वामी और दासी का शान्तिपूर्वक साथ रहना भर है।

पति रोज़-रोज़ पत्नियों का बलात्कार कर रहे हैं। अब यदि उस बलात्कार को दुष्कर्म की श्रेणी में गिना जाए, तो इसमें किन्हें आपत्ति हो सकती है? आपत्ति अनगिनत बलात्कारियों को हो सकती है। वे अब फुफकार रहे हैं। 'क्या हुआ क्या है, तो क्या पत्नी से भी नहीं करने देंगे? हम ज़बर्दस्ती कर रहे हैं, हाँ अपनी पत्नी के ही साथ ज़बर्दस्ती कर रहे हैं। हम रास्तों पर चल रही स्त्रियों के साथ तो ज़ोर-ज़बर्दस्ती कुछ नहीं कर रहे। यह मेरी पत्नी है। मेरी चीज़ है। मेरा माल। मेरी प्रॉपर्टी। मेरी प्रॉपर्टी के साथ मेरी जो इच्छा होगी मैं करूँगा। इसमें किसी को क्या कहना है! वे लोग गृहस्थी में से सुकून छीनने का क़ानून लेकर आए हैं!'

स्त्रियाँ पुरुषों की सम्पत्ति हैं, इस बात पर जिस तरह पुरुष लोग विश्वास करते हैं, पुरुषों की सम्पत्ति नामक स्त्रियाँ भी विश्वास करने पर बाध्य होती हैं। बाध्य होती हैं इसलिए बिना किसी तर्क के, बिना किसी वजह से घर-घर में शादी नामक चीज़ टिकी हुई है। चूँकि मैं सम्पत्ति का मालिक हूँ लिहाज़ा मेरी जो मर्ज़ी वही करूँगा, और मुझे अपनी मर्ज़ी का करने से रोक रहे हैं ये आईनबाबू लोग। भारत की सम्पत्ति का क़ानून क्या कहता है? वह क़ानून क्या यह नहीं कहता कि मेरी सम्पत्ति पर मेरा एकच्छत्र अधिकार है?

सामाजिक सम्बन्धों के रहने पर भी स्त्रियाँ पुरुषों की सम्पत्ति नहीं हैं—यह बात कितने लोगों को पता है। जो लोग जानते हैं, उनमें से कितने इसे मानते हैं? यह समाज दरअसल पुरुषसत्तात्मक है। समाज के कर्ताधर्ता पुरुष ही हैं। इस समाज में मान लीजिए दो-एक स्त्रियों ने अपना 'पौरुष' दिखाया, पौरुष दिखाकर पुरुषों की ताक़त को थोड़ा कमज़ोर किया तो इसका मतलब यह

नहीं कि इसका उलट भी होगा, यानी पुरुष भी स्त्रियों की सम्पत्ति हो जाएँगे!

'यह क़ानून अमल में नहीं लाया जाएगा'—लेकिन इस वजह से क़ानून पर कटाक्ष करना उचित नहीं। घोर अन्धकार समाज में क़ानून का सचमुच प्रयोग करने में समय लग सकता है। क़ानून को अमली जामा पहनाने के मामले में पहले-पहल जड़ता तो रहेगी ही। लोग हिक़ारत की नज़र से देखेंगे और इसलिए स्त्रियाँ आगे नहीं आएँगी। स्त्रियों को धमकाया जाएगा। स्त्रियाँ गुंडों से डरेंगी। लेकिन किसी एक दिन तो अमल में लाया ही जाएगा, किसी दिन कुछ स्त्रियाँ सिर उठाकर इस क़ानून की छाया में न्याय की माँग करेंगी। जिनकी पीठ दीवार से टिक चुकी हैं ऐसी स्त्रियाँ पुरुषों की लाल-लाल आँखों की उपेक्षा कर आगे बढ़ जाएँगी। और उन साहसी स्त्रियों को देखकर और भी स्त्रियों की इस क़ानून की शरण में जाने की हिम्मत होगी। शैतानी करके बुरे पुरुष किनारे लग जाएँगे, अब ऐसा नहीं होगा, उन्हें राख मलकर पकड़ना पड़ेगा। यह क़ानून ही वह राख है। राख से नहीं पकड़ा तो फिसल जाने की आशंका रहेगी। इतने दिनों तक तो बुरे लोगों के पक्ष में तथा उनके फिसलकर छिटक जाने के पक्ष में ही तमाम क़ानून थे।

'क़ानून क़ानून के रूप में किताब में पड़े रहेंगे, उनका उपयोग रत्ती भर नहीं होगा'—जिन लोगों ने ऐसा कहना शुरू किया था, उनको सबक़ सिखाते हुए इस क़ानून के लागू होने के अगले ही दिन तमिलनाडु के जोसेफ़ नामक एक व्यक्ति को अपनी पत्नी की पिटाई लगाने के आरोप में गिरफ़्तार किया गया था। बीस हज़ार रुपये जुरमाना भरकर ही वह छूट सका था। जोसफ़ लोग जो अब तक सोचते रहे थे कि स्त्रियों को वे अपनी मर्ज़ी के हिसाब से मारेंगे, जलाएँगे, अब ऐसा करना सम्भव नहीं। प्रेम यदि शान्तिपूर्ण ढंग से साथ रहना सम्भव करा सकता तो वही साथ रहने का आदर्श ढंग होता। लेकिन यदि ऐसा नहीं है फिर तो डर ही भरोसा है। डर दिखाकर ही शान्ति की स्थापना करनी होगी। यह जाति धार्मिक जाति है, नरक का डर है तो ही यह नरम रहती है, जितनी भी रहती है।

भूख लगने पर, हिंसा जागने पर, क्रोध आने पर दूसरों को काटने, नोचने, ख़ून करने का उद्रेक मनुष्य नामक दोपाये जीव में न उठे, इसका

कोई कारण ही नहीं है। और चूँकि नैतिकता की शिक्षा, न्याय-अन्याय का बोध, मनुष्य जन्म के बाद से ही अर्जित करता चलता है लिहाज़ा वह बहुत सारी इच्छाओं का दमन कर लेता है। स्त्रियों के प्रति किये गए किसी अन्याय को अन्याय न मानने की तालीम पाकर यदि समाज के पुरुष बड़े हुए हों, तो फिर उन्हें दोबारा शिक्षा देने की व्यवस्था इसी तरह की जा सकती है। इसी तरह, क़ानून बनाकर।

दूसरों को चोट मत पहुँचाना, दूसरों का नुक़सान मत करना, दूसरों को मारना मत—दूसरों की सुरक्षा के लिए तो एक-सौ-एक क़ानून हैं। उन दूसरों में स्त्रियों को शामिल करने की आदत किसी की नहीं है। स्त्रियों की सुरक्षा के लिए, स्त्रियों को बचाने के लिए क़ानून क्यों न रहेगा भला? विशेष रूप से उन स्त्रियों के लिए, जो स्त्रियाँ पुरुषों के साथ प्रेमिका, माँ, बहन, बेटी इत्यादि रिश्तों की ख़ातिर रहने के लिए बाध्य होती हैं।

लिव टुगेदर वाली जोड़ी और शादीशुदा जोड़ी के लिए समान क़ानून है—यही बता देता है कि सभ्यता के पथ पर समाज दुबक-सिमट कर चल रहा है। लेकिन सवाल यह है कि सारे धर्मावलम्बियों के लिए भी तो यही क़ानून है! क़ानून में कहीं पर भी नहीं लिखा है कि यह केवल हिन्दुओं के लिए है या ईसाइयों के लिए या कि संथालियों के लिए। इसका मतलब तो यह हुआ कि यह क़ानून सारे धर्मों और सभी जातियों के लोगों के लिए है। मुस्लिमों के लिए भी। लेकिन, मुस्लिम पर्सनल लॉ के साथ इस क़ानून का जब क़दम-क़दम पर विरोध किया जाएगा, तब क्या होगा? तब किस क़ानून को प्रधानता दी जाएगी? स्त्री को उत्पीड़ित करना जब मुस्लिम पर्सनल लॉ में अन्याय नहीं है, लेकिन पारिवारिक उत्पीड़न क़ानून में अन्याय है—तब? जनता की अदालत किस पक्ष में जाएगी, अन्याय के पक्ष में या कि अन्याय के विपक्ष में?

पुरुष नाराज़ हो गए हैं, लेकिन गाँव से जितनी सहजता से उन्होंने आईनबाबू को खदेड़ देने की कल्पना की थी, उतनी सहजता से शायद यह खदेड़ना हो नहीं पा रहा है। क़ानून की ज़रूरत शहर, बन्दरगाह, गाँव सभी कोनों-अँतरों में महसूस की जा रही है। कुछ लोग कह रहे हैं कि घर के मुखिया के विरुद्ध इस क़ानून का यदि सहारा लिया गया तो फिर परिवारों में झगड़े-झाँसे, अशान्ति,

ग़लतफ़हमी और एक-दूसरे के प्रति हिंसा के भाव बढ़ेंगे। कहने का भाव यह है कि अब झगड़े-झाँसे, आपसी हिंसा है ऐसा नहीं कहना चाहिए। अब हमारी गृहस्थी प्रेम से भरपूर है।

इस उत्पीड़न क़ानून में स्त्रियों की सारी समस्याओं के समाधान नहीं लिखे गए हैं। तलाक़ के बाद आज भी स्त्रियों को ख़ाली हाथ निकल जाना पड़ता है, हद-से-हद उन्हें स्त्रीधन मिल पाता है। लेकिन आधे-आधे के हिसाब से दाम्पत्य-जीवन में अर्जित तमाम सम्पदाओं का बँटवारा नहीं किया जाता। आईनबाबू इस बँटवारे के लिए कब आएँगे? आईनबाबू के लिए बहुत सारा अभी भी बचा हुआ है, तमाम चीज़ों के समान रूप से बँटवारे का काम। वे जब गाँवों में आकर बैठे हैं, तब वे पुरुषों के गालीगलौज और त्रिशूल की चुभन से मैदान छोड़कर फिर से मानवता के सर्वनाश को बुलावा न दे बैठें।

तीन तलाक़

भारत में उत्सव-जैसा माहौल है। मुस्लिम स्त्रियों ने बता दिया है कि वे तीन तलाक़ नहीं चाहतीं। तीन तलाक़ के क़ानून को सुप्रीम कोर्ट अब अनायास ही विदा कर सकता है। मुझे लगता है बहुत-से लोगों ने ऐसा सोच लिया है कि तीन तलाक़ के विदा हो जाते ही मुस्लिम स्त्रियों को समानाधिकार प्राप्त हो जाएगा। बहुतों को नहीं पता कि जो पति तलाक़ देना चाहता है, वह यदि मुँह से 'तलाक़, तलाक़, तलाक़' कहकर तलाक़ न दे सके तो वह नगरपालिका/पुरसभा के चेयरमैन या फिर उनके-जैसे ही किसी को चिट्‌ठी लिखकर यह जता देगा कि वह अपनी पत्नी को तलाक़ देना चाहता है। बस, चिट्‌ठी मिलने के कुछ दिनों बाद ही उसे तलाक़ मिल जाएगा। सरकारी दस्तावेज़ों में उसका नाम लिख लिया जाएगा कि वह अविवाहित है। किसी भी पुरुष के लिए यह ज़रा भी मुश्किल काम नहीं है। जो अपनी पत्नी से प्यार नहीं करता, उसे तलाक़ देना चाहता है, वह आज या कल उसे ज़रूर तलाक़ देगा। यदि मुँह से कहकर न दे सका तो लिखकर देगा। मौखिक तलाक़ के अवैध हो जाने से लिखित तलाक़ अवैध नहीं हो जाता। किसी भी स्त्री को क्या उस व्यक्ति के साथ एक छत के नीचे रहना अच्छा लगेगा जो उससे नफ़रत करता है, जो उसे तलाक़ देना चाहता है? तो फिर तीन तलाक़ के अवैध हो जाने से किसी भी पुरुष को कोई असुविधा तो होगी नहीं! तलाक़ के और भी बहुत सारे तरीक़े हैं। एक तरीक़े से देना सम्भव न हुआ तो दूसरे तरीक़े से दिया जाएगा। पति पर निर्भर रहने वाली स्त्रियों को तलाक़ से बहुत डर लगता है।

भारतीय मुसलमानों का यह विश्वास है कि वे पाकिस्तानी और बांग्लादेशी मुसलमानों के मुक़ाबले कहीं ज़्यादा सभ्य, शिक्षित और सेक्युलर हैं। यदि ऐसा ही है तो फिर भारत के मुसलमान धर्म के ऐसे कठोर क़ानून को क्यों पाल-पोस रहे हैं! भारत के विषमता-विरोधी लोग अभिन्न दीवानी क़ानून की जितनी माँग करते रहे, यहाँ के मुसलमान उतने ही ऐंठकर बैठे रहे, वे धार्मिक क़ानून चाहते हैं, स्त्रियों का समानाधिकार क़ानून जिस क़ानून से शर्मिन्दा होता है, वे उसे और भी ज़ोर से जकड़े बैठे हैं। तीन तलाक़ के इस क़ानून को तो पाकिस्तान और बांग्लादेश कई दशक पहले ही हटा चुके हैं। वहाँ अब तीन तलाक़ कहने भर से तलाक़ नहीं होते। पत्नी को तलाक़ देना हो तो बाक़ायदा लिखकर देना होता है। सरकारी दफ़्तर में तलाक़ का लिखित सबूत रहना ज़रूरी है। तलाक़ देने का अधिकार सभ्यता-विरोधी नहीं है, बल्कि तलाक़ देने के अधिकार का न होना सभ्यता-विरोधी है। कई बार पुरुष को तलाक़ देने का अधिकार तो होता है लेकिन स्त्री को वह अधिकार नहीं मिलता। यह बहुत ही गंदा नियम है। इस नियम को झाड़ू से पीटकर विदा किया जाना चाहिए। दो लोगों को जिस तरह अपनी पसन्दगी से शादी करने का अधिकार होता है, वैसे ही दो लोगों को अपनी नापसन्दगी की वजह से तलाक़ देने का अधिकार भी होता है।

मैं कभी भी तलाक़ के विरोध में नहीं हूँ। यदि किसी को तलाक़ देने की इच्छा हो, फिर वह पति की ओर से हो या कि पत्नी की ओर से, अनायास ही दिया जा सकता है। तलाक़ की प्रक्रिया को ख़ामख़ाह जटिल बनाकर लोगों की तकलीफ़ को बढ़ाना बिलकुल भी उचित नहीं है। मैंने जब तलाक़ दिया था, मुझे याद है, प्रक्रिया बहुत सहज थी। मैंने नोटरी पब्लिक के यहाँ जाकर कहा, मुझे फ़लाँ को तलाक़ देना है। बस, नोटरी पब्लिक के लोगों ने मुझे एक काग़ज़ पर दस्तख़त करने के लिए कहा। दस्तख़त करके, कुछ टका देकर, मैं उठकर चली आई। वही तलाक़ था। ऐसा ही उचित है। साल-दर-साल अशान्ति भरी गृहस्थी में पड़े रहने का कोई मतलब नहीं।

भारत के मुस्लिम क़ानून में शादी, तलाक़, बच्चों की ज़िम्मेदारी, उत्तराधिकार वग़ैरह को लेकर स्त्रियों को समानाधिकार प्राप्त नहीं है। समानाधिकार की बुनियाद पर तैयार अभिन्न दीवानी क़ानून को अपनाने में मुसलमानों को आपत्ति

है। एक सामान्य-से तीन तलाक़ के क़ानून पर पाबन्दी लगाने में यदि इतना समय लगता है, तो फिर अन्य विषमतापूर्ण क़ानूनों को एक-एक कर ख़त्म करने में कितने ज़माने लग जाएँगे? बहुविवाह पर पाबन्दी, उत्तराधिकार को एक समान करना! अच्छे कार्य तुरत-फुरत कर डालने चाहिए। और मैं इसे तुरत-फुरत भी क्यों कह रही हूँ! सातवीं शताब्दी के क़ानून को इक्कीसवीं शताब्दी में बदलने की इच्छा रखना क्या देर हो जाना नहीं है? विषमता से भरे सारे क़ानूनों को पीछे छोड़कर समानाधिकार के क़ानूनों की ओर बिना किसी दुविधा के अग्रसर होने में ही तो समझदारी है। मुसलमान क्या विषमतापूर्ण क़ानूनों को बदलना चाहते हैं—इस सवाल के पूछने पर अधिकांश ने ही जवाब दिया, नहीं चाहते, उन्हें विषमता पसन्द है। लेकिन एक गणतंत्र में विषमता से भरे क़ानूनों के लिए कोई जगह नहीं हो सकती, यह बात कौन किसे समझाए! मुस्लिम पुरुष विषमता से भरे क़ानूनों को यदि बदलना चाहेंगे तो वे बदलेंगे, यदि ऐसा नहीं हुआ तो फिर जैसा चल रहा है, वैसा ही चलता रहेगा। भारतवर्ष में ऐसा ही निर्णय लिया गया है। इसी निर्णय की वजह से एक गणतंत्र देश में मुस्लिम स्त्रियाँ अपने मानवाधिकारों से वंचित हो रही हैं। मुझे तो इस मुद्दे को लेकर मानवाधिकार-कर्मी भी मुखर होते नहीं दिखाई देते!

तीन तलाक़ के ख़त्म हो जाने से, मैंने पहले भी कहा है, अब भी कह रही हूँ, स्त्रियों को सचमुच कोई फ़ायदा नहीं होने वाला। आर्थिक आत्मनिर्भरता के बिना लड़कियों के लिए सिर उठाकर चलने का कोई और रास्ता खुला नहीं है। शिक्षा और स्वनिर्भरता सभी के लिए ज़रूरी है। सबसे ज़्यादा ज़रूरी है स्त्रियों के लिए, और इन्हीं दोनों के अभाव में स्त्रियों को उत्पीड़न सहना पड़ रहा है। बहुत-से लोगों को लग रहा है कि तीन तलाक़ के ख़त्म हो जाने से पति के लात-घूँसे खाकर भी, पति के घर में ही उनके और बच्चों की देवदासी बनकर सिर छुपाने-जैसा सौभाग्य स्त्रियों को मिल जाएगा। पति के अलावा उनका और कोई सहाय नहीं है। लेकिन क्या लड़कियाँ ख़ुद अपनी सहाय नहीं हो सकतीं?

भारतवर्ष के अधिकांश लोग ही तलाक़-विरोधी हैं। पति-पत्नी में तलाक़ हो जाने से सन्तान को छोड़कर या फिर उसे साथ लेकर स्त्रियाँ कहाँ, किस जंगल में जाएँगी! चूँकि जाने की कोई जगह नहीं है, इसलिए आत्मत्याग करो, इसलिए

पति, अब वह कितना ही आततायी और पाषंड क्यों न हो, किसी भी दशा में तुम्हें तलाक़ न दे दे, इस तरह मन को तैयार करती चलो। तो यह मामला है!

नहीं, यह कोई समाधान नहीं है। बल्कि यही तो समस्या है। समाधान एक ही है—शिक्षित और आत्मनिर्भर स्त्रियाँ पुरुषतांत्रिक परिवार और समाज को अँगूठा दिखाकर अपनी मर्ज़ी से चल सकने लायक़ ताक़त अर्जित करेंगी। वे जब तक ऐसा नहीं कर सकेंगी, तब तक समस्या यथावत बनी रहेगी। एक समस्या से दूसरी समस्या जन्म लेगी। अन्य समस्याओं से और अन्य समस्याएँ।

जो लोग सातवीं शताब्दी के क़ानून को इक्कीसवीं शताब्दी में मानकर चलना चाहते हैं, वे सचमुच बड़े नासमझ लोग हैं। हमें ऐसे नासमझ लोगों के साथ ही रहना पड़ता है। इन नासमझ लोगों की अनुभूतियों को चोट न पहुँचाने के उद्देश्य से ही तुष्टिकरण की राजनीति चल रही है, स्त्री-विद्वेषी धर्म चल रहा है और धार्मिक क़ानूनों की चर्चाएँ चल रही हैं।

कोई-कोई कह रहा है, तीन तलाक़ को रद्द करने की कोशिश करना यानी जगद्दल पत्थर को थोड़ा-सा धक्का लगाना है। यह तो अभी पहला ही क़दम है। एक-एक क़दम करके ही आगे बढ़ना होगा। तो फिर ऐसा ही हो, एक-एक क़दम करके ही सभ्यता आगे बढ़े। मेरे जीते जी कोई मानववादी क्रांति देख पाना सम्भव नहीं है। कोई बात नहीं, फिर भी जलाशय के ठहरे हुए पानी में मामूली-सी तरंग तो उठे।

तलाक़ नहीं होते इसीलिए व्यभिचार बढ़ता है

इस मुल्क में तलाक़ नहीं होते। तलाक़ होने की कोई वजह भी नहीं है। स्त्री और पुरुष जब विवाह के बन्धन में बँधते हैं तब उसमें अलिखित या लिखित जो शर्त रहती है वह यह कि पति पैसे कमाएगा, घर के सदस्यों के भरणपोषण की ज़िम्मेदारी लेगा, और पत्नी पति के आदेश और निषेधों का पालन करेगी, पति की हमबिस्तर होगी, पति की घर-गृहस्थी सँभालेगी, पति की सन्तान को जन्म देगी, उस सन्तान की परवरिश करेगी। यह एक क़रार है। यह शर्तें स्त्री-पुरुष के प्रेमविवाह या फिर अ-प्रेमविवाह दोनों में ही रहती हैं। एक साबुत व्यक्ति को पुरुष अपने आराम और भोग-विलास के लिए अपनी मुट्ठी में पा जाता है। स्त्री मनुष्य अवश्य है लेकिन उसमें अपनी समझ और बुद्धि का होना मना है, उसके अपने निजी जीवन के होने की मनाही है, उसे अपने पति की सेवा और उसके सुख-भोगों के लिए स्वयं को विसर्जित करना होगा, मनुष्य होते हुए भी मनुष्य के जो जन्मसिद्ध अधिकार और जो आज़ादी है उससे उसे वंचित रहना होगा। बिना पैसों की ऐसी कमाल की दासी पा जाने के आराम को पुरुष आसानी से क्यों छोड़ेंगे भला! इसलिए शादी के बाद पुरुषों के लिए तलाक़ देने का कोई कारण ही नहीं है। पत्नी के साथ यदि पुरुष की हमबिस्तर होने की इच्छा नहीं है, तो भी कोई असुविधा नहीं, वे अनायास ही किसी और के साथ हमबिस्तर होने का इंतज़ाम कर सकते हैं, इसमें कोई उन्हें बाधा नहीं पहुँचाता। अपनी पत्नी के अलावा किसी अन्य स्त्री के प्रति आकर्षण का होना पुरुष के लिए आधुनिक होने की शर्त-जैसा है। पुरुषों को तलाक़ देने की ज़रूरत नहीं पड़ती। एक दासी को छोड़कर दूसरी

दासी को ग्रहण करने की अतिशय आकुलता का कोई अर्थ नहीं होता। दासी तो दासी ही होती है। दासी में प्रभु-भक्ति या पुरुष-भक्ति का होना ही काफ़ी है। इतने बदलाव न करके बल्कि एक ही को—पुरानी वाली को ही, जिसने इतने दिनों में घर-गृहस्थी के कामों को अच्छी तरह से समझ लिया है, रखना ठीक होता है। इसलिए पुरुषों को एक के बदले उसके-जैसी ही एक और को रखने में कोई अर्थ नज़र नहीं आता। वे लोग बेमतलब के कामों के प्रति कोई ख़ास आग्रही नहीं होते। पत्नी पर से मन और शरीर के उचट जाने पर यदि घर-गृहस्थी सही-सलामत रह जाए, पत्नी जैसी थी यदि वैसी ही रहे, तो फिर मज़े से बाहर के व्यभिचार का उपभोग किया जा सकता है—लिहाज़ा पुरुष लोग क्या बुद्धू हैं जो तलाक़ देने-जैसा बेवकूफ़ी भरा काम करने जाएँगे! लेकिन पत्नियाँ पतियों के व्यभिचार को क्यों सहन करती हैं—सवाल यह है। जवाब है कि सहन किये बिना कोई उपाय नहीं है। दूसरे पुरुषों के घर जाकर बैठ जाने से वे व्यभिचार नहीं करेंगे, स्त्रियों को इसकी गारंटी कौन देगा? कोई-कोई कहता है कि व्यभिचार तो पुरुषों के ख़ून में होता है। मैं कहती हूँ ख़ून में नहीं, व्यभिचार पुरुषतंत्र के रंध्र-रंध्र में है।

जिसके साथ प्रेम कर रहे हो, उसके साथ जीवनयापन करो। जिसके साथ मन मिला रहे हो, उसके साथ शरीर भी मिलाओ, क्यों मन रूपी पक्षी शरीर में ही वास करता है। वास उसी के साथ करो जिसके साथ मन है, जिसके साथ शरीर है।—यदि सबमें इतनी भलमनसाहत होती, तो तलाक़ की संख्या में बढ़ोतरी होती। दोनों ही पक्ष प्रेमविहीन सम्बन्ध को बरसों-बरस ढोते रहने की कोशिश नहीं करते। यदि स्त्रियों की आत्मनिर्भरता में वृद्धि होती, उनमें जागरूकता बढ़ती, तो फिर तलाक़ के मामले भी निश्चित रूप से बढ़ते। स्त्रियाँ स्वयं को निरंतर अपमानित होने देने के लिए राज़ी नहीं होतीं। पति और पत्नी चूँकि दो भिन्न वजहों से तलाक़ नहीं दे रहे हैं, वे देने से विरत रह रहे हैं, इसलिए व्यभिचार बढ़ता जा रहा है। बढ़ेगा ही। लिहाज़ा सुखरहित दाम्पत्य और व्यभिचार के रोग से यह समाज आक्रांत हो उठेगा। कुछ लोगों को व्यभिचार शब्द बहुत रूढ़ीवादी लगता है। मुझे नहीं लगता। सम्बन्धों में विश्वस्तता होनी चाहिए, फिर वह कोई भी सम्बन्ध क्यों न हो। यदि विश्वस्तता नहीं है तो फिर

वह कपट है, व्यभिचार है। सम्बन्धों में यदि प्रेम हो तो एक-दूसरे के प्रति विश्वस्तता होती ही है, इसे ज़ोर-ज़बर्दस्ती पहरा बिठाकर हासिल नहीं किया जा सकता। लेकिन प्रेम के बग़ैर सम्बन्ध को खींचते रहने पर वह केवल ख़ुद को तकलीफ़ नहीं देता, सन्तानों को भी देता है। वे हर दिन नफ़रत देखते हैं, झगड़ा देखते हैं, हिंसा देखते हैं, मारपीट देखते हैं। यह सब देख-देखकर क्या वे ज़रा भी कोई स्वस्थ, सुंदर, हृदयवान और तार्किक व्यक्ति के रूप में बड़े हो पाते हैं! यह असम्भव है। राष्ट्र के भविष्य के बारे में भी यदि सोचूँ, तो हमारे लिए यह ज़रूरी है कि हम प्रेमविहीन किसी भी कड़वे परिवेश से बच्चों को हटा लें। सभी के स्वार्थ के लिए, स्त्री-पुरुष दोनों के स्वार्थ के लिए, सन्तानों के स्वार्थ के लिए, स्वस्थ समाज के स्वार्थ के लिए घर-घर में असहनीय जीवनयापन कर रहे लोगों के प्रेमविहीन सम्बन्धों का टूट जाना ही उचित होगा। जिसे टूट जाना चाहिए, वह टूट जाए। यदि टूटने न दिया जाए तो फिर नया कुछ कैसे आकार ले सकेगा भला! सड़े-गले, पुरातन को जकड़े रहकर क्या सुन्दर का स्वप्न देखा जा सकता है!

पति लोग तलाक़ क्यों नहीं दे रहे हैं, वह मुझे पता है। लेकिन पत्नियाँ तलाक़ क्यों नहीं दे रही हैं! पत्नियाँ पतियों को देख रही हैं, उनके विश्वासघात देख रही हैं, उनके व्यभिचार सहन कर रही हैं लेकिन वे तलाक़ नहीं दे रही हैं। हर घर की यही तसवीर है। पति-पत्नी के बीच प्रेम नहीं है, लेकिन वे लोग एक छत के नीचे रह रहे हैं या फिर रहने के लिए बाध्य हैं। पुरुष लोग इस तरह की शिकायत करते हैं—पत्नी अब पति के लिए आकर्षक नहीं रह गई है। पत्नियाँ जितना श्रम कर रही हैं, वे जितना सन्तानों को जन्म दे रही हैं, पति की सेवा और सन्तानों की सेवा में अपने हाड़-माँस को झुलसा रही हैं, वे उतनी ही पतियों के लिए अनाकर्षक, अनादरणीय होती जा रही हैं। पति शहद पीने के लिए दूसरे फूल पर मँडराने लगता है। पत्नी-फूल उसके लिए तब श्रीहीन और नितान्त बासी हो जाती है। लेकिन ठीक ऐसा ही पत्नी भी सोच सकती है। असल में पत्नियों के लिए ही ऐसा सोचने की वजहें ज़्यादा हैं। इस समाज में अधिक उम्र के पुरुषों के साथ कम उम्र की लड़कियों की शादी होती है। पत्नी के लिए पति का बूढ़े गन्धबिलाव-जैसा लगना ही स्वाभाविक

है। पत्नी को पति कुत्सित, कुरूप, स्वार्थ में अन्धा, लालची, नष्टभ्रष्ट और पौरुषहीन लग सकता है। और पत्नियों को ऐसा लगता ही है। भले ही यह सब गुप्त रूप से होता रहा हो, लेकिन लगता तो है। तो फिर प्रश्न यह है कि स्त्री उस बासी पुरुष को त्यागकर किसी नौजवान सुदर्शन के साथ प्रेम क्यों नहीं करती? यौनिकता के खेल क्यों नहीं खेलती? नहीं खेलती, क्योंकि स्त्री के पास खेलने के लिए समय नहीं है। उसके कन्धों पर गृहस्थी और सन्तानों का बोझा है! यदि बोझ उतारने का कोई इंतज़ाम होता भी है, तो भी पत्नियाँ अपने व्यभिचारी पतियों को त्यागकर भला जाएँगी भी कहाँ! नया पुरुष भी तो पहले वाले-जैसा ही व्यभिचारी होगा। होगा ही। इसलिए पत्नियाँ दाँत पीसकर ढेर सारा सिन्दूर लगाकर, हाथों में शाँखा-पोला की ओट बनाकर पतियों के व्यभिचार को जी-जान से ढकने की कोशिश करती रहती हैं। इसके सिवा कोई उपाय नहीं। क्या सचमुच कोई उपाय नहीं है?

व्यभिचारी पुरुषों को व्यभिचारी न कहकर स्त्रियों को व्यभिचारी कहा जाता है। इतने दिनों तक व्यभिचार की सज़ा केवल स्त्रियों को ही भुगतनी पड़ी है। जिन मजबूर स्त्रियों को पुरुषों ने दबोच लिया, जिन स्त्रियों को डर दिखाकर, लोभ दिखाकर, ठगकर उन्हें यौन-सम्बन्ध बनाने के लिए बाध्य किया—उन सारी स्त्रियों को 'व्यभिचारी' कहकर बदनाम किया गया। उन्हें सज़ाएँ दी गईं। इतने समय तक ऐसा ही होता आया है। अब महिला कमीशन की माँग पर देश में नया क़ानून आ रहा है, जिसमें व्यभिचारी के रूप में पुरुषों को सज़ा भुगतनी होगी, स्त्रियों को नहीं, स्त्रियाँ व्यभिचार में लिप्त हों या न हों।

फ़िलवक़्त चल रहे स्त्री-दमनकारी क़ानून की तरह स्त्रियों को नहीं केवल पुरुषों को सज़ा देने वाला यह नया व्यभिचार-क़ानून एक सभ्य क़ानून है। स्त्रियों को लेकर तमाम भगवान यथेष्ट लीला करते रहे हैं। इसका प्रभाव भारतीय पुरुषों पर इतना अधिक पड़ा है कि वे भी लीला करने में सिद्धहस्त हो गए हैं। अब व्यभिचार की सज़ा व्यभिचारी को ही देने की व्यवस्था की जा रही है, सज़ा पाने के हक़दार व्यक्ति को ही सज़ा देने का इंतज़ाम हो रहा है। सही अपराधी के हाथों में ही हथकड़ी पहनाई जा रही है। भगवान के वारिसों को काफ़ी रियायतें दी गई थीं, अब नहीं दी जाएँगी।

स्त्रियों के लिए मुझे बड़ा दुःख होता है। वे गोली खाती हैं। गोली खाती हैं तो वे अपराधी ठहराई जाती हैं और फाँसी के फंदे पर झूलती हैं। स्त्रियों की तरह-तरह से मौत होती है। एक मौत के बाद दूसरी मौत। कोई भला इतनी बार मरता है? स्त्रियों की तरह सैकड़ों बार? एक भयंकर नारी विरोधी समाज में बैठकर मैं स्त्रियों के पक्ष में लाए गए नये क़ानूनों का स्वागत करती हूँ, भले ही वे क़ानून अमल में लाए जाएँ या न लाए जाएँ। और हज़ार बार स्त्रियों के मंगल की कामना करती हूँ कि उन्हें पुरुषों के झूठ, उनकी छलना, आधिपत्य, षड्यंत्र, तंत्र, अवैध सम्बन्धों, अनाचार, अन्याय, बदमाशी और व्यभिचार का शिकार न होना पड़े। स्त्रियाँ पुरुषों की खरोंचों से बच जाएँ, उनके जबड़ों में आने से बच जाएँ। ताज़िन्दगी बची रहें।

व्यभिचारी पति को तलाक़ क्यों नहीं?

दुनिया में सबसे कम तलाक़ भारत में होते हैं। प्रति एक हज़ार दम्पतियों में केवल ग्यारह। रूस में 65 प्रतिशत, स्वीडन में 64 प्रतिशत, बेलजियम में 56 प्रतिशत, ब्रिटेन में 53 प्रतिशत, संयुक्त राष्ट्र अमेरिका में 50 प्रतिशत, और भारत में 1.1 प्रतिशत तलाक़ होते हैं। सभ्य देश जहाँ की स्त्रियाँ शिक्षित हैं, जागरूक और आत्मनिर्भर हैं, वहाँ पर तलाक़ के मामले अधिक हैं। यह सत्य बार-बार प्रमाणित होता रहा है। पश्चिम के सर्वेक्षणों से पता चला है कि पहली शादी के 50 प्रतिशत मामलों में तलाक़ हुए हैं, और दूसरी शादी के मामलों में 60 प्रतिशत। सवाल यह है कि भारत में तलाक़ के मामले इतने कम क्यों हैं? इसका जवाब बहुत ही आसान है। यहाँ पर पुरुषतंत्र की जय-जयकार ज़्यादा है। यहाँ पर भले ही स्त्रियों को शिक्षित होने दिया जाता हो लेकिन उन्हें जागरूक नहीं होने दिया जाता, यदि उन्हें जागरूक होने दिया भी जाए, तो आत्मनिर्भर नहीं होने दिया जाता, और यदि आत्मनिर्भर होने दिया जाता है तो उन्हें आज़ादी नहीं दी जाती। लेकिन स्त्रियों की चीज़ें स्त्रियों को देता कौन है? देने वाला मालिक कौन है? यह सवाल उठ ही सकता है। इसका जवाब भी बहुत आसान है। देने वाला मालिक है पुरुष और स्त्रीविरोधी पुरुषतांत्रिक समाज। यदि पुरुष और उसके तंत्र की इच्छा हुई तो वे स्त्रियों को आज़ादी देते हैं, इच्छा न हो तो नहीं देते। स्त्रियों की आज़ादी स्त्रियों के पास नहीं रहती, वह पुरुषों की कमीज़ या कुर्ते की जेब में रहती है, उनकी मुट्ठी में रहती है।

भारत उन बदक़िस्मत स्त्रियों का देश है, जिनकी इस देश में पति को तलाक़ देने की हैसियत अन्य किसी भी देश की स्त्रियों के मुक़ाबले बहुत कम

है। इतना बड़ा देश है, इतने धर्मों इतनी संस्कृतियों के लोग, इतने मत और पथ के लोग, इतने रंग और ढंग के लोग, इतने धनी और निर्धन लोग इस देश में रहते हैं, यहाँ लोग आपस में दंगे-हंगामे, हिंसा-द्वेष, विरोध-विद्वेष करते ही रहते हैं, संशय, संदेह मन के भीतर घात लगाए बैठे रहते हैं, स्त्रियों और पुरुषों के बीच में आकाश-पाताल की विषमता है। इतने कुछ के बाद भी, तलाक़ के लिए इतनी उर्वर ज़मीन के रहते भी तलाक़ क्यों नहीं हो रहे! जवाब आसान है। यहाँ स्त्रियाँ पढ़ी-लिखी नहीं हैं, जागरूक नहीं हैं, आत्मनिर्भर नहीं हैं, स्वतंत्र नहीं हैं। बहुत-से लोग दावा करते हैं कि स्त्रियाँ 'हमने सब कुछ पा लिया है' के देश में रह रही हैं। लेकिन स्त्रियों को एकेडमी में जो शिक्षा मिल रही है, उसमें क्या स्त्री और पुरुष के लिए समान अधिकार को लेकर कोई शिक्षा दी जा रही है? स्त्रियों को व्यक्ति रूप में, एक पृथक अस्तित्व के रूप में सम्मान मिलना चाहिए था, लेकिन वह उन्हें नहीं मिल रहा है, इसका कोई तथ्य है? नहीं है। स्त्रियों की जागरूकता कहाँ है? स्त्रियाँ उत्पीड़ित हैं, उन्हें कुचला जा रहा है, स्त्रियाँ अपने प्राप्त अधिकारों से वंचित हैं और स्त्रियों के लिए यह सब उत्पीड़न सहन करना उचित नहीं है, उसे तो सिर उठाकर जीते रहना है, पीछे लोग क्या कहेंगे यह सोचकर पीछे हटना उचित नहीं है, कोई अगर रास्ता रोकने के लिए आए तो उसे लात मारकर हटा देना चाहिए यह जागरूकता क्या स्त्रियों में है! यदि है तो कितनी स्त्रियों में है? स्त्रियाँ आत्मनिर्भर हो रही हैं, लेकिन आर्थिक आत्मनिर्भरता क्या उनमें ज़रा-सा भी आत्मविश्वास जगा पा रही है? वे लोग क्या अपने बारे में ख़ुद कोई निर्णय ले पा रही हैं? स्त्रियों की आत्मनिर्भरता क्या उन्हें अकेले रहने-जैसी दृढ़ता दे पा रही है? पति के हाथों में रुपया-पैसा उड़ेलकर ससुराल की थोड़ी ख़ातिरदारी पाने के लिए यदि आत्मनिर्भरता का उपयोग किया गया हो, तो फिर उस आत्मनिर्भरता का सही नाम परनिर्भरता है। भारत की ज़्यादातर स्त्रियों को स्वाधीनता का अर्थ ही नहीं मालूम। दारू-सिगरेट पीना, छोटे-छोटे कपड़े पहनकर नाचना तथा दूसरे मर्दों के साथ हमबिस्तरी करते फिरना ही उनके लिए स्त्री-स्वाधीनता है। लेकिन स्वाधीनता का अर्थ तो यह नहीं है, और बिलकुल भी यह नहीं है, यह समझने की क्षमता बहुत कम लोगों में है। यह सब तो घोर पुरुषतंत्र के माध्यम से ही

किया जाता है, वह नाचना, वह हमबिस्तरी, पुरुषों की वस्तु होकर, पुरुषों के सुख-भोग की वस्तु होकर, यह कितने लोगों को समझ में आता है? यह जानना बहुत ज़रूरी है कि शराब-सिगरेट न पीकर, छोटे कपड़े न पहनकर, न नाचकर तथा किसी पुरुष के साथ सोए बिना भी चरम स्त्री-स्वाधीनता का स्वाद लिया जा सकता है। आज स्त्रियों में किसी तरह के स्वाधीन चिन्तन की क्षमता नहीं है। पुरुषतांत्रिक व्यवस्था में सैकड़ों वर्षों से रहते-रहते आज उनका दिमाग़ कुंद हो गया है। पुरुषों के लिए स्त्रियों का और कुछ उतना प्रार्थनीय नहीं है, जितना उनका कुंद दिमाग़। पुरुषों ने स्त्रियों के सिर में, उनके जूड़े में खुसे हुए गुलाब की तरह यह खोंस दिया है कि 'आज़ादी' यानी बुरी चीज़। स्त्रियाँ सिर्फ़ उतनी आज़ादी पाती हैं या पाना चाहती हैं, जितनी पुरुष उन्हें देते हैं या देना चाहते हैं। जिस तरह स्त्रियों की धन-दौलत पुरुषों के हिफ़ाज़त में रहती है, उनकी आज़ादी भी पुरुषों की हिफ़ाज़त में रहती है। काफ़ी हद तक पतंग-लटाई-जैसा। लटाई पुरुष के हाथ में रहती है। पुरुष धागे में ढील देगा तो पतंग या स्त्री उड़ेगी, धागे में ढील न दे तो पतंग या स्त्री नहीं उड़ेगी, मुँह के बल ज़मीन पर आ गिरेगी। वह धागे में कितनी ढील देगा, स्त्री को कितना आसमान मिलेगा, यह भी पुरुष ही निर्धारित करता है। स्त्रियाँ लटाई छीनना जानती हैं क्या? यह उन्हें कोई सिखाता है? हज़ारों वर्षों से गुलाम स्त्रियाँ आज़ादी का भोग करना तो जानती ही नहीं, आज़ादी की सही संज्ञा क्या है यह भी उन्हें नहीं पता। उन्हें सही संज्ञा का पता होता तो तलाक़ की संख्या बढ़ जाती।

इस समूची पृथ्वी पर एक भारतवर्ष ही है जहाँ तलाक़ के मामले निर्लज्ज रूप से कम हैं। इतने कम कहीं और नहीं हैं। दूसरे देशों में तलाक़ होने के सोलह वैध कारण हैं जबकि भारत में मूल रूप से केवल पाँच कारण हैं। समान नागरिक क़ानून के न होने के कारण इस देश में भिन्न-भिन्न धार्मिक समुदायों के लिए अलग-अलग क़ानून हैं। लिहाज़ा जिस वजह से हिन्दुओं में तलाक़ होगा, ईसाइयों में उस वजह से नहीं होगा। हिन्दुओं के तलाक़ की वजहें हैं—(1) व्यभिचार, (2) लापता हो जाना, (3) निष्ठुरता, (4) यौन अक्षमता, (5) लम्बे समय तक मानसिक एवं शारीरिक अस्वस्थता, यौनरोग।

व्यभिचार करने की योग्यता हालाँकि दोनों ही रखते हैं, लेकिन करते

पुरुष ही हैं। पुरुषों ने व्यभिचार करने के मौक़े और सुविधाएँ जितने अपने लिए रखे हैं, नितान्त स्वाभाविक रूप से स्त्रियों के लिए नहीं रखे हैं। पुरुषों के व्यभिचार की शिकार हैं स्त्रियाँ, और शिकार की ही 'व्यभिचारी' के रूप में बदनामी होती है। व्यभिचार या फिर विवाहेतर यौन सम्बन्ध पति ही बनाते हैं और पत्नियाँ सिर झुकाए सब कुछ को स्वीकार कर लेती हैं। कुंद बुद्धि होने की वजह से ही तो वे ऐसा करती हैं।

तीन साल एकसाथ एक घर में न रहने पर तलाक़ हो सकता है, लेकिन पत्नियाँ क्या इस वजह से पति को तलाक़ देती हैं? लापता पति को ढूँढ़-ढूँढ़ कर वे परेशान होती रहती हैं, फिर कचरे से उठाकर मंगलशंख बजाकर धान-दूर्वा के साथ उस नालायक़ को वरण करती हैं।

पति मार-मार कर हड्डियों का चूरा बना देते हैं, फिर भी स्त्रीकुल का उन्हें देवता मानने का स्वभाव नहीं बदलता। स्त्रियाँ लगातार शारीरिक और मानसिक रूप से अत्याचार का शिकार हो रही हैं। फिर भी डरी हुई कायर स्त्रियाँ उन पापियों से सम्बन्ध तोड़ने को राज़ी नहीं हैं।

यौन-अक्षमता पूरी तरह से पुरुषों का मामला है। लाखों लड़कियाँ यौन-अक्षम पति के साथ बरस-दर-बरस, युग-पर-युग बिताए जा रही हैं। चुपचाप। यौनिकता और उसका आनन्द पुरुषों के लिए है। स्त्रियों का काम तो सन्तान का उत्पादन और उनका पालन-पोषण है। स्त्रियों को ऐसा ही सिखाया गया है। स्त्रियाँ भी सत्य को जान सकें, सीख सकें, समझ सकें, स्त्रियों के कुंद दिमाग़ भी धारदार हो पाएँ, इसका कोई उपाय इस कठिन-कठोर पुरुषतंत्र ने नहीं रख छोड़ा है।

यौन रोग से आक्रांत पति के साथ, लम्बे समय से अक्षम-अपाहिज पुरुषों के साथ स्त्रियाँ जीवन काट रही हैं। पति की सेवा के लिए स्त्रियों की इस नौकरानी की भूमिका को 'प्यार में आत्मत्याग' कहकर पुरुषतंत्र इसकी तारीफ़ करता आया है। और इसी से हमारी स्त्रियाँ ख़ुशी के मारे फूली नहीं समा रही हैं।

घर-घर में प्रेमहीनता है, असन्तोष, नफ़रत है, घर-घर में व्यभिचार और स्वेच्छाचार है। घर-घर में स्त्रियों पर बेशर्मी से अत्याचार हो रहे हैं। फिर भी स्त्रियों में रीढ़ सीधी रखकर तथा सिर उठाकर अपने पैरों पर खड़े होने का

साहस नहीं है। साहस नहीं है कि वे अपने रहने के लिए एक घर बना सकें। तलाक़ होने पर क्या-क्या होगा उसकी एक फ़ेहरिस्त दी जाती है, जैसे कि तलाक़शुदा स्त्रियों की ओर पुरुष लोग हाथ बढ़ाएँगे। वे मान लेंगे कि यह स्त्री बहुत आसानी से उपलब्ध है। लेकिन क्या यह किसी को नहीं पता कि पुरुषों को हाथ बढ़ाने के लिए तलाक़शुदा स्त्रियों की ज़रूरत नहीं होती। कुँवारी, शादीशुदा, तलाक़शुदा, ग़ैरतलाक़शुदा, बूढ़ी, नाबालिग़ किसी की भी ओर वे अपना हाथ या फिर पुरुषांग बढ़ा सकते हैं। ढाई साल की बच्ची को भी वे नहीं छोड़ते। कहा जाता है कि 'तलाक़ होने पर आर्थिक हालत ख़राब हो जाएगी।' आह, हो जाने दो न। हो जाए ख़राब लेकिन इसके बावजूद अपनी तरह से जीवन तो जिया जा सकेगा। आज अगर हज़ारों लड़कियाँ यही चाहने लगें, वे अपनी इच्छाओं को महत्त्व देने लगें, वे सौ प्रतिशत अपनी आज़ादी और सौ प्रतिशत अपने अधिकारों को लेकर जीना चाहें, तो कितनी ही परम्पराएँ, कितने ही संस्कार, परिवार की कितनी ही प्रथाएँ हैं जो गरियाती हुई सामने आ खड़ी होंगी, बाधा देंगी! सुरक्षा की बात उठाई जाती है। पति क्या सचमुच किसी तरह की सुरक्षा देता है? घर-घर में पतियों के हाथों पत्नियों का ख़ून हो रहा है, पत्नी के बदन पर कैरोसीन डालकर आग लगाई जा रही है, गला दबाकर पत्नी की हत्या करके उसे सीलिंग फ़ैन से लटकाया जा रहा है, रात-रात भर उसके साथ दुष्कर्म किया जा रहा है—क्या इसी का नाम सुरक्षा है? आँकड़े बताते हैं कि लड़कियाँ सबसे ज़्यादा प्रताड़ित अपने पति के यहाँ होती हैं।

भारतवर्ष में स्त्रियों की दशा अत्यन्त दारुण है, वे संसार-कारागार में बन्दी रूप में रह रही हैं, अपने अधिकारों के उपभोग का उन्हें न्यूनतम अधिकार भी नहीं है—भारतवर्ष में तलाक़ की दर देखने पर यह बात साफ़-साफ़ समझ में आ जाती है। विकास नाम की एक चीज़ है, जो इस पृथ्वी पर घटित होती है। समूची पृथ्वी पर यह एकमात्र ऐसा देश है जहाँ स्त्रियों के विकास-जैसी कोई चीज़ मौजूद नहीं है। यहाँ प्यार नहीं, दुलार नहीं, अत्याचारों से परेशान दादी की दादी की दादी की दादी जिन वजहों से अपने पति को तलाक़ नहीं दिया करती थीं, अब इस 2007 में आज की तथाकथित पढ़ी-लिखी सचेत आत्मनिर्भर स्त्रियाँ भी उन्हीं वजहों से तलाक़ नहीं दे रही हैं!!

और कब तक...

ऐसी एक ख़बर जब पत्रिकाओं में थी कि भारतीय सिनेमा के मेगा स्टार अमिताभ बच्चन के बेटे अभिषेक के साथ ऐश्वर्या की शादी हो सकती है, सबके अत्यन्त प्यारे अमिताभ बच्चन ने कह दिया कि ज्योतिषी ने कहा है कि ऐश्वर्या से शादी करने पर अभिषेक का अमंगल होगा, इसलिए यह शादी नहीं हो सकती। कहते हैं कि इसके बाद तमाम तरह की पूजा-अर्चना द्वारा संकट को दूर किया गया। अमंगल भी दूर हो गया। अब अभिषेक ऐश्वर्या से शादी कर सकते हैं। ऐश्वर्या नामचीन अभिनेत्री हैं। शादी के बाद उनके लिए अभिनय करना क्या सम्भव हो सकेगा, सभी के मन में यह सवाल था। उन्हें क्या उनके पति और उनका ससुराल अभिनय करने की अनुमति प्रदान करेंगे? हमने सुना कि अभिषेक ने कहा है यदि ऐश्वर्या अभिनय करना चाहेंगी तो करेंगी। शादी के बाद अभिषेक का अभिनय करना बन्द होगा या नहीं होगा इसे लेकर लेकिन किसी ने सवाल नहीं उठाए। किसी ने ऐश्वर्या से जानने की ज़हमत नहीं उठाई कि वे अभिषेक को अभिनय करने के लिए अनुमति देंगी या नहीं।

किसी को क्या यह सब बहुत अवाक करती चीज़ लगती है? नहीं। किसी को भी नहीं। यह सब नितान्त स्वाभाविक बातें हैं। ऐसा क्यों है? कोई यह सवाल क्यों नहीं करता कि शादी क्योंकर लड़कियों के जीवन को बदल देता है, लड़कों के जीवन को नहीं?

शिक्षा और आर्थिक आत्मनिर्भरता स्त्रियों को सम्पूर्ण स्वाधीन मनुष्य के रूप में जीवित रहने का मौक़ा देती है, यह बात बहुत-से नारीवादी भी कहते हैं। वे निश्चय ही ग़लत कहते होंगे। अगर ग़लत न होता तो एक नामचीन अभिनेत्री

जो शिक्षित भी है और अपार धन-दौलत की मालकिन भी, उसे क्योंकर पति की इच्छा की बलिवेदी पर अपनी बलि चढ़ानी पड़ती है? तो क्या यही सत्य है कि इस पति-गृहस्थी वाले मामले में ही गड़बड़ी है! कारण कि यहाँ आज भी लड़कियाँ बन्दी हैं, लड़कियाँ शिक्षित हों कि अशिक्षित हों, आत्मनिर्भर हों या न हों, सभी के लिए नियम एक ही है। पति की सेवा करो, पति के आदेशों-निर्देशों का पालन करो, पति की सन्तान का उत्पादन करो, सन्तान का पालन-पोषण करो—इस नियम का नाम है पुरुषतंत्र, दुनिया की सारी स्त्रियाँ इसी तंत्र की शिकार हैं। पुरुषों ने युगों-युगों से इस गंदे कुत्सित पुरुषतंत्र को बचाए रखा है। आजकल लड़कियों के दिमाग़ में यह मंत्र बिठाया जा रहा है कि पति-सन्तान-गृहस्थी को उन्हें अपने जीवन से भी अधिक क़ीमती मानना चाहिए। पहले तो लड़कियों के लिए पढ़ने-लिखने के अवसर ही नहीं हुआ करते थे, आत्मनिर्भर होने का तो सवाल ही नहीं उठता था। अब लड़कियों के स्कूल और कॉलेज होने लगे हैं, लड़कियाँ बी.ए., एम.ए. पास कर रही हैं, लेकिन इससे क्या! पास करके या तो घर की बहू बनकर बैठी हुई हैं या फिर नौकरी, व्यवसाय-वाणिज्य कर रही हैं, कर रही हैं लेकिन पुरुष की अनुमति लेकर, पिता की अनुमति या फिर पति की या बेटे की। लड़कियों के गले में या फिर कमर में मज़बूत रस्सी बँधी है। इस रस्सी को खोलने की शक्ति और साहस कहीं लड़कियों में न आ पाए, इसकी हर तरह से व्यवस्था पुरुषों ने कर रखी है। पुरुष उस रस्सी को हिलाते हैं, इस हिलाने से रस्सी से झूलता लड़कियों का जड़-जीवन हिलता है, उनका जर्जर भविष्य हिलता है।

विख्यात नारीवादी लेखिका ग्लोरिया स्टाइनम ने कहा है, 'I have yet to hear a man asks for advice on how to combine marriage and a career.'

शादी के विषय में ग्लोरिया ने बहुत-सी बातें कही हैं। 'एक बार एक ने मुझसे पूछा था, लड़कियों के मुक़ाबले लड़के क्यों ज़्यादा जुआ खेलते हैं। मेरा इसका कॉमनसेंस भरा जवाब था कि हम लोगों के पास रुपये-पैसे ज़्यादा नहीं होते, इसलिए। हालाँकि यह अधूरा जवाब था। Infact women's total instinct for gambling is satisfied by marriage.' और, ग्लोरिया की

वही बात? 'A liberated woman is one who has sex before marriage and a job after.' शादी के बारे में उन्होंने कहा है कि 'शादी स्त्रियों की बजाय पुरुषों को अधिक फबता है।' 'Marriage works best for men than women. The two happiest groups are married men and unmarried women.' दो तरह के लोग सबसे अधिक सुखी होते हैं, शादीशुदा पुरुष और अविवाहित स्त्री। ग्लोरिया की हर बात आग की तरह सच है। साठ के दशक में जिस स्लोगन ने विश्वव्यापी रूप से लोकप्रियता अर्जित की थी, ऐसा माना जाता था कि शायद वह ग्लोरिया का है। 'A woman without a man is like a fish without a bicycle.' तंत्र-मंत्र में आकंठ डूबी स्त्री के लिए समझना मुश्किल है कि स्त्री के जीवन में पुरुष की ज़रूरत नहीं है, जिस तरह मछली के जीवन में साइकिल की ज़रूरत नहीं है।

कितनी माधुरी, कितनी काजोल, कितनी नीतू सिंह, कितनी श्रीदेवी, कितनी करिश्मा, कितनी ही जानी-अजानी असमय झर गईं क्योंकि शादी नामक घटना उनके जीवन में घटित हुई थी। लड़कियों के लिए शादी बहुत भयंकर वस्तु है। अभिशाप की तरह। पश्चिम की नारीवादियों ने एक समय कहा था, 'हम स्त्री-पुरुष के वैषम्य को तब तक निर्मूल नहीं कर सकेंगे, जब तक हम शादी को जड़ से उखाड़ कर नहीं फेंक देते।'

उन्होंने कहा था, चूँकि शादी स्त्री को पुरुषों की दासी बनाती है, यह बहुत स्पष्ट है कि नारी आन्दोलन का पहला काम है शादी की प्रथा को तोड़ डालना। शादी की विलुप्ति के सिवा स्त्री-स्वाधीनता को अर्जित करना किसी भी हालत में सम्भव नहीं है।

साठ और सत्तर के दशक में पश्चिम की लड़कियों में शादी का मामला बिलकुल भी लोकप्रिय नहीं था। लेकिन अब शादी की लोकप्रियता लौट रही है, जिस तरह दु:समय लौटता है। रूढ़ीवाद लौट रहा है, जैसे आपदा के बादल अचानक आसमान को स्याह करने लौट आते हैं।

भारतवर्ष के आधे से अधिक आसमान में हमेशा से ही आपदा की घटाएँ छाती रही हैं। इस भारतवर्ष में कभी भी शादी की विलुप्ति नहीं हुई। हमेशा से ही लड़कियाँ इस प्रथा की बलि चढ़ती आई हैं। आज भी ऐसा ही हो रहा है।

जिस समाज में स्त्रियों के अपने अधिकारों-जैसा कुछ नहीं है, स्त्रियों का अपना व्यक्तित्व या स्वतंत्र अस्तित्व-जैसा कुछ नहीं है, जहाँ अपने नाम के साथ पति का सरनेम लगाकर, शाँखा-सिन्दूर लगाकर पति की सम्पत्ति के रूप में स्वयं को चिह्नित करना होता है, जहाँ स्त्री को अपना घर-द्वार छोड़कर पुरुष के घर में आश्रय लेना पड़ता है, भविष्य में क्या होना है जहाँ यह दूसरे निर्धारित करते हैं, वहाँ शादी की विलुप्ति भला कैसे सम्भव है!

अब भी स्त्री की आर्थिक आत्मनिर्भरता को सचमुच की आत्मनिर्भरता कहकर विवेचित नहीं किया जाता। पुरुष की कमाई को जितना मूल्य दिया जाता है, उतना स्त्री की कमाई को नहीं दिया जाता।

पुरुष तीन वजहों से पैसे कमाता है, पहली है पैसा, दूसरी वजह है स्टेटस, और तीसरी वजह है सटिस्फ़ेक्शन। स्त्रियाँ भी इन्हीं तीन वजहों से पैसे कमाती हैं, लेकिन पहली वजह होती है सटिस्फ़ेक्शन, दूसरी स्टेटस, तीसरी पैसा। उच्च आय वाले यहाँ तक कि मध्यम आय वाले लोगों का आचरण भी ऐसा ही होता है, मानो स्त्रियों की कमाई की कोई ख़ास ज़रूरत नहीं है, शौक़िया तौर पर, सन्तोष के लिए, स्त्रियों का कमाना मानो टाइमपास के लिए है।

पैसे कमाने की ज़रूरत मानो केवल निम्न आय वाली स्त्रियों को है, चूँकि पति निकम्मे हैं बदमाश हैं, पैसे कम कमाते हैं, वे पैसे नहीं देते, खाने को नहीं देते इसलिए काम करना पड़ता है या फिर घर में अपने लोग उपासे रहते हैं, इसलिए पैसे कमाने पड़ते हैं। उच्च और मध्यवर्गीय पतियों की पत्नियाँ बहुत ख़ुश हैं कि वे ग़रीब नहीं हैं, पतियों के पैसों के बल पर वे बड़े आराम से रह रही हैं। यह स्त्रियाँ घर की शोभा बढ़ाने के लिए बहुत उपयोगी हैं। शोभा बढ़ाना तो है ही, इसी के साथ उन्हें सतीत्व और नारीत्व और मातृत्व तथा गृहवधूत्व की रक्षा करके अपने वैवाहिक जीवन को सार्थक बनाना पड़ता है।

आज भी स्त्रियाँ अपनी आज़ादी और आत्मनिर्भरता की रक्षा के लिए पुरुषतंत्र के विरुद्ध युद्ध की घोषणा नहीं कर रही हैं। आज भी वे कितनी ही धनी, कितनी ही विदुषी, कितनी ही नामचीन और बेशक़ीमती क्यों न हों, अपने पतन को ख़ुद ही शह दे रही हैं। यही स्त्रियाँ आँखों पर अँखौड़ा लगाकर कहने लगती हैं कि भारतवर्ष में स्त्रियों ने अपनी पूरी स्वतंत्रता अर्जित कर

ली है। लेकिन एक बात को वे इशारे में भी नहीं कहतीं कि इसी भारत में हर 26 मिनट में एक लड़की को यौन हिंसा सहनी पड़ रही है, हर 34 मिनट में एक लड़की को दुष्कर्म का शिकार होना पड़ रहा है, हर 42 मिनट में एक लड़की यौन लांछना का शिकार हो रही है, हर 43 मिनट में एक लड़की का अपहरण किया जा रहा है, हर 93 मिनट में एक लड़की की हत्या की जा रही है। यह तो सरकारी आँकड़े हैं। ग़ैरसरकारी आँकड़ों के हिसाब से तो यह संख्या निश्चय ही इससे तीन गुना अधिक है।

स्त्रियों की हत्या की जाती है, लेकिन सबसे ज़्यादा हत्याएँ घर के भीतर होती हैं, पति के द्वारा। स्त्रियों के जीवन में उत्पीड़न, दमन जो कुछ भी घटित होता है, इस पृथ्वी पर सर्वत्र घरों में एक ही तरह से घटित होता है। पति के घर-जैसी असुरक्षित और अनिश्चित जगह स्त्रियों के जीवन में और कहीं नहीं है। यहाँ पर पति को देवता मानने का रिवाज़ है। यह देवता ही निर्णय ले रहे हैं कि स्त्रियों की प्रतिभा का विकास वे चाहते हैं या नहीं। यदि वे नहीं चाहते तो पत्नी प्रतिभा के पोखर में कितनी ही डूबी क्यों न रहे, पति के उँगली हिलाते ही उसे वहाँ से किनारे पर आना ही होगा। जो गृहस्थी स्त्री को फाड़कर खा जाती है, उसी गृहस्थी के लिए अपने प्राण उत्सर्ग करने में स्त्रियों की जो आकुलता है, वह उनकी अपनी है या कि बाहरी है? सिखाई हुई?

मुझे विश्वास है कि यह सिखाई हुई है। मेरा ऐसा विश्वास है कि आत्मसम्मान का बोध अर्जित कर लेने पर स्त्रियाँ विद्रोह कर देंगी। वे अपनी तरह से जीवित रहेंगी। अपनी तरह से जीवित रहने से सबसे ज़्यादा डरते हैं पुरुष और उसके तंत्र-मंत्र, उसका शासित समाज। पुरुषों का आज भी डरने, टूट कर बिखर जाने, हाहाकार करने का समय नहीं आया? और कब तक स्त्रियाँ गोद और बग़ल में रखकर पुरुषों को अमानुष बनाती रहेंगी?

शाँखा-सिन्दूर कथा

कुछ दिनों पहले मुर्शिदाबाद के एक विद्यालय के प्रशासकों ने यह आदेश जारी किया कि शादीशुदा लड़कियाँ स्कूल में शाँखा पहनकर, सिन्दूर लगाकर नहीं आएँगी, वे कुँवारी लड़कियों के साथ अपने दाम्पत्य जीवन की बातें साझा नहीं करेंगी। इस आदेश के जारी होते ही लोग और मीडिया वाले बुरी तरह ख़फ़ा हो गए। क्या? हिन्दू धर्म के विरुद्ध फ़तवा! स्कूल प्रशासन उन्हें समझाने की कोशिश करता रहा कि दाम्पत्य जीवन का सरस वर्णन यदि कुँवारी लड़कियों को विवाहित जीवन के लिए आग्रही कर दे तो फिर वे पढ़ाई-लिखाई के प्रति आग्रही न रहकर जल्दी-से-जल्दी विवाह करने की आग्रही हो जाएँगी। प्रशासकों की यह तरकीब किसी को पसन्द नहीं आई, धमकियों के चलते प्रशासन को स्कूल में शाँखा पहनकर और सिन्दूर लगाकर न आने का आदेश वापिस लेना पड़ा।

और उधर उत्तर चौबीस परगना के गुमा गाँव की रीना बौद्ध को गाँववालों ने बुरी तरह मार-पीटकर गाँव से भगा दिया है। उसका अपराध यह था कि वह शादीशुदा होने के बावजूद न तो शाँखा पहनती थी और न ही सिन्दूर लगाती थी। बौद्ध धर्म ग्रहण करने की वजह से रीना शाँखा नहीं पहनती थी और सिन्दूर नहीं लगाती थी, लेकिन गाँववालों का फ़तवा था कि शाँखा-सिन्दूर का उपयोग करना ही होगा, अन्यथा गाँव में नहीं रह सकते। रीना बौद्ध थी लिहाज़ा उसे अपने पति वीरेन्द्र के साथ आख़िरकार गाँव छोड़ने के लिए बाध्य होना पड़ा। वह अपने गाँव वाले घर में निरापद रूप से रहना चाहती है लेकिन अभी तक उसे प्रशासन की ओर से इसका आश्वासन नहीं मिला है।

शाँखा सिन्दूर की कथा बहुत लम्बी है। सोनारपुर की सप्तमी अकसर मुझसे गपशप करने मेरे यहाँ आती है। उसका जन्म सुन्दरवन में हुआ है। जिस साल बाढ़ में उसका घर-द्वार बह गया, उस साल उसके माँ-बाप उसके ग्यारह भाई-बहनों को साथ लेकर सोनारपुर चले आए थे। सप्तमी तब सात साल की बच्ची थी। सप्तमी को फ़र्श पर बिठाकर उसकी माँ लोगों के यहाँ नौकरानी का काम करती थी। सप्तमी भी छोटी उम्र से ही लोगों के यहाँ काम कर रही है। बारह-तेरह साल की उम्र में ही उसकी शादी हो गई थी। उसके पति ने कभी उससे प्यार नहीं किया। वह अपने ससुराल में दासी की तरह काम करती थी, इसके बाद भी हर रोज़ उसके पति सहित ससुराल के तमाम लोग उसे बहुत बुरी तरह से मारते थे। इतने अत्याचार सहकर भी वह पति के घर की वजह से वहीं रह गई थी। उसकी दो बेटियाँ हुईं, दोनों बच्चियाँ तब बहुत छोटी थीं, ऐसे में एक दिन पति ने उसे मार-मारकर लगभग अधमरा करके घर से निकाल दिया। इस बात को भी पंद्रह साल बीत गए। इन पंद्रह सालों में पति ने उससे कोई सम्पर्क नहीं किया, दोनों बच्चियाँ जीवित हैं या कि मर गईं उसने यह भी जानने की ज़हमत नहीं उठाई। कभी किसी तरह का ख़र्चा-पानी भी नहीं दिया। अकल्पनीय आर्थिक तंगी की हालत में उसने अपने दिन काटे हैं। बिना खाए या फिर अधपेट खाकर सप्तमी जीवित रही, और उसने अपनी दोनों बच्चियों को बचाए रखा। उसके पति ने दूसरी शादी कर ली, इस बात को भी कई साल बीत गए। लेकिन सप्तमी अब भी शाँखा पहनती है, सिन्दूर लगाती है, अब तक उसने कलाई में लोहे का कड़ा पहन रखा है। यह देखकर मैंने सप्तमी से पूछा था, 'जिस व्यक्ति ने तुम्हें इतना कष्ट दिया, तुम्हें इतना मारा, तुम्हें भगा दिया, तुम्हारे साथ पंद्रह साल से कोई सम्बन्ध नहीं। तुम भी अब कभी उसके पास नहीं लौट जाओगी। वह भी तुम्हें स्वीकार नहीं करेगा। तो फिर क्यों शाँखा पहनती हो, सिन्दूर लगाती हो?'

सप्तमी बोली, 'हम लोगों में एक बार यदि शाँखा पहन लें, सिन्दूर लगा लें तो फिर हम उसे नहीं फेंक सकते।'

मैंने कहा, 'तुम तलाक़ क्यों नहीं दे देतीं?'

वह बोली, 'हम लोगों में औरतें तलाक़ नहीं दे सकतीं।'

मैंने कहा, 'कौन कहता है कि तलाक़ नहीं दे सकतीं? बिलकुल दे सकती हैं। तुम्हारे पति के साथ तुम्हारा तो तलाक़ हुआ नहीं है, लेकिन तुम्हारा पति तो और एक शादी कर बैठा है। तुम लोगों में तो तलाक़ के बिना दूसरी शादी करने पर क़ानूनन पाबन्दी है, तुम्हें यह पता है?'

सप्तमी मेरी बात ठीक-ठीक समझ न सकी। मुझे फिर से समझाकर बताना पड़ा कि हिन्दू क़ानून में औरतों को तलाक़ देने का अधिकार है और किसी भी पुरुष या स्त्री को एकाधिक पत्नी या पति रखने का अधिकार नहीं है। नहीं, सप्तमी को इन सब क़ानूनों के विषय में नहीं पता। उसने धाराप्रवाह कई परिचित पुरुषों के नाम बता दिये, जो दो-तीन पत्नियों के साथ एक ही घर में रह रहे हैं।

'कहाँ?' मैंने पूछा।

वह बोली, 'सोनारपुर, सुभाषग्राम, सुन्दरवन।'

मैंने ग़ौर किया कि जब सप्तमी मुझे किसी बात का विश्वास दिलाना चाहती है तो जल्दी से अपने एक हाथ की शाँखा को दूसरे हाथ से चिमटी काटकर कहती है, 'अपने पति की क़सम खाकर कह रही हूँ दीदी ....'

सप्तमी के लिए यह शाँखा अत्यन्त पवित्र वस्तु है। कुछ भी हो जाए लेकिन वह इसे पहनना पसन्द करती है। इन्हें जिस दिन उसे फेंकना पड़ेगा, वह दिन उसके जीवन का सबसे भयावह दिन होगा।

मैं हँसकर कहती हूँ, 'तुम्हारे पति ने तुम्हारी कोई सुध ही नहीं ली। तुम्हारी दुर्दशा में कभी उसने तुम्हारी किसी भी तरह से मदद नहीं की। तुम्हारी दोनों बच्चियों को पता ही नहीं कि पिता किसे कहते हैं। उस व्यक्ति के जीवित रहने या कि न रहने से क्या फ़र्क़ पड़ता है।'

सप्तमी बोली, 'मेरे पति जिस भी हालत में रहें, मैं चाहती हूँ जीवित रहें।'

'क्यों?' मैंने सवाल किया।

सप्तमी ने जवाब दिया, 'मैं शाँखा और सिन्दूर के साथ ही मरना चाहती हूँ।'

सप्तमी शाँखा सिन्दूर के साथ मरी तो स्वर्ग जाएगी। हमारे चारों ओर

सप्तमी-जैसी लड़कियाँ बड़ी संख्या में मौजूद हैं। मुझे उन लड़कियों के बारे में पता है, जिनके पति और एक शादी करके कहीं और गृहस्थी कर रहे हैं, वे उनकी ओर मुड़कर भी नहीं देखते, मुझे उन लड़कियों के बारे में पता है, जिनके पति उन्हें पीट-पीटकर उनकी हड्डियाँ तोड़ देते हैं, मुझे उन लड़कियों के बारे में पता है, जो दिन भर अमानुषिक परिश्रम करके पैसे कमाती हैं, शाम को उनके शराबी जुआरी पति उनका सारा पैसा छीन लेते हैं, मुझे मालूम है वे लड़कियाँ कितने जतन से सिन्दूर लगाती हैं, कितने आह्लाद से शाँखा पहनती हैं।

'अगर शाँखा सिन्दूर धारण न करें तो फिर कई तरह की सम्भावनाएँ जन्म ले सकती हैं। किसी के साथ तुम्हारा प्रेम हो सकता है, उसके साथ शादी करके तुम नई ज़िन्दगी शुरू कर सकती हो। कोई अच्छा व्यक्ति तुम्हें मिल सकता है।'

मेरी बात सुनकर सप्तमी ज़ोर से हँस दी। बोली, 'नहीं, नहीं, हमारी एक बार ही शादी होती है। हमारे एक ही पति होते हैं। आप अच्छे व्यक्ति की बात कह रही हैं? नहीं, दीदी। मुझे किसी पर विश्वास नहीं है। पहले-पहल भले ही अच्छे हों लेकिन आख़िर में सभी मेरे पति-जैसे ही होंगे।'

एक दिन सप्तमी ने कहा, 'बुरे लोगों के उत्पात से बचने के लिए हमें शाँखा सिन्दूर धारण करना ही पड़ता है। इन सब को देखकर लोग समझ जाते हैं कि हम लावारिस माल नहीं हैं।'

मुझे समझ में आ गया, शाँखा सिन्दूर लड़कियों के जीवन में एक बहुत बड़ी सुरक्षा है। पति का कोई अस्तित्व न हो तो लावारिस माल समझकर सियार और गिद्ध कहीं उन्हें नोंचकर न खा सकें, इसलिए उन्हें शाँखा और सिन्दूर का आश्रय लेना ही पड़ता है।

लेकिन मुझे नहीं लगता कि शाँखा और सिन्दूर लड़कियों को किसी तरह की सुरक्षा दे पाते हैं। जो पुरुष चीर-फाड़कर खाने आता है, दुष्कर्म के लिए झपटने आता है, बुरे उद्देश्य से बदमाशी करने आता है, शाँखा सिन्दूर उनके लिए किसी तरह की बाधा नहीं बनते।

सप्तमी के लिए, सप्तमी-जैसी और भी लाखों लड़कियों के लिए मुझे बहुत तकलीफ़ होती है। एक बाड़े वाले घर में वह लड़की अकेली रहती है।

उसे खाना मिले न मिले, अभावों से घिरी वह लड़की कहीं सुदूर मौज करते पति के मंगल के लिए जितनी भी पूजा-अर्चनाएँ हैं, सब, अपनी क़ूवत से बाहर ख़र्च करके करती है। शाँखा सिन्दूर उसे क्या सुरक्षा देते हैं! मैंने उससे पूछा था कि क्या किसी ने उसकी बेइज़्ज़ती करने की कोशिश नहीं की?

'ख़ूब की है।' सप्तमी ने कहा। 'दिन-रात लोग करते ही रहते हैं।'

'तो फिर क्या फ़ायदा!' मैंने चाहकर भी ऐसा नहीं कहा। उसने ख़ुद ही कहा, 'मुझे रात-रात भर नींद नहीं आती। तकिये के पास एक गँडासा लेकर सोती हूँ। दरवाज़े पर जैसे ही खट-खट की आवाज़ आती है, गँडासा लेकर दरवाज़े के पास जाती हूँ। आ, कौन घुसना चाहता है, आ जा, आज या तो तेरा एक दिन, या फिर मेरा एक दिन।'

'तुममें इतना साहस है सप्तमी!' मुग्ध विस्मित होकर कहती हूँ।

'साहस न होता तो लोग काट डालते दीदी। मुझे दो पैसे की मदद करने वाला कोई नहीं। सुबह-सुबह बासी भात खाकर सोनारपुर से भीड़ भरी ट्रेन पकड़ती हूँ। सात लोगों के यहाँ काम करके रात के अँधेरे में घर लौटती हूँ। साहस है इसलिए थोड़े-थोड़े पैसे जमा करके एक ज़मीन ख़रीदी है, ज़मीन पर भले ही चटाई का घर है, लेकिन मेरा एक घर तो है। लोगों ने कितनी ऊँची-नीची बातें कही, कहा कि मैं कोलकाता जाकर अवैध काम करती हूँ। मैंने किसी की बातों पर कान नहीं दिया। कान दूँ तो मेरा चलेगा? वे लोग क्या मुझे एक जून का खाना देंगे?'

मैंने पूछा, 'लेकिन शाँखा सिन्दूर धारण न करने पर लोग क्या सोचेंगे या कि वे क्या कहेंगे इसे लेकर तुम दुश्चिन्ता क्यों करती हो? उनकी जो मर्ज़ी हो बोलें, सोचें। लावारिस माल समझें तो इससे तुम्हारा क्या आता-जाता है? तुम यदि यह कहती हो कि तुम्हारी अनुमति के बिना कोई तुम्हें छुएगा, तुम्हें कोई परेशान करेगा, तुम पर कोई झपटेगा, तो इससे क्या? तुम्हारा गँडासा है तो। डर किस बात का?'

सप्तमी की आँखों में दूसरे क़िस्म का डर है। लम्बे समय से अपना प्रभुत्व जमाए रखने वाली परम्पराओं के टूट जाने का डर। यह डर सप्तमी-जैसी और भी हज़ारों सप्तमियों को है।

ग़रीब घरों की लड़कियाँ क्या-क्या कांड कर बैठती हैं, उच्चश्रेणी, उच्चशिक्षित और पैसेवाली लड़कियों के लिए उन सब की कल्पना करना भी असम्भव है। सप्तमी लोगों को क़ानून का पता नहीं है, इसलिए वे उसे नहीं मानतीं। अन्न की जुगाड़ में जो भी चीज़ें उन्हें बाधा देती हैं, वे उन्हें पूरी ताक़त से उखाड़ फेंकती हैं, बाद में लोग क्या कहेंगे, इसकी वे परवाह भी नहीं करतीं। ज़बर्दस्त ताक़त और हिम्मत के साथ ये लोग अकेले-अकेले जीवित रहती हैं। इन्हें दो पैसों की मदद करने वाला, एक टाइम का खाना देकर सहयोग करने वाला कोई नहीं। ये लोग रोज़ युद्ध करती हैं, भात के एक दाने के लिए भी इन्हें युद्ध करना पड़ता है। ये लोग कभी स्कूल नहीं गईं, इन्हें ककहरे की जानकारी नहीं है। लेकिन इन्हें पता है कि कूदकर किस तरह ट्रेन पर चढ़ा जाता है। इन्हें पता है कि कोई यदि कन्धा जकड़ ले तो किस तरह पूरे ख़ानदान पर गालियों की बौछार कर ख़ुद को छुड़ाया जाता है। इन्हें मालूम है कि अपने पैसे की ओर कोई यदि अपना हाथ बढ़ाए तो उस हाथ को किस तरह मरोड़ा जाता है। वे जानती हैं कि रात को यदि कोई घर का दरवाज़ा तोड़कर अन्दर घुस आए तो उसके सिर पर किस तरह वार किया जाता है। इन्हें सिर्फ़ यह नहीं पता कि किस तरह हाथ की शाँखा को उतार फेंका जाता है, किस तरह सिन्दूर पोंछा जाता है। अब भी अधिकांश लड़कियाँ, यहाँ तक कि दुर्दान्त लड़कियाँ भी संस्कारों की बेड़ियों में जकड़ी हुई हैं।

स्त्रियो, तुम झूठे संस्कारों को तोड़कर ज़रा इनसान बनो

शादी दोनों की ही होती है, स्त्री एवं पुरुष, दोनों की ही। लेकिन शादीशुदा होने की तमाम निशानियाँ अकेले स्त्री को ही वहन करनी पड़ती है, पुरुष को नहीं। विवाहित और अविवाहित पुरुषों में कोई फ़र्क़ नहीं होता; नाम में नहीं, कपड़ों में नहीं, बालों की फाँक में नहीं, हाथ की उँगलियों में नहीं। विवाहित और विधुर पुरुषों को भी अलग करने का कोई उपाय नहीं है। लेकिन अविवाहित और विवाहित स्त्रियों के बीच व्यापक अन्तर की व्यवस्था की गई है। विवाहित और विधवा स्त्री के मामले में भी समान व्यवस्था दी गई है।

पश्चिमी देशों में यह नियम बहुत प्रचलित है, जब किसी लड़की की शादी की बात पक्की हो जाती है तो वह अपनी उँगली में एक अँगूठी पहनती है और शादी के बाद भी वही एक ही अँगूठी पहने रहती है। वहाँ स्त्री की उँगली की अँगूठी ही उसकी शादी की निशानी होती है। स्त्रियाँ अपनी शादी के सारे संस्कारों का केवल एक अंग द्वारा ही पालन करती है। केवल पश्चिमी देशों में नहीं, पूरब के देशों में भी यह अँगूठी ही लड़की के कुँवारेपन की समाप्ति के रूप में विवेचित होती है।

विभिन्न सम्प्रदायों में विवाहित, अविवाहित और विधवा स्त्रियों की सज्जा अलग-अलग होती है। लेकिन इस पृथ्वी के सारे देशों के सारे सम्प्रदायों में पुरुषों के लिए एक ही तरह का सम्बोधन तैयार किया है। अविवाहित स्त्री अपने नाम के आगे 'मिस' और विवाहित स्त्री 'मिसेस' शब्द का प्रयोग करके अपनी विवाहित अवस्था के साथ अपने आप को सम्पृक्त करती है। लेकिन

पुरुष शुरू से आख़िर तक अपने 'मिस्टर' सम्बोधन का ही पालन करता है। मिस्टर सौमेन और मिस्टर मिलन में से कौन विवाहित है और कौन विवाहित नहीं है, यह तय करने की क्षमता है किसी में?

लेकिन मिस लीना और मिसेस वीणा की वैवाहिक परिचिति के सम्बन्ध में हम लोग बिलकुल भी संदिग्ध नहीं होते। स्त्री विवाहित है या नहीं, यह उसके नाम में निहित होता है—विवाह निश्चय ही स्त्रियों के लिए अधिक महत्त्वपूर्ण वस्तु होती है, जो पुरुषों के लिए नहीं होती। विवाह एक स्त्री के जीवनयापन में ऐसा बदलाव ला देता है कि उसका घर-द्वार बदल जाता है, उसका पहनावा बदल जाता है; उसके निराभरण हाथ, उसकी नाक और सफ़ेद माँग में भी बदलाव आ जाता है; पुरुष के जीवनयापन को विवाह कोई बदलाव नहीं देता।

स्त्री ही सधवा होने की निशानियाँ वहन करती है, हाथ में शाँखा[1], माँग में सिन्दूर, नाक में नथनी, बदन पर गहने, कतान बनारसी साड़ी पहनकर उन्हें साबित करना होता है कि वे विवाहित हैं। इस सज्जा का मतलब होता है कि वह एक पुरुष से बँधी हुई है, वह अपनी अँगूठी और सम्बोधन द्वारा बँधी हुई है, वह अपने झिलमिल पोशाक और शाँखा-सिन्दूर द्वारा बँधी हुई है। पुरुष भी बालों में माँग निकालते हैं, उस माँग में वे लोग सिन्दूर नहीं लगाते, पुरुषों के भी दो हाथ होते हैं, उन हाथों में वे शाँखा नहीं पहनते। उनकी सज्जा में कोई बदलाव नहीं होता, वे तमाम तरह के धातु-द्रव्यों द्वारा भी अलंकृत नहीं होते।

विधवा और विधुर के बीच भी आकाश-पाताल का अन्तर किया गया है। विधवा को अपने बदन से तमाम अलंकार खोल देने पड़ते हैं। विधवाओं को कफ़न की तरह सफ़ेद वस्त्र पहनने होते हैं। एक सम्प्रदाय ऐसा है जिसमें विधवाओं को मांसाहार की अनुमति नहीं है, विधवाएँ मछली, मांस, अंडे और दूध का सेवन नहीं कर सकतीं। लेकिन विधुर पुरुषों के लिए ऐसी कोई भी बाधा नहीं है। उन्हें निराभरण और शाकाहारी नहीं होना पड़ता।

मांसाहार शरीर के लिए निश्चय ही एक ज़रूरी चीज़ है। इस खाद्य पर रोक लगाने का अर्थ है, विधवा स्त्री को कुपोषण और तमाम रोगों की ओर

---

1. शंख से बने विशेष प्रकार के कड़े, जिन्हें बंगाली सधवा स्त्रियाँ पहनती हैं

धकेल देना। विधवा को शारीरिक और मानसिक बुढ़ापे का शिकार बनाने के पीछे पुरुषों एवं पुरुषों द्वारा निर्मित समाज के गुप्त अभिप्राय रहते हैं।

स्त्री और पुरुष यदि मनुष्य के रूप में समान हैं तो फिर विवाह के साथी की मृत्यु हो जाने पर स्त्री को जिन आचार-अनुष्ठानों के भीतर से गुज़रना पड़ता है, पुरुषों को उनके भीतर से क्यों नहीं गुज़रना पड़ता? पुरुष को कफ़न की तरह सफ़ेद कपड़े क्यों नहीं पहनने पड़ते, पुरुष को तमाम तरह के व्रतों का पालन क्यों नहीं करना पड़ता, मांसाहार का त्याग क्यों नहीं करना पड़ता?

क्या हम एक बार विचार करके देख सकते हैं कि मनुष्य-मनुष्य में इतनी विषमता क्यों है? साथी को पाने और उसे खोने के आचार दो लोगों के लिए दो तरह के क्यों हैं? स्त्री को तमाम तरह की चीज़ें अर्जित और वर्जित करनी पड़ती हैं। और उन्हीं के समानान्तर पुरुषों को कुछ नहीं करना पड़ता। अविवाहित, विवाहित और विधुर अवस्था में पुरुषों को किसी तरह के संस्कार नहीं करने पड़ते; पुरुष अपने शरीर और स्वभाव में कुछ भी अर्जित नहीं करता, तथा शरीर और स्वभाव से उसे कुछ वर्जित भी नहीं करना पड़ता।

केवल स्त्री को ही अलंकृत या निरलंकृत होना पड़ता है। कारण? इस सामाजिक नियम का एक ही कारण है, पुरुष के जीवन में स्त्री एक बहुत ही तुच्छ घटना है, लेकिन स्त्री के जीवन में पुरुष बहुत मूल्यवान होता है, अति उत्कृष्ट, अति अभिलाषित, अति आराध्य विषय होता है—इसलिए स्त्रियों को अपनी देह पर सधवा का उजलापन और वैधव्य का विषाद धारण करना पड़ता है। शरीर पर धारण करने का कारण यह है कि 'शरीर' ही स्त्री की एकमात्र सम्पदा है। शरीर की त्वचा यदि चिकनी और गोरी हो, शरीर के अंग-प्रत्यंग सुडौल और आकार में सुन्दर हों तो ही पुरुष स्त्री को भोग के लिए चुनता है। और जो स्त्री पुरुष के भोग के योग्य नहीं होती, वह स्त्री समाज में उपेक्षित, निकृष्ट, अपांक्तेय और अस्पृश्य होती है।

पुरुष के भोग के योग्य होने पर ही स्त्री को मूल्यवान वस्त्र और धातुओं से सजाया जाता है। पुरुष के भोग से विलग हो जाने पर उसे समाज के मलबे पर फेंक दिया जाता है, स्त्री की प्रधान योग्यता है पुरुष के योग्य होना। स्त्री की प्रधान योग्यता है पुरुष को तृप्त और तुष्ट करना।

यह कैसा समाज है और यह समाज ऐसा क्यों है—स्त्री यदि समाज के सारतत्व से रिक्त चेहरे को एक बार महसूस कर सके, स्त्री यदि अपने आप को 'मनुष्य' के रूप में एक बार पा सके; तो फिर पुरुष उसके जीवनयापन के साथी होने के कारण उसके बदन पर किसी धातुई पदार्थ का ढेर नहीं लगाएगा, उसकी पोशाक में फिर कोई बदलाव नहीं आएगा, उनकी नाक में, हाथ में, हाथ की उँगलियों और माँग में कोई उपद्रव नहीं पैदा होगा। और ऐसा उसके सम्बोधन में भी नहीं होगा।

एक सम्पूर्ण और स्वतंत्र मनुष्य के रूप में ख़ुद को चिह्नित करने का पहला उपाय है—स्त्री अपने नाम से, अंगों से विवाह और वैधव्य के वेश को उतार फेंके। स्त्री यदि नासमझ न हो, तो निश्चय ही अलंकार उसे अब कलंकित नहीं करेंगे, मिस और मिसेस की पहचान उसे अब जड़ वस्तु में परिणत नहीं करेगी, सफ़ेद वैधव्य फिर उसे जड़ता नहीं दे सकेगा; शाकाहारी भोजन उसे चिता की ओर नहीं ठेलेगा।

स्त्रियो, तुम सब इन झूठे संस्कारों को तोड़कर अब ज़रा इनसान बनो।

सारी पाबन्दियाँ स्त्रियों पर ही क्यों?

एक विदेशी सज्जन से बांग्लादेश के बारे में बात हो रही थी। इस देश की प्रधानमंत्री एक स्त्री है, सुनकर वे बहुत उल्लसित हो उठे, बोले—तुम्हारे देश में स्त्री-स्वतंत्रता इतनी ज़्यादा है कि स्त्रियाँ भी यहाँ प्रधानमंत्री बनती हैं! उस व्यक्ति के इस कथन से मैं अकस्मात बुद्धू बन गई। स्त्री-स्वाधीनता की वजह से ही क्या देश की प्रधानमंत्री एक स्त्री है, विपक्षी दल की नेत्री भी स्त्री है? इसका अर्थ क्या यह है कि देश में अब स्त्री और पुरुषों में कोई भेदभाव नहीं है, उनके अधिकारों में किसी तरह का हेरफेर नहीं है।

ऐसा नहीं है। ऐसा बिलकुल भी नहीं है। मैंने उन विदेशी सज्जन को समझाते हुए कहा कि राजनीति के ऊँचे पद उन्हें अपने पिता या पति की वजह से मिले हैं, अपनी वजह से नहीं। माननीया प्रधानमंत्री, आप क्या कहती हैं, और इसी के साथ विपक्षी दल की नेत्री भी? आप भी क्या इस बात से इनकार करेंगी? आप लोग यदि अपने पिता और पति के नाम को भुनाकर ऊपर उठी हैं, देश का शासनतंत्र अब आपकी मुट्ठी में है, तो मुझे भी गर्व है। गर्व इसलिए कि आप स्त्रियाँ हैं। लेकिन स्त्री होने का क्या फ़ायदा, क़ानून को आपने थोड़ा-सा हिलाया-डुलाया लेकिन बदला कुछ भी नहीं, सारे क़ानून अशिष्ट और बीमार ही बने रहे! संविधान संशोधन बिल, इनडेमनिटी बिल, वैट, बढ़ती हुई क़ीमतें आदि समस्याओं की बात तो मैं कर ही नहीं रही। मेरी समस्या है—स्त्री। तीसरी दुनिया की थकी, क्लेश से भरी हुई, दुर्बल, रुग्ण, मूर्ख, अन्धी, बहरी स्त्री...।

राजनीति में उतरते ही आप लोगों ने माथे पर आँचल खींच दिया है।

पुरुष-नेताओं ने लेकिन सिर पर टोपी नहीं पहनी है। इसलाम यदि लड़कियों के सिर पर कपड़ा रखने की बात करता है, तो इसलाम पुरुषों के लिए टोपी और दाढ़ी की बात भी करता है। लेकिन इस देश में स्त्रियों को धर्म का पालन करने के लिए जितना बाध्य किया जाता है, पुरुषों को उतना नहीं किया जाता; प्रधानमंत्री जी इस बारे में क्या कहती हैं और इसी के साथ विरोधी दल की नेत्री भी? मुझे पता है, आपमें से किसी को भी सिर ढकने की आदत नहीं है। जिस महिला ने कॉलेज और विश्वविद्यालय से पढ़ाई की, जो महिला एक लेफ़्टिनेंट जनरल की बीवी है, वह निश्चित रूप से साड़ी के आँचल से बालों को ढककर नहीं चलेगी। अब आप लोग चल रही हैं कारण कि आपके सहयात्री पुरुषों ने आपको सिखा दिया है कि घूँघट न करने पर इस देश के साधारण लोगों का मन नहीं जीता जा सकता। इसलिए घूँघट से मस्तिष्क को ढककर आप लोग साधारण लोगों के समर्थन की कामना कर रही हैं।

यह क्या ख़ुद को ही छलना नहीं हुआ, जैसा कि आप लोग कर रही हैं! निश्चय ही आप लोग इस बात को नहीं भूलीं, और यह तो भूलने-जैसी बात भी नहीं है, कारण कि लड़की के रूप में जन्म लेने पर यह समाज उसे बहुत गहरे तक यह एहसास दिला देता है कि वह लड़की है, वह लड़की है इसलिए उसके दाएँ पाबन्दी है, उसके बाएँ पाबन्दी है, उसके ईशान में पाबन्दी है, उसके नैऋत्य में पाबन्दी है—और यह बात भूलने की नहीं है कि वे लोग तमाम पाबन्दियों के बीच ही पलकर बड़ी हुई हैं। और इन तमाम पाबन्दियों के लिए क्या एक बार भी आपके मन में क्षोभ नहीं पैदा हुआ? हुआ है, मुझे पता है। हर स्त्री को होता है। यदि हुआ है तो क्या इन तमाम पाबन्दियों के ख़िलाफ़ कुछ भी नहीं किया जा सकता; अधिकार तो आप लोगों के ही हाथों में है, सत्ता तो इस समय आप लोगों के हाथों की मुट्ठियों में स्त्री के समान है। यह अगर सच नहीं है, तो फिर आप चन्द पुरुष नेताओं की उँगलियों के इशारों पर चल-फिर रही हैं, बातें कर रही हैं, स्त्रियों के दमन की तमाम व्यवस्थाओं के ख़िलाफ़ आप लोग क्यों एक बार उठ खड़ी नहीं होतीं? आप लोगों को क्या शर्म नहीं आती, यदि कलिमुद्दीन या रईसुद्दीन को गवाही देनी हो तो वे अकेले ही बात रख सकते हैं, लेकिन आप लोगों में से किसी

एक की गवाही से काम नहीं चलेगा, वहाँ दो लोग लगेंगे। यानी खालेदा और हसीना दोनों मिलकर एक अबुल कलाम होंगे!

आज एसिड, कल बलात्कार, परसों हत्या—यह सब इस देश में रोज़ की घटनाएँ हैं। और इस तरह की घटनाओं की तमाम फाँकों में से असली अपराधी निकल भाग रहे हैं। ये फाँकें क्या अब भी उसी तरह खुली पड़ी रहेंगी? माननीया प्रधानमंत्री जी, आप वीरांगना हैं, इसलिए हमें बहुत गर्व का अनुभव होता है। मैं आपके प्रति अपनी सर्वोत्तम श्रद्धा प्रकट करती हूँ।

आपके लिए सामने-पीछे पूँ-पूँ हॉर्न बजाकर गाड़ियाँ चलती हैं। हम लोगों के लिए उस तरह के पहरे की व्यवस्था नहीं है। आप एक बार शहर के रास्तों पर आइए ना, शाम के अँधेरे में फ़ुटपाथ पर टहलने के लिए एक बार आइए ना—देखिए, आपको गणिका समझकर पुरुषों के लोलुप पंजे किस तरह आपको नोचने-खसोटने लगते हैं, विपक्षी दल की नेत्री! मैं आपसे भी कह रही हूँ। इस शहर के फ़ुटपाथों पर असंख्य स्त्रियाँ दस-बीस रुपयों में बिक रही हैं, आपने यह सब कभी अपनी आँखों से देखा है? देखकर नहीं लगता कि हम लोग ही पानी के मोल बिक रहे हैं? नहीं लगता कि स्त्रियाँ असल में परवल, कोहड़े, आलू-जैसी ही कोई चीज़ है? और आप लोग भी कितनी ही ऊपर क्यों न उठ जाएँ, असल में इन सबके बाहर नहीं हैं।

देश से वेश्यालयों को हटाकर लड़कियों के पुनर्वास का इंतज़ाम, स्त्री होकर यदि आप नहीं करेंगी, तो फिर कौन करेगा? आपमें से एक अपने पिता और एक अपने पति का प्रतिनिधित्व कर रही हैं। यदि उन दोनों की मौतों का बदला लेने के लिए ही आपको सत्ता की दरकार है, तो फिर वह अलग बात है। यदि आपमें कोई और बोध पैदा होता है, यदि आपमें किसी और चेतना का संचार होता है, यदि लगता है कि इस देश के गाँवों-शहरों-बाज़ारों में—बाल-विवाह, बहु-विवाह, वधू-हत्या, अपहरण, बलात्कार, स्त्रियों की तस्करी को रोकने की ज़रूरत है—तो मेरा गहरा विश्वास यह है कि इस मामले में पुरुष लोग जितने प्रयास करेंगे, उससे कहीं अधिक प्रयास आप लोगों को करने होंगे, और वही संगत भी होगा।

जीवनयापन के लिए तथा मनुष्यों की मान-मर्यादा को बढ़ाने के लिए भी

सम्पदा और सम्पत्ति की ज़रूरत होती है। मुस्लिम उत्तराधिकार क़ानून ने स्त्रियों को अपमानित करने के तमाम इंतज़ाम किये हैं। पत्नी मर जाए तो पति को उसकी सम्पत्ति का एकचौथाई हिस्सा मिलता है, उनकी कोई सन्तान न होने की दशा में पति को सम्पत्ति का आधा हिस्सा मिलता है—लेकिन यदि पति की मौत हो जाए तो पत्नी को उसकी सम्पत्ति के आठ हिस्सों का एक हिस्सा मिलता है, उनकी कोई सन्तान न हो तो पत्नी को एकचौथाई हिस्सा मिलता है। पत्नी और पति के मामले में सम्पत्ति के बँटवारे को लेकर यह असमानता क्यों है? सन्तान के मामले में भी यह असमानता क्योंकर? बेटा और बेटी के होने पर बेटी को, बेटे को मिलने वाली सम्पत्ति के मुक़ाबले आधा ही मिलता है। दिवंगत माता-पिता की सम्पत्ति के अन्य उत्तराधिकारियों के न होने पर केवल बेटा ही अपने माता-पिता की सम्पत्ति का हक़दार होता है और इन्हीं परिस्थितियों में यदि केवल बेटी हुई तो उसे दिवंगत माता-पिता की सम्पत्ति का आधा हिस्सा ही मिलता है। प्रधानमंत्री जी और विपक्षी दल की नेत्री, पति और पत्नी के मामले में, बेटे एवं बेटी के मामले में सम्पत्ति का ऐसा असमान बँटवारा क्यों भला? जिस तरह ग़रीब और अमीर के बीच के फ़र्क़ को मिटाना ज़रूरी है, क्या पुरुष और स्त्री के बीच भी यह ज़रूरी नहीं है? यदि यह व्यवधान, यह असमानता मिटाना सम्भव नहीं है तो फिर आप ज़मीन का राष्ट्रीयकरण ही कर दीजिए प्रधानमंत्री जी, जो सबसे ज़्यादा मंगलकारी है! या कि यह भी सम्भव नहीं है, चूँकि चारों ओर से आप पर पुरुष सलाहकारों का दबाव है, मध्यपूर्व के धर्म का दबाव है, साम्राज्यवाद का दबाव है, विदेशी मदद का दबाव आपको सत्तासीन बनाए रखेगा। और आप तो निहायत अपने पति की निर्जला प्रतिनिधि हैं—आपके अपने कोई विचार नहीं हैं, अपना विवेक नहीं है, बोध-धर्म-आदेश नहीं है, कोई अध्यादेश भी नहीं है!

स्त्री-उत्पीड़न की ज़िम्मेदार : कुप्रथाएँ

आज से एक सौ बीस-पच्चीस साल पहले की बात है। इस उपमहादेश के पुरुष सत्तर-अस्सी शादियाँ किया करते थे। इस मामले में शास्त्र उन्हें ईंधन ही जुटाते रहे, और इसके साथ समाज वाहवाही करता रहा। केवल एक व्यक्ति अकड़कर खड़ा हुआ था। आजकल कोई स्त्री यदि इस तरह अकड़कर खड़ी होती है, तो सभी लोग उसे एक वाक्य में 'पुरुष-विद्वेषी' के रूप में आख्यायित करते हैं—लेकिन एक सौ इक्कीस-बाईस साल पहले जिस व्यक्ति ने तमाम शास्त्रीय और धार्मिक अनाचारों के ख़िलाफ़ एक भयंकर कांड किया था, सौभाग्य से वे एक 'पुरुष' थे। इसलिए उन्हें कितना ही शास्त्रद्रोही, धर्मद्वेषी, नास्तिक तथा नराधम कहा गया हो, लेकिन किसी ने उन्हें 'पुरुष-विद्वेषी' नहीं कहा। भले ही उन्होंने कहा था, 'स्त्री-जाति अपेक्षाकृत दुर्बल है और सामाजिक नियमों की वजह से पुरुष-जाति के नितान्त अधीन है। यह दुर्बलता, यह अधीनता बन्धन है, वे लोग पुरुषों के समक्ष अवनत और अपदस्थ होकर अपना समय काट कर रही हैं। प्रभुत्वसम्पन्न प्रबल पुरुष अपनी मर्ज़ी के हिसाब से, अत्याचार और अन्यायपूर्ण आचरण कर रहे हैं, और वे लोग नितान्त निरुपाय होकर, इन सबको सहती हुई जीवनयात्रा का समाधान तलाश रही हैं। पृथ्वी के लगभग सभी प्रदेशों में स्त्रियों की यही दशा है। लेकिन, इस बदक़िस्मत देश में, पुरुषों की नृशंसता, स्वार्थपरता और हठ-जैसे दोषों की अतिशयता की वजह से, स्त्रियों की जो अवस्था हुई है, वह कहीं और दिखाई नहीं देती। इस देश के पुरुष कतिपय अत्यन्त गर्हित प्रथाओं के वशीभूत होकर, बदक़िस्मत औरतों को हर तरह से यातना देते आ रहे हैं।'

मूल रूप से विधवा-विवाह पर पाबन्दी और 'बहु-विवाह' प्रथा को ईश्वरचन्द्र विद्यासागर ने 'अतिगर्हित', 'अतिजघन्य' तथा 'अतिनृशंस' कहकर अभियुक्त ठहराया है। हिन्दू धर्म में हर ओर बाल-विवाह और बहु-विवाह के पक्ष में तमाम तरह के आदेश और उपदेश वर्णित हैं, जैसे कि, काश्यप कह रहे हैं—जो कन्या अविवाहित अवस्था में पिता के घर पर रजस्वला हो जाती है, उसके पिता भ्रूणहत्या के पाप में लिप्त हो जाते हैं। उस कन्या को वृषली[1] कहा जाता है। जो ज्ञानहीन ब्राह्मण उस कन्या से विवाह करता है, वह अश्राद्धेय (जिसे श्राद्ध में निमंत्रित करके भोजन कराने पर श्राद्ध निष्फल हो जाता है।), अपांक्तेय (जिसके साथ एक पंक्ति में बैठकर भोजन नहीं करना चाहिए) और वृषलीपति होता है। (उद्वाहतत्व[2])

यमसंहिता में यह भी कहा गया है—कन्या को अविवाहित अवस्था में यदि रजस्वला देखें तो माता-पिता और बड़ा भाई ये तीनों नरकगामी होते हैं। जो ब्राह्मण, अज्ञानवश उस कन्या से विवाह करता है, वह असम्भाष्य (जिसके साथ बातचीत करने पर पाप लगता है), अपांक्तेय और वृषलीपति होता है।

जीमूतवाहन द्वारा रचे ग्रंथ 'दायभाग' में लिखा है—'स्तनों के दिखने से पहले ही कन्यादान कर दीजिएगा। कन्या यदि विवाह से पहले ऋतुमती हो जाए, तो ऐसे में दाता और ग्रहणकर्ता दोनों ही नरकगामी होते हैं तथा पिता, पितामह, प्रपितामह विष्ठा में जन्म लेते हैं। इसलिए ऋतुदर्शन से पूर्व ही कन्यादान कर दीजिएगा।'

भले ही अविवाहित अवस्था में कन्या का रजस्वला हो जाना और ऋतुमती कन्या का विवाह शास्त्र के अनुसार घोर पापजनक, फिर भी, यह बात सच है कि रजस्वला होने से पहले विवाह अर्थात बाल-विवाह पर इस समय क़ानून ने पाबन्दी लगा रखी है। यानी मनुष्य धर्म द्वारा परिचालित नहीं होता बल्कि धर्म मनुष्यों द्वारा परिचालित होता है। बहु-विवाह को रोकने के मामले में भी तमाम तरह की आपत्तियाँ उठाई गई थीं। जैसे, बहुत से

---

1. रजस्वला स्त्री / शूद्र पत्नी / बाँझ स्त्री / मृत सन्तान को जन्म देनेवाली स्त्री
2. हिन्दुओं का एक धार्मिक ग्रन्थ

लोग कहते थे कि शास्त्रों में बहु-विवाह की अनुमति है और यह धर्म पर आधारित मामला है। इस प्रथा पर यदि पाबन्दी लगा दी गई तो शास्त्रों की अवमानना होगी और धर्म का लोप हो जाएगा। कुलीन ब्राह्मणों की जात-पात भ्रष्ट हो जाएगी और कुलीनों का सर्वनाश हो जाएगा। एक व्यक्ति यदि बहुत सारी शादियाँ न कर सके तो उसकी कुलीनता की मर्यादा पूरी तरह से नष्ट हो जाएगी। कायस्थों आद्यरस (शृंगार रस) में बाधा उत्पन्न होगी आदि।

'जो व्यक्ति तीन विवाह करके चौथा विवाह न करे, वह सात वंशों को पाप का भागी बनाता है, उसके लिए भ्रूणहत्या का पश्चाताप करना ज़रूरी है' (उद्वाहतत्व) अथवा 'धर्मकर्मोपयोगी व्यक्तियों का कर्तव्य है कि वे एक भार्या स्वीकार करें, लेकिन यदि कोई ख़ुद होकर अपनी कन्या देने की इच्छा प्रकट करे या फिर रति में अतिशय अनुराग रहे तो वे कई भार्याएँ रख सकते हैं'—शास्त्रों का ऐसा प्रश्रय पाकर समाज के जानेमाने कुलीन लोगों ने बिना किसी दुविधा के बहु-विवाह प्रथा का बड़े जतन से अनुशीलन किया था। लेकिन ईश्वरचन्द्र विद्यासागर ने सारी नीतियों-नियमों, सारे विधि-विधानों की दिशाओं को मोड़ दिया था। चूँकि, इस देश के बहुत-से लोग शास्त्रों की व्यवस्था का उल्लंघन नहीं करते, उनके तमाम व्यवहार शास्त्रीय विधि-निषेधों के अनुसार नियमित होते हैं—इसलिए शास्त्रों की स्वविरोधी इन बातों का विद्यासागर ने बड़े कौशल के साथ उल्लेख किया है, 'जिन परिवारों में स्त्रियों को समादरपूर्वक रखा जाता है, देवता उस परिवार पर प्रसन्न होते हैं। और जिन परिवारों में स्त्रियों का समादर नहीं किया जाता, वहाँ यज्ञ-दान आदि सारी क्रियाएँ विफल हो जाती हैं, जिन परिवारों में स्त्रियों को मनोदुख नहीं मिलता, उन परिवारों की सुख-समृद्धि में सतत वृद्धि होती है। स्त्रियाँ अनादृत होकर जिन समस्त परिवारों को अभिशाप देती हैं, वे सारे परिवार, टोने-टोटके से ग्रस्त की तरह, हर तरह से विनाश को प्राप्त होते हैं।' (मनुसंहिता) और यदि पहली विवाहिता पत्नी श्रुति तथा मनुस्मृतिविहित अग्निसाध्य धर्म-कर्म के निर्वाह के लिए उपयोगी हो तथा पुत्र-पौत्रादि सन्तानशालिनी हो, ऐसा होने पर अन्य स्त्री से विवाह मत कीजिएगा। दोनों में से किसी एक के अभाव में

यानी धर्म-कर्म या पुत्र की प्राप्ति न होने पर, अग्नेयाध्यान[1] से पहले विवाह कीजिएगा। (आपस्तम्भ धर्मसूत्र)

इसके अलावा शास्त्रों की तमाम त्रुटियों और कमियों को उजागर कर विद्यासागर ने बहु-विवाह रोकने के मामले में वाराणसी, वर्धमान, नवद्वीप के राजाओं, देश के अन्य तमाम ज़मींदारों और अनेक साधारण लोगों को उत्साही और उद्यमी किया था। जिन लोगों ने इसका विरोध किया था, वे मूल रूप से धर्मशास्त्र के व्यवसायी थे, उन्होंने ही शास्त्रों की अवमानना और धर्म के लोप की आशंका प्रकट की थी। वे लोग ही जनहित के कार्य का प्रतिपक्ष बनकर सबसे पहले आ खड़े हुए थे।

उस समय बहु-विवाह निषेधक बिल का जो मसौदा पेश किया गया था, वह इस प्रकार था—

'Whereas the institution of marriage among Hindus has become subject to great abuses, which are alike repugnant to the principles of Hindu Law and the feelings of the people generally; and whereas the practice of unlimited polygamy has led to the perpetration of revolting crimes; and whereas it is expedient to make Legislative provision for the prevention of those abuses and Crimes, alike at variance with some policy, justice and morality; It is enacted as follows—

No marriage, contracted by any male person of the Hindu religion, Who has a Wife alive...'

इस्लाम धर्म में पुरुषों के लिए चार शादियाँ करने का नियम प्रचलन में है। पैगंबर हज़रत मुहम्मद (साहब) ने चौदह शादियाँ की थीं। पैगंबर आदर्श इस्लाम धर्मावलम्बियों को अनुप्राणित करते हैं।

लेकिन जिस अँधेरे युग में, जिस बर्बरता, युद्ध और व्यभिचार के ज़माने में हज़रत मुहम्मद बहु-विवाह के लिए बाध्य हुए थे, उसका ज़िक्र करते हुए इस ज़माने के विज्ञ बुद्धिजीवी लोग बहु-विवाह की रोकथाम में अनायास ही

---

1. होमाग्नि स्थापना

उद्योगी हो सकते हैं। मानवता के पक्ष में किसी भी क़ानून को बनाने के लिए तक़रीबन डेढ़ सौ साल पहले एक व्यक्ति आगे बढ़ आया था, आज क्यों न बढ़ आएगा? ईश्वरचन्द्र विद्यासागर ने जब शास्त्रविरोधी विधवा-विवाह की बात कही थी—शास्त्रविरोधी बहु-विवाह को रोकने के विरोध में तमाम तर्क पेश किये थे, तब विपक्ष की ताक़त (श्रीयुत तारानाथ तर्कवाचस्पति, क्षेत्रपाल स्मृतिरत्न, गंगाधर राय, कविराज कविरत्न उल्लेखयोग्य) भले ही प्रचंड रही हो लेकिन पक्ष की ताक़त भी कोई कम नहीं थी।

अब, इस इक्कीसवीं सदी के दरवाज़े पर खड़े हम लोग प्रणम्य ईश्वरचन्द्र विद्यासागर की पुण्यतिथि पर उस बिल की बात क्यों नहीं उठा रहे हैं, कि—No marriage, contracted by any male person of the 'Muslim' religion, who has a wife alive. हम लोग विद्यासागर की तरह क्यों अपने पक्ष की ताक़तों को एकत्र नहीं कर रहे हैं—हम लोग क्यों उन्हें केवल याद कर रहे हैं, हम दीक्षा नहीं ले रहे? क्या यह हमारी 'अत्यन्त जघन्य' चतुराई नहीं है?

धर्म की युग के अनुरूप, विज्ञानोपयोगी व्याख्या तैयार करने के लिए इस समय पृथ्वी की विभिन्न भाषाओं में 'जागोध्यात्मिक' पंडित लोग अनथक परिश्रम कर रहे हैं। यदि बहु-विवाह-जैसे एक घृणास्पद, अनर्थक और अधार्मिक व्यवहार को उखाड़कर नहीं फेंका गया तो यह मेहनत पूरी तरह से बेकार हो जाएगी। और हम, विद्यासागर की कृपा से 'स्त्री शिक्षा' प्राप्त (ईश्वरचन्द्र विद्यासागर ने स्त्री-शिक्षा आरम्भ कराई थी और उसका प्रसार किया था) स्त्रियाँ ही एक 'अत्यन्त गर्हित', 'अत्यन्त जघन्य' एक प्रथा को (जिस प्रथा को विद्यासागर ने हिन्दू समाज से निकाल बाहर किया था) जिलाए रखती हैं, तो हम लोग ख़ुद अपने आपको किस तरह माफ़ कर सकेंगी भला?

बहु-विवाह की विकृत जड़ें समाज के रंध्र-रंध्र में फैली हुई हैं, मुसलमान धर्मावलम्बी स्त्रियाँ पुरुषों की नृशंसता, स्वार्थपरता, विलासिता और अविवेक की शिकार हैं। घर-घर में बहु-विवाह के अनाचार और स्वेच्छाचारिता स्त्रियों को 'भोग की वस्तु' निरुपित कर रहे हैं और 'मनुष्य' के रूप में स्त्रियों के मान-सम्मान को तिल के आधे टुकड़े के बराबर भी नहीं रख रहे हैं। पत्नी की 'अनुमति' से दूसरी, तीसरी और चौथी शादी करने का जो क़ानून चलन

में है, वह क़ानून के नाम पर निहायत वाचालता के सिवा और कुछ नहीं है। जिस परिवार में पुरुष ही हर चीज़ में स्वामी के रूप में स्वीकार किया जाता है, वहाँ पर स्त्रियाँ पुरुष की किसी भी इच्छा को 'अनुमति' न देने की हैसियत या आवाज़ अर्जित नहीं कर पातीं।

इस वक़्त चलिए, हम सभी अपने मामलों में सचेत हो जाएँ, हम अपनी आवाज़ें ऊँची करें, और इस तरह संगठित हो जाएँ कि हमारे सम्मिलित प्रस्ताव को राष्ट्र यदि क़ानून का जामा न पहनाए तो फिर हम भी इस राष्ट्र को छोड़कर बात नहीं करेंगे।

एक पुरुष से दूसरा पुरुष : यह भी कोई समाधान है?

राजस्थान की अदालत का फ़ैसला सुनकर मैं थोड़ी चौंक उठी थी। जहाँ पर स्त्री-विरोधी इतिहास और सनातन संस्कृति का बोलबाला है, किस तरह राजस्थान-जैसे एक राज्य में, जहाँ अन्य राज्यों के मुक़ाबले स्त्रियों की आज़ादी बहुत कम है, ऐसा फ़ैसला दिया गया कि पति की अनिच्छा के बावजूद बालिग विवाहिता स्त्री को अपने प्रेमी के साथ रहने का अधिकार है! अविश्वसनीय होने पर भी यह घटना घटित हुई है। मंजू नामक लड़की अब अपने प्रेमी सुरेश के साथ रह रही है, पति के साथ नहीं। हाई कोर्ट के दो न्यायाधीश जी.सी. मिश्र और के.सी. शर्मा ने यह फ़ैसला सुनाया है, स्त्रियों को पण्य के रूप में व्यवहार में लाने का अधिकार किसी के लिए उचित नहीं है।

यह फ़ैसला विवाह नामक प्रतिष्ठान के बदन पर निश्चय ही एक बड़ी चोट है। किसी भी प्रतिष्ठान में अब तक इतनी मारकाट नहीं मची थी, जितनी विवाह में मची हुई है। किसी प्रतिष्ठान में दरार उभर आती, उसमें टूटन होती, फिर कुछ दिनों तक टिमटिमाती जलती, फिर किसी दिन धप से बुझ जाती। विवाह में कोई टिमटिमाहट नहीं है, उसमें बुझ जाना नहीं है। हिप्पियों के ज़माने में, वही साठ के दशक में एकबार लाल बत्ती जली ज़रूर थी, लेकिन वह भी पूर्व में नहीं, पश्चिम में। पश्चिम के लड़के और लड़कियों ने शादी करनी बन्द कर दी थी। वह लाल बत्ती अस्सी के दशक में आकर हरी होनी शुरू हुई थी। परम्परावाद ने एक-एक क़दम कर यूरोप की ओर दैत्य की तरह बढ़ना शुरू कर दिया था। पूर्व में तो हमेशा से ही दैत्य की जय-जयकार होती रही है।

उसी पूर्व में, इस भारतवर्ष में बैठकर सुन रही हूँ कि अदालत कह रही है, 'किसी भी स्त्री को उसकी इच्छा के विरुद्ध किसी के साथ रहने के लिए ज़ोर-ज़बर्दस्ती करना उचित नहीं है।' समय मानो अचानक सौ साल आगे चला गया है। असल में तो कुछ भी आगे नहीं बढ़ा। यह फ़ैसला तो बल्कि इस समाज के चरित्र के साथ बहुत असंगत है। देश के किसी एक अदालत में किसी एक शुभबुद्धिसम्पन्न न्यायाधीश ने अचानक एक अनूठा फ़ैसला सुना दिया, जो कि इस समाज की किसी भी चीज़ के साथ मेल नहीं खाता, इसमें नाच उठने-जैसा कुछ है क्या? जो मंजू आज अपने प्रेमी के साथ रह रही है, वह मंजू क्या आज ज़रा भी सुकून से रह पा रही है? क्या लोग उसे बहुत ही बुरी भाषा में दिन-रात गालियाँ नहीं बक रहे हैं? उसे धमकी नहीं दे रहे कि सामने मिल जाए तो मार-मारकर उसकी लाश बिछा देंगे? बरबाद लड़की, ख़राब लड़की, कुलटा, वेश्या यह सब क्या वे लोग उठते-बैठते नहीं बोल रहे हैं? हम बड़ी सहजता से अनुमान लगा सकते हैं कि भयंकर असुरक्षा के बीच दुबकी हुई है मंजू। ऐसी हालत में वह निश्चय ही अपने प्रेम-जीवन का ज़रा भी उपभोग नहीं कर पा रही है। सुरेश का प्रेम भी क्या ज़्यादा दिनों तक टिका रह सकेगा! दूसरे की 'शादीशुदा' पत्नी को अपने घर ले आने की वजह से उसे भी क्या कम ताने सुनने पड़ रहे हैं! मोहल्ले वाले, पड़ोसी, आत्मीय-स्वजन निश्चय ही छि-छि कर रहे होंगे। इनसान भला कितने दिनों तक लांछना, तिरस्कार और व्यंग्य के बीच रह सकता है? स्त्रियाँ रह लेती हैं, उन्हें इनका अभ्यास है। उन्हें जीवन भर इन सबको सहना सिखाया जाता है। लेकिन पुरुष तो सीना तानकर चलने के लिए जो कुछ ज़रूरी है वह सभी करता है। पुरुष-सुरेश को जब असुविधा महसूस होगी तो वह किसी भी क्षण प्रेमी के खोल से बाहर आ जाएगा। सुरेश यदि मंजू को त्याग दे तो? मंजू तब किसकी शरण में जाएगी? या तो वह पति के पास लौट जाएगी, या फिर किसी नये प्रेमी के आश्रय में। इसके अलावा और क्या हो सकता है!

स्त्रियों की समस्या का सचमुच यह कोई समाधान है, जब उसे एक पुरुष के आश्रय से दूसरे पुरुष के आश्रय में जाने के लिए बाध्य होना पड़ता है?

इसकी बजाय स्त्रियों को यदि किसी के आश्रय में जाने की ज़रूरत ही न होती, वे ख़ुद ही अपने लिए काफ़ी होतीं! किसी की करुणा की अपेक्षा किये बिना काश वे दुर्विनीत और दुःसाहसी होकर अपने आत्मसम्मान और आत्मविश्वास के साथ अपना जीवन जी पातीं!

जिस समाज में एक स्त्री की शिक्षा, स्वास्थ्य, सम्मान बिलकुल भी ज़रूरी विषय नहीं हैं, जहाँ स्त्रियों की इच्छाओं का कोई मूल्य नहीं, जहाँ एक स्त्री को औरों की इच्छा से विशेष रूप से पुरुषों की इच्छा के अनुरूप जन्म से लेकर मृत्यु तक का समय व्यतीत करना पड़ता है, वहाँ किसी एक राज्य की अदालत का फ़ैसला एक स्त्री के जीवन में भला क्या बदलाव ला सकता है! समाज तो पहले-जैसा ही है, पहले की ही तरह नारी-विद्वेषी।

गहराई से देखें तो पाएँगे कि मंजू का अपने पति के साथ रहना या फिर अपने प्रेमी के साथ रहना—एक ही बात है। वह दोनों ही जगहों पर आश्रिता है। दोनों ही जगहों पर उसे बिना किसी शर्त के अपना सर्वस्व न्योछावर करना होगा। पुरुषों की इच्छा हुई तो वे मंजू को लात मारेंगे, मन हुआ तो चुम्बन लेंगे। मंजू का वर्तमान और भविष्य सभी कुछ पुरुष के चरित्र, मिज़ाज और मर्ज़ी पर निर्भर करता है। एक लड़की के जीवन में इससे बड़ी असुरक्षा और क्या हो सकती है? लड़कियों के जीवन में सबसे बड़ी असुरक्षा का नाम है 'पुरुष'। स्त्रियों को जितना नुक़सान पुरुष पहुँचा सकते हैं, इस पृथ्वी पर कोई और उतना नहीं पहुँचा सकता।

स्त्री जब तक ख़ुद अपना आश्रय नहीं बन सकेगी, उतने दिनों तक वह निश्चित रूप से असुरक्षित बनी रहेगी। बहुत-से लोग, मुझे मालूम है बहुत ग़ुस्से में कहेंगे कि सारे पुरुष बुरे नहीं होते, बहुत-से अच्छे पुरुष भी तो हैं। हैं, यह मुझे भी पता है। यह जो पुरुषों के 'अच्छे' होने पर स्त्रियों को निर्भर होना होगा, वह भी तो स्त्री की एक विवशता ही है। पुरुषों का 'अच्छापन' जब तक टिका रहेगा, तभी तक स्त्रियाँ निरापद रहेंगी। बुरे पुरुष से भले पुरुष की ओर जाना, उस भले पुरुष से और भी भले पुरुष की ओर जाना, चकरी की तरह द्वार-द्वार गोद-गोद घूमना ही क्या एक स्त्री का कर्म है? सिर्फ़ पुरुषों की बुराई और निर्ममता, निष्ठुरता, अत्याचार, अनाचार से नहीं, पुरुषों के भलेपन,

उनकी दान, दक्षिणा, दया, पुरुषों की करुणा, कृपा से ख़ुद को बचाना भी स्त्रियों के लिए बहुत ज़रूरी है। पुरुषों की करुणा और दया उनकी निष्ठुरता से कुछ कम नहीं है। यह सब स्त्रियों को मुग्ध और मोहित किये रहती हैं। ऐसे में स्त्रियाँ प्रतिवाद की भाषा भूल जाती हैं। गूँगी, बुद्धू और बहरी होकर वे पुरुषों के चरणों में पुष्पांजलि देती हैं, उन्हें और भी मैग्लोमैनियाक मॉन्स्टर बना देती हैं।

स्त्रियाँ कब ख़ुद की मददगार बनेंगी! स्त्रियों को कब किसी पुरुष की कृपा और करुणा की दरकार नहीं होगी। मैं उस दिन का सपना देखती हूँ। मैं सपना देखती हूँ कि स्त्री-पुरुष का सम्बन्ध वैसा होगा, जैसा विवेकबुद्धिसम्पन्न लोगों का परस्पर श्रद्धापूर्ण सम्बन्ध होता है।

मनुष्य में मनुष्य के प्रति श्रद्धा का भाव नहीं है इसीलिए वर्ग-वैषम्य, लिंग-वैषम्य, जातपाँत और साम्प्रदायिकता-जैसी कुत्सित चीज़ कितने ही वर्षों से टिकी हुई हैं। जितने दिन बीत रहे हैं, मनुष्य जितना शिक्षित हो रहा है, विज्ञान की उन्नततर सुविधाओं को जितना ग्रहण कर रहा है, उससे तो समूची विषमता को दूर हो जाना चाहिए था, लेकिन इसके उलट ही हो रहा है। मनुष्य और भी अधिक धर्मांध, और भी अन्धविश्वासी, और भी अधिक संकीर्ण होता जा रहा है।

प्राणीजगत में स्त्री ही एकमात्र प्राणी है, जो अपने अत्याचारी के साथ सबसे अधिक घनिष्ठ रूप से वास करती है। क्या कोई और प्राणी अपने अत्याचारी से प्रेम करता है, उसकी सेवा करता है, जिस तरह स्त्रियाँ करती हैं? स्त्रियों की सबसे बड़ी समस्या यह है कि वे समझ नहीं पाती और उन्हें समझने दिया भी नहीं जाता कि पुरुषों का उनके आश्रयदाता होने का अर्थ स्त्रियों की किसी समस्या का समाधान होना नहीं है। आज वे प्यार कर रहे हैं, कल वे नहीं करेंगे। वे आज कहेंगे कि तुम ख़ूबसूरत हो, कल कहेंगे तुम बदसूरत हो। स्त्रियो, तुम किसी पर भी भरोसा कर लो, पुरुषों पर मत करना।

कोई पुरुष यदि विश्वासयोग्य हुआ, तो उसे विश्वासयोग्य बनाए रखने के लिए स्त्री को अपना सब कुछ त्यागना पड़ता है। ज़्यादातर मौक़ों पर अपना सर्वस्व विसर्जन देकर भी स्त्रियाँ कुछ भी अर्जित नहीं कर पातीं। बहुतों को

तो साधारण-सी अनुकम्पा भी नहीं मिल पाती और किसी को नहीं लगता कि यह अन्याय है।

यहाँ शुभबुद्धिसम्पन्न पुरुषों का बड़ा अभाव है। राजनीति में, अर्थशास्त्र में, ज्ञान-विज्ञान में, कला-साहित्य-व्यापार में, ज़िम्मेदारियों में पुरुषों के बड़े-बड़े अवदान हैं, वे समाज में पूजनीय हैं, लेकिन वे भी घर आकर अपनी पत्नी के साथ दुर्व्यवहार करते हैं, या फिर किसी और स्त्री के साथ मत्त होकर अपनी पत्नी के साथ विश्वासघात करते हैं, या फिर अपनी पत्नी के साथ अपनी सेवादासी की तरह व्यवहार करते हैं। तो यदि पूजनीयों पर ही विश्वास न किया जा सके! तो फिर किस पर विश्वास किया जा सकता है!

असल में सच बात यह है कि विश्वास लॉटरी-जैसी चीज़ है। तुम्हें नहीं पता किस पर करना चाहिए और किस पर नहीं। कौन ठगेगा, कौन नहीं। चूँकि पुरुष लोग मनुष्य के रूप में स्त्री का आदर नहीं करते, इसलिए आख़िर में जाकर स्त्री को ठगा हुआ महसूस होता ही है। और इसे एक बड़ा ही सामान्य मामला मान लिया जाता है। कोई अवाक नहीं होता। स्त्रियाँ जो इतनी ठगी जाती हैं, इतनी मार खाती हैं, फिर भी वे पुरुषों पर ही विश्वास करती हैं, पुरुषों से ही आश्रय की उम्मीद करती हैं।

स्त्री यदि ख़ुद पर विश्वास न करे, तो फिर हमेशा ही तर्कहीन-बुद्धिहीन की तरह पुरुष पर विश्वास करने के सिवा उसके पास क्या उपाय बचता है। स्त्री जीवन भर अपनी बुद्धिहीनता की वजह से जितनी सज़ा पाती है, उनमें सबसे बड़ी सज़ा यही होती है कि उसे पुरुष पर विश्वास करना पड़ता है।

कौन दोषी है? पुरुष या कि पुरुषतंत्र?

Male Domination is so rooted in our collective unconscious that we no longer even see it. It is so in tune with our expectations that it becomes hard to challenge it. Now, more than ever, it is crucial that we work to dissolve the apparently obvious and explore the symbolic structures of the androcentric unconscious that still exists in men and women alike.

—Pierre Bourdieu

उस दिन कोलकाता टी.वी. के एक कार्यक्रम में मुझे बुलाया गया था। उस कार्यक्रम में मुझे लेकर कवि, लेखक और साधारण पाठकों के हाल ही में एकत्र किये गए कुछ मन्तव्य थे। पहला मन्तव्य नवनीता देवसेन का था। मैं नवनीता की मुरीद हूँ। विशेष रूप से उनके रसबोध की मुरीद। उनका रसबोध असाधारण है। कुछ दिनों पहले दिल्ली में एक नारीवादी आयोजन में शिरकत करके हम दोनों एक ही साथ कोलकाता लौटी थीं। हमारा वह लौटना जिस तरह ज्ञान और मान से समृद्ध था, वैसे ही रस से शराबोर। समय पल भर में उड़ गया था। वही नवनीता, जिन्होंने कई बार कहा है कि उन्हें मेरा लेखन अच्छा लगता है, ख़ासतौर पर पुरुषतंत्र की समालोचना करता हुआ जो लेखन है। मुझे याद है कुछ दिनों पहले ही उसी तरह का एक लेख मैंने ख़ुद उन्हें पढ़कर सुनाया था, मेरे घर पर बैठकर उन्होंने उसकी भूरि-भूरि प्रशंसा की थी, मैंने देखा कि उन्हीं नवनीता ने कोलकाता टी.वी. पर मेरे बारे में कहा, 'तसलीमा

के साथ हम लोगों में फ़र्क़ यह है कि हम लोग पुरुषतंत्र के विरोधी हैं, वह ऐसी नहीं है। यानी हम लोग सिस्टम की समालोचना करते हैं, लेकिन तसलीमा का मामला अलग है, वह ऐसा नहीं करती, वह पुरुषतंत्र-विरोधी नहीं है, वह पुरुष-विद्वेषी है।' यह मन्तव्य सुनकर मैं बहुत देर तक हतवाक बैठी रही। यह जो दो दशकों से स्त्रियों के अधिकारों के पक्ष में खड़े होकर धर्म, कट्टरवाद और पुरुषतंत्र की जो समालोचना कर रही हूँ, इसे लेकर किताब-दर-किताब लिखे जा रही हूँ, और इस वजह से अपने देश से एक ज़माने से निर्वासित हूँ, और आज एक पूजनीय नारीवादी बुद्धिजीवी से यह प्रतिदान मिला! मेरे जीवन को लेकर उन्होंने आज कितना क्रूर मज़ाक किया!

मैं यह नहीं मान सकती कि नवनीता देवसेन ने मेरी कोई भी किताब नहीं पढ़ी। किसी किताब या किसी लेख को पढ़े बिना मन्तव्य प्रकट करने वाले लोग समाज में नहीं हैं, ऐसा नहीं है। लेकिन उनकी कतार में मैं उन्हें क्यों रखूँगी भला! वे ज़िम्मेदार इनसान हैं। वे जब वक्तव्य पेश कर रही हैं, तो निश्चय ही ग़ैरज़िम्मेदारों की तरह उन्होंने ऐसा नहीं किया। मैं जानती हूँ कि वे लोग ही इस तरह के मन्तव्य प्रकट करते हैं जिन्होंने मेरे लिखे हुए को पढ़ा नहीं है या फिर पढ़ा हो तो उसे समझा नहीं। बांग्लादेश के लोगों ने ऐसा किया है, पश्चिम बंगाल में भी करते हैं। लेकिन नवनीता देवसेन-जैसे क़द वाले किसी लेखक की ओर से ऐसा अपवाद कभी मुझे नसीब नहीं हुआ था। यह काफ़ी हद तक चरित्रहनन-जैसा था। मैं यदि अपने मानववादी आदर्श और नीति के प्रति श्रद्धावान न रह सकूँ, मैं यदि सच कहने की ताक़त खो बैठूँ, तो मैं ख़ुद ही कह दूँगी कि मेरा कोई चरित्र नहीं है। लेकिन जो मैं नहीं हूँ, और मुझे कहा जाए कि मैं वह हूँ, तो फिर वह चरित्रहनन के अलावा और क्या हो सकता है! मेरे मत में चरित्रहीनता के साथ यौनिकता का कोई रिश्ता नहीं है, रिश्ता है शठता का, नीचता, असत का, झूठ, प्रताड़ना, छलना और धूर्तता का।

ई टी.वी. ने अपने कार्यक्रमों की शृंखला में नवनीता देवसेन और मुझे लेकर दो कार्यक्रम आयोजित किये थे। इसी सिलसिले में और जिन साहित्यकार-कलाकारों को आमंत्रित किया गया था, उनके कार्यक्रम प्रसारित हो गए। लेकिन बरस बीत गए, किसी एक रहस्यमय कारण से नवनीता-

तसलीमा की जोड़ी के दो कार्यक्रमों में से आज तक एक का भी प्रसारण नहीं किया गया। वहाँ मैं जानने के लिए इच्छुक थी कि नवनीता देवसेन-जैसी व्यक्तित्व-सम्पन्न स्त्री का पति के सरनेम को धारण करने की क्या वजह है। उनके लेखिकाओं के 'सई' नामक संगठन में अन्य किसी भी लेखिका को शामिल होने का अधिकार है, मुझे क्यों नहीं, मैंने इसके बारे में भी जानना चाहा था। दोनों ही कार्यक्रम विदग्ध नारीवादी कार्यक्रम थे। लेकिन आजकल के जानेमाने प्रतिष्ठानों के मालिकों की प्रवणता चुन-चुनकर नारीवाद पर ही कैंची चलाने की है।

बहुत समय से धर्म और पुरुषतंत्र की समालोचना करती हुई लिख रही हूँ, बोल रही हूँ। कारण कि मैं मानवाधिकार पर विश्वास करती हूँ। चूँकि मानवाधिकार पर विश्वास करती हूँ, तो ज़ाहिर है स्त्रियों के अधिकारों पर विश्वास करती हूँ। मेरे लिए मानव मतलब स्त्री और पुरुष दोनों ही हैं। स्त्रियाँ समाज में स्त्रियाँ होने के कारण दंडित हो रही हैं, कुचली जा रही हैं, चूँकि स्त्रियों की स्वाधीनता और समानाधिकार के ख़िलाफ़ पुरुषतंत्र के तमाम षड्यंत्र विद्यमान हैं, इसलिए इन सब स्त्री-विरोधी नियम-नीतियों और कुटिल-जटिल षड्यंत्रों का प्रतिवाद करती हूँ। यह सब करती हूँ इसलिए कोई मुझे नारीवादी कहता है तो कोई मानवतावादी। और मूर्ख लोग निश्चिन्त भाव से कह जाते हैं कि मैं पुरुष-विद्वेषी हूँ।

पुरुष-विद्वेषी शब्द बड़ा भयंकर है। अच्छे से कालिख पोती जाती है। लोग आकर धावा बोलते हैं। नफ़रत करते हैं। स्त्रियों को जो लोग पुरुषों के अधीन रखना चाहते हैं, उन्हें यदि मौक़ा मिले तो वे मुझे कच्चा ही खा जाएँ। और यदि नहीं खा सकें तो लगभग खाने-जैसा ही एक काम करते हैं, वे मुझे पुरुषविद्वेषी कहकर बदनाम करते हैं। लम्बे समय से मैं इस बदनामी की शिकार हूँ। कट्टरपंथी और साथ-ही-साथ तरक़्क़ीपसन्द लोग भी मुझ पर थूकते रहे हैं। 'उसे साहित्य नहीं आता, वह तो अपना प्रचार चाहती है'—इस प्रकार की मुखरोचक निंदा हवा में वायरस की तरह उड़ा दी गई है। इस तरह से सत्य के लिए, समानता के लिए मेरी लड़ाई को लोगों की नज़रों में महत्त्वहीन कर देने की राजनीति चल रही है। और यह कोई नई बात नहीं है।

'पुरुष अच्छे हैं, पुरुषतंत्र बुरा है।' सीधी बात यह है, साफ़ बात और सबकी बात। यह सुनने में कमाल का लगता है। लेकिन सबसे और अपने आप से भी मेरा एक ही सवाल है, पुरुषतंत्र क्या आसमान से उतरा है? पुरुषतंत्र एक तंत्र है जहाँ क़ानून पुरुषों के पक्ष में है, सामाजिक और पारिवारिक विधि-व्यवस्था, समाज और दुनिया में जो कुछ भी है वह सभी पुरुषों के पक्ष में है, सभी पुरुष-केन्द्रित है। नहीं, यह तंत्र आसमान से नहीं उतरा है, इसे पुरुषों ने तैयार किया है, और पुरुष इस तंत्र के अवसरों-सुविधाओं सबका भोग कर रहे हैं, स्त्रियों की ज़्यादातर भूमिका पुरुषों को इसे भोगने में मदद करने की है। मैं पुरुषतंत्र की समालोचक हूँ, लेकिन मैं यह दावा नहीं कर सकती कि पुरुषतंत्र के जनक पुरुष नहीं हैं। मैं जब भी बोलती हूँ, मुझे सच कहना ही पड़ता है कि हम जब सभ्यता की बढ़ाई करते हैं, तो उन्नत तकनीकों और नानाविध कला, संस्कृति, दर्शन और विज्ञान की सफलताओं के समानान्तर बड़े ही धूमधाम से एक असभ्य और बर्बर प्रथा जीवित है, जिसका नाम पुरुषतंत्र है। इसे किसने टिकाए रखा है? हवा ने? नहीं हवा ने नहीं, सच कहें तो पुरुषों ने। और स्त्रियों ने भी। स्त्री नारीवादी होगी ही, ज़रूरी नहीं। मैंने बहुत-से पुरुषों को देखा है, जो लोग नारीवादियों से भी ज़्यादा नारीवादी हैं। और मैंने बहुत-सी ऐसी स्त्रियाँ भी देखी हैं, जो प्रचण्ड रूप से पुरुषतंत्र की धारिका और वाहिका हैं।

समता के लिए विश्वव्यापी कुछ कम आन्दोलन नहीं हुए हैं। आन्दोलन के फलस्वरूप ऐसी कई पुरानी प्रथाएँ निर्मूल हो गई हैं, जो विषमता को टिकाए रखती थीं, लेकिन इससे पुरुषतंत्र के शरीर पर आज तक कोई हलकी-सी खरोंच भी नहीं आ सकी है। इसकी क्या वजह हो सकती है? आसमान से उतरे पुरुषतंत्र की देह लोहे से गढ़ी है, इसलिए? या कि इसे टिकाए रखने के लिए लोग जी-जान से कोशिशें करते रहते हैं, इसलिए? जो लोग ऐसा करते हैं, उन्हें दोष देना क्या अन्याय है, या कि अन्याय नहीं है? चूँकि पुरुषतंत्र एक स्त्रीविरोधी प्रथा है, चूँकि स्त्रियों के अधिकारों के साथ पुरुषतंत्र का जन्म-जन्मांतर का विरोध है, इसलिए मुझे मानवाधिकारों के बारे में बोलते हुए पुरुषतंत्र और साथ-ही-साथ जो इसे टिकाए रखते हैं उनके बारे में भी

कहना पड़ता है। अन्यथा यह गुड़ खाएँ और गुलगुलों से परहेज़-जैसी बात होगी। मुझे यह बता देना होता है कि स्त्रियों की स्वाधीनता के विपक्ष में ठीक कौन-कौन-सी ताक़तें खड़ी हैं।

'पुरुषतंत्र बुरा है, पुरुष अच्छे हैं'—यह ठीक उस बात-जैसी है, 'पूँजीवाद बुरा है लेकिन पूँजीवादी लोग अच्छे हैं।' मुझे यदि पुरुष-विद्वेषी कहकर बदनाम न किया गया होता, तो सम्भवत: जिस तरह से मैं पुरुषतंत्र की समालोचना कर रही थी, ठीक उसी तरह से कर रही होती, इसके यजमानों की तलाश नहीं करती। जो लोग यजमानों को लाड़-प्यार से ख़ुश रखकर केवल तंत्र पर पत्थर फेंकते हैं, उन्हें क्या नहीं पता कि तंत्र का कोई शरीर नहीं है, अपनी कोई निजी समझ नहीं है! तंत्र को बोलना नहीं आता? उन्हें क्या नहीं पता कि तंत्र 'तंत्र' को नहीं चलाता, उसे मनुष्य चलाता है! उन्हें क्या नहीं पता कि पत्थर फेंकने पर भी तंत्र जिस तरह मज़े से रहता है, वैसा ही रहेगा। जो लोग तंत्र को चलाते हैं, उन्हें यदि अनछुआ छोड़ दिया जाए, उनके कल-पुर्ज़ों में तेल डालकर यदि उन्हें और भी सक्रिय कर दिया जाए, तो फिर पुरुषतंत्र की जय-जयकार में इस संसार के सर्वनाश में ज़्यादा समय नहीं लगना है।

मुझे शक़ होता है, जो लोग सिर्फ़ सिस्टम पर नाराज़गी दिखाते हैं, और सिस्टम को तैयार करने वालों तथा उसके संरक्षकों को माफ़ कर देते हैं, वे असल में छल-चतुराई द्वारा चाहते हैं कि पुरुषों का शासन और शोषण बदस्तूर जारी रहे।

नहीं, मैं पुरुष-विद्वेषी नहीं हूँ, कभी भी नहीं थी। किसी पुरुष-विशेष पर नाराज़ होकर, पुरुषों को लेकर किसी व्यक्तिगत विद्वेष के चलते मैं इस संग्राम में शामिल नहीं हुई हूँ। पुरुषों में मेरे प्रेमी हैं, प्राणप्रिय दोस्त हैं, सहमर्मी हैं, सहयोद्धा भी हैं। मैं केवल उन पुरुषों को चिह्नित करना चाहती हूँ जो सड़े हुए, पुराने पुरुषतांत्रिक समाज में कुछ भी बदलाव नहीं होने देंगे, उनकी ख़ुद की स्त्री-विरोधी मानसिकता ज़रा भी नहीं बदलेगी, जो लोग स्त्री और पुरुषों की समता पर विश्वास नहीं करते, जो लोग पुरुषतंत्र को दूध-केला खिलाकर पाल-पोस रहे हैं, जिन लोगों ने प्रण किया है कि वे स्त्रियों को जीवन भर

अपने क़दमों के नीचे कुचलते रहेंगे, मैं चाहती हूँ वे इनसान बनें। वे स्त्रियाँ भी इनसान बनें, जो पुरुषतंत्र को बचाए रखने के लिए सचेतन रूप से हर तरह से मदद कर रही हैं, मैं चाहती हूँ कि वे लिंग-आधारित विषमता को अस्वीकार करें, वे सज्जनता और समानता पर प्रबल रूप से विश्वास करें। वे मानवता पर सचमुच विश्वास करें, मानवता को यदि जीवन में उतार लें, तो फिर स्त्री और पुरुष के अधिकारों में कोई भेद नहीं रह जाता।

बच्चों को लेकर लोभ की जीभ

शादी के लिए पहले की ही तरह लड़कियों के मामले में कम-से-कम 18 वर्ष और लड़कों की 21 वर्ष उम्र होने की शर्त रखकर 'बाल-विवाह निषेध क़ानून' लागू करने के प्रस्ताव को बांग्लादेश की सरकार ने अनुमोदित कर दिया है। लेकिन 'विशेष परिस्थितियों में' अदालत के अनुदेश पर तथा माँ-बाप के समर्थन से यह क़ानून नाबालिग लड़कियों को भी विवाह का मौक़ा दे रहा है। नाबालिग की संज्ञा में कहा गया है, 'विवाह के लिए 21 वर्ष पूरे नहीं किये हैं ऐसा कोई भी लड़का और 18 वर्ष पूरे नहीं किये हैं ऐसी कोई भी लड़की।'

यह क़ानून बहुत ही सभ्य क़ानून हो सकता था यदि वह विशेष परिस्थिति वाला मामला न रहता। विशेष परिस्थिति के बारे में बांग्लादेश के मंत्रीपरिषद ने कहा है, 'अविवाहित माता, लेकिन जिसके बच्चा है—यदि ऐसा केस हो तो ऐसे मामलों में उसे प्रोटेक्शन देने के लिए यह विधान किया गया है। कितनी तरह की समस्याएँ दिखाई देती हैं, इसलिए शादियाँ हो जाती हैं। यह उन्हें ही लीगलाइज़ करने की प्रक्रिया है। हमारे देश में तो 10-11 वर्ष में भी भागकर शादी करके लड़कियाँ प्रेगनेन्ट हो जाती हैं। ये समस्याएँ हैं, इन्हीं के लिए यह व्यवस्था दी गई है।'

मंत्रीपरिषद कहना चाहती है कि जो नाबालिग लड़कियाँ भागकर शादी करती हैं, उनकी शादी को, इस क़ानून के रहते अवैध नहीं माना जाएगा। यह क़ानून बाल-विवाह को छल-कौशल से वैध बना रहा है, लेकिन यह बाल-विवाह को कैसे रोकेगा, यह हमारी समझ से बाहर है। क़ानून में विशेष

परिस्थितियों का उल्लेख है, लेकिन कोई उम्र निर्धारित नहीं की गई है। 50 वर्ष का कोई पुरुष 6 वर्ष उम्र वाली किसी लड़की से शादी कर ले तो भी यह क़ानून उसे वैध घोषित कर सकता है। अदालत की अनुमति न लेकर यदि नाबालिग लड़कियाँ शादी कर लें तो फिर सामान्य जेल और जुर्माने के अलावा कोई ख़ास सज़ा का प्रावधान नहीं है।

लड़कियों की शादी की न्यूनतम उम्र 18 वर्ष से कम की जा सकती है या नहीं, इसे लेकर वर्ष 2013 में मंत्रीसभा की एक बैठक में जब चर्चा हुई तो पहले-पहल तमाम हलक़ों ने इसका विरोध किया। महिला और शिशु मंत्रालय ने इस बारे में क़ानून का एक मसौदा तैयार किया, जिसमें 'विशेष परिस्थितियों में' लड़कियों की शादी की न्यूनतम उम्र 16 वर्ष करने का प्रस्ताव रखा गया था। महिला और शिशु मामलों के राज्यमंत्री ने उस समय 'विशेष परिस्थितियों' की व्याख्या करते हुए कहा था, 'लड़की यदि प्रेम-घटित कारणों से लड़के के साथ भाग जाए या फिर लड़की लड़के के घर जाने के बाद अपने घर लौटने से इनकार कर दे या फिर शादी से पहले गर्भवती हो जाए—तो ऐसी स्थिति में उम्र 16 वर्ष की जा सकती है या नहीं, इस पर सरकार सोच-विचार कर रही है।' इसे लेकर अन्तिम निर्णय लेने की स्थिति से पहले मातृमृत्यु और बाल-विवाह को रोकने के लिए संचार-माध्यमों के प्रतिनिधियों के साथ एक चर्चा-बैठक में सत्ताधारी दल के दो सांसदों ने भी शादी की उम्र कम करने के प्रस्ताव पर अपनी आपत्ति दर्ज़ कराते हुए कहा था, किसी भी तरह की शर्तें रखकर लड़कियों की शादी की न्यूनतम आयु 18 से नीचे लाना उचित नहीं होगा। एक अनुष्ठान में मानवाधिकार कमीशन के चेयरमैन ने बांग्लादेश सरकार को सावधान करते हुए कहा था, लड़कियों की शादी की उम्र कम कर दी जाएगी फिर तो वह धर्मान्ध समूहों को उत्साहित करेगा। 'सेव द चिल्ड्रन' के एक प्रतिवेदन में बच्चियों के स्वस्थ और स्वाभाविक रूप से विकास में बाल-विवाह को सबसे बड़ी बाधा के रूप में चिह्नित किया गया।

इतनी बाधाएँ आईं, फिर भी बांग्लादेश लड़कियों की शादी की उम्र 18 से नीचे लाने के लिए अस्थिर हो उठा है। मुझे आशंका थी कि बांग्लादेश एक दिन अचानक 18 को 16 कर देगा। लेकिन अब तो एक ऐसा क़ानून

बना दिया गया है जो और भी भयंकर है। इस क़ानून के तहत किसी भी उम्र की लड़कियों की शादी हो सकती है। बांग्लादेश-जैसे मुल्क में 'अदालत की अनुमति' का नितान्त ही वाक्यालंकार के रूप में उपयोग किया जाता है।

मनुष्य जितना सभ्य होता जाता है, वह स्त्रियों के ख़िलाफ़ बर्बरता को उतना ही कम करता चलता है। जिन देशों में लड़कियाँ बाल-विवाह की शिकार हैं, उन देशों में लड़कियों की शादी की उम्र बढ़ाना उस देश के सभ्य होने के लक्षण हैं। बांग्लादेश में भी ऐसा ही किया गया था, लेकिन अब फिर से उम्र को कम किया जा रहा है। इस धरती पर जिन देशों में सबसे ज़्यादा बाल-विवाह हो रहे हैं, उनमें बांग्लादेश अन्यतम है। बांग्लादेश में हर तीन विवाह में एक बाल-विवाह है। 68 प्रतिशत लड़कियों का विवाह बाल-विवाह है। बांग्लादेश से ज़्यादा बाल-विवाह केवल तीन देशों में होता है—अफ़्रीक़ा के नाइज़ेर, चाड और माली में।

हम सभी जानते हैं, 18 वर्ष से कम के लड़के-लड़कियाँ बालिग नहीं होते, वे बच्चे हैं। बांग्लादेश भी अठारह वर्ष से कम उम्र के लड़के-लड़कियों को बालिग नहीं मानता। तो फिर जान-बूझकर बांग्लादेश क्यों बच्चों की शादी को वैधता प्रदान कर रहा है! वह इसलिए कि छोटी कुँवारी लड़कियों का बिना किसी क़ानून के झमेले के पुरुष लोग भोग कर सकें, या फिर उनका धर्षण कर सकें, इसी का इंतज़ाम किया जा रहा है?

यह बात किसे नहीं पता कि नाबालिग लड़कियों की शादी करने से सामाजिक या फिर आर्थिक रूप से कोई भला तो होता नहीं, बल्कि अहित ही होता है! कम उम्र की लड़कियाँ बहुत सहज ही पति के अत्याचार-उत्पीड़न की शिकार हो जाती हैं। वे आजीवन अशिक्षित रह जाती हैं, कारण कि शादी के बाद स्कूल जाना बन्द करने के लिए वे बाध्य हो जाती हैं। उनके यौनरोगों से आक्रान्त होने की आशंका भी ज़्यादा रहती है। गर्भवती होने के लिए शरीर और मन के तैयार होने से पहले ही उन्हें गर्भवती होना पड़ता है। कम उम्र में गर्भवती होने और सन्तान को जन्म देने की वजह से हर साल हज़ारों लड़कियों की मौत हो जाती है। सच कहने में क्या, किसी लड़की का बाल-विवाह होना यानी उसे मृत्युदंड दे देना।

लड़कियाँ ही इस क़ानून की भुक्तभोगी होंगी। बच्चों के लिए दिन-पर-दिन पुरुषों की जीभ लम्बी होती जाएगी। बच्चों से बलात्कार करनेवालों से लड़कियों को रिहाई नहीं मिलनी। बच्चों के अपहरणकर्ताओं के हाथों से रिहाई नहीं मिलनी। असल में इस क़ानून के माध्यम से सरकार बलात्कार को वैध करने का इंतज़ाम कर रही है। ग़रीब लड़कियाँ वैसे ही तमाम उत्पीड़नों की शिकार हैं, वे लगभग सभी अधिकारों से वंचित हैं, उनके उत्पीड़न को अब क़ानूनी वैधता प्रदान की जा रही है। यह काफ़ी हद तक आजीवन कारावास-जैसा है। बिना किसी अपराध के आजीवन। या फिर, अपराध एक ही है, लड़की के रूप में जन्म लेने का अपराध। जिस प्रकार वेश्यालयों में से असहाय लड़कियाँ नहीं निकल पातीं, वैसे ही वे स्त्री-पुरुषों के विषमता से भरे घर-संसार से भी बाहर नहीं आ पातीं। इसलिए एक लड़की का शिक्षित और आत्मनिर्भर होना बहुत ज़रूरी हो जाता है। शिक्षित और आत्मनिर्भर लड़कियाँ अशिक्षित और परनिर्भर लड़कियों के मुक़ाबले सामाजिक, आर्थिक, मानसिक और शारीरिक रूप से बहुत अच्छी अवस्था में रहती हैं। एक लड़की का नाबालिग उम्र में विवाह होना, उसके स्वास्थ्य, उसकी शिक्षा, उसकी सम्भावना सब कुछ को नष्ट कर देने-जैसा है। यह सब कुछ जानने-समझने के बावजूद बांग्लादेश सरकार किसके-किनके स्वार्थवश इस क़ानून को तैयार करना चाह रही है?

बांग्लादेश में विवाह के लिए लड़कियों की न्यूनतम उम्र थी 18 वर्ष। बावजूद इसके, तब भी इस क़ानून को न मानकर बुरे लोग अपनी बच्चियों की शादी करा रहे थे। लेकिन इस समस्या का समाधान शादी की उम्र को अठारह से कम कर देने से नहीं होने वाला। इस समस्या का समाधान उन बुरे लोगों को अच्छा बनाने से ही सम्भव होगा। इसका समाधान लड़कियों की शिक्षा और स्वास्थ्य के बारे में देशभर के लोगों को सचेत करने से होगा। जब लोगों को सचेत करने का काम बहुत मेहनत भरा लगता है, तब सरकार दुष्ट लोगों को तुष्ट करने के लिए बुरे कार्य करने लगती है।

एक समाज कितना सभ्य है, यह उस समाज में स्त्रियों की दशा कैसी है, इस पर निर्भर करता है। बांग्लादेश में स्त्रियों के ख़िलाफ़ ढेर सारे नियम

बनाए गए हैं। बांग्लादेश का समाज स्त्रियों से विद्वेष रखनेवाला समाज है, यह समाज स्त्रियों को यौनवस्तु, पुरुषों की दासी और सन्तान उत्पादन की मशीन के सिवा और कुछ नहीं मानता। यह स्त्री-विद्वेषी मानसिकता में जब बदलाव की ज़रूरत है, जब स्त्री-पुरुषों की सारी विषमताओं को दूर करने के लिए सारे प्रयास किये जाने चाहिए, लेकिन ठीक उसी समय सरकार लकड़बग्घे के मुँह में हिरण के फेंक देने की तरह बच्चों से बलात्कार करने वालों की विकृत यौनलालसा पूरी करने के लिए बच्चियों की शादी को वैधता प्रदान कर रही है। मासिकधर्म के शुरू हो जाने से या फिर शरीर के बड़े हो जाने से ही लड़कियाँ शादी के लिए मानसिक एवं शारीरिक रूप से तैयार हो जाती हैं, ऐसा नहीं है। ठीक जैसे कि लड़कों की मूँछें और दाढ़ी के आ जाने भर से वे शादी के योग्य नहीं हो जाते। शादी केवल शारीरिक सम्बन्ध नहीं है, शादी उससे भी ज़्यादा बहुत कुछ है। शादी बहुत बड़ी ज़िम्मेदारी का पालन है, ख़ासतौर पर सन्तानों की ज़िम्मेदारियों का पालन।

हर बच्चे को अपने शैशव को जी लेने का अधिकार है। लड़कियों के शैशव और कैशोर्य को छीनकर उन्हें फटाफट जवान बनाया जा रहा है, और इसलिए बहुत जल्दी ही लड़कियों को बुढ़ापे का वरण करना पड़ रहा है। लड़कियों के जीवन को इस तरह नष्ट कर देने का कोई अधिकार किसी भी सरकार को नहीं है।

बच्चियों के साथ संगम और बच्चियों के साथ बलात्कार में मूल रूप से कोई फ़र्क़ नहीं है। देह में यौनताबोध के आरम्भ न होते ही, नितान्त ही कौतूहल या फिर बाध्य होकर बच्चियाँ संगम के लिए राज़ी हो तो सकती हैं, लेकिन उनका वह राज़ी होना वास्तविक रूप से राज़ी होना नहीं है।

समाज की अधिकांश स्त्रियाँ ही सुखी नहीं हैं, वे बल्कि सुखी होने का दिखावा करती हैं। या फिर वे दुख को ही, कुछ हासिल न पाने को ही, पराधीनता को ही सुख कहती हैं, हासिल करना कहती हैं, इसे ही आज़ादी समझती हैं। उन्होंने बचपन से ही ऐसा समझना सीखा है। नये सिरे से इसके विपरीत कुछ सीखना सम्भवत: अधिकांश स्त्रियों के लिए अब सम्भव नहीं है। पुरुषों ने बचपन से जो सीखा वह यह कि वे स्वामी हैं, वे अधिक जानते

हैं, समझते ज़्यादा हैं, समाज उनके लिए है, दुनिया उनके लिए है, वे शासन करेंगे, वे भोग करेंगे। इस शिक्षा को ग्रहण न करने तथा इसके विपरीत कुछ और सीखने के लिए अधिकांश पुरुष राज़ी नहीं हैं।

जाति के रूप में सभ्य होने के लिए बच्चों के प्रति पुरुषों के लोभ की जीभ को संयत करने की व्यवस्था करनी होगी। सरकार का दायित्व है कि इस जीभ को संयत करने के लिए लोगों को प्रेरित करना। किसी भी तरह से 'विशेष परिस्थितियों में' जीभ अनियंत्रित की जा सकती है कहकर अनियंत्रित करने के लिए प्रेरित करना नहीं।

स्त्रियों के स्त्रीत्व और मातृत्व से उनका व्यक्तित्व बड़ा है

कुमारी शब्द का अर्थ है अविवाहिता स्त्री। दस से सोलह साल उम्र की अनूढ़ा कन्या को भी कुमारी कहते हैं। कुमारी स्त्री के प्रति पुरुषों का प्रबल आकर्षण समाज में सर्वत्र विद्यमान है। पुरुष का आकर्षण किसी भी तरह कहीं कम न हो जाए और लगता है ईश्वर भी कुमारियों पर ख़ास नज़र रखता है—इसलिए समाज के 'अच्छे लोग' कुमारी लड़कियों के सतीत्व की रक्षा के मामले में नानाविध उपदेशों की वर्षा करते रहते हैं और 'व्रत' के पालन की व्यवस्था करते हैं। हिन्दू धर्म में कुमारियों के लिए विभिन्न महीनों में विभिन्न व्रतों के नियम बनाए गए हैं। वैशाख मास में शिवव्रत, पुण्यी पुकुर, दस पुतुल, हरिचरण, अश्वत्थ पाता, गोकुल व पृथ्वी व्रत; कार्तिक मास में यम पुकुर व्रत; अगहन में—सेंजुरित व्रत; पौष के महीने में तूँष-तुषली व्रत; इन सब व्रतों में विभिन्न प्रकार के मंत्रों का उच्चारण करना पड़ता है। हर मंत्र की मूल बात होती है—सती होना, पति पाना, पुत्र सन्तान को जन्म देना, अच्छी बावर्ची होना, सधवा रहते मृत्यु को प्राप्त होना और सात भाई की एक बहन होना। पुण्यी पुकुर व्रत में पोखर में पानी डालने का मंत्र इस प्रकार है—पुण्य पोखर पुष्प-माला / दोपहर को कौन पूजती है? / मैं सती लीलावती,/ सात भाइयों की बहन भाग्यवती / इस पूजन से क्या होता है? / निर्धन को मिलता है धन / होती है सावित्री-समान / होती है पति की प्यारी / पति की गोद में देकर पुत्र। / मरण हो गंगाजल में। लड़कियों को पाँच साल की उम्र से

दस पुतुल व्रत करना पड़ता है। इस व्रत का मंत्र है—इस बार मरकर बनूँगी मनुष्य, पति मिलेगा राम-समान / इस बार मरकर बनूँगी मनुष्य, सीता की तरह होऊँगी सती / इस बार मरकर बनूँगी मनुष्य, दशरथ-जैसे ससुर मिलेंगे / इस बार मरकर बनूँगी मनुष्य, कौशल्या-जैसी मिलेगी सास / इस बार मरकर बनूँगी मनुष्य, होऊँगी पुत्रवती कुंती के समान / इस बार मरकर बनूँगी मनुष्य, द्रौपदी-जैसी बनूँगी बावर्ची / इस बार मरकर बनूँगी मनुष्य, धरती के समान सहूँगी बोझ।

कोई भी व्रत या मंत्र स्त्रियों द्वारा बनाए हुए नहीं हैं। इन्हें पुरुषों ने बनाया है। ये सारे व्रत मूल रूप से स्त्री को पति-पुत्र-गृहस्थी की आकांक्षाओं में निमग्न रखने का कौशल ही है ताकि स्त्री कभी समझ ही न सके कि वह भी मनुष्य है। पति, पुत्र और गृहस्थी से बाहर तमाम कार्यों में दक्षता दिखाने का अधिकार उसे भी है। वह भी अश्वारोहिणी हो सकती है, वह भी रणभूमि में जयी हो सकती है। वह वैज्ञानिक, इंजीनियर, डॉक्टर, कृषक, श्रमिक, चित्रकार, कवयित्री और राष्ट्रपति हो सकती है।

हरिचरण व्रत में इस मंत्र का उच्चारण करना होता है—कौन युवती पूजती है पैर / क्या चाहती है वह युवती?/ चाहती है राजेश्वर पति / दरबार की शान बेटे चाहती है / ...गोशाला में गाय, कोठार में धान, / बरसों बरस जन्मे पुत्र। / न देखना पड़े पति-पुत्र का मरण। / न देखना पड़े बन्धु-बाँधवों का मरण / पुत्र हों और मरे नहीं। / आँखों से आँसू न बहें। / पति की गोद में देकर पुत्र / हो जाए मरण, / कंठ में हो गंगाजल।

अश्वत्थ पाता व्रत में यह मंत्र पढ़ना होता है—पका पत्ता सिर से छुआओ तो पके बाल लगाते हैं सिन्दूर। / कच्चा पत्ता सिर से छुआओ तो कांचन-सा रूप-सौन्दर्य होता है। / कोंपल को सिर से छुआओ तो गोद में आता है नवकुमार।

सेंजुरी व्रत का मंत्र है—खाट पलंग, रज़ाई, तकिये हों आसपास / रूप-यौवन, सदा सुखी, पति करे प्यार / पास-पड़ोस हो, मोहल्ला हो / मुँह में बरसे शहद / जन्म सधवा पुत्रवती का हो / जीवन बीते सुख से।

मूल रूप से एक ही मंत्र घूम-फिर कर वर्षव्यापी व्रतों में उच्चारित होता

रहता है। मंत्र में जो उच्चारित होता है, समाज-गृहस्थी में भी वही बात कही जाती है। उससे अलग कुछ नहीं। आज से हज़ार साल पहले कुमारियों के लिए व्रत साधना के जो नियम थे, वही नियम थोड़े-बहुत बदलावों के साथ आज भी चलन में हैं। आजकल शायद बहुत-से लोग व्रत नहीं रखते, लेकिन व्रतों के उन मंत्रों के सुर मस्तिष्क को कोषों में, रक्त के हर कण में चुपके-चुपके बजते रहते हैं। इससे किसी को मुक्ति नहीं मिलती। हर लड़की के भीतर शैशव से ही पति, पुत्र, गृहस्थी का सपना बो दिया जाता है। वही सपना विशाल वृक्ष बनकर स्त्री को सैकड़ों टुकड़ों में बाँटने लगता है। पुरुष के बीज से पुरुष को जन्म देना ही स्त्री-जन्म की सार्थकता है। स्त्री का कोई अपना अस्तित्व नहीं होता, मानो स्त्री का जन्म ही पुरुष की सेवा करने और संगम के द्वारा तृप्त करने के लिए हुआ है, अपने गर्भ में पुरुष-सन्तान धारण करके पुरुष के ही वंश का विस्तार करना।

किसी भी व्रत में कन्या सन्तान की आकांक्षा नहीं दिखाई देती, किसी भी व्रत में पति के अलावा, पति को तृप्त करने के अलावा और कोई सपना नहीं है। और आज भी नहीं है—आज जब स्त्री कुमारी व्रत का पालन नहीं करती, आज जब लड़कियाँ कॉपी-किताबें हाथ में लेकर स्कूल जाती हैं, कॉलेज जाती हैं, ऑफ़िस-अदालतों में नौकरी करने जाती हैं, तब भी स्त्रियाँ एक ही दायरे में भटकती रहती हैं, उन्हीं पुराने संस्कारों के कुएँ में पड़ी रहती हैं।

यह भटकन क्यों है? निश्चय ही इसका कारण यह है, जिस शिक्षा और संस्कारों के माध्यम से लोगों की तामीर की जा रही है, वह स्वस्थ नहीं है। बुनियाद में दरारें रखकर सात मंज़िला दालान शायद बनाया तो जा सकता है, लेकिन वह टिकता नहीं। मलबे के एक ढेर पर हम लोग खड़े हैं। यह बात किसी को भी स्पष्ट रूप से समझ में नहीं आ रही है कि स्त्रियाँ भी मनुष्य हैं। स्त्रियों के स्त्रीत्व और मातृत्व से उनका व्यक्तित्व बड़ा है। स्त्रीत्व और मातृत्व की जो व्याख्या चलन में है, वह पुरुषों के स्वार्थ के लिए पुरुषों द्वारा ही बनाया गया एक सिद्धांत है।

स्त्री अपनी देह में गर्भाशय को धारण करती है, लेकिन गर्भाशय की स्वाधीनता को धारण नहीं करती। गर्भाशय में सन्तान को वहन करने या नहीं

करने की आज़ादी स्त्री को नहीं है, स्त्रियों से कहा जाता है कि 'मातृत्व में ही स्त्री की सार्थकता है'। स्त्री ऐसा ही मानती रही है। एक झूठ को पालकर अपना पूरा जीवन बिता देती है। गर्भाशय स्त्री का है। स्त्री ही तय करेगी कि इस गर्भाशय में वह कुछ धारण करेगी या नहीं करेगी। गर्भाशय में सन्तान धारण करने के लिए पुरुषों ने तमाम तरह की शर्तें थोप रखी हैं। जैसे—विवाह (पति के संग के बिना स्त्री सन्तानवती नहीं हो सकती), वंश (कन्या से वंश की रक्षा का काम नहीं हो सकता, लिहाज़ा पुत्र की ज़रूरत है), मातृत्व (चूँकि मातृत्व में ही स्त्री-जन्म की सार्थकता है, इसलिए स्त्री-जन्म को सार्थक करना ही होगा)। शर्त का मतलब यह है कि जिसका गर्भाशय है, उसका उस पर कोई इच्छा-अनिच्छा का अधिकार नहीं होगा।

स्त्रियों की व्रतकथाओं में वे 'पुत्र को पति की गोद में रखकर' मृत्यु को वरण करने की आग्रही हैं। उन दिनों पति आमतौर पर पत्नी से उम्र में दोगुने, तिगुने या चौगुने बड़े होते थे (जिस समय व्रतकथाओं का जन्म हुआ)। पति की गोद में पुत्र को रखकर, पति से पहले मर जाना निश्चय ही कम उम्र में मर जाना हुआ। अपनी अकालमृत्यु की कामना भी पुरुषों के लिए ऐसी एक सुविधा मुहैया कराती है कि पुरुष एक जीवन में बहुत सारी स्त्रियों को भोग सके और वे शतायु एवं दीर्घायु हों। अनेक स्त्रियों को भोगने की बात इसलिए कि एक पत्नी की अकालमृत्यु हो जाने पर दूसरी पत्नी का होना अनिवार्य हो जाता है। इसके अलावा पतिविहीन होना स्त्री के लिए इतना अकल्याणकर, इतना भयावह और असह्य होता है कि स्त्री पति के न होने को सहन नहीं कर पाती। इसलिए वह माँग में सिन्दूर रखते हुए ही मर जाना चाहती है।

यह बात हर तरफ़ बहुत स्पष्ट है कि पुरुषों के कार्यों में मदद के लिए ही स्त्रियों का जन्म हुआ है। स्त्री अपने किसी काम के लिए, अपने किसी आनन्द के लिए जन्म नहीं लेती। उसका अपना स्वतंत्र व्यक्तित्व होता है, यह अभी तक स्वीकार्य नहीं हुआ है।

स्त्री अभी भी एक स्वतंत्र व्यक्ति के रूप में, एक स्वतंत्र मनुष्य के रूप में जन्म से लेकर मृत्यु तक जीवनयापन करने का अधिकार अर्जित नहीं कर

सकी है। उसके जन्म लेने से किसी के 'वंश' की रक्षा नहीं होती। स्त्री का जन्म किसी उपार्जन का उत्स नहीं होता। स्त्रियाँ केवल पुरुषों की लालसा का निवारण करेंगी और उसे पुत्र सन्तान का उपहार देंगी। इन सब बद्धमूल संस्कारों को उखाड़कर स्त्रियाँ यदि मनुष्य के रूप में अकेली खड़ी नहीं होंगी, तो फिर इन सब अन्धविश्वासों का विस्तार ही होगा, विनाश नहीं।

स्त्री भी उपयोग की वस्तु है

बहुत-से लोगों की यह धारणा है कि वैदिक युग में स्त्रियों को यथायोग्य मर्यादा दी जाती थी, इस्लाम के आविर्भाव के बाद यह मर्यादा आकस्मिक रूप से लोप हो गई। मुझे ऐसा नहीं लगता। पुरातत्व, शिलालिपियों, ताम्रपट्टिकाओं, पहले ज़माने के पुराणों और बौद्ध साहित्य के समानान्तर वैदिक साहित्य में ही वैदिक युग का समूचा इतिहास निहित है। संहिता, ब्राह्मण, आरण्यक, उपनिषद और सूत्रसाहित्य ही (श्रोत, गृह्य, धर्मसूत्र) मुख्य रूप से वैदिक साहित्य है। 12वीं सदी ईसा पूर्व से लेकर चौथी शताब्दी के बीच रचित इस साहित्य में समाज का जो चित्र हमें मिलता है, उसमें स्त्रियों की गणना मनुष्य के रूप में बिलकुल भी नहीं की गई है।

ऐतरेय ब्राह्मण में उसी स्त्री को उत्तम कहा गया है जो स्त्री अपने पति को सन्तुष्ट करती है, पुत्र सन्तान को जन्म देती है और पति की बातों को नहीं काटती (3/24/27)। जो स्त्री पति को सन्तुष्ट नहीं करती, पुत्र सन्तान को जन्म नहीं देती और पति की बातों को काटती है, उसे निश्चय ही अधम कहना चाहिए। स्त्री उत्तम होगी या कि अधम होगी—यह पुरुष की सन्तुष्टि पर निर्भर करता है।

शतपथ ब्राह्मण में लिखा है, सुन्दरी वधू को पति का प्रेम मिलता है (9/6)। लेकिन जो वधू सुंदरी नहीं होती, वह निश्चित रूप से पति के प्रेम से वंचित रहती है। असुन्दरी वधू को पवित्र वैदिक साहित्य ने भी क्षमा नहीं किया है। इन पक्षपातपूर्ण श्लोकों को लोग बहुत श्रद्धा के साथ उचारते हैं।

शतपथ ब्राह्मण में स्त्री को हद में रखने को कहा है, यदि ऐसा न हुआ

तो उसकी शक्ति कम हो जाएगी (14/1/1/31)। हद में रखने पर शक्ति बढ़ती है, यह क्या आश्चर्य की बात नहीं है? तो फिर हद से बाहर पुरुष को हम शक्तिमान कैसे कह सकते हैं?

यज्ञ में एक दंड को दो कपड़ों से लपेटा जाता है, इसलिए पुरुष दो स्त्रियों का अधिकारी है। चूँकि वस्त्र के एक टुकड़े को दो दंडों में नहीं लपेटा जाता, इसलिए स्त्रियों के दो पति होने पर पाबन्दी है (तैत्तिरीय संहिता 6/6/4/3, तैत्तिरीय ब्राह्मण 1/3/10/58)—यज्ञ के दंड और कपड़ों के टुकड़ों के साथ पति-पत्नी का क्या ताल्लुक़? और दंड तथा वस्त्र की संख्या के साथ पति और पत्नी की संख्या को भी किस वजह से जोड़ा गया है? यह कोई तर्कयुक्त बात है या कि बाहुबल? बाहुबल के आधार पर पुरुष के पक्ष में शास्त्रीय समर्थन हासिल करना!

स्त्री कभी भी एक से अधिक पति हासिल नहीं कर सकेगी। एक पति की कई पत्नियाँ होते हुए भी एक ही पति उनके लिए काफ़ी है (ऐतरेय ब्राह्मण 35/5/2/47)। उनकी कई तो होंगी ही, फिर इसके बाद भी उन्हें पतितालय जाने की बेरोकटोक आज़ादी है, लेकिन स्त्री के लिए 'पतित-आलय' जाने की कोई व्यवस्था नहीं है। पतित का अर्थ है पुरुष। पतिता का विलोम।

वशिष्ठ धर्मसूत्र में लिखा है—पिता रक्षति कौमारे, भर्ता रक्षित यौवने। रक्षन्ति स्थविरे पुत्रा, न स्त्री स्वातंत्रमर्हति। इसका अर्थ हुआ कि स्त्री की कुँवारी उम्र में उसके पिता रक्षा करेंगे, यौवन में पति, बुढ़ापे में पुत्र, स्त्री स्वाधीनता योग्य नहीं है (5/1-2, 2/1, 3, 44, 45)। पिता, पति, पुत्र के पिंजरे में स्त्री को क़ैद करके रखने का कौशल शास्त्रों को बख़ूबी आता है।

शतपथ ब्राह्मण स्त्रियों को पुरुषों की अनुगामिनी होने के लिए कहता है (13/2/24)। वृहदारण्यक उपनिषद में कहा गया है—पतिं वा अनु जाया, स्त्री पति के पीछे है (11/9/2)। पुरुष सामने है पत्नी पीछे; स्त्री 'सबसे पीछे, सबसे नीचे और सर्वहाराओं के बीच में है'। आगे बढ़ने की योग्यता होने के बाद भी शास्त्र की रस्सी उसे पीछे खींचकर रखती है।

विवाह के अनुष्ठान में वर को कहना पड़ता है, आओ हम मिलें, हमें पुत्र सन्तान की प्राप्ति हो, जिस सन्तान द्वारा सम्पत्ति बढ़ेगी। अन्त में प्रार्थना

करनी होती है कि पुत्र, पौत्र, शिष्य, वस्त्र, कम्बल, धातु, बहु भार्या, राजा, अन्न और सुरक्षा (हिरणयकेशी गृह्यसूत्र 1/6/12/14)। नई पत्नी के सामने अनेक भार्याओं के लिए प्रार्थना करने से शायद वर के सम्मान को क्षति नहीं पहुँचती हो लेकिन वधू को पहुँचती है, समाज में वधू का सम्मान ज़रूरी नहीं है इसलिए पतियों के लिए बहु भार्या अभिलाषित धन की तरह विवेचित होती है।

प्रार्थित पुत्र, पौत्र, शिष्य और राजा, ये सभी वंश, जीविका और सुरक्षा के लिए ज़रूरी हैं लेकिन भोग के लिए वस्त्र, कम्बल, धातु, दास और बहु भार्या की ज़रूरत पड़ती है। वस्त्र, कम्बल की तरह स्त्री भी उपयोग की वस्तु है।

स्त्री का प्रमुख कर्तव्य है पुत्र सन्तान को जन्म देना (आपस्तम्ब धर्मसूत्र 1/10-51-53)। निःसन्तान पत्नी को विवाह के दस वर्ष बाद त्यागा जा सकता है, जो स्त्री केवल कन्या सन्तान को जन्म देती है उसे बारह वर्ष बाद, मृतवत्साओं को पन्द्रह वर्ष बाद और कलह करने वाली का तुरंत त्याग किया जा सकता है (बौधायन धर्मसूत्र 2/4/6)। शतपथ ब्राह्मण में लिखा है जो पत्नी अपुत्रा है, उसे त्याग देना चाहिए (5/2/3/14) और पुत्र सन्तान के जन्म न लेने पर पति फिर से विवाह कर सकता है (वशिष्ठ धर्मसूत्र 28/2-3)।

पुत्र सन्तान की ज़रूरत वंशवृद्धि के लिए होती है, इसके साथ ही पुरुषतंत्र की श्रीवृद्धि के लिए भी इसकी दरकार होती है। निःसन्तान रहना, कन्या सन्तान को जन्म देना या फिर मृत सन्तान को जन्म देना स्त्री के लिए एक-जैसा अपराध है। इस जन्म और अजन्म के पाप में स्त्री समाज और संसार से परित्यक्त होती है।

स्त्रियाँ हवन नहीं कर सकतीं (आपस्तम्ब धर्मसूत्र 2/7/15/17)। स्त्रियों को उपनयन का अधिकार नहीं है। ब्रह्मचर्य स्त्रियों के लिए निषिद्ध है। और इसके निषिद्ध होने के कारण वेदों का अध्ययन भी निषिद्ध है; यानी शिक्षा प्राप्ति के रास्ते भी बन्द। स्त्रियों की सार्थकता केवल इस बात में थी कि वे अपने रूप और गुणों से पति को सन्तुष्ट करें और पुत्र सन्तान की माता बनें। प्राचीन भारत में गणिकाएँ सारी विद्याओं में निष्णात हुआ करती थीं। पुरुष लोग घर की मूर्ख कुलवधू का भोग तो करते ही थे, वे शिक्षित गणिकाओं को भी भोगते थे। राष्ट्र ने ही पुरुषों के लिए भोग के सारे द्वार खोल रखे थे।

बृहदारण्यक उपनिषद में लिखा है कि स्त्री यदि पति के सम्भोग की कामना को चरितार्थ करने के लिए राज़ी न हो तो उपहार देकर पति उसे ख़रीदने का प्रयास करे, और इस पर भी काम न बने तो हाथ या लाठी से मार-पीट कर अपने वश में कर ले (6/4/7)। स्त्री पर जिस तरह से चाहे शासन करने और उसका उपभोग करने का अधिकार शास्त्रों ने ही पुरुषों को दे रखा है। पुरुषों के लिए बहुपत्नी, उपपत्नी और गणिकाओं से सम्भोग के अबाध अधिकार की बात बार-बार कही गई है।

स्त्रियों के लिए समाज में दो ही वृत्तियाँ स्वकार्य थीं, दासीवृत्ति और गणिकावृत्ति। स्त्रियों की अपनी कोई सम्पत्ति नहीं हुआ करती थी। पिता या पति के धन पर उसके अधिकार को स्वीकार नहीं किया गया था।

किसी शिक्षा को प्राप्त करने, धन कमाने तथा उसका भोग करने, यहाँ तक कि अपने शरीर को अवांछित सम्भोग से बचाने का अधिकार भी उसे नहीं था (मैत्रायणी संहिता 3/6/3, 4/6, 4/7/4, 10/10/11, तैत्तिरीय संहिता 6/5/8/2)।

स्त्रियों के लिए शिक्षा नहीं थी, धन नहीं था, यहाँ तक कि उसका शरीर भी ख़ुद के लिए नहीं था। स्त्रियों का अपना कुछ नहीं रहना चाहिए, कोई भी पार्थिव या अपार्थिव कुछ भी। स्त्री को निःस्व करने के लिए तमाम मंत्र तैयार किये गए हैं, और लोग इन सबको बड़ी श्रद्धा से उचारते हैं।

मैत्रायणी संहिता में कहा गया है कि स्त्री अशुभ है (3/8/3)। यज्ञ के समय कुत्ते और स्त्री की ओर नहीं देखना चाहिए (शतपथ ब्राह्मण 3/2/4/6)। अतिथि के सत्कार में, उत्सवों में, युद्ध, यज्ञ, दहेज, दान और दक्षिणा में गाय-स्वर्ण-शस्य-गज-अश्व के साथ अनगिनत स्त्रियों का दान किया जाता था। स्त्रियों को भोग की वस्तु माना जाता था इसीलिए गाय, घोड़े के संग स्त्रियों के उल्लेख से कोई परेशान नहीं हुआ। कुत्ते, शूद्र, स्त्री—ये सभी अस्पृश्य हैं। ये सभी समाज में प्रताड़ना और नफ़रत के योग्य हैं।

कन्या अभिशाप है (ऐतरेय ब्राह्मण 6/3/7/13), इसलिए गर्भवती स्त्री के लिए एक अनुष्ठान बहुत ज़रूरी होता है और वह है 'पुंसवन', ताकि गर्भ में पुत्र सन्तान जन्म ले। स्त्री मिथ्याचारिणी, दुर्भाग्यरूपिणी, सुरा और

द्यूतक्रीड़ा की तरह एक व्यसनमात्र है (मैत्रायणी संहिता 1/10/11, 3/6/3)। सर्वगुणसम्पन्न स्त्रियाँ भी इसीलिए अधमतम पुरुषों से हीन होती हैं (तैत्तिरीय संहिता 6/5/8/2)।

असल में सारी बातों का कुल जमा सार यह है कि स्त्री अधम है, स्त्री मनुष्य नहीं है। शतपथ ब्राह्मण में लिखा है कि पत्नी पति के बाद खाना खाएगी। कारण, भुक्तेवाच्छिष्टं वधैव ददात्, खाने के बाद बची हुई जूठन पत्नी को दी जाएगी (गृह्यसूत्र 1/4/11)। फटे-पुराने जूते-कपड़े दास को देने और खाना खाकर जूठन पत्नी को देने का विधान शास्त्र में दिया गया है। घर के कुत्ते, बिल्ली और पत्नी को एक ही श्रेणी के जीव मानकर जूठन से ही उनका प्रतिपालन किया जाता है। आपस्तम्ब धर्मसूत्र (1/9/23/45) में कहा गया है कि काले पक्षी, गिद्ध, नेवले, छछूँदर और कुत्ते की हत्या करने पर जो प्रायश्चित किया जाता है, स्त्रियों और शूद्रों की हत्या करने पर भी वही प्रायश्चित, यानी एक दिन का कठोर उपवास, किया जाता है।

गिद्ध, नेवले, छछूँदर, कुत्ते, शूद्र और स्त्री के बीच शास्त्र ने कोई फ़र्क़ नहीं किया है। चूँकि शास्त्र ने नहीं किया, इसलिए समाज ने भी नहीं किया। वैदिक भारतवर्ष ने स्त्री को मनुष्य के रूप में स्वीकृति नहीं दी थी। 12वीं सदी ईसा पूर्व के समाज ने स्त्रियों का जितना अपमान किया, तीन हज़ार साल बाद इस शताब्दी का समाज भी अलग कौशलों से, भिन्न तरह से स्त्रियों को उसी तरह से अपमानित करता चल रहा है।

स्त्री देह

स्त्री की देह को लेकर इतने समय से पुरुष लोग लिखते, चित्र बनाते और अपने मन की माधुरी से उसे गढ़ते रहे हैं। स्त्रियों के पास अपनी देह को लेकर लिखने का अधिकार नहीं था। वे मन को लेकर लिख सकती थीं, लेकिन देह को लेकर नहीं। लेकिन लेखिका और कवयित्रियाँ अब पुरुषों द्वारा बना दिये गए दायरों से बाहर निकल आना चाहती हैं। वे अपनी देह को लेकर अपनी मर्ज़ी से लिख रही हैं। स्त्रियों का शरीर पुरुषों की सम्पत्ति नहीं है, और न ही वह लेखक और कवियों का अधिकृत विषय है, लेखिकाएँ और कवयित्रियाँ यदि इसका अनुसरण कर सकें तो साहित्य की दुनिया में एक बहुत बड़ा बदलाव दिखाई दे सकता है। बंगाली समाज आज भी कुत्सित पुरुषतंत्र द्वारा आक्रांत है, लेकिन बँगला साहित्य में पुरुषतांत्रिक नियम-नीतियों को तोड़ने की कोशिशें, मामूली ही सही, चल रही हैं, ऐसा शायद इसलिए सम्भव हो पा रहा है कि ज़्यादातर बांग्ला लेखिका और कवयित्रियाँ सुशिक्षित, आत्मनिर्भर और अपने अधिकारों को लेकर जागरूक हैं। लेकिन समाज में आज भी स्त्रियाँ असहाय हैं, वे अब भी ख़रीद-फ़रोख़्त की चीज़ हैं, वे भोगने की वस्तु हैं, वे आज भी यौन-सामग्री के रूप में ही चिह्नित हैं। लड़कियाँ स्कूल-कॉलेजों में जा रही हैं, लेकिन वे सचमुच शिक्षित नहीं हो रही हैं। स्त्रियाँ कमा रही हैं, लेकिन वे पुरुषों पर निर्भर होने को बाध्य हैं। अधिकतर स्त्रियाँ पुरुषतंत्र की धारक और वाहक हैं। अधिकतर स्त्रियों को पता ही नहीं कि वे उत्पीड़ित हैं। ज़्यादातर स्त्रियाँ अपने बन्धनों से मुक्ति पाने में डरती हैं। स्त्रियों के लिए यह विवशता का माहौल पुरुषतांत्रिक व्यवस्था ही तैयार करता है। स्त्रियाँ इस समाज में

पुरुषों की दासियाँ हैं। ख़ाली आँखों से भले ही दासियाँ दासी न लगें लेकिन सम्बन्धों की गहराई में जाते ही समझ में आ जाता है कि वे दासी हैं। स्त्री जब प्रेमिका है, तब वह दासी है, स्त्री जब पत्नी है, तब भी वह दासी है। उच्चकोटि की दासी। उसे प्रेमी या फिर पति के आदेशों-निर्देशों को मानकर चलना पड़ता है। पुरुष जैसा चाहता है, स्त्री को अपने आप को उसी तरह गढ़ना पड़ता है। साज-सँवार, आचार-व्यवहार, दोष-गुण इन सबकी धारणा पुरुषों द्वारा ही तैयार की गई है। प्रेम पुरुषों के लिए स्त्रियों को दुर्बल बनाने का हथियार है। स्वामी और दासी में प्रेम नहीं हो सकता। ख़रीद-फ़रोख़्त की चीज़ के साथ और जो कुछ भी हो, लेकिन प्रेम नहीं हो सकता। स्त्री यदि अपनी यौनेच्छा की बात कहे तो समाज के सभी उसे धिक्कारने लगते हैं। स्त्रियों में काम की इच्छा नहीं होनी चाहिए, यदि हुई तो वह निर्लज्ज है, वह बर्बाद है, वह वेश्या है। स्त्री अपनी देह पुरुषों के लिए सजाएगी, अपने लिए नहीं। स्त्री पुरुष के लिए ही जीवित रहेगी, ख़ुद के लिए नहीं। ऐसा ही नियम है! कितनी स्त्रियों को पता है कि संगम में चरमसुख-जैसी कोई चीज़ होती है! बहुत कम स्त्रियों को ही इसका पता है। अधिकांश को ही लगता है कि यौनिकता पुरुषों का मामला है। स्त्री का उपयोग केवल पुरुषों के आनन्द के लिए किया जाएगा। देह स्त्री की है, लेकिन उस पर अधिकार पुरुष का है। स्त्रियाँ जीवन भर एक हाथ से दूसरे हाथ समर्पित होती रहती हैं। उनके मालिक बदल जाते हैं। पिता से प्रेमी, प्रेमी से पति, पति से पुत्र। स्त्री का जीवन तो स्त्री का नहीं होता न। स्त्रियाँ तमाम सम्बन्धों के ज़रिए पुरुषों से बँधी रहती है, ज़ंजीरों से बँधी रहती है। जब हमारे समाज की दशा ऐसी है, तब लेखिका और कवयित्रियाँ जब अपने शरीर पर अपने अधिकार के बारे में लिखती हैं, यौन-स्वाधीनता के बारे में लिखती हैं, हो सकता है वह समाज के असली रूप को पूरी तरह अभिव्यक्त न करता हो, लेकिन एक तरह की क्रांति को, फिर चाहे वह बहुत ही साधारण-सी क्यों न हो, काग़ज़ क़लम के ज़रिये ही हो, घटित करता है। काफ़ी हद तक आग की चिनगारी-जैसा, किसी ने जला दिया, अब केवल उसके फैलने भर की देर है। जो लड़कियाँ कवयित्री-लेखिका नहीं होतीं, उनके भीतर आग नहीं होती, ऐसा नहीं है, लेकिन उनकी आग उनके भीतर ही रह जाती है, वह कुछ ख़ास प्रकट

नहीं होती। इसलिए समाज के बदलाव में हमेशा कलाकार और साहित्यकारों की बहुत बड़ी भूमिका रहती है।

मैं ऊँची नाक वाले आलोचकों की तरह नहीं कहूँगी कि शरीर को लेकर लिखने से ही काम नहीं चलने वाला, लेखन साहित्यपदवाच्य हुआ या नहीं यह देखना पड़ेगा। नहीं, मैं वह नहीं देखूँगी। स्त्रियाँ जो भी लिखें, जिस भी तरह से लिखें, यदि वे हृदय से लिखती हैं तो वह दूसरे के हृदय को अवश्य छुएगा। मैं साहित्य को कोई संज्ञा नहीं देना चाहती। किसी कविता, कहानी या उपन्यास को पढ़कर पाठकों को यदि अच्छा लगता है, वे यदि आलोड़ित होते हैं, तो वही साहित्य है। मैं ऐसा ही सोचती हूँ।

स्त्रियाँ ज़ंजीरों को तोड़कर बाहर आ रही हैं, यह मेरे लिए एक निर्दोष कविता है। ज़ंजीरों को तोड़ने की जो आवाज़ है, वह आवाज़ मेरे लिए सबसे पसन्दीदा संगीत है। इसे लेकर कोई यदि कहानी लिखता है, तो वह कमाल का सुन्दर साहित्य होगा, यह मैं बिना किसी दुविधा के कह सकती हूँ। हज़ारों वर्षों से ज़ंजीरों में जकड़ी जो स्त्री उन्हें तोड़कर आज़ाद होती है, वह भले ही कविता न लिखे, मैं उसे कवि ही मानती हूँ।

सुन्दरी

एंटीएजिंग, एक्सफ़ॉलिएटर्स, मास्कस, आई ब्राउज़, आई लाइनर्स, आई शैडो, बेस मेकअप, ब्लश, कॉनसिलर, इलुमिनेटर्स, लिप ग्लास, लिप लाइनर्स, लिपस्टिक, नेल पॉलिश—इस तरह की हज़ारों सामग्रियाँ आज बाज़ार में क्यों हैं? ये किनके उपयोग के लिए हैं? इसका जवाब हम सभी को पता है। स्त्रियों के लिए। मेरा सवाल यह है कि स्त्रियों को इन सबके उपयोग की क्या ज़रूरत है? स्त्रियों को आख़िर क्यों अपनी असली सूरत को तमाम रंगों के ज़रिए छिपाने की ज़रूरत पड़ती है? उसे क्यों अपना एक नक़ली चेहरा बनाना पड़ता है? नक़ली आँखें, नक़ली होंठ, नक़ली गाल? स्त्रियाँ इन प्रसाधन सामग्रियों का उपयोग करती हैं, कारण कि वे अपने असली चेहरे को लेकर हीनताबोध से भरी रहती हैं। उनमें किसने इस हीनताबोध को जगाया है? किसने कहा कि स्त्रियों के चेहरे पर कोई नुक़्स है, इसलिए तमाम प्रसाधन सामग्रियाँ लगाकर उस चेहरे को दोषमुक्त करना होगा! और दोषमुक्त होने पर उन्हें ख़ूबसूरत के ख़िताब से नवाज़ा जाएगा।

लड़कियाँ तटस्थ रहती हैं। वे खाना नहीं खातीं। खाने से शरीर पर चर्बी जमेगी। कहीं पर भी चर्बी को जमने नहीं दिया जा सकता। सीने का नाप इतना होना चाहिए, कमर ऐसी, पेट वैसा, नितंब ऐसे, जाँघें वैसीं। सभी कुछ का नाप निर्धारित है। नाप के हिसाब से शरीर बनाने के लिए लड़कियाँ मरी जा रही हैं। खाना देखने पर उन्हें डर लगता है। न खाने की वजह से आज अनेक लड़कियाँ ऐनोरेक्सिया और बुलिमिया बीमारी से त्रस्त हैं। लड़कियों के शरीर का आकार कैसा होना चाहिए, उनकी आकृति क्या होनी चाहिए, उनके अंग-प्रत्यंग का क्या नाप होना

चाहिए, किसने यह सब तय किया है? शरीर को लेकर नापतौल का गणित कौन लोग लगाते हैं? कौन लोग कह रहे हैं कि शरीर यदि इस नाप के दायरे में नहीं आया तो वह शरीर ख़ूबसूरत नहीं है? वह लड़की ख़ूबसूरत नहीं है।

स्त्रियों के शरीर को लेकर समूचा विश्व परेशान रहता है। उनकी पोशाक और गहनों का कोई अन्त नहीं। चारों ओर सजधज की ही आवाज़ें हैं। शरीर को सजाओ। सिर के बालों से लेकर पैरों के नाख़ून तक सजाओ। यह पहनो। वह लगाओ। अपने सारे अंगों को गोरा और चमचमाता रखो। लेकिन, क्यों? किसके लिए? स्त्रियाँ क्या एकबार भी सोचती हैं, किसके लिए? किसे तृप्त और तुष्ट करने के लिए? बहुत-सी स्त्रियाँ ज़ोर देकर कहने की कोशिश करेंगी कि वे ख़ुद के लिए ही सजती हैं, ख़ुद को अच्छा लगना ही बुनियादी बात है। सही है। ऐसा लगता है। लेकिन, अच्छा लगने या न लगने के उद्रेक के पीछे लम्बे समय की तालीम होती है, इससे भला कौन इनकार कर सकता है? स्त्री के सजाने-धजाने के इतिहास से कौन इनकार कर सकता है भला?

पुरुषतांत्रिक समाज में स्त्री ख़रीद-फ़रोख़्त की चीज़ है। वह पुरुष के भोग की सामग्री है। कोई माने या न माने, यह बात सच है। जिस तरह के रूप होने से पुरुषों की उत्तेजना जागती है, स्त्री-वस्तु को ठीक वैसा ही होना होता है। इस स्त्री-वस्तु को दिखने-सुनने में ठीक वैसा होना पड़ता है, जैसा होने पर पुरुष के शरीर और मन को आराम पहुँचे। स्त्री को जन्म से लेकर मृत्यु तक जिस तरह का सजना-धजना और जैसा काम करना पड़ता है, वह सारा पुरुष तथा पुरुषतांत्रिक समाज के स्वार्थों की रक्षा के लिए होता है। स्त्री का सतीत्व, उसका मातृत्व, नत व नम्र चरित्र की रक्षा सभी कुछ पुरुषों के स्वार्थ के लिए होता है, ताकि पुरुष अपनी अधिकृत सम्पत्ति और ज़रख़रीद ग़ुलाम के तौर पर स्त्री का बढ़िया उपयोग कर सके। स्त्री को पूरी तरह से अपने क़ब्ज़े में करने की कई पद्धतियाँ चलन में हैं। सबसे आधुनिक पद्धति का नाम है प्रेम। प्रेम, स्त्री को, यहाँ तक की मज़बूत स्त्री को भी ऐसा दुर्बल बना देती है, इस तरह गला देती है कि उनके लिए पुरुषों द्वारा चबाने, चूसने, चाटने और पान करने की वस्तु में तब्दील हो जाने के अलावा कोई और उपाय शेष नहीं रहता। गृहस्थी के मंच पर पत्नी की भूमिका में जाने से पहले प्रेमिका का

पूर्वाभ्यास चलता है। इस पूर्वाभ्यास में प्रेमी के लिए त्याग एवं सहिष्णुता में अत्यन्त दक्षता दिखा सके तो स्त्री उत्तीर्ण हो जाती है।

ख़ूबसूरत। यह विशेषण और यह धारणा पुरुषतंत्र पर विश्वास करने वाले पुरुषों और स्त्रियों दोनों ने ही तैयार की है। वे लोग ही तय करते हैं कि किस प्रकार के शरीर वाली स्त्री को ख़ूबसूरत का ख़िताब दिया जाएगा। उन्होंने प्रचार और ख़रीद-फ़रोख़्त की चीज़ों के व्यापार पर अपना क़ब्ज़ा जमा रखा है। जैसे ही इस बात का प्रचार हो जाता है कि वह शरीर ख़ूबसूरत है, वैसे ही उस शरीर की तरह छाती, पेट, कमर, जाँघें और नितंबों को आकार देने का आयोजन शुरू हो जाता है। ट्रेडमिल, एक्सरसाइज़ बाइक, लिपोसक्शन, प्लास्टिक सर्जरी, सिलिकन ब्रेस्ट। सौदों से भर उठा है बाज़ार, उन सौदों पर झुंड-की-झुंड स्त्रियाँ टूट पड़ती हैं या फिर उन्हें धक्का देकर उसमें झोंक दिया जाता है। स्त्रियों को ख़ूबसूरत होना ही होगा। ख़ूबसूरत न हुईं तो इस समाज में उनकी कोई क़ीमत नहीं। ख़ूबसूरत न हुईं तो उनके यार-दोस्त नहीं होंगे, वे प्रेम नहीं कर सकेंगी, अच्छी जगह शादी नहीं हो सकेगी, अच्छी नौकरी नहीं मिलेगी, कामकाज का सुफल नहीं मिलेगा, समाज से बहिष्कृत होकर रहना पड़ेगा। इसीलिए स्त्रियाँ जी-जान से पण्य बन जाना चाहती हैं, ताकि वे अच्छे से बिक सकें, कि लोग अच्छे से उसकी देह को खा सकें। बाज़ार की माँग के हिसाब से ख़ुद को पेश करना स्त्रियाँ एकदम से नहीं सीखतीं। वे जन्म के बाद से ही सीखती रहती हैं। वे घर के आत्मीय-स्वजनों से सीखती हैं, बाहर क़दम रखते ही सीखती हैं। रेडियो, टेलीविज़न से सीखती हैं, पत्र-पत्रिकाओं से सीखती हैं। महिलाओं की पत्रिकाएँ पढ़कर और ज़्यादा सीखती हैं। इस तरह की तालीम उनके मस्तिष्क के हरेक कोष में घुस जाती है। इसका नतीजा यह होता है कि स्त्रियों के अधिकारों के बारे में ज्ञान और बुद्धि धारण करने की क्षमता पुरुषों के मुक़ाबले स्त्रियाँ बहुत कम रख पाती हैं।

ख़ूबसूरत की संज्ञा स्थान और काल के हिसाब से अलग-अलग हुआ करती थी। पहले शरीर पर मांस रहता तो स्त्रियों को ख़ूबसूरत और तंदुरुस्त कहा जाता था। आज जिसकी हड्डियाँ अधिक उभरी होंगी, जो जितना अधिक रुग्ण दिखाई देगा, जिसका चेहरा अनाहारियों-जैसा होगा, वह उतनी अधिक

ख़ूबसूरत या पण्य के रूप में गिनी जाएगी। उन्नीसवीं सदी की चित्रकला और मूर्तियों में स्त्रियों के बढ़े हुए निचले पेट को देखने से लगता था वे सभी गर्भवती हैं। अब नियम के बन जाने के बाद से कला भी बदल गई है। कला भी तो आज बहुत उन्नत हो चुकी है। चारों ओर देह की स्वाभाविक चर्बी और मांस को कम करने की प्रतियोगिता चल रही है। और ख़ासतौर पर युवतियों में। बहुत-से लोग कहते हैं कि हमारी दादियाँ इस ज़माने की स्त्रियों के मुक़ाबले बहुत ज़्यादा आज़ाद हुआ करती थीं। उनके पास जो था वे उसी को लेकर बहुत निश्चिन्त रहा करती थीं। उन्हें अपने शरीर की बनावट को लेकर हीनभावना से ग्रस्त होकर भुगतना नहीं पड़ता था, वे नाक, आँखों और चेहरे को बदलने को लेकर दबाव भी महसूस नहीं करती थीं। हाँ, पहले किसी भी तरह की दासी बन जाने से ही काम चल जाता था। लेकिन अब ख़ूबसूरत दासी चाहिए। पुरुषों की माँगें दिन-ब-दिन बढ़ती ही जा रही हैं। और बाज़ार की सोच में माँग के हिसाब से स्त्री-पण्य की तैयारी का इंतज़ाम भी ज़ोरशोर से चल रहा है। ताक़तवर मीडिया और मार्केट ने ख़ूबसूरत स्त्री का मॉडल या सैम्पल दिखा दिया है, अब स्त्रियाँ इस ट्रैप में धड़ाधड़ फँस रही हैं। अब ख़ूबसूरत और बदसूरत दोनों पर ही स्वाभाविक रूप से एक जानलेवा दबाव है। बदसूरतों को अब ख़ूबसूरत बनना पड़ेगा और ख़ूबसूरतों को अपनी ख़ूबसूरती को बरक़रार रखना होगा। इस दबाव से, उन लड़कियों का दिमाग़ जितना कुंद है, उससे भी अधिक कुंद होता जा रहा है। तमाम सम्भावनाओं को ख़त्म कर स्त्रियाँ ख़ुद को वेश्याओं में तब्दील करने लगी हैं। वेश्यालयों में अभद्र वेश्याएँ रहती हैं, और वेश्यालयों के बाहर भद्र वेश्याएँ वास करती हैं। दोनों का ही काम पुरुषों को मुग्ध करना है, पुरुषों को आह्लाद और आमोद प्रदान करना, अनूठा आनन्द उपलब्ध कराना है।

इस पुराने और पिछड़े हुए समाज में शारीरिक सौन्दर्य ही एक स्त्री की प्रमुख सम्पदा है। सम्पदाहीन स्त्री का जीवन राह के कुत्ते-बिल्लियों-जैसा होता है, असहनीय। वैश्वीकरण की वजह से पश्चिमी देशों की ख़ूबसूरती की संज्ञा अब सब ओर व्याप्त हो गई है। इस संज्ञा को हमारे लोग अपनाने लगे हैं। चीन और जापान की लड़कियाँ भी अब अपनी आँखें बड़ी करवाना चाहती हैं, वे

अब तीखी नाक चाहती हैं। यदि सम्भव हो तो वे जीन भी बदल लें। डीएनए में भी बदलाव ला दें। पश्चिमी देशों के पुरुष स्त्रियों के पैर देखकर पुलकित होते हैं। पैरों को लेकर भारत ने कभी भी अतिरेक नहीं दिखाया। लेकिन हाल के वैश्वीकरण ने पश्चिम के पैरों को पूरब में ला छोड़ा है। अब लड़कियाँ पैर प्रदर्शित करके चलने-फिरने को बाध्य हो रही हैं। पैंट और स्कर्ट ऊपर उठते-उठते नितम्ब को लगभग छूने लगे हैं। भरे हुए गालों का सौन्दर्य अब धँसे हुए गालों पर आकर ठहर गया है। पण्य का आधुनिकीकरण हो रहा है और उसी के साथ स्त्री-पण्य की देह को भी इस युग की हवा छू रही है। दक्खिनी हवा के बदले पश्चिमी हवा।

मुझे बड़ा डर लगता है। हमारा समाज-संसार घोर पितृतंत्र के कीचड़ में डूबा जा रहा है, यह देखकर डर लगता है। जब मैं समाज में प्रतिष्ठित, उच्चशिक्षित, विज्ञानमनस्क, स्वनिर्भर लड़कियों की भयंकर सजधज को देखती हूँ तो डर के मारे मेरा शरीर सिहर उठता है। उनमें आत्मविश्वास का इतना अभाव क्यों है! यदि उनमें इतना अभावबोध होगा तो फिर साधारण और परनिर्भर लड़कियों के लिए क्या उपाय शेष बचेगा? यदि अपने ही शरीर को लेकर वे लज्जित होती रहेंगी तो फिर स्त्रियाँ हज़ारों वर्षों की ग़ुलामी की ज़ंजीरों को तोड़ने के लिए संग्राम कैसे करेंगी भला! यदि चेहरे पर मेकअप पोते बिना ख़ुद को नज़र उठाकर चलने लायक़ न समझे, फिर तो ज़ंजीरें टूटेंगी ही नहीं, बल्कि वे ख़ुद को और भी मज़बूत ज़ंजीरों में जकड़ लेंगी।

पश्चिम का नारीवादी आन्दोलन साठ के दशक में अपने शिखर पर जा पहुँचा था। कुत्सित पुरुषतंत्र के गाल पर ज़ोर-से थप्पड़ मारकर स्त्रियों ने अपने अधिकार हासिल किये थे। रूढ़ीवादी पुरुषों ने तब स्त्रियों के उत्थान को चुपचाप हज़म भले ही कर लिया हो लेकिन अब वे वमन करने लगे हैं। वे आख़िरकार उसे हज़म नहीं कर सके। इन दिनों लड़कियों को गुड़िया बनाने की जो कोशिशें की जा रही हैं, वह सब उन दिनों नारीवादी आन्दोलन की सफलता की प्रतिक्रिया स्वरूप हो रहा है। अब स्त्रियों को सौ साल पीछे खींच

लेने का षड्यंत्र चल रहा है। स्त्री तुम फिर से ज़ंजीरें पहनो, सजो, ख़ूबसूरत बनो, घर और बाहर सौन्दर्य प्रतियोगिताओं की दौड़ में कमर कसकर शामिल हो जाओ, अब चारों ओर स्त्री-मांस की बिक्री के हाट लगाओ। दु:ख इसी बात का है कि पश्चिम का नारीवादी आन्दोलन भारत तक नहीं आ सका, आया उसका बैकलैश, नारी को पण्य में तब्दील करने का सारा हो-हुल्लड़ आया।

चिरे हुए परवल-जैसी आँखें, फूल-जैसी हँसी, काले बादलों-जैसे बाल, पुष्ट और उन्नत छाती, सुडौल बाँहें—स्त्रियों के अंग-प्रत्यंग को लेकर इस प्रकार की लाखों उपमाओं और बिम्बों का उपयोग ही प्रमाणित करता है कि अन्तत: स्त्री की देह ही सब कुछ है। लड़के डॉक्टर या फिर इंजीनियर होते हैं, व्यवसायी अथवा लेखक या फिर कलाकार होते हैं। लड़कियाँ ठिगनी या लम्बी, काली या गोरी, ख़ूबसूरत या बदसूरत होती हैं। अब भी पुरुषों का परिचय उनका काम होता है और स्त्रियों का परिचय इस बात से कि वे दिखने में कैसी हैं। लम्बे समय से यह सब देखकर भी स्त्रियों को क्यों ग़ुस्सा नहीं आता? क्योंकर अधिकांश स्त्रियाँ स्त्री और पुरुषों के विकट वैषम्य को परमानन्द के साथ स्वीकार कर लेती हैं! वे सवाल क्यों नहीं करतीं, क्यों पलटकर नहीं कहतीं, हम लोग जिस तरह रह रही हैं, वैसे ही रहेंगी? हम लोग बोध-बुद्धि सम्पन्न हाड़-मांस की इनसान हैं, रंग की हुई कठपुतलियाँ नहीं। हम लोग असली पर भरोसा करती हैं, नक़ली पर नहीं। हमारे पेट में कितनी विद्या है, हमारे सिर में कितनी शिक्षा है, हम लोग काम करने में कितनी निपुण हैं, हमारी किसमें कैसी दक्षता है—दरअसल वही देखने और दिखाने की चीज़ है।

अपने अधिकारों को लेकर स्त्रियाँ यदि मामूली रूप से भी जागरूक होतीं तो निश्चय ही समझ पातीं कि दुनिया में स्त्रियों के विरुद्ध जितने भी अत्याचार हो रहे हैं, उनमें सबसे बड़ा अत्याचार स्त्रियों को ख़ूबसूरत होने के लिए उकसा देना है ताकि इसके पीछे उनके ढेर सारे पैसे ख़र्च हो जाएँ, उनका समय बर्बाद हो जाए, उनके दिमाग़ ख़राब हो जाएँ, कि उनका सर्वनाश हो जाए। और, पुरुष निश्चिन्त होकर निरापद भाव से तोंदवाला, गंजा, कुत्सित और बेढंगा शरीर लिये संसार की सारी सत्ताओं पर विराजमान रहे। उनके शारीरिक सौन्दर्य को लेकर कोई भी सोच-विचार नहीं करेगा। उनके कामकाज को लेकर तारीफ़ों के

पुल बाँधे जाएँगे। इन सबमें किसी प्रकार का व्यतिक्रम नहीं है, ऐसी बात नहीं है। लेकिन व्यतिक्रम कभी भी मिसाल नहीं हो सकती। बहुत-से लोग शायद यह कहेंगे कि सिनेमा, थिएटर और विज्ञापन की दुनिया में पुरुषों के सौन्दर्य को महत्त्व दिया जाता है। सम्भव है ऐसा कुछ क्षेत्रों में होता हो, लेकिन वह तुलनात्मक रूप से नितान्त नगण्य ही है। मिसाल के तौर पर सिनेमा को ही लेती हूँ, दिलीप कुमार की तरह मोटी किसी अभिनेत्री की क्या तारिका के रूप में कल्पना की जा सकती है? जिस शरीर को लेकर गोविन्दा नायक बन जाते हैं, उस तरह के स्थूल शरीर वाली किसी भी लड़की को कभी नायिका बनाया जाएगा? अमिताभ बच्चन त्वचा में सैकड़ों झुर्रियों के साथ आज भी मेगा स्टार बने रह सकते हैं, लेकिन रेखा सारी झुर्रियाँ हटाकर ही टिक पा रही हैं! उम्र होने के बाद भी उत्तम कुमार घर से बाहर निकलते रहे हैं; बिना बालों के, मोटापा और झुर्रियों के साथ भी सौमित्र चटर्जी यहाँ-वहाँ घूमते फिर रहे हैं। सितारे के रूप में उनकी ख्याति कम नहीं हुई है, बल्कि बढ़ी ही है। लेकिन सुचित्रा सेन को घर के भीतर क़ैद होकर रहना पड़ता है। बाहर निकलते ही उनकी सितारा होने की ख्याति एक झटके में विदा हो जाएगी। उन्हें इस बात का पता था इसलिए वे लोगों को अपनी सूरत नहीं दिखाती थीं। कितने ही वर्षों से उन्होंने अपने आप को छिपा रखा है। सुचित्रा सेन बहुत अच्छी अभिनेत्री थीं, लेकिन इतनी बड़ी अभिनेत्री को भी अपने शरीर के बल पर ही सम्मान अर्जित करना पड़ता है। त्वचा में सलवटों के आने, स्तनों के झूल जाने, बालों के पकने की शुरुआत हो जाने पर, स्त्रियाँ, फिर वे कितनी ही बड़ी अभिनेत्री क्यों न हों, उन्हें सम्मान नहीं मिलता। ऐसे कितने ही पुरुष फ़िल्म-निर्देशक हैं जो अपर्णा सेन की प्रतिभा के आसपास फटकने की भी योग्यता नहीं रखते, लेकिन इसके बावजूद, अनजाने ही वे पुरुषतांत्रिक समाज का शिकार बनी बैठी हुई हैं। उन्हें भी कितने भयावह ढंग से सजना पड़ता है, साबित करना पड़ता है कि वे भी ख़ूबसूरत हैं! और साहित्य की दुनिया में? सुनील गंगोपाध्याय का रूप देखिए, तारापद राय को देखिए, ऐसी सूरत लेकर क्या कोई लेखिका दो दिन भी टिकी रह सकती थी।

मेरे सिवा मुझे बचानेवाला और कोई नहीं है

वर्जीनिया वुल्फ़ ने 1929 में एक बहुत ज़रूरी किताब लिखी थी, 'अ रूम ऑफ़ वन्स ओन।' पिता के घर में, पति के घर में, भाई के घर में, मामा के घर में, बेटे के घर-जैसे तमाम घरों में स्त्रियाँ रहती आई हैं। स्त्रियों का अपना घर नहीं होता, उन्हें औरों के घरों में वास करना होता है। स्त्रियों के पास रुपये-पैसे नहीं होते, वे अपनी मर्ज़ी के हिसाब से जीवनयापन नहीं कर पातीं, उन्हें प्राइवेसी मयस्सर नहीं। स्त्रियों को भी ऐसे घर की निहायत दरकार होती है जो पूरी तरह से उनका हो, सिर्फ़ उनका, जहाँ कोई उन्हें परेशान न करें, जहाँ किसी की दख़लंदाज़ी न हो, यह बात वर्जीनिया वुल्फ़ ने कितने पहले कह दी थी। आज जाकर पश्चिम में स्त्रियों को अकेले रहने का मौक़ा मिल रहा है। स्त्रियाँ पहले के मुक़ाबले बहुत अधिक आत्मनिर्भर हैं, कुरीतियों का भूत समाज से काफ़ी हद तक हट चुका है। लेकिन पूरब का हाल बहुत करुण है। पूरब की स्त्रियों को अब भी पितृसत्ता, धर्म और सात सौ तरह की कुरीतियों की चक्की में पीसकर मारा जा रहा है। समाज-सुधारकों ने स्त्रियों की शिक्षा यहाँ तक कि उनकी आत्मनिर्भरता की व्यवस्था करवा दी है, लेकिन इसके बाद भी क्या हालात ज़रा भी बदले हैं! ऐसी कितनी स्त्रियाँ हैं जो आज अपने घर में या फिर अपने घर में नितान्त अपने ढंग से, अकेले जीवनयापन कर रही हैं! अपनी कमाई से अपना घर, अपना संसार, अपना घूमना-फिरना, जो मर्ज़ी हो वही करना, अपनी आज़ादी, अपना स्वेच्छाचार कितनी स्त्रियों को नसीब है! कुछ स्त्रियाँ जो इस तरह का जीवन जीने की कोशिश करती हैं, उन पर झुंड-के-झुंड पुरुष अहर्निश परामर्श और उपदेशों की वर्षा करते रहते हैं।

नतीजतन आख़िरकार स्त्रियों को अकेले रहने के आनन्द का सचमुच उपभोग करना नसीब ही नहीं हो पाता।

मुझे अकेले रहते एक ज़माना बीत गया। लेकिन मेरा अकेले रहना घटनाक्रम के हिसाब से अकेले रहना नहीं है। मेरा तो अकेले रहने का सपना था। मैंने उस सपने को सच किया है। मुझ पर से कोई कम तूफ़ान नहीं गुज़रे। मैं अकेली रहूँगी, आज से किसी पुरुष के साथ वास नहीं करूँगी, यह निर्णय लेने के बाद किराये के मकान के लिए समूचा शहर भटकती रही, लेकिन ऐसे में मकान मिलता है क्या! सारे मकान-मालिकों ने मुझे 'दुर-दुर' करके भगा दिया था। वे मुझे देखते ही चौंक उठे थे, 'अकेली स्त्री' आई है मकान किराये से लेने! मैं डॉक्टर हूँ। शहर के बड़े अस्पताल में नौकरी करती हूँ। मेरी किराया देने की क़ूवत है जानकर भी किसी ने भी मुझे घर किराये से देने की हामी नहीं भरी थी। कारण कि मेरे साथ कोई पुरुष अभिभावक नहीं था। पिता नहीं थे, बड़े भाई नहीं थे, मेरे पति नहीं थे। फिर काफ़ी भटककर, ख़ूब मेहनत के बाद मुझे एक मकान नसीब हुआ था। पुरुष के बिना रहने की अनुमति अर्जित करने के लिए मुझे मकान मालिक के हाथ-पैर जोड़ने पड़े थे। आख़िरकार मकान मालिक राज़ी हो गया, बोला, ठीक है तुम्हारे साथ पुरुष नहीं है, यह चल जाएगा, लेकिन तुम्हारे लिए अकेले रहना सम्भव नहीं, किसी-न-किसी को तुम्हारे साथ रहना ही होगा। रहना ही होगा, कारण कि मैं 'स्त्री' हूँ और स्त्री का मतलब होता है शरीर। ललचाता हुआ शरीर। शरीर के अलावा और कुछ नहीं। इस शरीर को देखकर पुरुष लोग ललचाएँगे। पुरुष पहरे में न रहे तो स्त्रियों का कौमार्य भंग हो जाएगा, सतीत्व की बारह बज जाएगी। आँगन में पड़े हुए अधखाए अनानास पर भिनभिनाती मक्खियाँ बैठेंगी। इस दुनिया में अकेली स्त्री कौन चाहता है! स्त्रियों का नाम सुनते ही डर और शर्म दोनों की कुलबुला उठते हैं। स्त्रियों को अकेले नहीं रहना चाहिए। 'भद्र स्त्रियाँ' अकेली नहीं रहा करतीं। 'अभद्र' स्त्रियाँ रहा करती हैं, वेश्याएँ अकेली रहती हैं। मैं नामचीन अस्पताल की व्यस्त डॉक्टर थी। लेकिन अकेली रहती हूँ, इसलिए जिस तरह वेश्याओं को देखकर लोग आँखें संकुचित करके शैतानी-भरी हँसी हँसते हैं, मोहल्ले के लोग मुझे देखकर ठीक उसी तरह हँसते थे।

मैं अपने घर पर माँ को ले आई। एक स्त्री के रहते जो स्थिति होती है, दो के रहते भी वैसी ही थी। मेरा उस घर में बहुत ज़्यादा दिनों तक रहना सम्भव नहीं हो सका। आस-पड़ोस के लोगों द्वारा नाक-भौं सिकोड़ने की वजह से एक दिन मकान मालिक ने मुझे वहाँ से भगा दिया। अकेली स्त्री को कोई आश्रय नहीं देता, प्राणों से प्यारे दोस्त भी तब दूर हट जाते हैं। मुझे कई महीनों तक होटल में रहना पड़ा, 'अकेली रहूँगी' यह दृढ़ता थी, इसलिए ऐसा कर सकी। तब आलम यह था कि किसी भी दुर्गम अरण्य को मैं घनघोर रात में पार कर सकती थी। बर्फ़ीले पानी वाले समुद्र को तैर कर पार कर सकती थी। समाज के असभ्य नियमों ने मुझे बार-बार तोड़ कर टुकड़े-टुकड़े करने की कोशिश की है, मुझे मसककर, निचोड़कर निःस्व करने की कोशिश की है। इन सबके बावजूद मैंने ख़ुद को अडिग रखा, इस भयंकर स्त्री-विद्वेषी समाज में पूरी तरह से पुरुषों को अस्वीकार कर एक स्त्री का अकेले रहना कितना जोखिम भरा होता है, उसे मैंने अपने जीवन के माध्यम से समझा है। इस तरह और भी भुगतकर, और भी चाँटे-घूँसे खाकर, अपने लिए 'भद्रों' के मोहल्ले में एक अपार्टमेंट ख़रीदने के लिए मैं बाध्य हुई थी। मैंने सोचा था कि अब मुझे किसी झंझट, किसी फ़ब्ती और किसी तरह के तमाशे का शिकार नहीं होना पड़ेगा। लेकिन ख़ुद के ख़रीदे मकान में भी समस्याओं की शुरुआत हो गई। इसकी शुरुआत तब हुई जब मैंने एक युवक के साथ प्रेम करना आरम्भ किया। वह युवक कौन है, उससे तुम्हारा क्या सम्बन्ध है? मेरा जवाब होता था, वह मेरा प्रेमी है। प्रेमी शब्द मानो शब्द नहीं, बम था। मैं प्रेमी को साथ लेकर घूमती-फिरती थी, कभी-कभी प्रेमी मेरे घर में रात व्यतीत करता था, इसे कोई भी सहन नहीं कर पाता था। असल में मेरे अकेले रहने के कारण आस-पड़ोस वाले मुझ पर कुछ ज़्यादा ही नज़र रखा करते थे। नहीं, मैंने किसी के व्यंग्य, किसी के स्लोगन, किसी के आदेश और नाराज़गी के आगे घुटने नहीं टेके। मुझे जो अच्छा लगता था, मैं वह करती रही। मैंने अपनी रीढ़ सीधी रखी थी और सिर ऊँचा। मैं किसी का खाती-पहनती नहीं थी, मैं जो कुछ भी करती थी, जिसके साथ भी करती थी, उससे किसी के बाप को क्या लेना-देना!

मैंने बहुत ज़्यादा पुरुष भले ही न देखे हों तो भी काफ़ी देख लिए हैं। एक ही क्या काफ़ी नहीं था! एक काफ़ी नहीं था इसलिए बड़े अरमान से दूसरा देखने गई थी। मैंने देखा कि चीज़ एक ही है। उँगली पर गिनने लायक़ कुछ दिनों तक प्रेम-प्रेम की रट। दोनों एक-दूसरे के। तुम्हारे बिना ज़िन्दा नहीं रह सकता, तुम न मिलीं तो आत्महत्या कर लूँगा आदि-आदि। बाद में वही ढाक के तीन पात। मुखौटे फाड़कर बाप-दादे निकल आते हैं, असली रूप सामने आ जाता है। एकसाथ रहने से पहले तक लोगों को स्त्री-पुरुष के समानाधिकार पर दो हज़ार फ़ीसदी विश्वास रहता है, स्त्रियों की आज़ादी के वे विश्व के नंबर एक समर्थक हैं, और जैसे ही एकसाथ रहने की शुरुआत होती है, वैसे ही वे सोते-बैठते हुक़्म फ़रमाने लगते हैं, शेरनी का दूध चाहिए, जिराफ़ का सिर चाहिए। उनके लिए हर चीज़ की जुगाड़ करो, क्योंकि वे पुरुष हैं, दोनों जाँघों के बीच तीन या चार इंच की एक वस्तु है उनके पास। उनकी ख़ुद के लिए जितनी 'चाहतें' हैं, उससे कहीं ज़्यादा मेरे लिए 'मनाहियाँ' हैं। वे नहीं चाहते कि उनके अलावा मैं किसी और पुरुष से निर्धारित समय से अधिक बातें करूँ, उनकी अनुमति के बिना मैं कहीं जाऊँ या कुछ करूँ। मुझे अपनी मुट्ठी में क़ैद करके वे एक बढ़िया-सा जीवन यापन करना चाहते हैं। उनकी सीलनभरी मुट्ठी के भीतर मेरा जिस तरह दम घुटता है, उसे वे ठीक तरह से पकड़ नहीं पाते, पकड़ नहीं पाते उनकी उस तीन या चार इंच वाली वस्तु की वजह से। कारण कि वह क्षुद्र-सी वस्तु लोगों की समझ को भयंकर रूप से भोथरा कर देने के लिए काफ़ी है न।

जितने दिनों तक मस्तिष्क काम करता है, उतने दिन मैं अकेली रहूँगी। हद दर्जे का पागलपन न हो तो पुरुष के साथ कोई भी स्त्री वास करती है क्या! सब कुछ जानते हुए भी किसी-किसी को पुरुषों की कठपुतली बनने का शौक़ होता है, दरअसल जन्म से ही उन्हें इसी तरह गढ़ा गया है। मुझे भी इसी तरह गढ़ा गया था। लेकिन एक समय मैं पलटकर खड़ी हो गई। नहीं, मैं कठपुतली नहीं बनूँगी, पण्य नहीं बनूँगी। तो फिर क्या बनूँगी? मैं इनसान बनूँगी। मैं 'मैं' बनूँगी। यह संकल्प मेरे चारों ओर था, सर्वांग में था। पुरुषों को मैं अपने घर में नहीं रहने देती तो इसका मतलब यह नहीं है कि मैं पुरुष के साथ प्रेम

नहीं करना चाहती। प्रेम के बिना मैं दो घड़ी जीवित नहीं रह सकती। चूँकि मैं समलैंगिक नहीं हूँ, लिहाज़ा सुदर्शन पुरुषों के प्रति तीव्र आकर्षण को मैं रोक नहीं पाती। सुदर्शन यदि विद्या, बुद्धि, हृदय, प्रतिभा, कौतुक और कौतूहल में असाधारण हो, फिर तो मेरे लिए उसके प्रेम में डूबे बिना कोई उपाय ही नहीं रहता। मेरा प्रेम दिन-रात का प्रेम होता है। यहाँ के पुरुष जिस तरह समझते हैं कि प्रेम का मतलब दो घंटे का प्रेम, मौक़ा और सुविधा देखकर पत्नी से छिपाकर घर से बाहर किसी लड़की के होंठों को काटकर, छाती झिंझोड़कर, 'लड़की के ऊपर छोड़ आने' को प्रेम समझते हैं, मैं ऐसा नहीं समझती। मेरे लिए प्रेम यानी ज़बर्दस्त पैशन। मैं प्रेमी को सबसे बड़े दोस्त की तरह चाहती हूँ, जिसे जीवन के सारे कष्ट, सारे सुख, दिन-रात का सब कुछ बिना किसी झिझक के कहा जा सके। जो झूठा न हो, ठग न हो, प्रवंचक न हो, लुम्पेन न हो। जिसके लिए कभी प्यास न मिटे, जिसे पाकर मैं इस दुनिया को भूल जाऊँ और जिसके साथ इस दुनिया को फिर से पा सकूँ। जो साथ रहे, पास रहे। जिसके साथ बार-बार चरमसुख के आनन्द में सातवें आसमान में उड़ती फिरूँ।

पास रहने का मतलब यह नहीं कि उसके साथ मुझे हर रात हमबिस्तर होना होगा या कि उसके साथ एक छत के नीचे रहना होगा। जो हृदय में रहता है, वह यदि कई योजन दूर रहे, तो भी हृदय में रहता है। जब मेरी इच्छा होगी, मैं उसके साथ देह का विनिमय करूँगी। मेरे अपने घर में, या फिर उसके घर में, या फिर कहीं और। लेकिन रात के बारह से पहले ही उसे मेरे घर से निकल जाना होगा। मैं उसे अपमानित करके बाहर नहीं निकाल रही हूँ। मैं प्यार से चुम्बन लेते-लेते ही उसे दरवाज़ा दिखा रही हूँ। वह कभी मेरे साथ रात भी बिता सकता है, लेकिन मेरे यहाँ मेहमान बनकर, घर के सदस्य की तरह नहीं। यह मेरा निर्णय है, प्रेमी को लेकर मैं तब तक एकसाथ नहीं रहूँगी जब तक प्रेमी के दिमाग़ से पुरुषतंत्र के अन्तिम कण का नामोनिशान नहीं मिट जाएगा। मैं विवाह में विश्वास नहीं करती। लिव टुगेदर या एकसाथ रहने पर मैं बहुत दिनों से विश्वास करती रही हूँ, अब वह भी नहीं करती। कारण कि एकसाथ रहने से पुरुष का स्वरूप थोड़े ही दिनों में ऐसे विकट आकार में बाहर आ जाता है कि वह अपने आप को पति समझने लगता है, और पति

लोग स्त्रियों पर जिस तरह के शारीरिक और मानसिक अत्याचार करते हैं, वे ठीक वैसा ही करना शुरू कर देते हैं। इसलिए इस घोर पुरुषसत्तात्मक समाज में एकसाथ रहने के बदले मैं अलग-अलग रहने पर गहरा विश्वास करती हूँ। पश्चिम के पुरुषों के मामले में भी यही मेरा आदर्श है। पूर्व और पश्चिम के पुरुषों की सूरत में पहले-पहल थोड़ा-बहुत हेर-फेर रह सकता है, लेकिन पुरुष मूल रूप से एक-जैसे ही हैं। उनके भीतर का मसाला एक ही है।

अकेले रहने का आनन्द मुझे पता है। अकेले रहने पर आत्मविश्वास बढ़ता है, अपने आप पर श्रद्धा बढ़ती है। अकेले रहने पर मन की ताक़त बढ़ती है, मैं ख़ुद क्या हूँ कौन हूँ, उस विषय में धारणा पुष्ट होती है। अकेले रहने पर दूसरों को तुष्ट-तृप्त करने का दायित्व-दासत्व अपने कन्धों पर नहीं होता। सच्चे अर्थों में आज़ादी के अर्थ को महसूस किया जा सकता है। अकेले रहने पर जीवन का आद्योपान्त उपभोग किया जा सकता है। मनुष्य को तो एक ही जीवन मिलता है और फिर सब कुछ के बाद, सारे कोलाहलों के अन्त में मनुष्य तो असल में अकेला ही है।

जनगण की सुरक्षा में स्त्रियों की सुरक्षा

भारत के अन्य राज्यों के मुक़ाबले केरल और कर्नाटक में लड़कियों की दशा बेहतर है। इस अच्छे राज्य कर्नाटक में अचानक कुछ दिन पहले 46 वर्ष पुराने एक क़ानून (दुकान एवं वाणिज्य प्रतिष्ठान क़ानून 1961) का उपयोग किया गया। क़ानून यह है, 'स्त्रियाँ रात 8 बजे के बाद कहीं काम नहीं कर सकती, यानी रात की पाली में उनके काम करने पर पाबन्दी। क़ानून का पालन न करने पर छः महीने का कारावास और नगद दस हज़ार रुपये का दंड।' भारतवर्ष में अचानक मानो तूफ़ान की तरह एक टुकड़ा मध्ययुग उतर आया।

असल में क्या अभी उतर आया है? मध्ययुग क्या प्रत्यक्ष रूप से कई अंचलों में विराजमान नहीं है, और क्या गुप्त रूप से वह सर्वत्र मौजूद नहीं है? क्या मानसिकता में पर्याप्त बदलाव आए हैं? राष्ट्र को गणतंत्र की संज्ञा दी जा रही है, बेहतरीन-से-बेहतरीन क़ानून बनाए जा रहे हैं, अल्पसंख्यकों के लिए भले न हो लेकिन बहुसंख्यकों के लिए समानाधिकार की व्यवस्था की जा रही है, घरेलू हिंसा के ख़िलाफ़ भी एक आधुनिक क़ानून हाल ही में लाया गया, जात-पाँत के ख़िलाफ़ तो कठोर क़ानून पहले से ही है और दहेज के ख़िलाफ़ भी। लेकिन इन सबसे क्या? समाज में जातिप्रथा नहीं है? दहेज का लेन-देन बदस्तूर नहीं चल रहा है? इस भारतवर्ष में लड़कियाँ हर रोज़ इस प्रथा की शिकार नहीं हो रही हैं? वधुओं की हत्या, उनके साथ दुष्कर्म, सामूहिक दुष्कर्म, लड़कियों की तस्करी, वेश्याप्रथा सभी सतीदाह की अग्नि की तरह भभककर जल रहे हैं, वे बता रहे हैं कि वे मौजूद हैं। वे क़ानून को नहीं मानते।

इस मध्ययुग में भी जब लड़कियाँ तमाम शिक्षा, आत्मनिर्भरता और आधुनिकता की ओर अग्रसर हो रही हैं तब पुराने पोथे-पतरों की बदन से धूल झाड़कर कर्नाटक सरकार ने एक क़ानून ढूँढ़ निकाला, अब वे लड़कियों के पैरों में बेड़ियाँ पहनाना चाहते हैं। रात में स्त्रियों पर आक्रमण बढ़ने लगे हैं, लिहाज़ा स्त्रियों को घर में रखिए। 'सिर दुख रहा है, तो सिर काट दीजिए'-जैसा समाधान पेश किया जा रहा है। यदि दिन में आक्रमण हुए फिर तो स्त्रियों का दिन में भी घर से बाहर निकलना बन्द कर दिया जाएगा। स्त्रियों पर आक्रमण कब नहीं हुए? रात में होते हैं, दिन में नहीं होते? स्त्रियों के जीवन में दिन-रात का कोई भी अंश निरापद नहीं है। क्यों निरापद नहीं है, कर्नाटक सरकार को इसका कारण ढूँढ़ निकालना चाहिए। समस्या की मूल वजह को यदि ख़त्म कर दिया जाए तो फिर समस्या को लेकर किसी तरह की समस्या नहीं रह जाएगी।

भले ही नारीवादियों के दबाव में स्त्रियों के लिए रात की पाली में नौकरी पर पाबन्दी लगाने वाले मामले को अभी कर्नाटक सरकार ने मुल्तवी कर दिया है, लेकिन नौकरी करनेवाली स्त्रियों पर निषेधाज्ञा आरोपित करने की एक कोशिश की गई थी, उसे भुलाया नहीं जा सकता। आज यदि कर्नाटक-जैसे राज्य में अपने-अपने घरों में क़ैद होकर स्त्रियों को अपनी सुरक्षा अर्जित करनी पड़े, फिर तो अन्य पिछड़े राज्यों के मामले में रंध्र-रंध्र में यह नियम प्रवेश करने के लिए बाध्य हो जाएगा। स्त्रियों के लिए घर से बाहर न निकलना ही सबसे अच्छा है। ऐसे में स्त्रियाँ ज़बर्दस्त सुरक्षा में रहेंगी। और, बाहर यदि निकलना ही पड़े, सुरक्षा की चरमतम व्यवस्था को ही अपनाना चाहिए। चलायमान कारागार, जिसका दूसरा नाम है बुरक़ा, इसका इस्तेमाल करना होगा ताकि बुरे लोगों की नज़र न पड़े। मनुष्य हमेशा से ही अन्धकार की ओर इसी तरह अग्रसर हुआ है। अन्धकार हमेशा से ही मनुष्य को इसी तरह ग्रसता रहा है।

इनसान तो उजाले की ओर जाता है। मन को आलोकित करने के लिए क्या भारतवर्ष के पास कुछ भी नहीं है? एक ओर मायावती जीत रही हैं, घर से बाहर आई हुई स्त्री, दिन-रात मेहनत करके सफलता अर्जित करने वाली स्त्री, और दूसरी ओर स्त्रियों को अपाहिज बनाने, उन्हें पराजित करने और परनिर्भर बनाने का पैंतरा चला जा रहा है।

भारतवर्ष में जिस तरह विज्ञान और धर्म का सह-अवस्थान चलता है, स्त्रियों की जय और पराजय का भी उसी तरह चलता है। उजाला और अन्धकार को एक-दूसरे से गर्मजोशी से गले मिलते देख बड़ी आशंका होती है। अँधेरे के खुले हुए मुँह के भीतर यदि सारा उजाला, समस्त जय, सारा विज्ञान, सब युक्तियाँ, सारी मुक्तियाँ, सारी समताएँ, समूची मानवता समा जाए, तो? अँधेरे की ताक़त कुछ कम नहीं है।

स्त्रियों की रक्षा के लिए, उनके सम्मान और उनकी इज़्ज़त बचाने के लिए अलग से किसी क़ानून की ज़रूरत नहीं है। स्त्रियाँ भी राष्ट्र की नागरिक हैं। राष्ट्र की यह ज़िम्मेदारी है कि वह अपने सारे नागरिकों की सुरक्षा का विधान करे। राष्ट्र यदि अपने सारे नागरिकों या जनगण को सुरक्षा मुहैया कराए, तो फिर बहुत स्वाभाविक रूप से ज़रूरत की सारी सुरक्षाएँ स्त्रियों को मिल सकती हैं। लेकिन क्या राष्ट्र ऐसा करता है? यदि कर रहा होता तो फिर स्त्रियों को सरकार द्वारा अनुमोदित विवाह, तलाक़, उत्तराधिकार आदि क़ानूनी विषमताओं का शिकार नहीं होना पड़ता, राष्ट्र यदि ऐसा कर रहा होता तो दिन में क्यों, रात में भी स्त्रियाँ निश्चिन्त होकर रास्तों पर, अपने कर्मक्षेत्रों में आराम से चल-फिर पातीं, उन्हें किसी प्रकार के दमन का शिकार नहीं होना पड़ता। तब घर-घर में स्त्रियाँ सुकून से रह पातीं।

स्त्रियों की सुरक्षा कहीं भी नहीं है! सुरक्षा के लिए तमाम तरह के क़ानून बनाए गए हैं, कहीं-कहीं पर उनका उपयोग भी हो रहा है। लेकिन स्त्रियों को सचमुच की सुरक्षा नहीं मिल रही है। सिर्फ़ क़ानून से सारी समस्याओं का समाधान नहीं किया जा सकता। आज पुरुष यदि स्त्रियों पर आक्रमण नहीं कर रहा है, तो वह क़ानून की डर की वजह से है। लेकिन पुरुष जिस दिन से स्त्रियों पर आक्रमण नहीं करेगा, कारण कि वह मनुष्य के रूप में स्त्रियों का सम्मान करेगा, उस दिन समस्या का सचमुच समाधान हो जाएगा। उससे पहले यह सम्भव नहीं। श्रद्धा और सम्मान भीतर से आते हैं। यदि भीतर से न आए, तो बाहर से कृत्रिम रूप से आरोपित जिस भी कला और संस्कृति का निर्माण क्यों न हो, पल भर में वह ढह जाती है।

क़ानून का डर आज रहता है, कल नहीं रहता। लोगों का डर दिन-ब-दिन

दूर होता जाता है। एक भ्रष्ट समाज में आख़िर में किसी में डर-जैसा कुछ नहीं रहता। हर कोई सीना तानकर संत्रास चलाता रह सकता है। क़ानून का डर दिखाकर स्त्रियों के उत्पीड़न को रोका नहीं जा सकता, रोकना सम्भव नहीं। पुरुषों की मानसिकता को बदलना ही उत्पीड़न को रोकने का एकमात्र उपाय है। यदि स्त्री को दुर्बल समझने, यौन-वस्तु मानने, खिलौना समझने, दासी, मनोरंजन का सामान, उत्पादन का यंत्र समझने की मानसिकता नहीं बदली गई, तो फिर स्त्रियों को कभी भी इस समाज में सुरक्षा नहीं मिल सकती।

सवाल यह है कि पुरुषों की इस मानसिकता को कौन तैयार कर रहा है? इसे राष्ट्र-व्यवस्था, समाज-व्यवस्था, क़ानून-व्यवस्था, शिक्षा-व्यवस्था तैयार करती है। प्रत्येक व्यवस्था पुरुषतांत्रिक है, पुरुषों पर केंद्रित है। एक मायावती के द्वारा समाज को चौंकाया जा सकता है, लेकिन समाज को बदला नहीं जा सकता। समाज को और भी मेधाओं की ज़रूरत है, और भी मायावतियों की दरकार है। अकड़कर उठ खड़े होने वाले और, और, और लोगों की ज़रूरत है। समता के लिए और-और लड़ाई की ज़रूरत है।

स्त्रियों के प्रति श्रद्धा के भाव क्या स्त्रियों में ही हैं! हिसाब लगाएँ तो पता चलता है, नहीं है। कारण कि स्त्रियाँ निम्नश्रेणी की जीव हैं—यह बात सभी को ही बचपन से ही सिखाई जाती है, स्त्री और पुरुष दोनों। दोनों के ही दिमाग़ों में यह ज्ञान भर दिया जाता है। निम्नश्रेणी के जीव को श्रद्धा और सम्मान करना बहुत दुरूह चीज़ है। इसलिए स्त्री-विरोधी अपराधों के बन्द होने के कहीं भी कोई लक्षण नहीं दिखाई देते।

जिस दिन स्त्री-पुरुष दोनों ही स्त्रियों के प्रति श्रद्धा का भाव रखना और उन्हें सम्मान देना सीख जाएँगे, उस दिन से स्त्री-विरोधी कोई कार्यकलाप, स्त्री-विरोधी कोई क़ानून, कोई अन्धविश्वास इस समाज में नहीं टिक सकेगा। तब स्त्रियों की सुरक्षा के लिए नए-नए क़ानून बनाने की ज़रूरत नहीं रह जाएगी। श्रद्धा के भाव हों तो कोई स्त्रियों के साथ दुष्कर्म नहीं करता, कोई स्त्रियों की तस्करी नहीं करता, यदि सम्मान के भाव हों तो कोई स्त्रियों को वेश्यावृत्ति की ओर नहीं धकेलता, उन्हें आग में नहीं झोंक देता।

स्त्रियों के उत्पीड़न के ख़िलाफ़ क़ानून क्या कुछ कम हैं? लेकिन उत्पीड़न

करने वाले कितनों को सज़ा मिलती है? कितनी स्त्रियों को समाज में सच्चे अर्थों में सुरक्षा मिल पाती है? दरअसल बीमारी का इलाज न करके बीमारी के लक्षणों का इलाज किया जा रहा है। ऐसे में बीमारी ठीक कैसे होगी भला!

रात आठ बजे के बाद यदि पुरुष असभ्य, अशिष्ट, अलोकतांत्रिक, अमानुष बन जाते हैं तो फिर उन पुरुषों को सज़ा देने की व्यवस्था की जाए, स्त्रियों को भला सज़ा क्यों दी जाएगी! स्त्रियाँ यदि रात की पाली में काम न करने के लिए बाध्य हो जाएँगी तो फिर वे नौकरी करने की सुविधा से ही वंचित हो जाएँगी। एक नुक़सान से बचाने की कोशिश में यह और एक बड़े नुक़सान के आयोजन के अलावा और कुछ है क्या! और सबके लिए यह जान लेना ज़रूरी है कि जो पुरुष रात आठ बजे के बाद बदमाशी कर सकता है, वह दिन-दोपहर में भी बिना किसी संकोच के ऐसा कर सकता है। और जो बदमाशी नहीं करता, वह रात गहराने पर भी बदमाशी नहीं करता।

बदमाशी उजाले और अँधेरे पर निर्भर नहीं करती, मानसिकता पर करती है। मानसिकता निर्भर करती है सुशिक्षा पर। सुशिक्षा शिक्षा-व्यवस्था पर निर्भर करती है। शिक्षा-व्यवस्था राजनीति पर निर्भर करती है। इन दिनों पुरुषतंत्र और विषमता की राजनीति की जय-जयकार है। समता में विश्वास करने वाले लोग जब तक विषमता को जड़ से नहीं मिटाएँगे, जब तक व्यवस्थाओं में बुनियादी तौर पर बदलाव नहीं होते, तब तक स्त्रियों को चुहियों की तरह जीवित रहना होगा। विपत्ति आने पर बिलों में दुबके रहना होगा। उन बिलों में भी क्या चुहियों को ज़रा भी सुरक्षा मिल पाती है! जिस तरह निरीह चुहियाँ सुरक्षित नहीं होतीं, स्त्रियाँ भी नहीं होतीं।

बुद्धू स्त्रियाँ

मैं भारत घूमने गई थी। कोलकाता, दिल्ली, आगरा, जयपुर, शिमला, कश्मीर घूम आई सुनकर लोग पहला सवाल जो करते हैं, वह यह—साथ में कौन था? कश्मीर में बर्फ़ से ढका गुलमर्ग, बनिहाल टनल, हिमालय के ऊपर झूलती कुर्सी, डल लेक में शिकारा और हाउसबोट के बारे में मैं अपना आनन्द साझा कर रही थी। लेकिन उनका वही एक सवाल था—साथ में कौन था?

मैं जवाब दिया—अकेली थी।

अकेली? एक अकेली लड़की बाहर घूमने जा सकती है क्या? किसी के विश्वास नहीं होता। इसके बाद फिर कोई मेरी शान्तिनिकेतन, दीघा का समुद्र, कन्याकुमारी के विचित्र अनुभवों के प्रति किसी तरह का आग्रह प्रकट नहीं करता। जो विचार उनके दिमाग़ को मथता रहता है, वह यह कि साथ में कौन था। मैंने एक बार कह दिया था, साथ में अतसी, कृष्णकली और मल्लिका थीं।

और?

और कोई नहीं।

क्यों, कोई पुरुष सदस्य नहीं था?

नहीं।

लोग अवाक आँखों से देखते हैं। पुरुष के बिना लड़कियाँ एक हो या सात हो, एक ही बात है।

इस मामले में मेरी उम्र का कोई लड़का यदि इसी तरह दार्जिलिंग, शिमला, कश्मीर घूम आता, अकेले, तो फिर विमोहित सभी कह उठते, अहा

क्या पवित्र मन है! क्या कमाल की रुचि है! क्या अगाध सौन्दर्यबोध है! क्या अनूठा जीवन है!

मान लीजिए समुद्र देखने की मेरी बड़ी इच्छा हो रही है, बड़ा मन कर रहा है कि मैं सीताकुण्ड पहाड़ पर जाऊँ, मेरी शालवन विहार जाने की बड़ी इच्छा हो रही है, कप्ताई लेक में स्पीडबोट लेकर समूची शाम घूमने का मन कर रहा है, पत्त में तैरने की इच्छा हो रही है; तो तब मुझे क्या करना चाहिए? मुझे एक पुरुष की जुगाड़ करनी चाहिए।

पुरुषों के बिना स्त्रियाँ कहीं दूर नहीं जा सकतीं। फिर वे किसी भी उम्र की क्यों न हों। बस में चढ़ो तो कंडक्टर पूछता है, आपके साथ के व्यक्ति कहाँ हैं? वे निश्चित हैं कि साथ में एक व्यक्ति यानी कोई पुरुष तो होगा ही। स्त्रियों को तमाम जगहों पर पुरुष के साथ होने, न होने को लेकर परेशानियों का सामना करना पड़ता है। और यदि साथ में पुरुष हो और वह यदि पति या निकट सम्बन्धी न हो तो भी मुसीबत—कौन है यह व्यक्ति? इनसे क्या सम्बन्ध है? और यदि साथ में पुरुष न रहे तो भी असुविधा, कि क्यों नहीं है? बहुत ही सोच-समझकर स्त्रियों को पुरुषों पर निर्भर बनाया जा रहा है। मध्यवर्गीय और उच्चवर्गीय पिताओं की बेटियाँ या पतियों की पत्नियाँ दो-चार रिश्तेदारों और बाज़ार में घूम-फिरकर सोचती हैं कि स्त्रियों को आज़ादी मिल गई है।

असल में ऐसा होता नहीं। स्त्रियों के पैरों की बेड़ियाँ बहुत मज़बूत हैं। हाथ-पर-हाथ धरकर बैठे रहने से कोई उन बेड़ियों को खोलकर नहीं कहेगा कि आ जा, इनके बाहर आ जा। दंतकथाओं में शुभचिन्तक मिल जाते हैं, यथार्थ में नहीं मिलते।

स्त्रियाँ आजकल अपनी इच्छा से पैरों में पायल पहनती हैं। पायल के आविष्कार और स्त्रियों को इसे पहनाने के पीछे एक उद्‌देश्य छिपा है। पायल पहनने से स्त्रियों की गतिविधियों—वे कहाँ जा रही हैं, क्या कर रही हैं—की आवाज़ सुनाई देती है। और बुद्धू स्त्रियाँ इस पायल को—जो कि उन्हें एक हद के भीतर क़ैद करके रखती है—पहनकर सोचती हैं कि उनकी देह का सौन्दर्य शायद बढ़ गया है।

स्त्रियाँ कब ख़ुद अपना परिचय बन सकेंगी?

कोलकाता में रहने के शुरुआती दिनों में मैंने एक मकान किराए पर लिया था। घर के कामों में हाथ बँटाने के लिए मुझे तब किसी व्यक्ति की ज़रूरत थी। तलाश कर रही थी कि किसे परिचारिका की नौकरी दी जाए। मेरा एक दोस्त बरामदे में खड़ा था, वहाँ से दौड़कर आकर उसने कहा, 'तुम्हारे पड़ोस वाले मकान की ओर एक बहू जा रही है, उससे पूछ सकती हो।'

मैं ठीक से समझ नहीं पाई कि दोस्त क्या बोल रहा है, मैंने पूछा, 'तुमने कौन जा रहा है कहा?'

वह बोला, 'बहू।'

'पड़ोस वाले घर में शादी हो रही है क्या! तुमने दूल्हे को देखा?'

मैं बरामदे में चली आई देखने कि क्या हो रहा है। नहीं, चारों ओर जैसा था, वैसा ही है। किसी भी घर में अलग से कोई हो-हुल्लड़ नहीं हो रहा था, कहीं शहनाई भी नहीं बज रही थी। वर-वधू के वेश में मुझे आँगन में कोई दिखाई भी नहीं दिया। तब वह दोस्त ज़ोर से हँस पड़ा। वह अप्रैल की पहली तारीख़ भी नहीं थी कि कोई मुझे बुद्धू बनाएगा। लेकिन मुझे महसूस हुआ कि मैं बुद्धू बन रही हूँ।

नहीं, एक दिन में नहीं हुआ था। मुझे कई महीने लगे थे समझने कि जो लड़कियाँ दूसरों के यहाँ काम करती हैं, यदि वे शादीशुदा हुईं तो उन्हें बहू कहकर पुकारा जाता है। इन लड़कियों के पतियों के साथ लोगों का परिचय होना ज़रूरी है, ऐसा क़तई ज़रूरी नहीं।

'और जो पुरुष दूसरों के यहाँ काम करते हैं, वे यदि शादीशुदा हुए, तो क्या उन्हें वर या पति कहकर पुकारा जाता है?'

लोग मेरे इस सवाल को निहायत अजीब मानकर विवेचना करते हैं। लेकिन मेरा सवाल बहुत सरल और सहज है। इसे समझने में किसी को भी असुविधा नहीं हो सकती। लेकिन बावजूद इसके मैं किसी को नहीं समझा पाती।

नहीं। यह बहू पुकारने का चलन सिर्फ़ बोलचाल की भाषा में है, ऐसा नहीं है। शुद्ध भाषा में भी इसका ख़ासा चलन है। तमाम पत्रिकाओं में लगभग हर दिन ही पढ़ती हूँ, 'कूदकर वधू ने आत्महत्या की।' 'वधू का ख़ून हो गया।' 'वधू के साथ दुष्कर्म'। वधुओं को लेकर कोई-न-कोई ख़बर रहती ही है। ये वधुएँ कौन हैं? इसका वही एक ही जवाब है। स्त्रियाँ। स्त्रियों को वधू क्यों कहा जा रहा है? कारण कि वे शादीशुदा हैं। लड़कियाँ शादी करने पर क्या लड़कियाँ नहीं रह जातीं? वे वधू हो जाती हैं? पुरुष तो शादी से पहले और बाद में भी पुरुष ही रहते हैं। मैंने ऐसी ख़बर कभी नहीं पढ़ी कि वर ने आत्महत्या की। वर का ख़ून हो गया। वर के साथ दुष्कर्म हुआ। या कि 'पति ने आत्महत्या की'। 'पति का ख़ून हो गया'। 'पति के साथ दुष्कर्म हुआ'। नाम से नहीं, लिंग से भी नहीं यानी लड़की, महिला, नारी, रमणी आदि किसी से भी नहीं, उसकी शिक्षा-दीक्षा, काम-काज से भी नहीं, प्रतिभा, निपुणता से नहीं ही, स्त्रियों का परिचय पुरुष से उनके रिश्तों से होता है।

बाज़ार करने जाती हूँ तो जो मछलीवाले मुझे नहीं पहचानते, वे मुझे बोउदी (भाभी) कहकर पुकारते हैं। एक दिन मैंने यह जानने की कोशिश की कि मैं यदि उनकी बोउदी हूँ तो उनके दादा कौन हैं! नहीं, वे किसी दादा को नहीं जानते। महिला को देखते ही वे सामूहिक रूप से बोउदी ही पुकारते हैं। आदत है। सिर्फ़ मछलीवालों को दोष क्यों दूँ, जितने भी वाले हैं, वे सभी एक ही राह के राही हैं। टेलीविज़न के कुकिंग शो में जो भी महिलाएँ आती हैं, मधुर मुसकराहट के साथ उन सभी को बोउदी ही सम्बोधित किया जाता है। वह किसी एक पुरुष दादा की पत्नी है, यह हुआ उस महिला का परिचय।

आदत है। आदत न होने की कोई वजह नहीं, इसलिए आदत हुई है। व्यक्ति तो अपने परिवार परिजन से, आसपास के तमाम लोगों से सीखता है। उन्होंने सीखा कि स्त्रियों के हर समय कोई-न-कोई पुरुष-प्रभु रहने चाहिए, पुरुष-प्रभु स्त्री नामक प्राणियों की सुरक्षा होते हैं। सीखा है कि लड़कियों को

दहेज देकर पुरुष-प्रभुओं के नियंत्रण में पराश्रयी लता की भाँति जीवन जीना चाहिए। सीखा कि स्त्रियों का कोई अलग से अस्तित्व नहीं रहना चाहिए।

आमतौर पर स्त्रियाँ सामाजिक और आर्थिक रूप से अपने पति पर निर्भर होती हैं। लेकिन सच यह है कि जब तक स्त्रियाँ राजनीतिक, आर्थिक और सामाजिक रूप से पुरुषों की बराबरी नहीं करतीं, तब तक उनका अपने परिचय के साथ जीते रहना निश्चित रूप से मुश्किल है। जब तक वे शारीरिक स्वाधीनता अर्जित नहीं करतीं, तब तक उनकी मानसिक स्वाधीनता अरबी के पत्ते पर पानी की बूँद-जैसी है, अभी है तो अगले पल नहीं है।

लड़कियाँ ख़ुद ही अपना परिचय कैसे हो सकेंगी यदि शादी करने पर उन्हें अपना घर छोड़ना पड़े, दूसरों के आश्रय में, दूसरों की करुणा पर उसे जीवित रहना पड़े, दूसरों के ठिकानों को अपना ठिकाना करना पड़े, दूसरों के नाम को अपना नाम? स्त्रियाँ फिर ख़ुद ही अपना परिचय नहीं रहतीं। स्वकीयता का वहीं पर अन्त हो जाता है। अस्तित्व या फिर व्यक्तित्व की वहीं पर मृत्यु हो जाती है। उस समय जो जीवित रहता है, वह होता है पुरुष के साथ स्त्रियों का वह सम्बन्ध, जिससे वे सम्बन्धित होती हैं। अपने पति पुरुष के परिचय के सहारे स्त्रियों को अपना बाक़ी जीवन गुज़ारना पड़ता है। बहुत सारी स्त्रियाँ पति का सरनेम न लगाकर सोचती हैं कि उन्होंने बहुत बड़ा नारीवादी काम कर दिया है। पति का सरनेम न लगाकर वे जिस सरनेम को लगाती हैं वह तो पिता का सरनेम है। इसे लेकर नारीवादियों के गौरव का कोई अन्त नहीं। लेकिन इसमें गौरव क्यों भला? पिता पुरुष नहीं हैं क्या? पिता के सरनेम को स्वीकार कर लेना क्या पितृतंत्र को स्वीकार कर लेना नहीं है?

जिस समाज में एक लड़की को दहेज देकर शादी करनी पड़ती है, क़ानूनन पाबन्दी के बावजूद जहाँ दहेजप्रथा का प्रभाव ज़रा भी कम नहीं हुआ है, वहाँ एक लड़की कहाँ अपना परिचय अर्जित कर सकती है? परिचय तो मैदानों-घाटों पर पैदा नहीं होता! रास्तों पर मुझे दहेज प्रथा के ख़िलाफ़ विज्ञापन दिखाई देते हैं। मैंने सोचा था, उँगलियों पर गिने जाने लायक़ कुछ बुरे लोगों के सिवा दहेज-जैसी ख़राब चीज़ और कोई नहीं लेता। लेकिन जैसे-जैसे दिन बीतते जा रहे हैं, मेरा भरम टूटता जा रहा है। धर्म, अन्धविश्वास और पुरुषतंत्र इस

समाज में इतने गहरे ढंग से गड़े हुए हैं और यहाँ के स्त्री-पुरुष इतने भयंकर रूप से तमाम तंत्र-मंत्र द्वारा आक्रांत हैं कि मैं सचमुच आतंक से भर जाती हूँ।

मेरे ड्राइवर तरुण भुँइया ने कुछ दिन पहले मुझसे एक बहुत बड़ी राशि उधार माँगी।

'क्यों, रुपये क्यों माँग रहे हो?'

'बहन की शादी करवा रहा हूँ, दहेज देना होगा।'

'दहेज? दहेज क्यों दोगे? दहेज पर तो पाबन्दी है।'

तरुण 'हो-हो' कर हँसने लगा। उस हँसी का यदि तर्जुमा करूँ तो वह यह कि उसने इससे पहले मुझ-जैसा कोई और बुद्धू नहीं देखा। दहेज पर भला कब पाबन्दी लगी, दहेज तो बदस्तूर जारी है! मैं अवाक रह गई। तरुण ने बताना शुरू किया, उसने ख़ुद दहेज लिया था। अस्सी हज़ार रुपये। रंगीन टेलीविज़न, फ्रिज और फ़र्नीचर उसने भी लिया था। गहने भी। वह जिस लड़के के साथ अपनी बहन की शादी करवा रहा है वह वक़ील है।

'वक़ील को भी दहेज चाहिए?'

तरुण फिर हँसा। 'चाहिए मतलब? अवश्य ही चाहिए। बहन ख़ूबसूरत है इसलिए थोड़े कम पैसों में मामला तय हुआ है।'

'लड़का वक़ील है, उसके पास पैसे नहीं हैं क्या, जो लड़की से पैसे ले रहा है!'

'हाँ ले रहा है। यही नियम है।'

मैंने तरुण से कहा, 'यह जो तुम दहेज के लिए डेढ़-दो लाख रुपये ख़र्च कर रहे हो, इसकी बजाय यह पैसा तुम बहन की लिखाई-पढ़ाई पर ख़र्च करो, वह उच्चमाध्यमिक में पढ़ रही है। यह क्या कोई शादी की उम्र है? बहन को वक़ील बनाओ। फिर तो दहेज की कोई ज़रूरत ही नहीं रह जाएगी। और तुम बहन को जिस घर में भेज रहे हो, वहाँ उसका परनिर्भर जीवन कैसा होगा, उसकी तुम्हें जानकारी नहीं! वे या तो अत्याचार करेंगे, हर रात उसकी पिटाई करेंगे, हो सकता है इसे घर से निकाल दें, तब? परनिर्भर लड़की को अपने पिता के घर लौटना पड़ेगा, वहाँ भी परनिर्भरता होगी। उसे उठते-बैठते ताने सुनने पड़ेंगे। दुर्गति की कोई सीमा न होगी। इसकी बजाय लड़की पढ़े-लिखे,

अपने पैरों पर खड़ी हो। फिर उसे किसी के आश्रय की उम्मीद में बैठे नहीं रहना पड़ेगा। वह सिर उठाकर जीवन जी सकेगी।'

तरुण इस बार पहले से भी ज़ोर-से हँसा। मुझ-जैसा व्यावहारिकबुद्धि-विहीन शख़्स उसने इस जीवन में नहीं देखा था। उसकी यह धारणा थी कि मैं व्यावहारिकबुद्धि-वर्जित कुछ हूँ।

'तुम्हारी बहन क्या पढ़ना-लिखना बन्द कर देगी? वह और नहीं पढ़ेगी?'

तरुण बोला, 'अब ससुराल वालों की इच्छा। वे यदि उसे लिखाना-पढ़ाना चाहें, तो वह पढ़ेगी। नहीं तो नहीं पढ़ेगी।'

'तुम्हारी बहन की इच्छा की कोई क़ीमत नहीं है?'

तरुण फिर से हँसा। हँसते-हँसते उसने कहा, 'यह कैसी बात हुई! अरे वह तो लड़की है!'

बहुत देर तक चुप रहकर मैंने स्तब्ध होते हुए पूछा, 'वह लड़की क्या पति और ससुराल की सम्पत्ति बन जाएगी?'

तरुण मुसकराते हुए बोला, 'हाँ। अवश्य। ऐसा ही तो नियम है।'

तरुण इस बात को लेकर निश्चित था कि मैं समाज के नियम, उसकी नीतियों के बारे में पूरी तरह से नावाक़िफ़ हूँ। मेरे लिए उसमें थोड़ी दया उपज आई।

और कुछ दिन बाद तरुण की बहन किसी की पत्नी, किसी की भाभी, किसी की काकी, किसी की मामी बनकर अपने जीवन की शुरुआत करेगी। उसका जीवन किसी और जीवन में विलीन हो जाएगा। उसका अस्तित्व किसी और के अस्तित्व में। इसी तरह, तरुण की बहन की तरह हर रोज़ लड़कियाँ ख़त्म हो रही हैं, अपना एक परिचय अर्जित करने की बजाय वे पुरुषतंत्र की आग में आत्माहुति दे रही हैं। अपनी सारी सम्भावनाओं को धधकती आग में जलाकर दूसरे के आश्रय में, दूसरों के अनुग्रह और भीख पर लड़कियों को जीवित रहना पड़ता है। इस जीवित रहने को और कुछ भी कहूँ, लेकिन मैं जीवित रहना नहीं कहती हूँ।

सनेरा जैसी लड़की चाहिए, है क्या?

वीरभूम के अलुन्दा गाँव की लड़की सनेरा ने जैसा किया, वैसा कितनी लड़कियाँ कर पाती हैं? कितनी लड़कियाँ हैं जो शादी के मंच पर ही शादी की माला उतार फेंकती हैं? एक अठारह साल की लड़की ने अपना जिगरा दिखा दिया। किसी के भी आग्रह पर वह टस से मस नहीं हुई। उसकी जो मर्ज़ी हुई उसने किया, आज भी कर रही है। उसने तय किया कि वह यह शादी तोड़ देगी, उसने तोड़ दी। जिस व्यक्ति को शादी के मंच पर ही लड़की के पिता को अपमानित करने में किसी तरह की दुविधा नहीं हुई, वह जीवन भर लड़की को उठते-बैठते अपमानित करेगा, सनेरा इस बात को समझ गई थी। सनेरा ऐसा असहनीय जीवन नहीं चाहती थी, नहीं चाहती थी इसलिए वैवाहिक जीवन शुरू करने से पहले ही उसने उसे ख़त्म कर दिया था।

सनेरा की उम्र महज़ अठारह साल है। इस उम्र में अमूमन परिवार के दबाव में लड़कियों को झुकने के लिए बाध्य होना पड़ता है। लड़कियों के लिए प्रतिवाद की भाषा तैयार होने में बहुत समय लगता है। हालाँकि जिनकी तैयार नहीं होती, उनकी समूचे जीवन में तैयार नहीं होती। कोई-कोई किशोरावस्था में ख़ासी प्रतिवादी होती हैं, वे अपनी मर्ज़ी के मुताबिक़ चलती हैं, अपने अधिकारों के मामले में अत्यन्त सजग होती हैं, लेकिन जैसे ही शादी नामक चीज़ घटित होने का समय आ जाता है, तब पूरी तरह से आँख-कान बन्द कर माता-पिता द्वारा पसन्द किये गए पात्र के गले में झूल जाती हैं। ससुराल जाकर बढ़िया मजबूरी की मित्र बन जाती हैं। शान्त, समाहित। कभी किशोरावस्था में वह बहुत चंचल हुआ करती थी, उद्दंड हुआ करती थी, शाम की चाय के साथ यह सब बातें बस कुरकुरी यादें बनकर रह जाती हैं।

डोमेस्टिक वॉयलेन्स का बांग्ला अनुवाद नारी-निर्यातन यानी स्त्री-उत्पीड़न ही युक्तिसंगत है। कारण कि वॉयलेन्स आमतौर पर पुरुषों द्वारा स्त्रियों पर ही होते हैं। फ़िलहाल मैं घरेलू हिंसा कहकर ही इसका उल्लेख कर रही हूँ। राष्ट्रसंघ कह रहा है, 'भारतवर्ष की दो तिहाई शादीशुदा स्त्रियाँ घरेलू हिंसा की शिकार हैं।' घरेलू हिंसा के विरुद्ध एक नया क़ानून बना है। लेकिन कितनी लड़कियाँ इस क़ानून का सहारा लेंगी? सनेरा-जैसी लड़कियों के अलावा क्या किसी और की हिम्मत होगी कि इस क़ानून के सहारे अपने अत्याचारी पति को जेल की रोटी तुड़वाए? डर और शर्म के कारण वे ऐसा नहीं कर सकेंगी। 'डर' और 'शर्म' यह दो चीज़ें लड़कियों के सतीत्व की तरह पवित्र हैं। जो लड़कियाँ समाज से नहीं डरतीं, समाज के सामने जिनके लिए शर्म-जैसी कोई चीज़ नहीं होती, वे ही अपनी इज़्ज़त या सतीत्व को खोने-जैसा अपराध करती हैं। घरेलू हिंसा क़ानून के उपयोग के लिए सनेरा-जैसी लड़की चाहिए। ऐसी लड़कियाँ हैं क्या?

सनेरा ने अन्याय का प्रतिवाद किया है। इसके बाद उसका क्या होगा, क्या नहीं होगा इस बात की उसने परवाह नहीं की। अब उसकी शादी नहीं हो सकेगी? न हो, उसे कोई परवाह नहीं। बल्कि वह तो कह रही है, 'इसका क्या मतलब कि शादी करनी ही होगी?' यह बात इस स्त्री विरोधी समाज में हर लड़की की ज़बान पर होनी चाहिए, लेकिन शहरी सुशिक्षित और आत्मनिर्भर लड़कियों के मुँह से भी ऐसी सम्पन्न वाणी उच्चारित नहीं होती, जो कि अलुन्दा गाँव के एक दरिद्र रिक्शावाले की बेटी के मुँह से उच्चारित हुई है। सनेरा का मानना है कि शादी किये बग़ैर भी वह बड़े मज़े से रह सकती है। वह कह रही है, 'मुझे सिलाई आती है, मैं कपड़ों पर सिलाई की अल्पना बनाऊँगी। अपनी बाक़ी जीवन मेहनत करके बिताऊँगी।' आज यदि स्त्रियों में ऐसा आत्मविश्वास होता, तो यह दुनिया बदल जाती। स्त्रियाँ यदि मन बना लें कि वे अत्याचारी पुरुषों के साथ अब और जीवन व्यतीत नहीं करेंगी, जैसा कि सनेरा ने किया। यदि वे समझ जाएँ कि बुरी संगति से ख़ाली मकान बेहतर, यानी बदमाश के साथ रहने के मुक़ाबले अकेले रहना कहीं ज़्यादा अच्छा, और वे अपनी योग्यता के अनुसार कोई काम ढूँढ़ लें, अपने आत्मसम्मान के साथ रहने का

संकल्प लें, तब सचमुच, यह दुनिया अपने आप को बदलने लिए बाध्य हो जाएगी। लेकिन, सनेरा-जैसी लड़कियाँ क्या बड़ी संख्या में हैं?

कुछ-कुछ शादियों में लग्न का अन्धविश्वास होता है। लग्न से थोड़ा इधर-उधर हुए कि सर्वनाश! पुरुषों का कोई सर्वनाश नहीं होता, स्त्रियों का होता है। लड़की की जिसके साथ शादी होती है, मान ही लिया जाता है कि वह जीवन भर का साथी है। जीवन भर वह घर-गृहस्थी की आग में झुलसे या कि पुरुष के कचरे में सड़ जाए, साथी को छोड़ा नहीं जा सकता। इस भारत उपमहादेश में मैंने यंत्रणा से कातर ऐसी कितनी ही स्त्रियों के चेहरे देखे हैं, जो न तो तकलीफ़ों को वहन कर पाती हैं, और न ही उन्हें सहन कर पाती हैं। इसी तरह उनके जीवन के बेशक़ीमती पल-महीने बीत जाते हैं। बीत जाते हैं कई-कई साल, ज़माने बीत जाते हैं। सनेरा होने का सपना क्या सभी गुप्त रूप से नहीं देखतीं! भले देखती हों, तो भी उस सपने को साकार करने का साहस और ताक़त अधिकांश स्त्रियों में नहीं है। स्त्रियों का सपना केवल सपने देखता रह जाता है। डर और शर्म उनके सपनों को हमेशा-हमेशा के लिए सपना ही बनाए रखता है।

एक बात बहुत लोकप्रिय है कि लड़कियाँ यदि शिक्षित और आत्मनिर्भर हो जाती हैं तो फिर वे घरेलू हिंसा की शिकार नहीं होतीं। इस विश्वास को हर रोज़ झुठला कर लड़कियाँ घरों में उत्पीड़ित हो रही हैं। वे डॉक्टर, इंजीनियर, न्यायविद, गायिका, नायिका, व्यवसायी क्या नहीं हैं! स्कूल कॉलेज पास न कर पाने वाली बहू को जिस तरह घरेलू हिंसा सहनी पड़ती है, पास की हुई लड़कियों को भी उसी तरह घरेलू हिंसा को सहना पड़ता है। इसके पीछे कारण यह है कि दोनों ही स्त्रियाँ हैं। दोनों ही शिक्षित हों कि अशिक्षित हों, इस समाज़ की नज़रों में दुर्बल हैं, दोनों ही उपेक्षिता हैं। सनेरा को पुरुषसत्तात्मकता का तात्विक ज्ञान नहीं था। लेकिन उसे अपनी इच्छा की बात अवश्य ही समझ में आ गई थी। और उसने अपनी इच्छा को महत्त्व दिया था। वह चीख़ी-चिल्लाई थी। उसने उस निकम्मे के साथ शादी तोड़ दी थी। सनेरा शिक्षित भी नहीं और आत्मनिर्भर भी नहीं। लेकिन उसमें आत्मनिर्भर होने की सम्भावना थी, इसीलिए उसने ऊँचे स्वर में अपनी बात रखी थी। पुरुषनिर्भर परजीवी लड़कियों से यदि

अपने पैरों पर खड़े होने के लिए कहो तो उनके पाँव काँपने लगते हैं। इनमें कॉलेज, विश्वविद्यालय पास करने वाली लड़कियों की संख्या कोई कम नहीं है।

इस तरह का एक चलन है कि शादी की रात पुरुषों को बिल्ली मारनी पड़ती है ताकि उस बिल्ली को मारते देख नई स्त्री समझ जाए कि उसकी क़िस्मत में भी यह मार लिखी है। इसलिए उसे झुकना होगा, विनम्र होना होगा, आदेश-निषेध का अक्षरशः पालन करना होगा, और पति की सेवा में अपना जीवन उत्सर्ग करना होगा। शादी के दिन वरपक्ष के लोगों ने बिल्ली न मारकर लड़की के पिता को पीट कर दिखाने की कोशिश की थी, 'हम तेरे बाप का मुलाहिज़ा नहीं करते, तेरा क्या करेंगे!' यहाँ सनेरा के पिता पुरुषों के प्रतिनिधि नहीं थे, वे अपनी बेटी के प्रतिनिधि थे, सनेरा के थे। इसलिए वे इतनी सहजता से मार खा सके। उस दिन यदि सनेरा के पिता अपने बेटे की शादी करवा रहे होते, तो किसमें क़ूवत थी कि उन पर हाथ उठाता!

जो किसी बड़े शहर में घटित नहीं होता, छोटे-से किसी गाँव में, किसी छोटे-से परिवार में चुपचाप घट जाता है। मैंने उन छोटे-छोटे गाँवों में ही देखा है कि अचानक कोई एक लड़की दुष्कर्मी का पुरुषांग काट लेती है या भिन्न गोत्र, भिन्न धर्म के प्रेमी को लेकर बिना किसी दुविधा के भाग जाती है।

पुरुषतंत्र का पाठ जितनी ख़ूबसूरती के साथ इतिहास, भूगोल, भौतिकशास्त्र और रसायनशास्त्र सीखने की तरह लड़कियाँ सीख लेती हैं, वैसा लेकिन 'अनपढ़' सनेरा-जैसी लड़कियाँ नहीं सीख पाती। इसलिए शादी के मंच पर उन्हें ऐसा कहते हुए कोई बाधा महसूस नहीं होती कि 'मैं इस शादी को नहीं मानती।' अटल रहकर शादी की माला झटककर फेंकने में उन्हें ज़रा भी संकोच नहीं होता। पुरुषतंत्र के नियम-क़ानून भीतर समाहित रहते तो संकोच होता। शादी के दिन पति और पति के घरवाले और भी कोई बड़ी दुर्घटना को अंजाम देते, लड़की के पिता की केवल पिटाई नहीं, यदि उसे मार भी डालते तो भी पुरुषतंत्र के पाठ में दीक्षित लड़कियाँ शादी तोड़ने-जैसा दुःसाहस नहीं करतीं। कलंक लग जाता तो!

लेकिन सनेरा को नहीं पता कि क्या करने से कलंक की कीर्तिकथा रचित होती है। नहीं पता इसलिए उसने ऐसे कठोर और ज़रूरी निर्णय को लेने में

दुविधा महसूस नहीं की। तो अब सनेरा का क्या होगा? सम्भव है उसके पिता फिर से सनेरा को किसी पात्र को सौंपना चाहेंगे। हो सकता है इस बार सनेरा आँख-कान बन्द करके तैयार हो जाए। कारण कि नाते-रिश्तेदार, आस-पड़ोस के लोग अब उसे चैन नहीं लेने दे रहे हैं। अब सनेरा अपने पति और ससुराल के सब लोगों की सेवा करेगी और हर रोज़ मार खाएगी। या तो ऐसा होगा, या फिर सनेरा ने जैसा कहा था, वह वैसा ही करेगी, अब वह शादी नहीं करेगी, कमाने की व्यवस्था वह ख़ुद कर लेगी। वह किसी का दिया नहीं खाएगी, नहीं पहनेगी। वह किसी नियम-नीति की परवाह भी नहीं करेगी। मैं फ़िलहाल इन दो परिणतियों के बारे में ही सोच रही हूँ। मैं भले ही दूसरी परिणति का समर्थन करती हूँ, लेकिन इस समाज में ऐसा कर पाना बहुत ही मुश्किल काम है। सनेरा पर समाज के अनुशासन को मानकर चलने का जो दबाव आएगा, उसने अपनी इच्छा को इतना मूल्य दिया इसके लिए जो निंदा सनेरा को सहनी पड़ेगी, इसे अकेले सह पाना क्या सनेरा के लिए सम्भव हो सकेगा! लोग यदि चारों ओर से सनेरा का समर्थन करते, उसका सहयोग करते, तो उसके मन को ताक़त मिलती। हालाँकि, लोगों के सामने भले न किया हो, लेकिन अनगिनत लड़कियाँ आज मन-ही-मन सनेरा का समर्थन कर रही हैं, ऐसा मेरा विश्वास है।

मैं सनेरा का अभिनन्दन करती हूँ। मुझे नहीं पता कि मेरा यह अभिनन्दन उस तक कभी पहुँचेगा या नहीं। हो सकता है उसे पता भी न चले कि उसका दृढ़ होकर खड़े होने का वह छोटा-सा प्रयास आज मुझे भी ज़बर्दस्त ढंग से अनुप्राणित कर रहा है। मैं नारीवाद की आद्योपांत जानकारी रखने वाली इनसान हूँ, लेकिन मेरे हित में अब भी सनेरा से सीखने के लिए बहुत कुछ है। पुरुष लोग मुझे बहुत बुरी तरह से अपमानित करते हैं, और मैं इन सबके बाद भी भद्र महिला की, अच्छी स्त्री की तरह चुप रह जाती हूँ, चुप रह जाती हूँ तो बार-बार मुझे अपमानित करने या अपदस्थ करने के लिए पुरुषों को ज़रा भी असुविधा नहीं होती—मेरे लिए सीखने को यह है कि कोई पुरुष यदि एक बार मेरा अपमान करे तो मुझे चाहिए कि मैं उसे दोबारा अपमान करने का मौक़ा न दूँ, कि उसके मुँह पर ही दरवाज़ा बन्द कर दूँ।

स्त्रियाँ अब पुरुषों के हाट-बाज़ार में अपना व्यक्तित्व न बेचें

विभिन्न धर्मों में लोगों के सामाजिक आचार-अनुष्ठान भिन्न-भिन्न प्रकार के होते हैं। विवाह के एक अनुष्ठान में कुशंडिका[1] के होमकुंड के उत्तर-पश्चिम की ओर पत्थर के एक सिलबट्टे की ओर मेरी नज़र गई। उस पत्थर के सामने वर ने वधू को पीछे की ओर से लगभग जकड़ते हुए उसकी अंजलि के नीचे अपनी अंजलि रखी और वधू ने अपना पैर आधा उठाकर उस सिल पर रख दिया। वर ने कहा—इस सिल पर चढ़ जाओ—ओम् इमम् अश्मानम् आरोह। तुम ठीक इस सिल की तरह स्थिर रहोगी—अश्मेव त्वं स्थिरा भव। और सिल पर पैर रखने वाली बहू ने कहा—मैं एक लड़की, अग्नि के सामने खड़ी होकर कह रही हूँ—मेरे पति दीर्घायु हों—शतं वर्षाणि जीवतु।

उस वधू ने जिस सिल पर पैर रखा, उसके साथ बट्टा भी रखा हुआ था। सिल पर चढ़ने का मंत्र है—अश्मेव त्वं स्थिरा भव। इस मामले में बट्टे का क्या काम? बट्टा यदि पुरुष चिह्न का प्रतीक है तो पति-देव सुन्दरी वधू-सिल पर अपनी छोटी-बड़ी इच्छाओं को पीसेंगे। इससे पुङ नामक नरक से बचने के साधन के रूप में जब पुत्र का जन्म होगा, तब इच्छा भी पूरी हो जाएगी। केवल पति नहीं, वधू-सिल पर पीसने के लिए और भी बट्टे हैं, ससुर-कुल के सभी, कारण कि उनकी भी तो इच्छाएँ-अनिच्छाएँ हैं। वधू को संसार रूपी सिल पर पीसा जाएगा, और इसलिए वर मंत्र पढ़ते हैं—अश्मेव त्वं स्थिरा भव। कारण

---

1. बंगालियों में विवाह के बाद आयोजित किया जाने वाला एक मांगलिक यज्ञ-विशेष

कि पीसने के जानकारों को पता है कि पीसने वाली सिल यदि हिलती-डुलती रही या इधर-उधर होती रही तो उस पर कुछ भी पीसा नहीं जा सकता। अतएव वधू! तुम अश्मेव त्वं स्थिरा भव, तुम इधर-उधर हिलो-डुलो मत।

मैं किसी और धर्म के विवाह अनुष्ठान में मौजूद थी। गहनों से लदी वधू को सिर नीचे किये बिठाकर रखा गया था। उसका झुका हुआ मूक चेहरा और उसकी साज-सज्जा अनुष्ठान का मुख्य विषय था। मुझे ऐसा लगा कि वधू की, परवर्ती जीवन में निर्वाक और नतमस्तक रहने की यह एक आज़माइश है।

काज़ी आए और जैसे ही यह पूछा गया कि 'फ़लाँ के बेटे का फ़लाँ के साथ मय इतने रुपयों के महर शादी क़बूल है या नहीं', दुल्हन फफककर रो पड़ी। काज़ी बोले—अलहमदुलिल्लाह। इसके बाद दुल्हन के पिता ने दुल्हन को दूल्हे के हाथों सौंप दिया और दूल्हे ने उसे क़बूल कर लिया। इस अनुष्ठान को देखकर मुझे यह भी लगा कि सजी-धजी गुड़िया-दुल्हन के पास जाकर सम्मति की बात पूछना और न पूछना एक ही बात है। इस शादी में महर की राशि को लेकर मोलभाव चलता रहता है। कन्यापक्ष चाहता है राशि और बढ़े—वरपक्ष चाहता है राशि कम हो जाए। यह राशि असल में दिखती नहीं है, यह केवल उच्चारित होती है। वरपक्ष धनराशि को कम करना चाहता है, कारण कि दुल्हन को तलाक़ देने पर महर की राशि लौटानी पड़ती है। कन्यापक्ष राशि बढ़ाना चाहता है, ताकि राशि वापस करने में असमर्थ होने के चलते वरपक्ष कन्या का त्याग न कर सके।

वरपक्ष हज़रत मोहम्मद साहब का दृष्टांत देता है, हज़रत ने कहा है—'निश्चय ही इस तरह की शादी में बरकत ज़्यादा होती है, जिसमें महर कम होती है।' मोहम्मद ने यह भी कहा है—'वे स्त्रियाँ बहुत अच्छी होती हैं, जो दिखने में ख़ूबसूरत होती हैं और जिनका महर बहुत कम होता है' (दिखने में बदसूरत स्त्रियों को पैगम्बर भी नापसन्द करते थे)।

यह मोलभाव वाला विवाह मुझे मटन मार्केट-जैसा लगता है। स्त्री का देह-भर मांस भोग करने के लिए एक कामुक पुरुष ले जाता है। चूँकि वह मांस को जूठा कर देता है इसलिए मांसवाले कन्यापक्ष के लोग थोड़ी-बहुत क्षतिपूर्ति की माँग करते हैं। क्षति हो रही है, जूठन की क्षति हो रही है। कुछ

ऐसी डिस्पोज़ेबल चीज़ें होती हैं, जिनका एक बार उपयोग के बाद दूसरी बार उपयोग अस्वास्थ्यकर तथा अमर्यादित होता है। सैनेटरी नैपकिन को भी एक बार के उपयोग के बाद फेंक देना पड़ता है। हमारे समाज में स्त्रियाँ डिस्पोज़ेबल सेनेटरी नैपकिन की तरह होती हैं। एक पुरुष द्वारा उपयोग में लाने के बाद वह अस्पृश्य हो जाती है, आपादमस्तक अयोग्य हो जाती है।

एक बार स्त्री-स्वाधीनता के समर्थक एक प्रगतिशील व्यक्ति ने अपनी होने वाली पत्नी से कहा—'शादी के बाद मैं तुम्हें पूरी आज़ादी दूँगा।'

इस वाक्य को सुनकर होने वाली पत्नी तथा वहाँ मौजूद शुभचिन्तक लोग चौंक गए तथा बेहद प्रसन्न हुए। सिर्फ़ मेरे सीने में 'दूँगा' शब्द का काँटा चुभा रहा। कारण कि उस पुरुष ने अपनी उदारता की ओट में बहुत अच्छे से एक बात समझा दी कि आज़ादी देने के मालिक पुरुष लोग ही हैं, पत्नी को आज़ादी पति प्रदान करेंगे।

मानो आज़ादी नामक चीज़ें पुरुषों के हाथों की मुट्ठियों में रहती हैं। उनकी इच्छा हुई तो वे उन्हें स्त्रियों को देते हैं, इच्छा न हुई तो नहीं देते। हमारे इस उदार पुरुष ने बड़ी इच्छा जताई है कि वे पत्नी को आज़ादी देंगे और इसलिए ख़ुशी के मारे उस दिन पत्नी के पाँव ज़मीन पर नहीं पड़ते थे। यह बात निर्विवाद है कि पुरुषों द्वारा स्वाधीनता प्रदान करने पर स्त्रियाँ बाधित होती हैं, पुरुष दया दिखाते हैं तो स्त्रियाँ पुलकित होती हैं, पुरुष यदि उदारता दिखाता है तो स्त्रियाँ कृतार्थ होती हैं।

मैं सभी श्रेणियों के पुरुषों से इस 'दूँगा' शब्द को वर्जित करने के लिए कहती हूँ। मैं उनसे स्त्रियों को बुद्धू बनाने के तमाम कूट-कौशलों पर पाबन्दी लगाने की बात करती हूँ।

स्त्री एक सम्पूर्ण मनुष्य होती है। उसे इस पृथ्वी पर जीवित रहने, चलने, बोलने, प्यार करने, नफ़रत करने का जन्मसिद्ध अधिकार है। अपने अधिकारों की ज़िम्मेदारी कोई किसी के हाथों में नहीं थमाता। जो सम्बन्ध मनुष्य के अधिकारों का हनन करता है, वह सम्बन्ध कभी भी कल्याणकारी नहीं होता। जो सम्बन्ध मनुष्य की स्वाधीनता में विघ्न पैदा करता है, वह सम्बन्ध कभी भी मंगलकारी नहीं होता।

अब और अमंगल नहीं चाहिए, और उत्पीड़न नहीं चाहिए, स्त्रियों को जागरूक होना ही होगा। अब स्त्रियों को अपनी स्वाधीनता की भीख न माँगनी पड़े। स्त्रियों को अब पुरुषों के हाट-बाज़ार में अपना व्यक्तित्व न बेचना पड़े।

मनुष्य भूखा हो तो छीन कर खाना उसकी स्वाभाविक प्रवृत्ति होती है। स्त्रियाँ भूखी हों तो अब वे आक्रमणकारियों के पेट पर अपना पंजा मारें। स्त्रियाँ मनुष्य बनें। स्त्रियाँ सम्पूर्ण मनुष्य बनें।

बंगाली पुरुष

सुनील गंगोपाध्याय ने अपने जन्मदिन पर ख़ासे गर्व के साथ कहा था कि उनके जीवन में अनेक स्त्रियों का समागम था, मैं बैठी-बैठी सोच रही थी, क्या आज किसी लेखिका को लेकर कोई ऐसी बात कर सकता है कि उसके जीवन में अनेक पुरुष थे, उसने पुरुषों के साथ प्रचुर प्रेम किया, पुरुषों को लेकर कमाल की कविताएँ लिखीं, उसके बहु-पुरुषगमन को लेकर क्या कोई गर्व कर सकेगा, जैसा सुनील के मामले में किया जाता है! सुनील या और किसी भी पुरुष के मामले में!

बंगाली पुरुष के साथ मेरा अन्तिम प्रेम आज से डेढ़ युग से भी पहले हुआ था। निर्वासित जीवन में दो-एक बार प्रेम आया था। किसी अन्य भाषा में प्रेम के अनुभवों को व्यक्त किया जाना सम्भव हो सकता है, यह मेरी कल्पना के बाहर था। लेकिन मैंने देखा कि सम्भव है। पूर्व और पश्चिम के पुरुषों की मानसिकता एक समय में पहुँचकर एक-जैसी हो जाती है, एक ही तरह से मैगलोमैनिया रोग से आक्रांत हो जाना, लेकिन उनके आचार-आचरण में एक नदी का-सा अन्तर होता है। ज़्यादातर बंगाली पुरुषों को लगता है कि प्रेम करना हो तो सात स्त्रियों के साथ प्रेम करना होता है और इसी को शायद आधुनिकता कहते हैं। सात लोगों के साथ जो किया जाता है उसे हँसी-ठट्ठा कहा जा सकता है, प्रेम नहीं, आधुनिकता तो क़तई नहीं। एक स्त्री के साथ प्रेम करके बहुत-बहुत वर्ष अत्यन्त सुखपूर्वक बिताए जा सकते हैं, इस मामले में कहा जा सकता है कि उनकी कोई धारणा है ही नहीं। आधुनिकता नहीं, मैं इसे प्राचीनता कहती हूँ। जैसा कि राजा, बादशाह या ज़मींदारों के जीवन में

हुआ करता था, उपपत्नियों से हरम भरा रहता था, लगभग सारे ही पुरुष वैसा पुराना, प्राचीन जीवन व्यतीत करना चाहते हैं, प्रत्यक्ष रूप से न कर सके तो लुक-छिपकर, लुक-छिपकर भी सम्भव न हुआ तो मन-ही-मन। भारतवर्ष का पुरुषप्रधान समाज सदियों से पुरुषों को वीभत्स तरीक़े से सुविधाएँ देता आ रहा है। इन सब सुविधाओं ने उन्हें इतना अधिक आसमान पर चढ़ा दिया है कि नीचे की ओर देखने पर स्त्रियाँ कीट-पतंगों की तरह, तुच्छ खरपतवार की तरह दिखाई देती हैं, वे किसी भी तरह मनुष्य रूप में नहीं देखी जातीं। जिस समाज में स्त्रियाँ वंचित, लांछित, जीवन भर उत्पीड़ित होती रहती हैं, जिस समाज में स्त्रियों को यौनसामग्री के अलावा और कुछ नहीं माना जाता, उस समाज से अचानक मैं पश्चिम के आधुनिक समाज में जा पहुँची थी, जहाँ स्त्री और पुरुष के बीच किसी भी प्रकार के भेद को ख़ाली आँख से देख पाना तो असम्भव है ही, गहराई में जाकर देखने पर भी कोई सूत्र हाथ नहीं लगता। इस पृथ्वी पर जिन देशों में स्त्री और पुरुषों के समानाधिकार सबसे ज़्यादा हैं, उन सब देशों में रहते हुए मैंने देखा कि पुरुष लोग एक स्त्री के साथ ही प्रेम करते हैं, उसी के साथ जीवनयापन करते हैं, घूम-घूम कर सात रमणियों के साथ सोने नहीं जाते। यदि प्रेम ख़त्म हो जाता है तो वे सम्बन्ध तोड़ लेते हैं। हो सकता है वे बाद में नये सिरे से किसी और से प्रेम करने लगें। कोई नया सम्बन्ध बनाते हैं तो वह सम्बन्ध उसे लेकर बनता है, जिसे वे सचमुच प्यार करते हैं। शादी के काग़ज़ात उन सब देशों में कोई ज़रूरी काग़ज़ात नहीं होते, जो चीज़ सम्बन्ध को स्थाई बनाकर रखती है, वह कोई काग़ज़ नहीं, पत्र नहीं, समाज की रक्तवर्णी आँखें नहीं होतीं, वह चीज़ है प्यार। विशुद्ध प्यार। प्यार के न रहने पर पश्चिम में सम्बन्ध विच्छेद हो जाता है, इस देश में प्यार के न रहने पर भी विच्छेद का सवाल ही नहीं उठता। नहीं उठता क्योंकि यहाँ स्त्रियाँ असहाय हैं, परनिर्भर हैं, सन्तान के पालन-पोषण का भार स्त्रियों पर होता है, चूँकि वह गृहस्थी को सजा-सँवारकर रखने के लिए सुन्दर सामग्री होती है, अच्छी वेशभूषा वाली उच्चकोटि की दासी होती है, इसलिए।

यहाँ झूठ पर, जोड़-पैबन्दों पर दाम्पत्य टिका रहता है। हृदय में प्रेम नहीं है, असन्तोष है, नफ़रत है, लेकिन केवल चलन की वजह से ही बंगाली पुरुष

अपनी पत्नी के साथ पूरा जीवन बिता देते हैं। पत्नी को प्यार करना और केवल पत्नी के साथ ही सन्तुष्ट रहना, उन्हें लगता है, यह कुछ ख़ास गर्व करने-जैसा काम नहीं है, इससे पौरुष की चमक नहीं बढ़ती। साधारण लोग तो छोड़िए, असाधारण लोगों ने भी स्त्री का सम्मान करना नहीं सीखा, और न सीखने पर जो होता है, स्त्री के सम्मान-अपमान की कोई परवाह ही नहीं करता। कलाकार, साहित्यकार पुरुषों के साथ मेरी मित्रता और शत्रुता सब-कुछ है। मैंने इन्हें देखा है, अहा! लगता है मानो स्त्री के प्रेम में ये अपना जीवन न्योछावर कर देंगे। खोज करने पर पता चलता है कि एक ही साथ ये लोग कई-कई स्त्रियों के संग यह खेल खेल रहे हैं। विश्वस्तता यानी फ़ेथफ़ुलनेस, जो कि पश्चिम में स्त्री-पुरुषों के बीच सबसे अधिक महत्त्वपूर्ण चीज़ है, इधर पूर्व में, भारतवर्ष में, इस बंगाल में सबसे ज़्यादा ग़ैरज़रूरी बात है, सबसे अवांतर, सबसे नगण्य बात है। लेकिन एक पक्ष को विश्वस्त रहना होता है, और वह है स्त्री-पक्ष। स्त्रियाँ पति का नाम नहीं लेंगी, उन्हें इस बात की मनाही है। स्त्रियाँ अपने पति को मेरे स्वामी कहकर सम्बोधित करेंगी, यह नियम है। स्त्रियाँ पतियों की व्यक्तिगत सम्पत्ति हैं, पति के पसीने से भीगे हुए रुमाल-जैसी, बदबूदार अन्तर्वस्त्रों-सी, किसी और पुरुष के उपयोग के लिए अयोग्य।

बहुत थोड़े-से बंगाली पुरुषों के साथ मेरे यौन सम्बन्ध रहे हैं, इसी से मुझे भयानक क़िस्म के अनुभव हुए हैं। अन्य स्त्रियों के अनुभवों ने भी मेरे अनुभवों को समृद्ध किया है। पश्चिम के पुरुष अपनी साथिन के चरमसुख को लेकर अत्यन्त सतर्क रहते हैं, वे अपनी साथिन को सातवें आसमान पर पहुँचाकर आनन्द के प्रपात में बहाने के बाद अपनी नाव को सुख के समुद्र में छोड़ देते हैं। लेकिन बंगाली पुरुष अपनी साथिन को लेकर ज़रा भी नहीं सोचते। वे अपनी साथिन को शरीर की सँड़सी से जकड़ लेते हैं, मानो किसी बाघ ने अभी-अभी एक कोमल हिरण को धर दबोचा है, वे जल्दी-जल्दी अपना खाना खा लेते हैं। ख़ामोश स्त्री के ऊपर पुरुष के मन के कोने में छिपी बलात्कार का स्वाद लेने की गुप्त इच्छा इसी तरह तृप्त होती है। ताक़त लगाकर शरीर के नीचे दबाकर कुचलकर मानो किसी गाव-तकिये के ऊपर वीर्यपात करके करवट बदलकर पुरुष के परम आनन्द से सो जाने की निंदा इस दुनिया में

भला कौन कर सकता है! किसी भी सभ्य समाज में कोई पति यदि अपनी पत्नी के साथ उसकी मर्ज़ी के बग़ैर यौन-सम्बन्ध बनाता है, उस सम्बन्ध को जो कहा जाता है उसके बारे में अधिकांश बंगाली पुरुष आज भी अवगत नहीं हैं, उसे बलात्कार कहा जाता है। इस बलात्कार की सज़ा को पति नामक बलात्कारी को अन्य किसी भी बलात्कारी की ही तरह सिर झुकाकर वरण करना होता है। अधिकांश बंगाली पुरुष अबाध यौनसम्बन्धों में निपुण होने की वजह से ख़ुद को यौनविशारद मान बैठते हैं, लेकिन उन्हें पता ही नहीं कि वे स्त्री के यौनांग के विज्ञान और कला की बारीक़ियों के बारे में जानते ही नहीं कि कहाँ छूने पर स्त्री तेज़ी से सुलग उठती है, कहाँ छूने पर वह ज्वार में बह जाती है, इसे जानने की कौन कब कोशिश करता है! रमण के लिए रमणी रक्तिम हुई या नहीं इसे समझने की इच्छा भी किसी की नहीं होती। पुरुष को केवल अपना सुख, अपना आनन्द समझ में आता है। बंगाली पुरुष बुरी तरह से ख़ुद से प्यार करते हैं, भले ही कहते हैं कि वे कविता लिखते हैं, लेकिन वे किसी भी स्त्री को सचमुच प्यार नहीं करते।

पूरब के देशों में यह बात बहुत प्रचलित है, 'पश्चिम में फ्री सेक्स चलता है'। मैं अपने लम्बे अनुभवों से कह रही हूँ, मैंने पश्चिम में कोई फ्री सेक्स नहीं देखा, मैंने फ्री सेक्स देखा है पश्चिम बंगाल में, देखा है बांग्लादेश में। यहाँ यौन-उत्तेजना की तीव्रता में किसी पर झपट पड़ने में पुरुषों को दुविधा नहीं होती। पश्चिम में सेक्स के लिए एक बड़ी चीज़ की ज़रूरत होती है, और वह है प्यार। अच्छा तो लगना चाहिए ना। और एक चीज़ की दरकार होती है, उसका नाम है सज्जनता। पश्चिम में अपवाद नहीं दिखाई देते, ऐसा नहीं है। साइकोपैथ हर मुल्क़ में रहते हैं। कहीं कम तो कहीं ज़्यादा। किसी बंगाली साइकोपैथ को क्या सचमुच साइकोपैथ कहा जाता है! नहीं कहा जाता। बल्कि अकसर उन्हें बुद्धिजीवी कहा जाता है। हमारे बुद्धिजीवियों को लगता है कि वे जो मर्ज़ी हो करने का अधिकार रखते हैं, समस्या यही है। बुद्धिजीवी आमतौर पर पुरुष ही होते हैं, वे यदि कोई अन्याय करते हैं तो उसे अन्याय माना ही नहीं जाता। सत्तर पार करके भी बुद्धिजीवी लोग सत्रह साल की किशोरी की छाती पर पंजा मारने में संकोच नहीं करते। उस पंजा मारने को लोग क्षमा करते

हुए कहते हैं कि यह तो कविता या उपन्यास लिखने या फिर किसी शिल्प के निर्माण करने या बौद्धिकता की प्रेरणा अर्जित करने के अलावा और कुछ भी नहीं है। चेले-चपाटे सिर हिलाकर हामी भरते हैं। यहाँ इस गुरु-चेले के मुल्क़ में, साधारण लोगों से दो इंच ऊपर उठकर ही हर कोई गुरु बन सकता है, और बाज़ार की ओर हाथ बढ़ाओ तो बेशुमार चेले मौजूद। बोलो कि पृथ्वी चपटी है। चेले समवेत स्वर में कहेंगे—ठीक, ठीक। मैंने सुना है कि पुरुष शिष्य लोग अकसर अपनी पत्नी को उपहार के रूप में सौंप देते हैं और फिर गुरु चखकर डकार लेकर जिसका माल उसे लौटा देते हैं, लेकिन वे फिर से चखने का एक अलिखित क़रार करके ही उन्हें लौटाते हैं। मामला एकतरफ़ा नहीं होता, गुरुओं को मौक़ा मिलते ही वे शिष्यों को तमाम तरह की सुविधाएँ मुहैया कराते हैं और अतिशय उदारता प्रदर्शित करते हैं।

बंगाली पुरुषों में नीति नाम की कोई चीज़ है या नहीं! हाँ बहुतों में नीति है। अधिकांश लोग बाहर नीति का प्रदर्शन कर रहे हैं, भले ही भीतर दुर्नीति का अखाड़ा हो। मैं हरेक की बात नहीं कर रही हूँ। मैं अधिकांश के बारे में कह रही हूँ। पत्नी को वे घर का व्यक्ति कहते हैं। घर की बहू कहते हैं। घर-द्वार की पहरेदारी के लिए, घर के काम-काज करने के लिए घर में रहती है इसलिए पत्नी के साथ घर का रिश्ता है। वे लोग पत्नी को लेकर घर से बाहर नहीं निकलते ऐसा नहीं है, निकलते हैं, लेकिन यह निकलना दोस्त को साथ लेकर निकलने-जैसा नहीं होता, यह काफ़ी हद तक कन्धे पर पहाड़ लेकर निकलने-जैसा होता है। मैंने ग़ौर किया है कि पुरुषों की स्त्रियों के साथ-साथ चलने की आदत नहीं होती। पति आगे चलेगा, पत्नी चलेगी पीछे। सप्तपदी के चलने से ही शायद सुखी विवाह की यह शर्त शुरू हो जाती है। पुरुष अपनी प्रेमिका को लेकर साथ-साथ चलता है, लेकिन वह तभी तक चलता है जब तक प्रेमिका उसके हाथों की मुट्ठी में नहीं आ जाती। जितने दिनों तक वह मिलने-मिलने को होती है, उतने दिनों तक वह साथ-साथ चलता है। और पा लेते ही मैं आगे, तुम पीछे।

प्रेम के गुरु रवीन्द्रनाथ ठाकुर ही यदि प्रेमिका को साथ लेकर नहीं चल सके, तो फिर हम-जैसे रमेन-रंजनों का क्या दोष! यह पाने या न पाने की बात

नहीं है, रवीन्द्रनाथ के मामले में तो यह आगे-पीछे वाली बात भी नहीं थी, मैंने जो देखा जो सुना वह सभी वहाँ हुआ था, मैं ऊँचाई पर, तुम नीचे। मैं कुर्सी पर, तुम पैरों के पास।[1]

बंगाली पुरुषों में पत्नी को परम मित्र और प्रेमिका के रूप में सोचने का रिवाज़ नहीं है। वे पत्नी को थोड़ी-सी आज़ादी देकर बाहर बोलते फिरते हैं कि उन्होंने आज़ाद कर दिया है, मानो आज़ादी किसी को देने की चीज़ है, मानो यह मनुष्य का जन्मसिद्ध अधिकार नहीं है! बंगाली पुरुष बिलकुल भी अलग नहीं हैं। सारे रूढ़ीवादी, सारे पुरुषप्रधान समाज में लगभग ऐसा ही नियम है। लेकिन बंगाली पुरुष शिक्षित होकर भी, कलाकार-साहित्यकार-बुद्धिजीवी होकर भी पुरुषप्रधानता के आराम को भोगने के लिए पगलाए हुए हैं।

कहा जाता है कि पश्चिम के पुरुषों में हृदय-जैसा कुछ नहीं होता, बंगाली लोग ही प्रेम में पड़ते हैं, बंगालियों के ही हृदय होता है, बंगाली ही रोते हैं। यह पूरी तरह से ग़लत बात है। प्रेम के सम्बन्ध के टूट जाने पर मैंने स्त्री-पुरुष दोनों को ही पागलों की तरह रोते देखा है। एक दिन, दो दिन की रुलाई नहीं, मैंने उन्हें महीने भर रोते देखा है। साल भर। उन्हें छुरी से अपने हाथ-पैर काटते देखा है। ज़हर खाते देखा है। मेट्रो के नीचे छलाँग लगाते देखा है। टूटे हृदय के प्रेमी-प्रेमिकाओं को मानसिक रोग विशेषज्ञों के यहाँ दौड़भाग करनी होती है। इस धरती पर घूमकर मैंने बहुत-से दिलदार प्रेमियों को देखा है, बंगाली पुरुषों-जैसे ढोंगी प्रेमी मैंने कम ही देखे हैं। बंगाली पुरुषों-जैसे अप्रेमी भी मैंने बहुत कम देखे हैं।

---

1. मेरा अनुमान है तसलीमा जी ने यह बात उस चित्र के संदर्भ में कही है, जिसमें रवीन्द्रनाथ कुर्सी पर बैठे हैं और उनसे अनुराग रखनेवाली सहृदय लेखिका विक्टोरिया ओकैम्पो उनके पैरों के निकट ज़मीन पर बैठी हैं। —अनुवादक

आत्मघाती नारी

अपने कॉलम में बहुत दिनों से स्त्रियों के अधिकारों और स्वाधीनता के विषय में लिख रही हूँ। मैंने एक दिन पाठकों की प्रतिक्रिया जानने की कोशिश की तो पत्रिका के दफ़्तर ने सूचित किया कि लड़कियाँ मेरे लिखे की सबसे ज़्यादा निंदा कर रही हैं। 'चोरी करती हूँ जिनके लिए, वे ही कहते हैं चोर।' नहीं, मेरे लिए यह बुरी ख़बर कोई नई बात नहीं है।

मुझसे बहुतों ने कहा, 'लड़कियों के दोषों के विषय में कुछ लिखो ना।' सबसे मज़े की बात है कि ऐसा लड़कियाँ ही कह रही हैं।

'अब लड़कियों के दोष क्या होते हैं?' मैं पूछती हूँ।

'उनमें कोई भी दोष नहीं दिखाई देता?' भौंहें माथे तक चढ़ाकर लड़कियाँ कहती हैं।

'विक्टिम का भला क्या दोष होता है!' लम्बी साँस छोड़कर कहती हूँ।

विक्टिम लोगों के दोष नहीं गिनाऊँ तो मेरी ख़ैर नहीं। पुरुष भी स्त्रियों के दोषों को लिखने को कह रहे हैं। स्त्रियाँ भी कह रही हैं। अभी कुछ दिन पहले नवनीता देवसेन की समालोचना करते हुए मैंने जो लेख लिखा था, उसके लिए स्त्री और पुरुष दोनों ही पक्षों की तरफ़ से जितनी वाहवाही मुझे मिली, उतनी किसी और रचना के लिए कभी नहीं मिली। जो लोग चाहते हैं कि मैं स्त्रियों के दोषों के विषय में लिखूँ, मैं उन स्त्रियों और पुरुषों में किसी प्रकार का अन्तर नहीं कर पाती। उनकी भाषा एक-जैसी है, इशारे एक-जैसे। स्त्रियाँ जब पुरुषों का प्रतिनिधित्व करती हैं, और पुरुषतंत्र की समर्थक और सहायक की भूमिका में सक्रिय रहती हैं, तब स्त्री और पुरुष को अलग करके पहचानना

सम्भव नहीं हो पाता। बीच-बीच में मुझे लगता है कि यदि स्त्रियों की इतनी मदद न मिलती, यदि इतना सहयोग न मिलता तो सिर्फ़ पुरुषों के षड्यंत्रों, बुद्धि और शक्ति के बल पर पुरुषतंत्र नहीं टिक सकता था।

बहू और सास के झगड़े की बात मुझे केवल भारतीय उपमहाद्वीप में ही सुनाई देती है। जिन समाजों में स्त्रियाँ ससुराल में नहीं रहतीं, जो आर्थिक रूप से आत्मनिर्भर होती हैं, जो लिंग-वैषम्य की शिकार नहीं हैं, वहाँ पर तो बहू और सास के बीच किसी तरह का झगड़ा नहीं होता!

इन झगड़ों के पीछे परनिर्भरता और पितृसत्ता की एक बड़ी भूमिका होती है। यहाँ की संस्कृति यह है कि शादी होते ही बहू को पति के साथ पति के घर में या फिर ससुराल में जीवनयापन करना होगा। ससुराल में, ससुर तो हैं ही, सास भी, चूँकि वे पति के स्वजन हैं, तो पति के प्रतिनिधि हैं। पुरुषों का प्रतिनिधित्व जो भी करता है, फिर वह भैंस हो, चूहा हो, समान ताक़त से करता है। पुत्र यदि पुरुषतंत्र को यथायोग्य मर्यादा देने में नाकाम हो, तो फिर पुत्र बनकर पुत्र की माँ ही इसे अंजाम देती है। बहू फ़िलहाल दासी है। लिहाज़ा दासता से शुरुआत करनी होती है। वह यदि इस दासता को बिना किसी ग़लती के निभा ले जाए तो ही उसके प्रतिनिधित्व का हस्तान्तरण होता है। किसी-किसी गृहस्थी में पुरुष अपनी माँ के बदले अपनी पत्नी को अपना प्रतिनिधि मनोनीत करते हैं, वहाँ पर सास की हालत बिलकुल भी सुविधाजनक नहीं होती। वहाँ झगड़ा मूल रूप से इस बात को लेकर होता है कि उस पुरुष पर मेरा अधिकार ज़्यादा है और तुम्हारा कम। जिस समाज में लिंग-वैषम्य नहीं है, वहाँ पुरुषों को लेकर छीना-झपटी भी नहीं होती। कारण कि वहाँ पुरुष का जो मूल्य होता है, स्त्री का भी वही मूल्य होता है। जो स्त्रियाँ परनिर्भर होती हैं, उन्हें, वे जिस पर निर्भर होती हैं, उसका मनोरंजन करके थोड़ी-सी अधिक अनुकंपा पाने के लिए संघर्ष करना पड़ता है। यह काफ़ी हद तक जीवित रहने का संघर्ष होता है।

भाई-भाई में हिंसा, ससुर-दामाद में झगड़ा, साढ़ू भाइयों के झगड़े, चाचा-भतीजे में मारपीट, पति और प्रेमी के ताण्डव—तुमुल होने पर भी इन सबको लेकर निंदा वाले लोग नहीं मिलते। लेकिन यदि स्त्रियों में मामूली-सी तू-तू

मैं-मैं भी हो जाए तो लोग छि:-छि: करने लगते हैं। मानो स्त्रियों को इस जगत से बाहर की कोई चीज़ होना पड़ेगा। स्त्रियों को हम भँवरों में डालेंगे, कीचड़ में डुबोएँगे, लेकिन उन्हें पूत-पवित्र रहना होगा। इस माँग पर मुझे बलिहारी जाने का मन करता है।

स्त्रियों का हाई प्रोफ़ाइल झगड़ा (बहू-सास) एक तरह की प्रोफ़ेशनल ईर्ष्या है। परनिर्भरता जिन लोगों का प्रोफ़ेशन है, उन्हें तो यही सब करके पेट भरना पड़ता है। स्त्रियों की परनिर्भरता वाला प्रोफ़ेशन किनके दबाव की वजह से है? पितृसत्तात्मकता के दबाव की वजह से। पितृसत्तात्मकता का ढाँचा किन लोगों ने तैयार किया है? पुरुषों ने! सिर्फ़ इतना ही नहीं, बहू और सास के झगड़े के मूल में भी वे ही मौजूद हैं, पुरुष। ईर्ष्या यदि रहनी ही है तो फिर कर्म के क्षेत्रों में आत्मनिर्भर स्त्रियों द्वारा अन्य स्त्रियों को पीछे छोड़कर ऊपर उठने की प्रतियोगिता में रहनी चाहिए। लेकिन इस मामले में पुरुषों को पीछे छोड़कर ऊपर उठने की प्रतियोगिता होने लगे और इसे लेकर ईर्ष्या हो, फिर तो कोई बात ही नहीं।

आत्मनिर्भर न होने पर, पुरुष के समकक्ष न होने पर, पुरुषों के अधीन रहने वालों के साथ स्त्रियों का कलह ज़्यादा होता है। और इस समाज में साधारणत: स्त्रियाँ ही पुरुषों के अधीन वास करती हैं, और इस वजह से देखने में आता है कि स्त्रियों के साथ स्त्रियों की टकराहटें अधिक होती हैं। जो स्त्रियाँ पितृसत्तात्मकता की धारक और वाहक हैं और जो पितृसत्तात्मकता की निंदक हैं, उनके बीच निरंतर युद्ध चलता रहता है। यह झगड़े, यह द्वन्द्व, यह मारपीट सच्चे अर्थों में स्त्रियों-स्त्रियों में नहीं, स्त्रियों और पुरुषों के बीच होते हैं। स्त्रियों का एक समूह स्त्रियों के अधिकारों के विरुद्ध होता है तो दूसरा समूह अधिकारों के पक्ष में होता है। एक समूह पुरुषों के साथ है तो दूसरा स्त्रियों के साथ।

'औरत ही औरत की दुश्मन है', यह वाक्य पुरुषों द्वारा तैयार किया गया है और इसे लोकप्रिय बनाने में पुरुषों का विराट अवदान है। पुरुष क्या पुरुषों के दुश्मन नहीं हैं? यदि इसका हिसाब लगाया जाए कि कौन किसका अधिक दुश्मन है तो पता चलेगा कि स्त्रियाँ स्त्रियों की जितनी दुश्मन हैं, उससे कहीं सौ गुना ज़्यादा पुरुष पुरुषों के दुश्मन होते हैं।

एक स्त्री जब किसी और स्त्री के विरुद्ध कुछ कहती है तो पुरुष ख़ुश होते हैं। वे उस स्त्री को अत्यन्त विचक्षण और बुद्धिमती के रूप में देखने लगते हैं। किसी स्त्री के छोटे वस्त्रों, उसके पुरुष मित्रों, उसके पुरुष-गमन इत्यादि को लेकर जब स्त्रियाँ निंदा करती हैं तो पुरुषों को मज़ा आता है। कारण कि यह उन्हीं की बात है, जिसे वे स्त्रियों के मुँह से सुनते हैं, और यही मज़ा है। स्त्रियाँ भी उन्हीं की मानसिकता लेकर बड़ी हुई हैं, वे उन्हीं की कॉपी हैं। लेकिन फ़ीमेल कॉपी। उनका फ़ीमेल होना ही ज़्यादा मज़ा देता है। अन्य कोई पुरुष यदि स्त्रियों की बुराई करता है तो उसमें इतना अधिक मज़ा नहीं आता। फ़ीमेल होने की वजह से जो आनन्द मिलता है, वह काफ़ी हद तक यौन-आनन्द-जैसा होता है।

'घर की परिचारिकाएँ पुरुषों की अपेक्षा स्त्रियों द्वारा अधिक प्रताड़ित होती हैं'—यह अभियोग ख़ासा लोकप्रिय है, परिचारिकाओं पर जब पुरुष लोग अत्याचार करते हैं, तो उसे लेकर ज़्यादा बात नहीं होती, लेकिन जैसे ही स्त्रियाँ ऐसा करती हैं तो छि:-छि:, थू-थू होने लगती है। स्त्रियाँ तो चूँकि ख़ुद ही नियंत्रण में रहती हैं, इसलिए उनके पास नियंत्रण में रखने के लिए ज़्यादा कुछ होता नहीं। यही कारण है कि उनके नीचे जो लोग होते हैं, जो परिचारिकाएँ होती हैं, उन्हें ही वे नियंत्रित करने की कोशिश करती हैं। हो सकता है इससे उन्हें कुछ सन्तुष्टि मिलती हो। थोड़ा ही सही, लेकिन वे इससे अपने बड़े होने को महसूस कर पाती हैं। परिचारिका की जगह पर यदि परिचारक हों तो भी ऐसा ही होता है। अगर परिचारिका को देखकर पति में दुष्कर्म की इच्छा जाग जाए, तो ऐसे में पत्नी परिचारिका पर ही अत्याचार करती है, पति पर नहीं। यहाँ भी बलवान को न पीटकर दुर्बल को पीटकर ही स्त्रियों को अपनी पीड़ा का शमन करना पड़ता है। बलवान को पीटने की ताक़त अब तक वे अर्जित नहीं कर सकी हैं।

स्त्रियों को बहुत समय से लज्जावती, मायावती, करुणामयी, स्नेहमयी-जैसे इतने विशेषणों से नवाज़ा जाता रहा है कि लोग भूल ही जाते हैं कि स्त्रियाँ भी रक्त-मांस से बनी इनसान हैं, और यदि वे पुरुषों की तरह इतनी लड़ाकू, ईर्ष्यालु, प्रतिशोधपरायण, संकीर्ण मन वाली, बुरी, बदमाश, निष्ठुर, निर्मम,

भयंकर, हिंसक, नीच, अश्लील, कुटिल न भी हो सकें तो भी वे थोड़ी-बहुत तो यह सब हो ही सकती हैं। स्त्रियाँ भी तो आख़िरकार मनुष्य ही हैं! पुरुषों के साथ इतने समय से रहते हुए क्या उन्होंने कुछ भी नहीं सीखा! बस में जिस तरह दो कौड़ी के पॉकेटमार को लोग पीट-पीटकर लाश बना देते हैं, स्त्रियाँ भले ही उस तरह न पीट सकें, लेकिन वे किसी को बिलकुल भी नहीं पीट सकेंगी, ऐसा सोचने की कोई वजह नहीं है।

स्त्रियों की निष्ठुरता देखकर लोग शंकित क्यों होते हैं! चूँकि स्त्रियों से जिस चीज़ की उम्मीद की जाती है, उसी का प्रचार किया जाता है, कि स्त्री का मतलब ही ममतामयी है! चूँकि यह धारणा मस्तिष्क में गुँथी हुई है, इसलिए निष्ठुरता पूरी तरह से अप्रत्याशित है। इसलिए पुरुषों की निष्ठुरता एक बार सहन भी हो जाती है लेकिन स्त्री की निष्ठुरता को सहना असम्भव हो जाता है!

स्त्रियों की आज़ादी और समानाधिकार के लिए संग्राम जारी है, वह एक आदर्श का संग्राम है। उस आदर्श पर स्त्रियाँ विश्वास कर सकती हैं, पुरुष अविश्वास कर सकते हैं। और इसका उलट भी सम्भव है कि स्त्रियाँ उस आदर्श पर बिलकुल भी विश्वास नहीं करतीं लेकिन पुरुष करते हैं। (पुरुष, जो लोग स्त्रियों की आज़ादी में विश्वास करते हैं, उनकी तादाद बहुत ही कम है, वे भले ही विश्वास करते हों लेकिन आज़ादी की लड़ाई में सक्रिय रूप से भाग लेने की इच्छा रखने वाले लोगों की संख्या तो और भी कम है।) यह मामला भले ही स्त्रियों से सम्बन्धित है लेकिन यह कभी भी लिंग का मामला नहीं है, यह आदर्श की बात है। लिहाज़ा मेरी स्त्री-अधिकार विषयक रचनाएँ यदि सारी स्त्रियों को पसन्द न आएँ, तो इसमें विस्मय की कोई बात नहीं। यह पुरुषतांत्रिक समाज इतना अहमक नहीं कि वह सारी स्त्रियों को अपनी आज़ादी के बारे में जागरूक करेगा और जैसे ही वे आज़ादी की बात उचारेंगी वैसे ही वह हाथ उठाकर अपना समर्थन जताने लगेगा। पराधीन रहते-रहते अधिकांश स्त्रियाँ पराधीनता को ही आश्रय मान बैठती हैं, पराधीनता की लोहे की दीवार की सुराख़ से जितनी रोशनी आती है, उनके लिए वही आज़ादी है। वे उतने से ही तृप्त हो जाती हैं।

मैं स्त्रियों की सम्पूर्ण आज़ादी की बात करती हूँ, तो बहुत-सी स्त्रियों को लगता है कि यह बहुत बढ़ा-चढ़ाकर कही गई बात है। कई बार स्त्रियों की आज़ादी के बारे में मैं जो बातें कहती हूँ, उसे स्त्रियाँ जितना समझ पाती हैं, उससे कहीं ज़्यादा पुरुष समझ लेते हैं। समझ लेते हैं, कारण कि पुरुष आज़ादी का स्वाद लेने का अभ्यस्त है, लिहाज़ा आज़ादी का अर्थ उन्हें वही पता है। पुरुष लोग मेरी रचनाओं के ख़िलाफ़ बोलते हैं, कारण कि उन्हें ठीक से नहीं पता कि मैं क्या करना चाह रही हूँ। दोनों के विरोध की भाषा एक है, लेकिन वजह अलग-अलग है।

पुरुषतांत्रिक समाज में स्त्रियाँ विक्टिम हैं। जिस तरह यह बात सही है, उसी तरह यह बात भी सही है कि स्त्रियाँ आत्मघाती हैं। आज अगर स्त्रियाँ अपने अधिकारों को लेकर जागरूक होतीं, अपनी पहचान को अर्जित करने के संकट से मुक्त होने के लिए अलग-अलग न रहकर यदि वे संगठित होतीं, यदि स्त्रियों के साथ स्त्रियों का सम्पर्क और भी अधिक हो पाता, यदि एक-दूसरे के प्रति सहानुभूति और श्रद्धा बढ़ती, यदि वे मन से एक-दूसरे के हाथ में सहयोग का हाथ रखतीं, नारी सशक्तिकरण के लिए एक स्त्री दूसरी स्त्री के साथ खड़ी होती, तो निश्चय ही पुरुषतंत्र में दरारें पड़ जातीं या फिर वह चूर-चूर होकर गिर जाता। यह दुनिया रहने योग्य बन पाती।

बंगाली स्त्रियों का तब और अब

अधिकांश बंगाली-हिन्दू, यहाँ तक कि जो लोग कॉलेज-विश्वविद्यालय से पास होकर निकले हैं, जिन लोगों को राजनीति और अर्थशास्त्र की ख़ासी जानकारी है, वे भी यह मानते हैं कि बंगाली यानी बंगाली-हिन्दू। बंगाली-मुसलमान, बंगाली-ईसाई, बंगाली-बौद्ध, बंगाली-नास्तिक भी 'बंगाली' ही होते हैं, उन्हें यह मालूम ही नहीं है। बंगाली हिन्दुओं की यह अज्ञानता दिन-ब-दिन भयंकर आकार ग्रहण करती जा रही है। पूर्वीबंगाल यानी बांग्लादेश के बंगालियों को भारत में 'बांग्लादेशी' कहकर पुकारने का ख़ासा चलन है। बांग्लादेशी गाय, बांग्लादेशी क़ानून हो सकता है, लेकिन मनुष्य भला किस प्रकार बांग्लादेशी हो सकता है! बंगाली जाति ने तो इकहत्तर में बांग्लादेश नामक एक देश के जन्म लेते समय जन्म नहीं लिया था। बंगाली तो अपनी शताब्दियों पुरानी भाषा और संस्कृति के साथ ही बंगाली के रूप में रह रहे हैं, देश का नाम तो केवल राजनीतिक वजहों से बार-बार बदल रहा है। इस बदलाव की ज़िम्मेदारी एक जाति क्यों लेगी भला! जिन धर्मवादी लोगों ने समृद्ध और सेक्यूलर बंगाली-संस्कृति का विनाश कर इस्लामी-संस्कृति को घुसाकर देश का सर्वनाश करना चाहा था, उन्होंने बंगाली-राष्ट्रवाद के स्थान पर बांग्लादेशी-राष्ट्रवाद को घुसाकर संविधान को बदल दिया है। इन्हीं लोगों ने इसी उद्देश्य से धर्मनिरपेक्षता को विदा करके इस्लाम को राष्ट्रधर्म घोषित कर दिया है।

बंगाली-मुसलमानों की संख्या बंगाली-हिन्दुओं से अधिक है, इसलिए अन्ततः बंगाली-मुसलमानों की संस्कृति के ही बंगाली-संस्कृति के रूप में चिह्नित होने की सम्भावना अधिक है। यहाँ उल्लेख करने की आवश्यकता

है कि बंगाली-मुसलमानों की संस्कृति ग़ैरबंगाली-मुसलमानों की संस्कृति से भिन्न है। और बहुत सारी समानताओं के बावजूद बंगाली-हिन्दुओं की संस्कृति और इनमें अन्तर है। बंगाली-मुसलमानों की भाषा और संस्कृति ऐतिहासिक वजहों से विभिन्न विदेशी धर्म-संस्कृतियों और भाषाओं के प्रभाव से अधिक समृद्ध हुई है।

बंगाली स्त्रियाँ हिन्दू, बौद्ध, ईसाई, इस्लाम या किसी भी धर्म में विश्वास रखनेवाली हो सकती हैं, और विश्वास न रखनेवाली भी हो सकती हैं। बंगाली स्त्रियाँ बंगाल में कैसी हैं, उनके दिन-रात कैसे हैं—मैं जब यह सवाल अपने आप से पूछती हूँ, तो गहरी पीड़ा से झुक जाती हूँ। जिस समाज में धर्म शोभामंडित होकर जमा हुआ है, उस समाज में क्या कोई स्त्री मनुष्य के अधिकारों को हासिल कर जीवित रह सकती है? धर्म शोभामंडित होता है तो पुरुषतंत्र शोभामंडित होता है। जहाँ पर धर्म और पुरुषतंत्र की जय-जयकार होती है, वहाँ पर स्त्री का परिचय दासी, यौन-वस्तु या फिर सन्तान-उत्पादन के यंत्र के सिवा और कुछ नहीं होता। बंगाली स्त्रियाँ इसी परिचय के साथ जी रही थीं, जी रही हैं। बहुत-से लोग बदलाव की बात करते हैं। तमाम गाँव क़स्बों में तब्दील हो रहे हैं, क़स्बे शहरों में, शहर नगरों में बदल रहे हैं। नगर में ऊँची-ऊँची अट्टालिकाएँ हैं। स्कूल, कॉलेज, विश्वविद्यालय हैं। अभी उस दिन तक जिन बंगाली स्त्रियों के घर-संसार का होना, लिखना-पढ़ना निषिद्ध हुआ करता था, वे आज स्कूल-कॉलेज पास कर रही हैं, विश्वविद्यालयों को पार कर रही हैं, नौकरी कर रही हैं, पैसे कमा रही हैं। शहरों-नगरों के शिक्षित इलाक़ों में रहो तो लगता है बदलाव आसमान-जितना बड़ा है। लेकिन ऐसी स्त्रियाँ हैं ही कितनी, जिन्हें यह सब सुविधाएँ प्राप्त हैं? अस्सी प्रतिशत स्त्रियों को अभी तक नहीं पता कि किस तरह लिखना-पढ़ना किया जाता है। ग़रीबीरेखा से नीचे रहने वाले व्यक्तियों में ज़्यादातर स्त्रियाँ ही हैं। स्त्रियाँ तकलीफ़ उठा रही हैं, केवल धर्म और पुरुषतंत्र उनको चाबुक नहीं मार रहे, दरिद्रता भी उन्हें लहूलुहान कर रही है। लेकिन जो स्त्रियाँ मध्यवर्गीय हैं, उच्चवर्गीय हैं? क्या वे सुख से रह रही हैं? नहीं। असल में स्त्रियों की कोई श्रेणी नहीं होती, उनकी ज़ात नहीं होती। वे जिस भी श्रेणी में रह रही हों, जिस भी वर्ण में उन्हें

चिह्नित किया जाता हो, वे उत्पीड़ित हैं। उत्पीड़न के तरीक़े अलग हो सकते हैं, लेकिन ढंग एक ही है।

जो पढ़ना-लिखना जानती हैं, जो शिक्षित हैं, वे क्या अपने अधिकारों के साथ रह रही हैं? वे क्या ज़रा भी स्वाधीन हैं? नहीं हैं। असल में स्त्रियाँ शिक्षित हों, अशिक्षित हों, वे उत्पीड़ित ही हैं। उत्पीड़ित हैं, कारण कि वे स्त्रियाँ हैं। उत्पीड़ित हैं, कारण कि धर्म, पुरुषतंत्र, संस्कृति, समाज सभी स्त्रीविरोधी हैं। शिक्षित स्त्रियाँ पुरुषतंत्र के नियम-क़ायदों को जितने सटीक ढंग से सीख पाती हैं, अशिक्षित स्त्रियाँ उस तरह नहीं सीख पातीं। शिक्षित स्त्रियाँ भी अपने पति के आदेशों-निर्देशों के हिसाब से चल रही हैं। पति उन्हें अनुमति न दें तो वे नौकरी नहीं कर पा रही हैं। और, जो स्त्रियाँ नौकरी या फिर बिज़नेस करके पैसे कमा रही हैं, उन्होंने आर्थिक स्वाधीनता भले ही अर्जित कर ली हो, लेकिन वे आत्मनिर्भर नहीं हो पा रही हैं। अभी भी सड़ी-गली पुरानी संस्कृति ने स्त्रियों को पुरुषों के अधीन कर रखा है। अभी भी स्त्रियों को परनिर्भर बनाए रखने के पुरुषतांत्रिक षड्यंत्र बदस्तूर जारी हैं।

संस्कृति, वह यदि मानवता के विरुद्ध काम करने लगे, वह यदि समता के सामने बेअदबों की तरह खड़ी रहे, तो उसे न उड़ाकर, न जलाकर उसको पालते-पोसते रहने का क्या अर्थ है? संस्कृति यदि प्रवहमान नदी न होकर ठहरा हुआ जलाशय हो जाए, तो फिर हम उसमें क्यों तैरेंगे भला? बंगाली संस्कृति जब तक सुसंस्कृत नहीं होती, जब तक वह विषमताविहीन नहीं होती, उस संस्कृति पर गर्व करने-जैसा कुछ भी नहीं है। विशेष रूप से स्त्रियों के लिए तो बिलकुल भी नहीं।

सभ्य होने के क्रम में देश को नारीविरोधी कुछ प्रथाओं को मिटाने के लिए बाध्य होना पड़ा। लेकिन अधिकांश पुरुष और स्त्रियों की मानसिकता अभी भी भयावह रूप से पुरुषतांत्रिक ही है। स्त्रियों के अधिकारों के बारे में लोगों को जागरूक करना हो तो समाज में प्रचलित स्त्री-पुरुषों की स्वामी और दासी की भूमिका को बदलना निहायत ज़रूरी है। बचपन से ही यह सीखना ज़रूरी है कि स्त्री और पुरुष दोनों के ही अधिकारों में कोई अन्तर नहीं है, इसी के साथ-साथ समाज में स्त्री-पुरुषों के समानाधिकारों की चर्चा को भी

देखना ज़रूरी है। पढ़कर या सुनकर व्यक्ति जितना नहीं सीखता, उससे कहीं ज़्यादा देखकर सीखता है।

यदि सचमुच स्त्रियों की अवस्था बेहतर होती, तो फिर अभी भी लड़की देखने की रस्म और दहेज प्रथा टिकी नहीं रहती। बच्चियों की हत्या नहीं होती, जैसे कि हो रही है। कोई-कोई कहता है यदि स्त्रियाँ उत्पीड़ित हो ही रही हैं, तो ऐसा गाँवों में हो रहा है, शहरों में नहीं। पश्चिम बंगाल में सबसे ज़्यादा कन्या भ्रूण-हत्या कोलकाता शहर में हो रही है। इसी शहर में सबकी नाक के ठीक नीचे खड़े होकर वीभत्स वेश्यालय दाँत दिखाते हँस रहे हैं, ताकि स्त्रियों को कुत्सित ढंग से अपमानित करने, उनके मान-सम्मान को पूरी तरह से मिटा डालने, उनके अधिकारों को अपने क़दमों तले रौंद डालने के लिए पुरुष लोग हर रोज़ वहाँ भीड़ जमा कर सकें। स्त्रियों की तस्करी, स्त्रियों की हत्या, बलात्कार, सामूहिक-बलात्कार कुछ भी अब अवाक करने वाली घटनाएँ नहीं रहीं। यह सब गाँवों के मुक़ाबले शहरों में ही अधिक होता है।

बंगाली स्त्री की जो छवि लोगों के मन में बसी हुई है, वह साड़ी पहनी हुई स्त्री की है। उम्र अधिक होने पर हमेशा सफ़ेद साड़ी, आँचल में चाबी का गुच्छा, और उम्र कम हो तो पटलियों वाली रंगीन-रंगीन साड़ियाँ पहनना। हिन्दू हो तो माथे पर बिन्दी, माँग में सिन्दूर। हिन्दू न हो तो जैसी है, वैसी ही। हाथों में चूड़ियाँ और कानों में झुमके। नाक में या तो नथ होगी या नहीं भी हो सकती है। बंगाली स्त्रियाँ किस प्रकार के चरित्र की होंगी, यह हर युग में पुरुष बताते रहे हैं। लज्जावती, मायावती, नम्र, नत। बंगाली स्त्रियों को कभी भी स्वाधीनचेता, स्वकीय, स्वेच्छाचारी होना फबता ही नहीं। बंगाली स्त्री तो तन-मन न्योछावर करके सुब्हो-शाम घर-गृहस्थी के कार्यों में खटती रहेगी। और बीच-बीच में वीणा, तानपुरा या हारमोनियम बजाकर गाने भी गाएगी। चटाई पर अधलेटी होकर दोपहर के समय कविता लिखेगी, या फिर घर-गृहस्थी की कहानी सुनाएगी। व्याकुल होकर दरवाज़े पर खड़ी-खड़ी अपने पति का इंतज़ार करेगी। उसके घर लौटने पर ख़ुद के हाथों से बनाया गया खाना प्यार से खिलाएगी। हाथपंखे से हवा करेगी। ख़ुद का खाना सबसे पीछे, सबसे नीचे, सर्वहाराओं के बीच। धरम-करम करना, चुपचाप सबके सारे अत्याचारों

को सहन करना, हृदय को ममता से लबालब भरा रखना, संसार के सभी के लिए मंगल की कामना करना, औरों की सेवा में अपने जीवन को विसर्जित कर देना—यह हुई बंगाली स्त्री! बंगाली स्त्री मतलब सुचित्रा सेन, शबाना, यामिनी रॉय, कमरुल हसन।

तो ऐसा चित्र-चरित्र तैयार कर दिया गया है। इसे तोड़कर बहुत-सी स्त्रियाँ बाहर निकल आई हैं। वे जो मर्ज़ी पहन रही हैं, जो इच्छा वही कर रही हैं। उनका पहनावा ख़ासा पश्चिमी ढंग का है, भाषा सधी हुई, उनकी देह में तरंग है, वे बन्धनों को नहीं मानतीं, वे बाधाओं को स्वीकार नहीं करतीं। वे देखने-सुनने में नई हैं। लेकिन उनके साथ काफ़ी दूर तक चलें तो पता चलता है कि वे एक सीमा तक आ पहुँची हैं, लेकिन उस सीमा के बाहर एक क़दम भी नहीं रख रही हैं। वे अपने हाथ में संस्कार के एक अदृश्य धागे को मज़बूती से पकड़े रहती हैं, जैसे ही कोई उस धागे को खींचता है, वे पीछे हट जाती हैं। पीछे हट जाती हैं, वे शादी कर लेती हैं, पति की सेवा करने लगती हैं, सन्तान उत्पादन करती हैं, वे अपना जीवन उत्सर्ग कर देती हैं और चुपचाप सब कुछ सहन करती रहती हैं। पहले-पहल आधुनिक लगने पर भी ये लोग आधुनिक नहीं हैं। शुरू में ये नये दिनों के सपने दिखाती हैं, लेकिन जवानी में आते-आते दादी, नानी के आदर्शों को मानकर उनकी ही तरह उनके दायरे में घूमना आरम्भ कर देती हैं। आधुनिकता के सच्चे अर्थ को समझने में असुविधा होने पर शायद ऐसा ही होता है।

पुरुषांग न होने के अपराध में जिन्हें जीवन भर उत्पीड़ित होना पड़ता है, प्राप्य स्वाधीनता और अधिकारों से वंचित होना पड़ता है, दरिद्र होकर, परमुखापेक्षी होकर, आश्रिता होकर, बोझ बनकर, जीवित रहने की असहनीय पीड़ा सहने के लिए बाध्य होना पड़ता है, परिवार में, समाज में, राष्ट्र में जिनकी सुरक्षा की कोई व्यवस्था नहीं है, तो उन सब स्त्रियों की भला क्या ज़ात, क्या समाज और क्या देश! बँगला को लेकर, बंगाली होने को लेकर पुरुष गर्व महसूस कर सकता है, लेकिन स्त्रियों के लिए गर्व करने-जैसा कुछ भी नहीं है।

बंगाली-स्त्रियों के त्याग के ऊपर खड़े होकर बंगाली-पुरुष अपना अन्तिम समय व्यवस्थित कर लेते हैं। स्त्रियों का कुछ भी व्यवस्थित नहीं हो पाता।

रिक्त जीवन रिक्त ही पड़ा रहता है। वे जिस पति और गृहस्थी के लिए जीवन न्योछावर कर देती हैं, वह भी कोई सुख नहीं देता। कलाई में जुही के फूलों की माला लपेटकर घोड़ागाड़ी पर सवार हो बाबू लोग शाम को बाईजी के यहाँ जाया करते थे। अब घोड़ागाड़ी भी नहीं है और बाईजी का घर भी नहीं है। लेकिन स्त्रियों की अवज्ञा, उनका अपमान, अन्य स्त्री के साथ सम्बन्ध, बहुगामिता सभी कुछ बदस्तूर जारी है। पुरुष ने अपनी बहुगामिता को शरीर के बल पर, धर्म के ज़ोर से आज भी जारी रखा है। शास्त्र के बल पर पुरुष जितनी चाहे शादियाँ कर सकता था, करता भी था। एक से ज़्यादा शादी अब बंगाली-हिन्दुओं के लिए निषिद्ध है, लेकिन बंगाली-मुसलमानों के लिए निषिद्ध नहीं है, वे अब भी चार शादियों का आनन्द भोग रहे हैं, मानसिक और शारीरिक अत्याचारों से स्त्रियों को परेशान कर रहे हैं। पुरुष, फिर वे किसी भी धर्म और जाति के क्यों न हों, उन्हें लगता है बहुगामिता उनके लिए वैध है। और स्त्री के लिए? यदि वे वेश्या हैं तो वैध है, अन्यथा नहीं। बंगाली स्त्रियों को यौनिकता पर चर्चा करने की मनाही है, पति नपुंसक हो तो भी उस पति का त्याग करने की मनाही है, सम्पत्ति पर अपना हक़ जताना मना है, महत्त्वाकांक्षी होने की मनाही है, अपने सुख और अपनी स्वाधीनता के लिए किसी भी प्रकार के क़दम उठाने की मनाही है। मनाहियों का कोई अन्त नहीं है। ग़ुस्सा होना, अकड़कर खड़े होना, चीज़ों को फाड़ डालना, तोड़ डालना, इन सभी की मनाही है।

मनाहियों के बावजूद जो स्त्रियाँ तोड़ती हैं, जो अपने हक़ जताती हैं, अपने अधिकारों के बारे में ऊँचे स्वर में बोलती हैं, जो छीन लेती हैं, जो पीछे मुड़कर नहीं देखतीं, लोगों की थू-थू और नफ़रत की बिलकुल भी परवाह नहीं करतीं, जो विषमताओं का प्रतिवाद करती हैं, असम्भव को सम्भव बनाती हैं, वे चिरकालिक बंगाली स्त्रियों के दमघोंटू जीवन-वृत्त से बाहर निकल आई स्त्रियाँ हैं। वे बंगाली स्त्रियों की घूँघटवाली, सिन्दूर लगानेवाली तथा पुरुष की व्यक्तिगत सम्पत्ति वाली सूरत को फेंककर नया चेहरा ला रही हैं। उनकी संख्या बहुत कम है। लेकिन वे यदि स्त्रियों को रोज़ कुचले जाने से बचाती हैं, उन्हें इतना जागरूक करती हैं कि वे घूँघट उठाकर सिन्दूर पोंछकर कह

उठें, 'पुरुषों के साथ सामाजिक सम्बन्ध होने के बावजूद हमारा परिचय पुरुषों की माँ, बहन, बेटी या नानी, दादी, ताई, चाची नहीं है, हमारा पृथक अस्तित्व है, हम लोग पुरुष या पुरुष-शासित समाज की सम्पत्ति नहीं हैं, हम इनसान हैं। हम अपने अधिकारों के साथ रहती हैं, हमारी आज़ादी के रास्ते में धर्म, संस्कृति, प्रथाएँ, क़ानून में से कोई भी यदि बाधा बनकर खड़ा होता है तो हम उसे अपने क़दमों से कुचलकर आगे बढ़ जाती हैं'—तभी न पुरुषतंत्र-अंकित नतशिर-सेवादासी-बंगाली-स्त्री मनुष्य की तरह सभ्य हो सकेगी। बंगाली स्त्री की नई संज्ञा तैयार होगी—प्रतिवादी, बुद्धिमती, समता में विश्वास करनेवाली, सबल, जागरूक, साहसी, दृढ़ और उद्दंड। तब मुझे एक बंगाली के रूप गर्व महसूस होगा।

बांग्लादेश में हिन्दू स्त्रियों के क्या हाल हैं

स्त्रियाँ कब से भुगत रही हैं! स्त्रियाँ—फिर वे मुस्लिम हों, हिन्दू हों, बौद्ध या ईसाई हों, उन्हें तो भुगतना ही पड़ेगा। बांग्लादेश में आज हिन्दू स्त्रियाँ मुखर होकर कह रही हैं कि उन्हें तलाक़ का अधिकार चाहिए। बहुतों को नहीं पता कि यह अधिकार उन्हें नहीं है। बांग्लादेश के मुस्लिम क़ानून में थोड़ा-बहुत परिवर्तन-संशोधन भले ही किया गया हो लेकिन हिन्दू क़ानून जैसा था, वैसा ही रह गया है। अब वह अपनी इच्छा से तो रह नहीं गया है। उसे वैसा ही रह जाने के लिए बाध्य किया जा रहा है। भारत के मुस्लिम कट्टरपंथी जिस तरह मुस्लिम पर्सनल लॉ में किसी तरह का बदलाव नहीं चाहते, बांग्लादेश के हिन्दू कट्टरपंथी भी ठीक वैसे ही हिन्दू पारिवारिक क़ानून में किसी तरह का बदलाव नहीं चाहते। कट्टरपंथियों में, फिर भले ही वे किसी भी धर्म के क्यों न हों, मूलतः कोई फ़र्क़ नहीं होता। सारे कट्टरपंथी स्त्री-विरोधी होते हैं। वे नहीं चाहते कि स्त्रियों को उनकी आज़ादी मिले, जिस आज़ादी पर उनका जन्मसिद्ध अधिकार है, वह उन्हें मिले।

मुस्लिम स्त्रियाँ बीच-बीच में अपने पारिवारिक क़ानून को धर्म के आधार पर न देखकर समानाधिकार के आधार पर देखे जाने की माँग करती रहती हैं। इससे फ़ायदा कुछ नहीं होता। स्त्री-विरोधी दलों ने तलवारें खींच रखी हैं। हिन्दू स्त्रियाँ तो अपने पारिवारिक क़ानून में संशोधन की माँग को अभिव्यक्त करने का साहस ही नहीं जुटा पातीं। नहीं जुटा पातीं क्योंकि हिन्दू कट्टरपंथी इस साहस को बर्दाश्त नहीं करेंगे। लेकिन सहन करने की सीमा एक-न-एक दिन तो टूटेगी ही। बांग्लादेश की हिन्दू स्त्रियाँ अब लक्ष्मण रेखा पार कर चुकी हैं।

वे अपने पतियों के अत्याचार-उत्पीड़न की शिकार हो रही हैं, लेकिन अत्याचारी पति को तलाक़ नहीं दे पा रही हैं। तमाम हिन्दू स्त्रियाँ अपने पति के अत्याचारों से बचने के लिए अलग रह रही हैं, लेकिन वे पति से अपने रिश्ते को ख़त्म नहीं कर पा रही हैं। तमाम मानवाधिकार संगठन कह रहे हैं, 'हिन्दू स्त्रियों में पति से अलग रहने की प्रवणता बढ़ रही है। विवाह-विच्छेद का अधिकार न होने के कारण उनमें नाराज़गी बढ़ती जा रही है। सम्पत्ति पर विधवा स्त्रियों के अधिकार का सवाल भी यहाँ उठ रहा है'! उठेगा ही।

स्त्रियों के शिक्षित होने पर, आत्मनिर्भर होने पर, जागरूक होने पर तलाक़ की संख्या बढ़ती है। जितने दिन बीत रहे हैं स्त्रियाँ उतनी अधिक शिक्षित हो रही हैं। उतनी अधिक आत्मनिर्भर हो रही हैं। स्त्रियों में आत्मसम्मान का बोध बढ़ रहा है, उसी अनुपात में स्त्रियाँ उत्पीड़न के विरुद्ध प्रतिवाद कर रही हैं। यह बहुत ही स्वाभाविक घटना है। लेकिन जो अस्वाभाविक है, वह यह कि पुरुष शिक्षित हो रहे हैं, आत्मनिर्भर हो रहे हैं लेकिन जागरूक नहीं हो रहे हैं। स्त्री-उत्पीड़न की घटनाओं में कहीं पर भी कोई ख़ास कमी नहीं आ रही है।

बीबीसी की एक ख़बर में मैंने पढ़ा, ढाका के लक्ष्मीबाज़ार इलाक़े में एक हिन्दू प्रेमी-जोड़े ने अपने परिवारों के राज़ी न होने के बावजूद गाजे-बाजे के साथ शास्त्र-सम्मत विधि से शादी की थी। हालाँकि बाद में परिवार के लोग मान गए थे। लेकिन कुछ महीनों बाद ही उस परिवार में बच्चे को जन्म देने-न देने के सवाल को लेकर दुविधा दिखाई देने लगी। पत्नी बच्चे को जन्म देने को लेकर अपने निर्णय पर अड़ी रही तो उसे उसके मायके भेज दिया गया। वहाँ बेटी को जन्म देने के बाद उस स्त्री को अपने पति के घर पर आश्रय नहीं मिला। तब से एक ज़माना हुआ वे ढाका के लक्ष्मीबाज़ार इलाक़े में पति से अलग अपनी बेटी के साथ रह रही हैं। उन्होंने कहा है कि मैं अपने पति को तलाक़ नहीं दे पा रही हूँ। हालाँकि अलग रहने की वजह से भरणपोषण के लिए पति उन्हें मध्यस्थ के माध्यम से महीने में 9 हज़ार टका दे रहे हैं। लेकिन इसे तो जीवन नहीं कहते। मेरी बेटी मुझसे पूछती है, मेरे पिता क्यों हमारे साथ नहीं रहते? स्कूल के सभी सहेलियों के पिता हैं। बेटी की इन बातों से मुझे बहुत कष्ट होता है।

एक बार शादी हो जाने के बाद चूँकि तलाक़ का कोई प्रावधान नहीं है, इसलिए स्त्रियों के पास दूसरी शादी करने का कोई अधिकार भी नहीं है। लेकिन पुरुषों को जितनी चाहें उतनी शादियाँ करने का अधिकार है। पुरुष के पास जब चाहे तब तलाक़ देने का अधिकार भी है।

मानवाधिकार संगठन, क़ानून और मध्यस्थता केन्द्र उत्पीड़ित स्त्रियों को क़ानूनी सहायता देते हैं। संगठन ने कहा है, उनके शिकायत-केन्द्रों पर हिन्दू स्त्रियों की शिकायतों की संख्या लगातार बढ़ती जा रही है। क़ानून और मध्यस्थता केन्द्र के शिकायत विभाग की प्रमुख नीना गोस्वामी ने कहा है कि हिन्दू स्त्रियाँ मूल रूप से घर पर उत्पीड़ित होने की शिकायतों को लेकर पति से अलग रहने के आवेदन लेकर आती हैं। तब मध्यस्थ-समझौते के माध्यम से भरणपोषण का ख़र्चा लेकर वे अलग हो जाती हैं। लेकिन इससे शादी ख़त्म नहीं हो जाती। वहाँ से निकलने का उनके पास कोई रास्ता नहीं है। हिन्दू स्त्रियाँ अब तलाक़ के अधिकार की माँग कर रही हैं। जब धैर्य का बाँध टूट जाता है या फिर जीवन रुक-सा जाता है, तब बहुत-सी स्त्रियाँ धर्म या शास्त्र सब कुछ को परे रखकर पति से अलग रहने लगती हैं या फिर अलग रहने की कोशिश करती रहती हैं। लगभग सभी स्त्रियाँ चुपचाप सब कुछ मान लेती हैं। बन्धन की बजाय जीवन टिका रहे यही इन दिनों मूल विषय हो गया है।

हिन्दू स्त्रियों का सम्पत्ति पर कोई अधिकार नहीं है। पिता की सम्पत्ति पुत्र को मिलती है, पुत्री को नहीं मिलती। शादी के बाद पति के घर पर भी स्त्रियाँ सम्पत्ति की मालिक नहीं बन सकतीं। विधवा होने पर वे आश्रिता हो जाती हैं। मैं सुप्रिया दत्त के बारे में बताती हूँ। जब उनके पति का निधन हुआ, तब उनकी गोद में दो बच्चे थे। ढाका विश्वविद्यालय से राजनीति शास्त्र में मास्टर्स करने के बाद वे फ़रीदपुर में एक कॉलेज में पढ़ाने लगीं। लेकिन विधवा होने के बाद से उन्हें लगने लगा मानो वे अपने ससुराल में आश्रिता के रूप में रह रही हैं। उन्होंने कहा कि पति की मृत्यु के बाद से मैं ससुराल में हूँ। मेरा एक बेटा और एक बेटी है। मेरा बेटा है इसलिए मैं ससुराल में रह पा रही हूँ। लेकिन सम्पत्ति पर मेरा कोई मालिकाना हक़ नहीं है। पिता के घर लौट

जाने का कोई मौक़ा नहीं है। मेरी अपनी कहने को कोई सम्पत्ति नहीं है। मुझे ससुराल में आश्रिता कहा जा सकता है।

भारत और नेपाल में हिन्दू क़ानूनों में काफ़ी संशोधन हुए हैं। वहाँ हिन्दू स्त्रियाँ तलाक़ दे सकती हैं या फिर विधवा हो जाने पर फिर से विवाह कर सकती हैं, बांग्लादेश में इस क़ानून में कोई बदलाव नहीं हुए हैं। बांग्लादेश में सिर्फ़ हिन्दू मैरिज रजिस्ट्रेशन को लेकर वर्ष 2012 में एक क़ानून लाया गया है। उसे भी बाध्यतामूलक नहीं बनाया गया। उस समय के क़ानून मंत्री ने कहा था कि विवाह-विच्छेद और सम्पत्ति के मालिकाना हक़ समेत हिन्दू स्त्रियों के अधिकारों के सवालों को लेकर क़ानून बनाना ज़रूरी हो गया है। लेकिन इसमें कोई पहल करने पर धार्मिक अनुभूतियों पर चोट पहुँचाने के अभियोग लगाए जा सकते हैं, सरकार को इसी बात का डर लगता है।

हिन्दुओं के अधिकारों को लेकर जो तमाम संगठन मुखर हैं, वे भी हिन्दू स्त्रियों के अधिकारों को लेकर ज़रा भी चिन्तित नहीं हैं। मैरिज रजिस्ट्रेशन एक्ट को बाध्यतामूलक बनाने के मामले में भी वे ज़रा भी आग्रही नहीं दिखाई देते। हिन्दू, बौद्ध, ईसाई समिति के सम्पादक राना दासगुप्त ने कहा है कि सरकार के शीर्ष अधिकारियों की ओर से उन्हें सबकी सहमति से एक मसौदा तैयार करने के लिए कहा गया है। लेकिन उनकी ओर से कोई प्रयत्न करना सम्भव नहीं हो पा रहा है। मौजूदा हालात यह है कि अल्पसंख्यकों पर व्यापक रूप से उत्पीड़न के आरोप लग रहे हैं। वे अस्तित्व के संकट से जूझ रहे हैं। फलस्वरूप अब वे अस्तित्व की रक्षा करेंगे या कि भीतरी संशोधनों के बारे में काम करेंगे! इन सब सवालों में एक बड़ी कमी दिखाई दे रही है। इसलिए कोई प्रयास सम्भव नहीं हो पा रहे हैं।

राना दासगुप्त हिन्दू धर्मावलम्बियों पर व्यापक रूप से उत्पीड़न की बात कहकर स्त्रियों के अधिकारों के प्रश्नों पर किये जा रहे प्रयासों के विषय में कन्नी काटकर निकल गए। हिन्दू नेता अब भी हिन्दू शास्त्रों के बदले समानाधिकार के आधार पर बनाए जाने वाले किसी आधुनिक क़ानून के ख़िलाफ़ ही हैं।

बांग्लादेश में हिन्दू क़ानूनों में संशोधन करना चाहें तो हिन्दुओं की धार्मिक आस्थाओं पर ठेस पहुँचाने के आरोप लगाए जाते हैं। ढाका विश्वविद्यालय के

अध्यापक नीमचन्द्र भौमिक ने कहा है कि विवाह या परिवार को लेकर धर्म के स्वीकृत विधान लम्बे समय से प्रचलन में हैं। इसलिए संशोधनों को लेकर हिन्दू समाज में जड़ता है।

बांग्लादेश में हिन्दू स्त्रियाँ जागरूक हो रही हैं और इसलिए वे विवाह-विच्छेद के अधिकार की माँग करने लगी हैं, भारत की मुसलमान स्त्रियाँ भी तीन तलाक़ के विरुद्ध आवाज़ उठा रही हैं। स्त्रियों के प्राप्य अधिकारों की राह में रूढ़ीवादी पुरुष ही सबसे बड़ी बाधा हैं। पुरुष कब इनसान बनेंगे, कब वे अपनी सहयात्री को सहयात्री समझेंगे, दासी नहीं? इसका जवाब किसी को मालूम है?

सऊदी लड़की का अभिनन्दन

क्या कमाल का दृश्य था! करीमन अबुलजदायेल ओलंपिक प्रतियोगिता में दौड़ रही हैं। वे सऊदी अरेबिया की पहली लड़की हैं जिन्होंने ओलंपिक की 100 मीटर दौड़ में भाग लिया। लेकिन दिखने में वे अन्य प्रतियोगियों-जैसी नहीं हैं। वे अकेली प्रतियोगी हैं, जिन्होंने हिजाब पहना है, अपना समूचा शरीर काले कपड़े से ढक रखा है। जितना किया जा सकता था, अन्य लोगों ने अपने शरीर को हलका कर रखा है, जितने कम कपड़े पहने जा सकते हैं, पहने हैं, कारण कि यही नियम है। अच्छे से दौड़ना हो तो शरीर पर ज़्यादा कपड़े नहीं होने चाहिए। 2012 में सारा अत्तार नामक एक सऊदी लड़की ने 800 मीटर दौड़ में हिस्सा लिया था। सारा भी अपने समूचे शरीर को कपड़े से ढककर दौड़ी थीं। सारा के बाद आईं करीमन। करीमन ने 100 मीटर दौड़ 14.61 सेकंड में पूरी की थी। विश्व रिकॉर्ड है 10.49 सेकंड। करीमन ने ओलंपिक के फ़ाइनल में दौड़ने का मौक़ा खो दिया था। लेकिन उन्होंने कोशिश की, यही बड़ी बात है।

ऑस्ट्रेलिया की धाविका कैथी फ्रीमैन भी दौड़ते वक़्त समूचे शरीर को ढकने वाले कपड़े पहना करती थीं। किसी धार्मिक वजह से उन्होंने ऐसे कपड़े नहीं पहने। करीमन ने धार्मिक वजहों से सिर से पैर तक ढक रखा था। उनके देश में इसी तरह रहना होता है। घर से बाहर निकलने पर बुरक़े से आपादमस्तक ढकना पड़ता है। बुरक़े से बाहर रहने की अनुमति केवल आँखों और हाथों को मिलती है। ओलंपिक में करीमन, सारा तथा सऊदी अरब की और भी दो-एक हिजाबी लड़कियों के चेहरे हम लोग देख सके थे। सारा अत्तार अमरीका में

रहती हैं। उनका वहीं जन्म हुआ है। वे सऊदी अरब और अमरीका दोनों ही देश की नागरिक हैं। अमरीका में सारा बुरक़ा या हिजाब नहीं पहनती। लेकिन उन्हें ओलंपिक में हिजाब पहनकर आना पड़ा, क्योंकि सऊदी सरकार ने कह दिया था कि जो लड़कियाँ सऊदी अरब की ओर से ओलंपिक में भाग लेंगी, सभी को समूचे शरीर को ढकने वाली पोशाक पहननी होगी। उन्हें अपनी बिना बुरक़े और हिजाब वाली तसवीरें वेबसाइट्स से भी हटा देनी पड़ेंगी। क्या कमाल का देश है! एक ऐसा देश इस पृथ्वी पर बड़े मज़े से टिका हुआ है, ऐसा सोचकर मेरा समूचा शरीर सिहर उठता है।

सऊदी अरब ने लड़कियों को बहुत समय तक ओलंपिक में भाग नहीं लेने दिया था। वर्ष 2012 में उन्होंने यह पाबन्दी उठा ली थी। इसके बाद से ही सऊदी लड़कियाँ ओलंपिक में आ रही हैं। 100 मीटर दौड़ते हुए करीमन की कमीज़ का थोड़ा-सा हिस्सा उठ गया था और उनके पेट का ज़रा-सा हिस्सा दिखाई दे रहा था। मैंने सुना कि यह देखकर लोगों को आशंका हुई कि इसके कारण कहीं करीमन को सऊदी अरब में फ़तवा तो जारी नहीं किया जाएगा! उन्हें चाबुक से पीटा तो नहीं जाएगा! पत्थर से मार-मार कर उनकी हत्या तो नहीं की जाएगी! ये आशंकाएँ पूरी तरह से निराधार थीं, मैं ऐसा नहीं कहूँगी। जिन लड़कियों से बलात्कार होता है, उन्हें जेल में डाला ही जाता है, उन्हें कोड़े पड़ते हैं।

सऊदी अरब देश स्त्रियों के लिए बहुत भयंकर है। स्त्रियों के लिए तो है ही, किसी भी स्वतंत्र विचारक के लिए यह देश दोज़ख़ है। रुपयों-पैसों के मामले में दोज़ख़ भले ही न हो, लेकिन मानवाधिकार और आज़ादी के मामले में दोज़ख़ ही है। सऊदी अरब के स्वतंत्र विचारक रईफ़ बदावी की सऊदी पत्नी इनसाफ़ हैदर अब अपने बच्चों के साथ कनाडा में रह रही हैं। वे शर्ट और शॉर्ट्स पहनती हैं। सऊदी अरब से बाहर जाकर अधिकारों के प्रति जागरूक सऊदी स्त्रियाँ सबसे पहले बुरक़ा उतार फेंकती हैं और जितने कम सम्भव है, उतने कपड़े पहनती हैं। ऐसा लगता है लड़कियों ने राहत की साँस ली। इनसाफ़ के साथ बात करके मुझे समझ में आ गया कि कनाडा उनके लिए जन्नत के समान है। सऊदी अरब से कितनी ही लड़कियाँ बाहर चली

जाना चाहती हैं। यदि मौक़ा मिलता, मुझे नहीं लगता कि बहुत ज़्यादा स्त्रियाँ सऊदी अरब की ग़ुलामी भरी ज़िन्दगी में पड़ी रहतीं! लगभग सभी बाहर निकल आतीं। बीच-बीच में कुछ सर्वेक्षणों के नतीजों को देखकर मैं अवाक हो जाती हूँ। सर्वेक्षणों से पता चलता है कि अधिकांश सऊदी स्त्रियाँ स्त्रियों के गाड़ी चलाने के विरोध में हैं, अधिकांश स्त्रियाँ पुरुष अभिभावकों के अधीन रहना चाहती हैं। सर्वेक्षण सच्चे हैं भी या नहीं, कौन जाने!

सऊदी अरब की ओर से जिन लोगों ने ओलंपिक में हिस्सा लिया, उन सभी की ट्रेनिंग अमरीका में हुई है। निश्चय ही वहाँ किसी ने हिजाब पहनकर ट्रेनिंग नहीं ली होगी। टैंक टॉप और शार्ट्स पहनकर ही उनकी ट्रेनिंग हुई होगी। केवल सऊदी अरब के डर से उन्होंने हिजाब पहना था। हिजाब न पहनने की सज़ा भयावह होगी, इसलिए पहना था। मुझे बड़ा विस्मय होता है, सऊदी अरब-जैसे एक असभ्य देश के साथ पृथ्वी के सभ्य देशों का इतना हेल-मेल क्यों है! सभ्य और ताक़तवर देश इससे ताल्लुक़ रखते हैं इसीलिए हद दर्ज़े का यह असभ्य देश पृथ्वी के सभी लोगों को दिखा-दिखाकर स्त्रियों के विरुद्ध जितनी बर्बरता हो सकती है, किये जा रहा है। शरिया क़ानून की वजह से स्त्रियाँ समानाधिकार से वंचित हैं। जो रिश्तेदार न हो ऐसे किसी भी पुरुष के साथ स्त्रियाँ कहीं नहीं जा सकती, उनसे बातचीत नहीं की जा सकती, यानी स्त्री-पुरुषों के मिलने-जुलने पर पाबन्दी है। यदि ऐसा करते पकड़ लिए गए तो मौत की सज़ा मिलेगी—सऊदी धर्मगुरु शेख़ अब्दुल रहमान अल बराक ने ऐसा ही फ़तवा दिया है। स्त्री-पुरुषों के आपसी मेल-मिलाप के बिना उस देश में प्रेम होता कैसे है! या कि उस देश में प्रेम पर ही पाबन्दी है। जिस देश में प्रेम पर गाबन्दी हो, वह देश किस क़दर बर्बर होगा—इसका मैं अनुमान लगा सकती हूँ। सऊदी अरब ही पृथ्वी का एकमात्र देश है, जिस देश में स्त्रियों को गाड़ी चलाने की मनाही है। 145 देशों के बीच लिंग वैषम्य में सऊदी अरब 134वाँ है। सऊदी अरब के क़ानून के हिसाब से लड़कियाँ अकेली नहीं रह सकतीं, अकेली कहीं नहीं जा सकतीं। एक पुरुष अभिभावक का होना अनिवार्य है। पुरुष अभिभावक की अनुमति के बिना, शादी करना, तलाक़ लेना, देश के बाहर जाना, पढ़ाई-लिखाई करना, नौकरी करना, व्यवसाय करना, बैंक में

ख़ाता खुलवाना, किसी तरह की शल्यक्रिया करवाना—सब हराम है, निषिद्ध है। उस भयंकर स्त्री-विद्वेषी देश से आकर करीमन दौड़ रही हैं। संसार के सभी देश देख रहे हैं कि करीमन दौड़ रही हैं। वे इसी धरती की बेटी हैं, उसे भी दौड़ने का हक़ है। वे प्रतियोगिता में हार गईं, लेकिन उन्होंने अपने दौड़ने के अधिकार को तो प्रतिष्ठित किया है। यही क्या कम है!

तीव्र आलोचनाओं के कारण ही शायद सऊदी सरकार ने धीरे-धीरे स्त्रियों पर लगी बन्दिशों को शिथिल किया है। अब स्त्रियाँ किसी-किसी मामले में वोट दे सकेंगी। राजतंत्र में वोट! लेकिन फिर भी यदि स्त्रियों को राजनीति करने का, वोट देने का किसी भी प्रकार का अधिकार मिल जाए, तो फिर उम्मीद की जा सकती है धीरे-धीरे स्त्रियों को उनके और भी अधिकार मिल सकेंगे। प्राक-इस्लाम के ज़माने में स्त्रियों को जो स्वाधीनता प्राप्त थी, केवल उतना भी मिल जाए तो बहुत कुछ मिल जाएगा। अरब में इस्लाम के आने से पूर्व स्त्रियों के अधिकार आज की तुलना में बहुत अधिक थे, खदीजा की जीवनी पढ़कर हमें इस बात का पता चल जाता है। खदीजा स्वयं व्यवसायी महिला थीं, सारी दौलत उनके अपने नाम थी, पिता और पति की मृत्यु के बाद उनकी सम्पत्ति भी उन्हें उत्तराधिकार के रूप में मिली थी, वे स्वयं शिक्षित थीं, उन्होंने चार-पाँच शादियाँ की थीं, अपनी पसन्द से शादियाँ की थीं, आख़िरी शादी उन्होंने अपने से छोटी उम्र के युवक से की थी। वे मालकिन थीं, पति उनके कर्मचारी थे। आज के युग में सऊदी अरब में किसी भी स्त्री के लिए खदीजा की तरह अधिकार और आज़ादी को पाना सम्भव नहीं है।

यदि लोग इसके क़ानून और स्त्री-विरोधी चरित्र की निन्दा नहीं करेंगे तो सऊदी अरब कभी भी ख़ुद को सुधारने की चेष्टा नहीं करेगा। निन्दा होती रहनी चाहिए। असभ्य देश के साथ जो सभ्य देशों का हेल-मेल है, उन देशों को भी लानत भेजी जानी चाहिए। करीमन लोग ओलंपिक में हिस्सेदारी करती रहें। आज करीमन हिजाब पहनकर ओलंपिक में दौड़ रही हैं, एक समय आएगा जब करीमन को हिजाब पहनकर दौड़ने की ज़रूरत नहीं पड़ेगी। मैं सपना देखती हूँ कि सऊदी अरब सभ्य हो गया है, सऊदी स्त्रियों को समानाधिकार मिल रहे हैं। बहुत-से लोगों को भरोसा नहीं होता कि ऐसे दिन आएँगे, लेकिन

ऐसे दिन को आना ही होगा। अत्याचार, उत्पीड़न, बर्बरता और असभ्यता की एक सीमा होती है। शुभबुद्धिसम्पन्न और समानाधिकारों में विश्वास रखने वाले लोगों की संख्या दिन-पर-दिन बढ़ती जा रही है, लोग सुशिक्षित हो रहे हैं, जागरूक हो रहे हैं, आज़ादख़याली का समर्थन कर रहे हैं। स्त्री को यौन-वस्तु मानने के दिन ख़त्म होंगे ही। जिस दिन ख़त्म होंगे, उसी दिन स्त्री-विद्वेषी लोगों के विरुद्ध समानाधिकार में विश्वास रखने वाले लोगों की जीत होगी। सभ्यता की जीत होगी।

सऊदी अरब में रईफ़ बदावी-जैसे लोगों की संख्या में इज़ाफ़ा होगा। आज रईफ़ बदावी एक व्यक्ति है। एक व्यक्ति जेल में है। उसे कोड़े मारे जा रहे हैं। सऊदी अरब की जेल की कोठरियों की संख्या के मुक़ाबले, कोड़ों की संख्या के मुक़ाबले आज़ाद-ख़याल रईफ़ बदावी-जैसे लोगों की संख्या अधिक हो जाएगी। एक दिन शरिया क़ानून को बदलकर सऊदी अरब में सभ्य क़ानून लाया जाएगा। एक दिन स्त्रियाँ सड़कों पर प्यार का इज़हार करेंगी, उन्हें जिस तरह के कपड़े पहनने की इच्छा होगी, वे वैसे ही पहनेंगी। स्त्रियों को उत्पीड़ित करने के लिए धर्म-पुलिस-जैसी कोई चीज़ कहीं पर भी नहीं होगी। उस दिन को आने में यदि देर होती है तो होने दो, फिर भी वह दिन आए ज़रूर।

दैनंदिन जीवन की छोटी-मोटी बातें

1

टी.वी. पर बॉडी लाइन नामक एक कार्यक्रम चल रहा है। इसमें सवाल पूछने वाला पुरुष है और दो तारिकाएँ जवाब दे रही हैं।

पुरुष क्रिकेट खिलाड़ियों को लेकर वह व्यक्ति सवाल कर रहा था, 'उन्हें कौन सेक्सी लगता है, किससे शादी करने की इच्छा होती है, कौन ज़्यादा अपील करता है।' इन सवालों का जवाब दोनों युवतियाँ ख़ुशी-ख़ुशी दिये जा रही थीं। व्यक्तिगत जीवन में उन्हें किस तरह के पुरुष पसन्द हैं, इस प्रश्न के जवाब में दोनों ने ही कहा, उन्हें एग्रेसिव पुरुष पसन्द आते हैं। पुरुष एग्रेसिव न हो तो उन्हें मज़ा ही नहीं आता।

मैं अवाक रह गई। नहीं, पुरुष लोग नहीं, स्त्रियाँ 'एग्रेसिव पुरुषों' की माँग कर रही हैं। इस पुरुषशासित समाज में पुरुषों की एग्रेसिवनेस हर जगह है। पुरुष स्त्रियों से दुष्कर्म कर रहा है, सामूहिक दुष्कर्म कर रहा है, कन्याभ्रूण की हत्या कर रहा है, अपहरण कर रहा है, स्त्रियों की हत्या कर रहा है, बहुओं की हत्याओं की दर में इज़ाफ़ा हो रहा है, विवाहित स्त्रियों में से दो तिहाई स्त्रियाँ घरेलू हिंसा का शिकार हो रही हैं, पुरुष लोग लड़कियों के चेहरों पर तेज़ाब फेंक रहे हैं, उन्हें छल रहे हैं, प्रेमी का रूप धरकर लड़कियों को घर से बाहर निकालकर उन्हें वेश्यालयों में बेच रहे हैं, लड़कियों की तस्करी तेज़ी से बढ़ रही है, पुरुष लोग लड़कियों के बदन पर कैरोसिन डालकर आग लगा रहे हैं, गला काटकर नदी में बहा रहे हैं, ख़ून करके उसे आत्महत्या का नाम दे रहे

हैं और छत के हुक, सीलिंग फ़ैन या पेड़ की डाल पर लटका रहे हैं। पुरुष के एग्रेसिवनेस की वजह से गाँव-गंजों, शहरों, घर में, घरों से बाहर स्त्रियों का उत्पीड़न जारी है। और टी.वी. के पर्दे पर लास्यमयी स्त्रियाँ कह रही हैं, वे और भी अधिक एग्रेसिव पुरुषों की कामना करती हैं। उन्हें मैचो-मैन चाहिए। उन्हें सख़्त पेशियाँ चाहिए, पेशी की ताक़त चाहिए, जिस पेशी के दम पर पुरुष स्त्रियों अर्थात दुर्बलों पर चढ़ाई कर सके। पुरुषों का काम ही है स्त्रियों को अपनी मुट्ठी में रखना, डॉमिनेट करना, ज़रा होशियारी की कि होश ठिकाने लगा दिये। पुरुष की पेशियों की ताक़त से पिस जाना स्त्रियों को अच्छा लगता है, और इसी तरह से वे पुरुषतंत्र को बढ़िया टिकाए रखने में मदद करती हैं। और यही स्त्रियाँ अनगिनत साधारण स्त्रियों को पुरुषों की कामना करने के लिए उत्साहित करती हैं, एग्रेसिव पुरुषों की कामना करने के लिए। पुरुषों के एग्रेसिवनेस से वे मुग्ध हो जाती हैं। इसलिए जब पुरुष कमर पर लात रसीद करता है, बालों को मुट्ठी में लेकर उन्हें उखाड़ फेंकता है, माथा फोड़ देता है, आँखों को चोट पहुँचाकर लहूलुहान कर देता है, तो स्त्रियों का आनन्द बढ़ जाता है। यदि यह सब न हुआ तो फिर किस बात का पुरुष!

स्त्रियाँ मैसोकिस्ट होना, उत्पीड़ित होना पसन्द करती हैं। पुरुषों के शौक़ पूरे करने, उनकी इच्छाएँ पूरी करने, उन्हें और-और-और आनन्द देने में ये बुद्धू स्त्रियाँ और कितने युगों तक आत्माहुति देती रहेंगी!

2

मेरी गृहस्थी के कामों में जो लड़की मेरी मदद करती थी, वह लम्बी छुट्टी पर अपने घर गई है। अब मैं अकेली हूँ। अकेले ही घर के तमाम कामकाज निपटा रही थी। इसी बीच मेरी कुछ सहेलियाँ मेरे घर आईं, डिनर में उन्होंने जिन थालियों, गिलासों और कटोरियों का उपयोग किया था, उन्हें उन्होंने ख़ुद ही साफ़ की, सिर्फ़ इतना ही नहीं, उन्होंने ख़ुद शामिल होकर घर के कुछ और काम निबटा दिये, खाने की कुछ चीज़ें जो वे घर से बनाकर लाई थीं, मुझे दे गईं। मुझे असुविधा हो रही है, इसका अनुमान लगाकर मुझे

उन लोगों ने यथासाध्य सहयोग किया, जैसा कि सच्चे मित्र करते हैं। मेरी ये मित्र जिस तरह मुझसे घनिष्ट हैं, मेरे कुछ घनिष्ट पुरुष मित्र भी मेरे घर आए। वे पूरे घर में टहलते रहे, शराब पीते रहे, खाते और गिराते रहे। चीज़ों को बिखराकर सर्वनाश करते रहे। मैंने जब उनसे उन चीज़ों को तरतीब से रखने के लिए कहा तो चौंक उठे। मैंने बहुत ही नरम स्वर में कहा, 'घर में मुझे मदद करने वाली लड़की नहीं है और मेरी भयंकर व्यस्तता रहती है, लिहाज़ा तुम लोगों ने जो गंदगी की उसे साफ़ करने का समय मेरे पास नहीं है।' लेकिन इससे उनके मन में किसी प्रकार की सहानुभूति तो पैदा हुई ही नहीं, बल्कि वे हँस दिये, मानो मैं मज़ाक कर रही हूँ। मैंने समझाया कि मैं मज़ाक नहीं कर रही हूँ, मैं सचमुच चाहती हूँ कि कमरे का जो सामान जहाँ रखा हुआ था, वे उसे वहीं रख दें। मैंने उन मित्रों को किचन में ले जाकर कोशिश की कि वे अपने जूठे बर्तन ख़ुद साफ़ कर दें। लेकिन मैं ऐसा नहीं करवा सकी। उन्हें लगा कि मैं उन लोगों का अपमान कर रही हूँ। उन लोगों ने कमोड की सीट ऊपर नहीं की और उस पर पेशाब कर दी, टॉयलेट को गीला कर दिया, उन्होंने फ़्लश नहीं किया। मैंने एतराज किया तो खी-खी कर हँसने लगे। मुझे समझ में नहीं आता कि ऐसा चरित्र लेकर वे घर-गृहस्थी कैसे कर लेते हैं, उनकी पत्नियों की दुरवस्था का अनुमान लगाकर मैं सिहर उठती हूँ।

ये पुरुष ही लेकिन समाज में 'भद्र पुरुष' के रूप में जाने जाते हैं। उन्हें लगता है, घर की साफ़-सफ़ाई और सामान को तरतीब से रखने का काम स्त्रियों का है। और उन लोगों का काम है मज़े करना, ख़ुशियाँ मनाना, बैठे रहना, लेटे रहना और हुक्म देना, यह चाहिए, वह चाहिए।

पुरुषतंत्र की सुविधा की वजह से स्त्रियाँ अछूत की श्रेणी में चली जाती हैं। पुरुषों की जूठन, उनकी गंदगियाँ साफ़ करने की ज़िम्मेदारी पुरुषों की दादी, नानी, चाची, मामी, माँ, बहन, भाभी, पत्नी, प्रेमिका, दोस्त, नौकर और मेहतर की है।

पुरुषों की यह मानसिकता यदि नहीं बदली तो समाज में कभी भी बदलाव नहीं आ सकते। पुरुष और स्त्री का सम्बन्ध प्रभु और दासी के सम्बन्ध के

रूप में रह जाएँगे। मनुष्य-समाज में यदि विषमता रही तो स्त्री-पुरुष दोनों को ही इसे दूर करना होगा, यह किसी एक की ज़िम्मेदारी नहीं है। यदि हम मनुष्य-समाज में समता और आरोग्य लाना चाहते हैं तो स्त्री और पुरुष दोनों को ही इस काम में लगना होगा, यदि ऐसा नहीं किया तो पुरुष के मस्तिष्क की अस्वस्थता, ख़ुद को राजा-बादशाह मानने और स्वयं को स्त्रियों से उन्नत श्रेणी का महसूस करने की बीमारी कभी भी दूर नहीं हो सकेगी।

3

दीपा महतो की जलरंग वाली तसवीर देखी। कमाल की तसवीर है। कितने अनूठे ढंग से उन्होंने धर्म के शासन, स्त्रियों की दुर्गति, वैधव्य की पीड़ाओं को चित्रित किया है। कितने मर्मांतक दृश्य थे, जब आठ साल की लड़की को विधवा का सफ़ेद थान पहना दिया गया। उसे विधवाश्रम में ठेल दिया गया। कितना मर्मांतक दृश्य था जब उस लड़की के साथ दुष्कर्म करके उसे नाव में छोड़ दिया गया। नाव चल रही थी। यह दुनिया भी अपने ढंग से चल रही है, निर्विघ्न, निश्चिन्त।

पाँच सौ वर्षों से वृद्धा विधवाओं को, यहाँ तक कि बाल-वृद्धाओं को भी उस अंचल में फेंका जा रहा है, ताकि वे जल्दी मर जाएँ। जलरंग वाली घटना लगभग सत्तर साल पहले की है। काशी के आश्रमों की विधवा लड़कियों के जीवन की करुण कहानी को चित्रित किया गया है। स्त्रियों पर उन दिनों जिस तरह का उत्पीड़न चल रहा था, इन दिनों भले ही वैसा न होता हो, लेकिन क्या थोड़ा-बहुत भी बचा नहीं रह गया है? यहाँ, कोलकाता की पढ़ी-लिखी फ़ैशन करने वाली लड़कियों को ऐसा लगता है कि 'भारतवर्ष की लड़कियाँ बहुत आज़ाद हैं। हिन्दू लड़कियों जितनी आज़ादी पूरी दुनिया में किसी को कभी नहीं मिली।' विधवा-विवाह के पक्ष में क़ानून है, इसलिए दुश्चिन्ता की कोई वजह नहीं है। उन्होंने क्या काशी वृंदावन में एक बार झाँक कर भी देखा कि सैकड़ों विधवाएँ वहाँ दुर्गति झेल रही हैं! उन्होंने क्या कोलकाता के घर-घर में विधवाओं की हविष्य वाली थाली की ओर कभी देखा है?

नहीं, नारी-विरोधी-कुसंस्कार इस समाज से कभी भी नहीं जाएँगे, जिस समाज में स्त्री और पुरुष के बीच समानता की कोई संस्कृति ही नहीं है, जिस समाज में पुरुषसत्तात्मकता की जय-जयकार होती है।

4

मैंने टेलिविज़न के कुछ धारावाहिक नाटक के दो-एक एपिसोड देखे हैं। मैं नितान्त अवाक होकर देखती हूँ कि नाटक की स्त्रियाँ जब घर में रहती हैं, घर के कामकाज करती हैं, नींद से जागती हैं, या सोने जाती हैं, उनके चेहरे पर मोटा मेकअप रहता है। बदन पर कमाल का साज-सिंगार। टेलिविज़न के कुछ निर्देशकों से मैंने कहा था कि ये बातें तो वास्तविकता के साथ ज़रा भी मेल नहीं खातीं, इस तरह सजधज कर स्त्रियाँ क्या घर में बैठी रहती हैं? निर्देशकों ने बताया, 'इसके अलावा कोई उपाय नहीं हैं, स्त्रियाँ यदि उस तरह से न सजे-धजें तो टी.आर.पी. कम हो जाती है, दर्शक स्त्रियों के बिना रंग-रोग़न वाले चेहरे नहीं देखना चाहते।'

'तो क्या वे लिपस्टिक, रूज़, आईशैडो, आइलाइन, माथे पर बड़ी-सी बिंदी और बदन भर गहने पहन कर सोएँगी?'

निर्देशक कहते हैं, हाँ।

तो क्या पुरुषों के मामले में यह नियम लागू नहीं होता! उन्होंने सिर हिलाकर कहा, नहीं।

लड़कियाँ जैसी हैं, उससे काम क्यों नहीं चलता? लड़कियों को क्योंकर अलग रंग-रोग़न की ज़रूरत पड़ती है? लड़कियों को क्यों शरीर के तमाम हिस्सों से मोटापा कम करके, फ़ैशन मैग्ज़ीन, फ़ैशन शो या विज्ञापन-जगत द्वारा प्रस्तावित एक फ़िगर की आवश्यकता पड़ती है? किसी ने क्या ये सारे सवाल कभी किये? शरीर के सौन्दर्य के इतर पुरुषों ने जिस सौन्दर्य की संज्ञा तैयार की है, लड़कियों को नितान्त मूल्यहीन और आकर्षणहीन समझा जाता है। इसलिए सौन्दर्य की रक्षा के लिए लड़कियों को तमाम तरह के क़ायदे-क़ानून सीखने पड़ रहे हैं। इस पुरुषशासित समाज में पुरुष ही अपने व्यक्तित्व,

अपने गुण, जटिल और जटिलतर विषयों में अपने ज्ञान, अपनी दक्षता और निपुणता इत्यादि का प्रदर्शन कर सकते हैं। और उधर शरीर के अलावा स्त्री के पास प्रदर्शन के लिए कुछ भी नहीं है। स्त्रियों का सब कुछ एक शरीर के आगे तुच्छ हो जाता है। कुछ चीज़ों को स्त्रियों का गुण समझा जाता है, वह इसलिए कि वे पुरुषों के काम आते हैं, और स्त्रियों को दमित करके रखते हैं। जैसे खाना बनाना, घर में रहना, जैसे सिलाई, सेवा, सहानुभूति, दूसरों पर बुरी तरह से निर्भरता, जैसे विनत, नम्र स्वभाव, जैसे लज्जा, भय।

स्त्रियों के लिए स्त्री-जीवन में कुछ भी नहीं है। स्त्री यदि किसी कंपनी में बड़े पद पर काम करे, निदेशक बन जाए, मालिक बने, स्त्री यदि व्यवसाय में बड़ी सफलता अर्जित कर ले, स्त्री यदि बड़ी डॉक्टर, इंजीनियर बन जाए, वैज्ञानिक बन जाए, एस्ट्रोनॉट बने, बड़ी लेखिका हो जाए, कलाकार हो जाए, बड़ी राजनीतिज्ञ बन जाए, अर्थशास्त्री, समाजविद हो जाए, तो फिर स्त्री समाज के सब लोगों की श्रद्धाभाजन बन सकती है। शरीर का प्रदर्शन किये बिना, या उसके उपयोग के बिना स्त्रियों को जो सफलता मिलती है, वही सफलता सचमुच की सफलता है। लेकिन सफलता को कभी भी स्त्रियों के गुण के रूप में नहीं देखा जाता। ये सारे पद पुरुषवाचक है, मैस्कुलिन। ऊँचे पद, ऊँचे स्तर कभी भी फैंमिनिन नहीं रहे, इसलिए लोग उन पदों के प्रति अनंत श्रद्धाभाव रखते हैं, मैस्कुलिन पदों के प्रति श्रद्धाभाव, इस श्रद्धा वाले पद पर कोई भी बैठे, उसके प्रति श्रद्धा रहेगी ही, यदि स्त्री हुई तो स्त्री के प्रति भी। लेकिन यह तो मनुष्य के रूप में स्त्री के प्रति श्रद्धाभाव रखना नहीं हुआ। यह तो उस उच्चता को श्रद्धा करना हुआ, उस सफलता को इज़्ज़त बख़्शना हुआ, जिस उच्चता या सफलता का समानार्थी शब्द है पौरुष।

उस सुविधा का लोग फ़ायदा क्यों न उठाएँगे भला!!

मैं समाज के एक विशिष्ट सज्जन के बारे में बता रही हूँ। वे सज्जन घर-गृहस्थी, व्यवसाय वग़ैरह इहलोक और परलोक विषय को लेकर ज़रा भी अतृप्त नहीं हैं। वे सुबह नाश्ता करके ऑफ़िस जाते हैं, दोपहर को पत्नी और बच्चों के साथ एक टेबल पर खाना खाते हैं, शाम को कभी-कभी रिश्तेदारों और दोस्तों के यहाँ घूमने भी जाते हैं, वे सज्जन अपने अतीत और भविष्य के बारे में बिलकुल भी परेशान नहीं हैं।

इधर उन सज्जन के साथ एक अप्रत्याशित घटना घट गई। यह अप्रत्याशित घटना पहले-पहले तब घटी, जब अस्त्र[1] की नमाज़ ख़त्म होने-होने को थी। उन सज्जन ने जानमाज़[2] पर बैठे-बैठे 'अस्सलाम अलैकुम वरहमतुल्लाह' कहकर जैसे ही गर्दन दाईं ओर घुमाई, उन्हें ज़रीना अकेली दिखाई दे गई—पन्द्रह साल की सरल किशोरी, घर के काम-काज करनेवाली, शाम के समय बरामदे की रेलिंग से टिककर थोड़ी सुस्ता रही थी। उन सज्जन की आँखें और गर्दन दायीं ओर ही टिकी रहीं, वे बायीं ओर होने का नाम ही नहीं ले रही थीं, और मुनाजात[3] भी ख़त्म नहीं हो रही थी।

फिर घरवालों से छिपकर वे सज्जन ज़रीना को देखने लगे, वे उसे देखते और उनके बदन की आग में जाने कौन पेट्रोल छिड़क देता। वे अपनी अदम्य इच्छा को बहुत दिनों तक क़ाबू करने की कोशिश करते रहे। घर में

---

1. सूर्यास्त से पहले का समय
2. वह दरी या चटाई, जिस पर बैठकर नमाज़ पढ़ी जाती है।
3. ईश-प्रार्थना / ऐसा स्तुति-गान जिसमें अपने लिए कुछ प्रार्थना भी हो।

ख़ूबसूरत और पढ़ी-लिखी बीवी थी, फिर भी उनका मन दिन भर के पसीने और थकान से लिपटे बदबूदार शरीर पर ही अटका रहा। वह क़ाबू में आने को तैयार ही नहीं था।

एक दिन उनकी दुर्दमनीय इच्छा का विस्फोट इस तरह घटित हुआ कि उस दिन भर दोपहरी में घर के सब लोग अपने-अपने काम से बाहर गए हुए थे, और वे सज्जन समय से थोड़े पहले घर लौट आए, पूरे घर में केवल एक ही प्राणी था—ज़रीना। उन्होंने तुरंत ज़रीना के हाथ में सौ रुपये खोंस दिये और कहा कि किसी को पता नहीं चलना चाहिए। उन सज्जन की देह के भीतर एक साँप फुँफकारता रहा।

अप्रत्याशित घटनाएँ भी आग ही होती हैं, उन्हें राख से ढककर नहीं रखा जा सकता। एक दिन सबको सब कुछ पता चल गया। बीवी रोई, बच्चे रोए। पड़ोसी और मोहल्लेवाले सुबह-शाम उनके घर भीड़ जमाने लगे। वे सज्जन इस भिन्न स्वाद के आकर्षण में बावले हो गए, उन्होंने ज़रीना को घर से निकाल देने के निर्णय को सख़्ती से ख़ारिज कर दिया।

फिर एक समय उनके नाते-रिश्तेदार भी आए, बुज़ुर्ग लोग पधारे। बैठक में सबने मिल-जुलकर सलाह-मशविरा किया और आख़िर में तय हुआ कि यह कोई ऐसी घटना तो है नहीं कि इससे ज़ात भ्रष्ट हो जाएगी, कुछ भी हो ये हैं तो आख़िर पुरुष ही। और पुरुषों की तमाम तरह की इच्छा-आकांक्षाएँ हो ही सकती हैं। बाहर इतनी मेहनत करके घर लौटकर वे यदि नीति के बाहर दो-एक ऐसी घटनाओं को अंजाम दें, तो उसमें ऐसी कोई अन्याय की बात नहीं है। और हम इसे नीति के बाहर भला क्यों कहें, पवित्र क़ुरान में तो दासी-बाँदी को भोगने की बात लिखी हुई है।

अन्त में ऐसा तय हुआ, चूँकि अल्लाह ने कहा है, 'तुम लोगों को यदि यह आशंका होती है कि यतीम लड़कियों के प्रति तुम न्याय नहीं कर सकोगे, तो फिर लड़कियों में से जो तुम्हें पसन्द हो उसके साथ शादी कर लेना; दूसरी, तीसरी या फिर चौथी शादी भी कर सकते हो, लेकिन यदि तुम्हें आशंका हो कि तुम उनके साथ एक-जैसा व्यवहार न कर सकोगे, तो फिर एक से और तुम्हारे क़ब्ज़े में आई दासी से शादी कर सकते हो (सूरा निसा, आयत 3,

रुकू 1) और स्त्रियों में तुम्हारे क़ब्ज़ेवाली दासी के अलावा अन्य विवाहिता औरतें तुम्हारे लिए निषिद्ध हैं। तुम लोगों के लिए अल्लाह का यही विधान है।' (सूरा निसा, आयत 24, रुकू 5)

यानी यह बात स्पष्ट है कि दासी निषिद्ध नहीं है। सूरा अहज़ाब की 52वीं आयत में लिखा है, 'तुम्हारे लिए दूसरी औरतें वैध नहीं हैं और न यह कि तुम उनकी की जगह दूसरी पत्नियाँ ले आओ, भले उनका सौन्दर्य तुम्हें कितना ही क्यों न भाए, लेकिन तुम्हारी दासियों के मामले में यह विधान लागू नहीं होता।'

'और जो लोग अपनी पत्नी या दासियों के मामले से इतर अपने यौन अंग को क़ाबू में रखते हैं, इससे वे निंदनीय नहीं होंगे।' (सूरा मजीद, आयत 29/30, रुकू 1)

यानी दासी वैध है। दासी को भोगने से कोई पाप नहीं होता। युद्ध में पराजित सैनिकों के घर-द्वार, धन, फ़सल, घोड़े और स्त्रियाँ विजेता के क़ब्ज़े में आते हैं और ये सभी उनके भोगने के लिए वैध हैं। सिर्फ़ इतना ही नहीं, अल्लाहताला ने यह भी कहा है 'मैंने तुम्हारे लिए तुम्हारी स्त्रियों को वैध कर दिया है, जिनकी महर तुम दे चुके हो और 'फ़ाय' (युद्ध के बाद जो सम्पदा हाथ आती है) के रूप में अल्लाह ने तुम्हें जो कुछ दान किया है, उनमें से जिनका तुम्हें मालिकाना हक़ मिल गया है, उन सब को मैंने वैध कर दिया है।' (सूरा अज़ाब 50, रुकू 6)

यही अगर क़ानून है तो फिर इस क़ानून के हिसाब से तो पुरुषों के लिए ज़रख़रीद दासी या भाड़े की दासी किसी भी दिशा से असंगत और अवैध नहीं है।

उन सज्जन को समाज में ऊँची हैसियत रखने वालों का प्रश्रय मिला। इसलिए इस मामले में भी उन्हें किसी प्रकार की अतृप्ति नहीं है। अब भी वे सुबह नाश्ता करके ऑफ़िस जाते हैं, पत्नी और बच्चों सहित एक टेबल पर दोपहर का खाना खाते हैं, शाम को संग्रहालय, चिड़ियाघर और दोस्तों के यहाँ जाना वग़ैरह सभी कुछ निपटाया जाता है। और यदि इच्छा हो तो ज़रीना, फ़ातेमा, आयशा या फिर सेलिना सभी को वे अपनी ज़द में पा जाते हैं। वे सज्जन अपने इस वर्तमान को लेकर ज़रा भी परेशान नहीं हैं।

उन सज्जन की पत्नी प्रतिवाद करना चाहती हैं, क्षोभ और दुःख में रोती हैं। लेकिन इससे क्या होता है? एक समय उन्हें ख़ुद ही अपने आप को तसल्ली देना पड़ता है कि इस तरह क़ुरान की बात को अमान्य तो नहीं किया जा सकता। पुरुषों को अल्लाह ने जो सुविधा दी है, उस सुविधा का वे लोग फ़ायदा क्यों न उठाएँगे, और सुविधा तो स्वयं अल्लाह ने ही दी है।

कुतर्कों का कोई आधार नहीं होता

तंग बस्ती की लड़की थी। उम्र, उसकी उम्र से ज़्यादा लग रही थी। क्या वजह थी यह मुझे नहीं पता, उससे दोगुनी उम्र के एक आदमी ने पहले उसे झटके से खींचा। फिर उसे गर्दन से पकड़कर धक्का दे दिया, लड़की पछाड़ खाकर मकान के बाड़े के पास जा गिरी। इसके साथ-ही-साथ आदमी ने उसकी कमर पर दो लात जमा दीं। फिर बालों को मुट्ठी में पकड़कर वह उसे मकान के अन्दर ले गया, वह यानी उसका पति।

इस घटना को देखकर मैं विस्मित नहीं हुई। नहीं हुई, इसकी वजह मैं भी थी, मैं एक चिकित्सक थी, देश की प्रथम श्रेणी की नागरिक, मुझ पर भी क्या इस तरह से अत्याचार नहीं होते? मेरी भी गर्दन पकड़कर मुझे धक्का दिया जाता है, मैं भी पछाड़ खाकर दीवारों पर जा गिरती हूँ, मेरा भी माथा फूटता है, ख़ून निकलता है। सरकारी काग़ज़ों पर मैं प्रथम श्रेणी की कर्मचारी हूँ, इससे क्या, हूँ तो आख़िर स्त्री ही!

बस्ती की उस लड़की के लिए और समान रूप से मेरे लिए भी शादी का क़ानून एक ही है। उस लड़की का पति जिस तरह से इच्छा होते ही तलाक़, तलाक़, तलाक़ कह सकता है, इस मामले में मेरे पति भी कोई अपवाद नहीं हैं। मेरे पति भी एक-एक करके घर में चार पत्नियों को लाने का धार्मिक आह्लाद दिखा सकते हैं।

मैं ऐसा नहीं कर सकती। बस्ती की लड़की जिस तरह केवल एक जून भात और साल में बदन ढकने को दो जोड़ी कपड़ों के लिए ज़मीन को जबड़ों में कसे पड़ी रहती है, सन्तानों को केंचुओं-कनखजूरों की तरह बड़ा होने देती

है, तो मैं भी उससे अलग कहाँ हूँ? मुझे समाज की शर्म है, मुझमें मध्यवर्गीय संस्कार हैं। मैं भी गृहस्थी नामक कुछ थाली-बर्तनों, बिस्तर और ड्रेसिंग टेबल के बीच पड़ी रहती हूँ।

डर के मारे बस्ती की उस लड़की के नीले पड़ गए चेहरे की ओर देखकर मैं भी वेदना से नीली हो जाती हूँ, मेरे भी कमर पर पुरुषों द्वारा तैयार क़ानूनों की लात पड़ती है। मुझमें और किसी भी अमीर लड़की में, शिक्षित और अशिक्षित में, बस्ती की उस लड़की और मुझमें बुनियादी तौर पर कोई फ़र्क़ नहीं है।

पति यानी प्रभु। किसी भी वर्ग की लड़की के लिए उसका पति उसका प्रभु होता है। वह उसकी 'अर्द्धांगिनी' होने के बावजूद पति उसका अर्द्धांग नहीं होता। बांग्ला शब्दकोश में 'अर्द्धांगिनी', 'सहधर्मिणी' शब्दों के कोई पुल्लिंग प्रतिशब्द नहीं हैं। इंग्लैण्ड के एक बुद्धिजीवी जॉन स्टुअर्ट मिल (1806-1873) ने अपनी किताब 'द सब्जेक्शन ऑफ़ वुमन (1869)' में लिखा था—'आज के दिन विवाह ही एकमात्र ऐसा क्षेत्र है जहाँ क़ानूनन दासप्रथा बरक़रार है। हमारे विवाह-क़ानूनों के माध्यम से पुरुष एक व्यक्ति पर हर तरह का अधिकार पा जाता है। वह प्रभुत्व और स्वामित्व पा लेता है, तलाक़ और बहुविवाह की अश्लीलता भी उसे हासिल हो जाती है।'

पितृकुल में जन्म लेकर जो श्वसुरकुल में जीवनयापन करती हैं, उत्तराधिकार के सवाल पर यदि उन्हें सम्पत्ति में हिस्सा मिलता है और दोनों ओर से उनका प्राप्य यदि अधिक हो जाए तो! इसलिए आपत्ति की जाती है। चूँकि दोनों कुलों पर वे दावा करती हैं, इसलिए उनका कोई भी दावा किसी भी कूल से जाकर नहीं टिक पाता। कहावत है ना कि धोबी का कुत्ता, न घर का, न घाट का।

मैत्रायणी संहिता (4.6.4) में कहा गया है—'कन्या के जन्म पर सब उसे तुच्छ मानते हैं, फेंकने की वस्तु। पुत्र तो फेंकने की वस्तु नहीं होता, इसीलिए कन्या को उत्तराधिकार नहीं मिलता, पुत्र को मिलता है। कन्या दूसरों के घर चली जाती है, इसलिए वह तुच्छ है, अकिंचितकर है।'

तैत्तिरीय संहिता (6.5.8.27) में लिखा है—'स्त्रियों द्वारा ग्रहण किया जा रहा है, यह सोम से बर्दाश्त नहीं हुआ। इसलिए उसने घी को वज्र करके दे मारा। जब वह शक्तिहीन हो गया तब उन्होंने उसे ग्रहण किया। इसलिए नारियाँ

'निरीन्द्रिय' हैं अर्थात शक्तिहीना हैं, वे नीच-पुरुषों से भी नीच हैं, और इसलिए वे 'अदायादि' अर्थात उत्तराधिकार के लिए अयोग्य हैं।'

आचार्यों के मतानुसार—'कन्या का दान-विक्रय-त्याग किया जा सकता है, पुत्र का दान-विक्रय-त्याग नहीं किया जा सकता, इसलिए पुरुष ही दायाद होता है, लेकिन स्त्री दायाद नहीं होती।'

बांग्लादेश में मुस्लिम पारिवारिक क़ानून 1961 (जो धार्मिक विधान के आधार पर तैयार किया गया है) के अनुसार एक बेटी को पैतृक सम्पत्ति का जितना हिस्सा मिलता है, वह एक बेटे को मिलने वाले हिस्से का आधा है। एक ही पिता-माता की सन्तानों के बीच यदि क़ानून की ऐसी विषमता रहती है, तो फिर जीवन के सारे क्षेत्रों में विषमताओं का होना कोई अस्वाभाविक बात नहीं है।

पति की सम्पत्ति में से पत्नी को 1/8 हिस्सा आवंटित किया गया है, सन्तान की सम्पत्ति का 1/6, पिता की सम्पत्ति में बेटी को बेटे की सम्पत्ति का आधा आवंटित किया गया है। जो लोग कहते हैं कि बेटी को पिता और पति दोनों की सम्पत्ति मिल गई तो उसे अधिक फ़ायदा हो जाएगा, वे लोग ग़लत कहते हैं। कारण कि यदि एक परिवार में माँ, दो बेटे और दो बेटियाँ हो तो फिर माँ को समूची सम्पत्ति का 1/8 हिस्सा मिलना है अर्थात 2 आना (सोलह हिस्सों के दो हिस्से) बाक़ी 14 आनों को तीन भागों में बाँटा जाएगा, क्योंकि दो भाइयों के दो हिस्से और दो बहनों का मिलाकर एक हिस्सा। हर भाई को 4.6 आना मिलेगा और हर बहन को 2.3 आना, फिर एक बहन को पति की सम्पत्ति में से 2 आना भी मिले तो भी किसी भी दशा में उसकी सम्पत्ति उसके भाई से अधिक नहीं हो सकती।

इस देश में सम्पत्ति में बेटियों की हिस्सेदारी को लोग अच्छी नज़र से नहीं देखते। अन्त में होता यह है कि पिता, पति, पुत्र—किसी की भी सम्पत्ति में स्त्री को उसका अधिकार नहीं मिलता।

पति की गृहस्थी में जाने का निरलस प्रशिक्षण पिता के घर पर चलता रहता है और पति की गृहस्थी में पति के मुख से एक शब्द के तीन बार उच्चारण से उसका घर टूट जाता है—उस पिता और पति दोनों में से किसी का भी घर

विश्वासयोग्य नहीं होता, निश्चिन्त होकर रहने लायक़ नहीं होता। जन्म के बाद से ही इस भासमान जीवन में स्त्री को न तो समान अधिकार मिलता है और न ही विवाह क़ानून में सामाजिक समता ही मिल पाती है।

आर्थिक कर्मकाण्डों में स्त्रियों के बड़े अवदान के बावजूद परिवार में, समाज और राष्ट्रीय स्तर पर स्त्रियों को दूसरी श्रेणी की नागरिक के रूप में चिह्नित करने का मुख्य कारण है—सम्पत्ति में स्त्रियों के अधिकार को लेकर विषमता। जो थोड़ा-बहुत अधिकार है, उसे भी सामाजिक विश्वासों की बाधा के चलते अर्जित करना दुष्कर हो जाता है। और समानाधिकार के लागू होने से स्त्रियों की इस सामाजिक अवस्था में अपनी सम्पत्ति को अर्जित करने और उसका उपभोग कर पाने का मौक़ा स्त्रियों को कितना मिल सकेगा या मिलेगा भी कि नहीं—इस मामले में ख़ासा संदेह है।

आजकल काँटे से ही काँटा निकालना पड़ता है

'वास्तविक विद्याध्ययन स्त्रियों के लिए अमंगल का कारण है, क्योंकि इससे पुत्रप्रसवयोगिनी शक्तियों का ह्रास होता है। विदुषी स्त्रियों के वक्ष समतल हो जाते हैं और अकसर उनके स्तनों में दूध का संचार नहीं होता। इसके अलावा पढ़ना-लिखना सीखने पर विधवा हो जाने की विलक्षण सम्भावना होती है।' उन्नीसवीं सदी में स्त्री-शिक्षा के विरोध में इस प्रकार की वाणी कम समादृत नहीं थी। लेकिन निम्नोक्त सिद्धांत से भी किसी ने इनकार नहीं किया कि 'बालिकाओं को विद्यालय भेजने पर व्यभिचार की आशंका रहती है, क्योंकि यदि कामातुर पुरुषों की नज़र बालिकाओं पर पड़ जाए तो बुरे पुरुष उनके साथ बलात्कार करेंगे, कम उम्र की होने की वजह से उन्हें छोड़ नहीं देंगे, कारण है भोजन-भोक्ता सम्बन्ध।'

इक्कीसवीं शताब्दी की शुरुआत में अब सिर्फ़ इतना बदलाव हुआ है कि स्त्री-शिक्षा के लिए कुछ विद्यालय और महाविद्यालय स्थापित किये गए हैं लेकिन भोजन-भोक्ता सम्बन्ध में कोई उन्नति नहीं हो सकी है। अब भी स्त्री-पुरुषों के बीच यह भोजन-भोक्ता का सम्बन्ध ही प्रधान और अटूट है।

एक कवि ने लिखा है—स्वयं विधाता भी शायद पुरुष है। उन्होंने स्त्रियों को बनाया ही ऐसा कि उसका कोई अंग ऐसा नहीं कि जो पंचशर के आसन के रूप में चिह्नित न हो सके। शंकाकुल कवि-चित्त को यह सोचकर सुकून मिला कि ग़नीमत है विधाता ने स्त्रियों की योनि को पैरों के अत्यन्त गुप्त स्थान पर संकुचित करके रखा है, ऐसा न करके वे यदि स्त्रियों की देह के किसी और स्थान पर योनि की स्थापना करते तो एक समय समूचा संसार इससे ग्रस्त हो

जाता। सुनने में यह बात कड़वी ज़रूर लग रही है लेकिन पुरुष की कामुकता की बात याद रखें तो इस श्लोक की वास्तविकता को समझा जा सकता है।

मैंने सुना है कि गौतम मुनि ने अहल्या के प्रति कामुक इंद्र को शाप दिया था कि उनका समूचा शरीर स्त्री-चिह्नों से भर जाएगा। यह अभिशाप के रूप में ग्रहण योग्य होता है क्योंकि शरीर के एक या दो स्त्री-चिह्नों की वजह से एक स्त्री को जीवन भर जिस दुर्गति को सहना पड़ता है, समूचा शरीर स्त्री-चिह्नों से भर जाए तो उसकी क़िस्मत में भीषण दुर्गति लिखी है, यह कहने की ज़रूरत नहीं रह जाती। इसलिए शाप के रूप में स्त्रियों से सम्बन्धित शाप ही सबसे अधिक उपयोगी होते हैं।

स्त्री को स्त्री-अंगों से बाहर देखने की आदत किसी ने नहीं डाली। अंग ही स्त्रियों के लिए पहला और प्रधान विषय है। इस अंग को पुरुषों ने हमेशा ही खाद्य-वस्तु की तरह ग्रहण किया है। मानो इस अंग का निर्माण पुरुषों के प्रसाद के लिए ही हुआ है। इस अंग को पुरुषों की बलिवेदी पर निवेदित होना ही है। एक नवजात शिशु की देह पर स्त्री-चिह्न देखकर उस शिशु के पिता ने उसकी हत्या करने के लिए कटार उठा ली थी। वह पिता केवल शिक्षित नहीं था, उच्चशिक्षित था। स्त्री-चिह्न वाले तमाम शरीरों को भूख लगने पर खाद्य-पदार्थ के रूप में भक्षण करने की इच्छा सारे पुरुषों में विद्यमान होती है, लेकिन उन्हें मक्खन, पनीर खिलाकर, आदर-जतन करने की आकांक्षा किसी में नहीं होती। इसकी बजाय तो लौकी की एक बेल को पानी और खाद देकर बड़ा करना बेहतर क्योंकि वह मौसम आने पर उपयोगी फल तो देगी।

स्त्री कुछ दान करने की हैसियत नहीं रखती, वह केवल ग्रहण करती है—यह बात साधारण लोगों के मन में घर कर चुकी है। इसलिए इस समाज में उसे एक नुक़सानदेह प्राणी के रूप में विवेचित करने की रीति प्रचलित है। कन्या के मुक़ाबले घर के कुत्ते को भी मूल्यवान माना जाता है क्योंकि कुत्ता चोर-उचक्कों को भगाता है, घर की गाय को भी अधिक मूल्यवान माना जाता है क्योंकि वह पौष्टिक दूध देती है।

स्त्री के पास देने के लिए कुछ नहीं है। समाज ने राय दी है, हर महीने ऋतुस्राव के ख़ून के अलावा स्त्री के पास देने के लिए कुछ भी नहीं है।

आदिम युग में स्त्रियों को संसार के अपशिष्ट पदार्थ के रूप में देखा जाता था, मध्ययुग में ऐसा ही सोचा गया और आधुनिक युग में भी ऐसा ही सोचा जाता है। स्त्री को इस अपशिष्टता से मुक्त कराने के लिए आगे और कितने हज़ार वर्षों का समय लगेगा, कितने युग और लगेंगे, मेरी हैसियत नहीं कि मैं उसका हिसाब लगा सकूँ।

बुद्धिजीवी लोग मंच पर चढ़कर बढ़िया सिर हिला-हिलाकर भाषण दे जाते हैं कि किस प्रकार स्त्रियाँ आगे बढ़ सकती हैं। वे किस तरह शिक्षित हो सकती हैं, किस तरह उनकी आर्थिक स्वाधीनता आ सकेगी और इसके बाद किस ताल और लय में नारीमुक्ति का बाजा बजेगा।

झूठ बात है। मुझे एक शिक्षित आत्मनिर्भर स्त्री के बारे में पता है, जिसे समाज के सियारों ने फाड़ खाया है। खाने वाला यदि आकर खा ही ले, शिक्षा और आत्मनिर्भरता यदि स्त्रियों को 'भोजन' की तालिका से रिहाई न दे सके तो फिर तमाम जो लोग नीति-फीती का धुआँ उड़ाकर नारी-मुक्ति की बात करते हैं, वे गूँगे हो जाएँ, वे उत्थानरहित हो जाएँ।

हाँ, मैं अभिशाप दे रही हूँ। मेरे पूर्वज ने पुरुष के शरीर पर स्त्री-अंग का अभिशाप दिया था। स्त्रियाँ भी अभिशाप देने की नई भाषा का आविष्कार करें। अब और भोजन नहीं वे ख़ुद भोक्ता बनें। सारी स्त्रियाँ पुरुषों को भोजन बन जाने का अभिशाप दें। स्त्रियाँ जब पुरुषों को फाड़कर नहीं खाएँगी, स्त्रियाँ जब तक पुरुष शरीर को एक मांसपिण्ड के रूप में भोग के लिए ग्रहण नहीं करेंगी, तब तक उनके रक्त-मांस-मज्जा में निहित पुरुष को प्रभु मानने के संस्कार दूर नहीं होंगे।

शिक्षा, अर्थव्यवस्था और समाज-व्यवस्था के रद्दोबदल की बात करना पुरुषों का ही एक प्रकार का गुप्त फंदा है। स्त्री यदि एक बार स्वाधीनता शब्द का उच्चारण करे तो उसे इन सैकड़ों व्यवस्थाओं के नक़्शे दिखाकर चुप रखा जाता है। फिर तमाम तरह की व्यवस्थाओं के नियम-अनियमों को समझने में आधी ज़िन्दगी निकल जाती है, बाक़ी की ज़िन्दगी इन व्यवस्थाओं के विरुद्ध भाषा का उपयोग सीखने में निकल जाती है। इससे किसी भी 'व्यवस्था' का कुछ नहीं बिगड़ता। बल्कि अन्तर्राष्ट्रीय नारी आन्दोलनों में दरिद्र देशों की

शाखाओं के कार्यकर्ता नियुक्त होकर निर्देश देने वाले इन पुरुषों को ख़ासा फ़ायदा हो जाता है। आन्दोलन यदि सफल हो जाए तो अन्तर्राष्ट्रीय मदद बन्द जो जाएगी, इसी डर से नारी-आन्दोलनों में ऐसी-ऐसी युक्तियाँ और प्रसंग प्रस्तुत किये जाते हैं, जो केवल रास्तों की तरह लम्बे होते हैं—जिनका कोई गंतव्य नहीं होता, तलाश करें तो पता चलता है अधिकांश रास्ते ही अन्त में एक गहरी खाई में जा गिरते हैं।

वेश्यालयों को यदि बन्द करवा दें तो समाज में बलात्कारों की संख्या बढ़ जाएगी, यह वाक्य दोहराते हुए समाज के बुद्धिमान लोग असल में दोहरा मज़ा लेना चाहते हैं। पतिताभोग और अपतिताभोग। देश में वेश्यालयों की संख्या कम नहीं है और बलात्कारों की संख्या भी कम नहीं है। उपयोग किये गए और उपयोग नहीं किये गए दोनों ही शरीरों को भोग करने का एक अलग आनन्द होता है। इसलिए जिस तरह राष्ट्र की कोई भी नीति वेश्यालयों के ख़िलाफ़ नहीं जाती, उसी तरह अबाध बलात्कारों के ख़िलाफ़ भी नहीं जाती।

स्त्रियाँ बलात्कार करना सीखें, व्यभिचार करने की अभ्यस्त हों। स्त्रियाँ जब तक 'भोक्ता' की भूमिका में नहीं आएँगी तब तक उनका 'भोजन' नामक कलंक नहीं मिटेगा। यह अच्छी बातों का ज़माना नहीं है, नीतिवाक्यों का समय नहीं है। आजकल काँटे से ही काँटा निकालना पड़ता है।

मेरा रास्ता सपाट और आसान नहीं है

1

स्त्रैण शब्द का अर्थ है स्त्रियों की-सी प्रकृति वाला। अर्थात जो लड़का स्त्रियों की-सी प्रकृति वाला होता है, उस लड़के को स्त्रैण कहा जाता है। इसी तरह 'पतिपरायणा' शब्द का अर्थ होता है पति के प्रति नितान्त अनुरक्ता, एक क़दम और आगे बढ़ाएँ तो 'पतिव्रता', जिसका अर्थ होता है ऐसी स्त्री जिसने पति की सेवा को पुण्यव्रत के रूप में ग्रहण किया हो।

पत्नी की सेवा को पुण्यव्रत के रूप में ग्रहण करने का विधान मनुष्य समाज में नहीं है इसलिए 'पत्नीव्रत'-जैसा कोई शब्द भी शब्दकोश में नहीं है।

जिस लड़की को समाज 'पतिपरायणा' अथवा 'पतिव्रता' की संज्ञा देता है, उसे सभी बहुत अच्छा कहते हैं, लेकिन जो लड़का 'स्त्रैण' है उसे कोई भी अच्छी नज़रों से नहीं देखता, बल्कि उसकी ओर तिरछी नज़रों से देखकर उपहास की हँसी हँसते हैं।

पतिपरायणा के रूप में एक लड़की को जितना सम्मान मिलता है, स्त्रैण के रूप में एक लड़का इस समाज में उतना ही अपमान का पात्र हो जाता है।

2

सूरा निसार के पाँचवें पैरे में लिखा है 'पुरुष स्त्री का स्वामी है, कारण कि अल्लाह ने ही उन्हें एक के ऊपर दूसरे की श्रेष्ठता प्रदान की है और पुरुष

अपनी धन-सम्पदा व्यय करता है। इसलिए साध्वी स्त्रियाँ अनुगता हैं तथा लोगों की नज़रों की ओट में रहकर अल्लाह की हिफ़ाज़त में अपने सतीत्व और पति और उसके तमाम अधिकारों की हिफ़ाज़त करती हैं। स्त्रियों में से जिनके उच्छृंखल होने की आशंका हो, उन्हें सदुपदेश दो फिर उनकी शैया वर्जित कर दो और उन पर प्रहार करो।'

चूँकि पुरुष अपनी धन-सम्पदा ख़र्च करता है इसलिए कहा गया है कि ध्यान रहे स्त्रियाँ अनुगता होनी चाहिए। इस मामले में यदि स्त्री ख़ुद कमाती हो और धन-सम्पदा ख़र्च करती हो, फिर तो निश्चित रूप से पति को पत्नी के अनुगत होना चाहिए। लेकिन इस तरह की कोई वाणी धर्मग्रंथों में नहीं है, इसलिए स्त्रियों द्वारा धन-सम्पदा के व्यय करने के बावजूद उन्हें पति की अनुगता के रूप में रहना पड़ता है। इसका कारण है 'विधान'—एक बार यदि विधान बन गया तो कहते हैं कि उसे तोड़ा नहीं जा सकता।

3

घर की बहू ने सन्तान को जन्म दिया है, तो बाहर इंतज़ार कर रही वृद्धा ने जैसे ही सुना कि कन्या ने जन्म लिया है, वे उठीं और उलटे पैरों लौट गईं। लेकिन जब उसी घर में गाय ने बछिया को जन्म दिया, तो 'भगवान ने इतने दिनों में हमारी ओर देखा' कहकर वही वृद्धा कितनी आनन्दित हो उठी थी!

अपर्णा सेन की फ़िल्म 'सती' में उस दृश्य को देखकर मैं आपादमस्तक स्तंभित हो गई थी। लड़की के जन्म लेने पर घर के लोगों को दुख होता है लेकिन मादा पशु के जन्म लेने पर सब तालियाँ बजाते हैं। इस दुनिया में लड़कियों का मूल्य पशुओं से भी कम है।

4

मेरे स्कूल की एक दोस्त पढ़ाई-लिखाई पूरी करके नौकरी कर रही है। ढाका में उसके कोई भी ऐसे रिश्तेदार नहीं हैं कि जिनके घर पर रहकर नौकरी की जा

सकती हो। आख़िरकार उसे वर्किंगवुमन होस्टल में शरण लेनी पड़ी। मेरी यह दोस्त छुट्टियों में मुझसे मिलने आया करती थी। एक दिन मेरे अभिभावकों ने मौक़ा देखकर मुझसे कहा कि इस लड़की का इस घर में इतने जल्दी-जल्दी आना ठीक नहीं।

मैंने पूछा—क्यों?

वे बोले—लड़की ठीक नहीं है।

मैंने फिर से पूछा—क्यों?

जवाब आया—उन सब होस्टलों में अच्छी लड़कियाँ नहीं रहतीं।

एक लड़की अच्छी है या बुरी, लोग बहुत आसानी से तय कर लेते हैं, जिस तरह बाज़ार में खड़े-खड़े ही राय दी जा सकती है कि यह खीरा अच्छा है या ख़राब। जहाँ लड़कियाँ पराश्रयी लताओं की तरह अभिभावक-वृक्ष से लिपटी रहती हैं और इस व्यवस्था को समाज शिष्ट और स्वस्थ मानता है, वहाँ मेरी बचपन की इस सहेली ने पिता की मृत्यु के बाद अपनी माँ और ख़ुद के भरण-पोषण की ज़िम्मेदारी ली है।

कितनी लड़कियाँ हैं, जिनकी रगों में इतना दम है? मुझे मालूम है कि ऐसी बहुत कम लड़कियाँ हैं जो अपने दूर के रिश्तेदारों पर अवांछित बोझ बनकर रहने की बजाय तमाम प्रतिकूलताओं से जूझती हैं और अपने पैरों के नीचे की ज़मीन को मज़बूत बनाती हैं।

चूँकि वह लड़की अभिभावक नामक तथाकथित किसी छाते के नीचे नहीं बैठी रही, इसलिए जो लड़का लम्बे पाँच वर्षों तक उसे प्रेम की कथा सुनाता रहा, शादी के प्रसंग पर वह भी एक दिन इधर-उधर की बहानेबाज़ी करता कन्नी काटकर निकल गया। उस लड़की ने किसी के अनुग्रह के लिए हाथ नहीं फैलाए, इसलिए मुझे बड़ा गर्व महसूस होता है।

मेरी इस सहेली को पुलिस ने गर्दन से पकड़कर होस्टल से निकाल दिया है, उन्होंने अनशन कर रही उस लड़की की लोगों के सामने पिटाई लगाई। राष्ट्र ही यदि ऐसी लड़कियों को गर्दन से पकड़कर धक्का देने लगे, तो फिर समाज क्यों न देगा?

5

उस दिन, यह बहुत पहले की बात नहीं है, मैं धानमंडी की एक क्लिनिक से नयापल्टन अकेली लौटी थी, क्लिनिक के काम निपटाते-निपटाते रात के साढ़े आठ बज गए थे। इस छोटे-से रास्ते को तय करने के दौरान मेरे रिक्शे के सामने छह रिक्शों, तीन गाड़ियों, दो स्कूटर और चार मोटर साइकिलों ने अपनी गति धीमी कर दी थी। मैं कुल पंद्रह लोलुप नज़रों से ख़ुद को बचाकर गंतव्य तक पहुँची थी।

मुझे पता है कि मेरा रास्ता सपाट और आसान नहीं है। मुझे कंकड़-पत्थर बुहारकर आगे बढ़ना होता है। और सिर्फ़ मुझे ही क्यों, हरेक लड़की को।

मैं कान लगाए रहती हूँ

कोलकाता में मुझे बड़े कमाल के अनुभव हो रहे हैं। यहाँ स्कूल कॉलेजों से पास हो चुकी लड़कियाँ या फिर विश्वविद्यालयों से निकली लड़कियाँ, जो आत्मनिर्भर हैं या नहीं भी हैं, कहती फिर रही हैं कि स्त्रियों को समानाधिकार मिल गया है। आपत्ति जताने पर होंठों के किनारों पर श्लेष उभर आता है, मैं अपनी ज़िम्मेदारी के हिसाब से उस श्लेष का अनुवाद कर लेती हूँ। मैं इस देश की नहीं हूँ लिहाज़ा मुझे इस बारे में नहीं पता। स्त्रियों पर होने वाले अत्याचारों के बारे में पूछने पर बहुत-से लोग आसमान से नीचे आ गिरते हैं, उन्होंने अत्याचार के बारे में सुना ज़रूर है, लेकिन कहाँ, कैसे, उन्हें यह नहीं पता। उनके साथ लगे रहो तो देर तक सोचकर नाक और होंठ सिकोड़कर कह देती हैं, हाँ यदि होते हैं तो वे सब गाँव में होते हैं, शहरों में नहीं।

मैं अवाक होकर उन्हें देखती रहती हूँ। मैं तब निरी बुद्धुओं-जैसी नज़र आती हूँ। बहुत अस्फुट स्वर में पूछती हूँ, शहर में किसी तरह के अत्याचार नहीं होते?

सिर हिलाकर वे जवाब देती हैं। नहीं।

किसी तरह की कोई विषमता?

नहीं। नहीं। यहाँ लड़कियाँ बहुत आज़ाद हैं।

वह तो हैं। आज़ाद। आज़ादी किसे कहते हैं, क्या इन लड़कियों को पता भी है? मैं निश्चित रूप से कह सकती हूँ, इन्हें नहीं पता। ये जो वे लोग अपने आप को आज़ाद समझ रही हैं, उनके मन स्वतंत्र रूप से सोच भी नहीं सकते और इसीलिए वे कह रही हैं कि वे आज़ाद हैं।

सारे अधिकार मिल गए हैं?

हाँ, सारे।

सचमुच?

बहुत इंटीरियर में, यानी धुर गाँवों में हालाँकि अभी तक लड़कियों को उतने अधिकार नहीं मिले हैं। बेचारी, उनके लिए सचमुच दुख होता है।

यह सुनकर, गाँव की लड़कियों के मुक़ाबले शहरों की लड़कियों के लिए मुझे अधिक दुख महसूस होने लगता है। पढ़ी-लिखी, कॉलेज-विश्वविद्यालय से डिग्री पा चुकी, दो-चार बॉएफ्रेंड के साथ मिलने-जुलने वाली लड़की को ऐसा विश्वास है कि वह आज़ादी के शीर्ष पर चढ़ चुकी है। उसे अपने हाथ-पैरों हथकड़ी और बेड़ियाँ दिखाई नहीं देतीं। उसे यह समझ में नहीं आता कि इस पुरुषतांत्रिक समाज में उसके पहले की स्त्रियाँ जिस तरह यौन-सामग्री और सन्तान को जन्म देने वाली मशीनें थीं, वह भी ठीक वैसी ही है। जिन्हें आधुनिकता की हवा लग गई है ऐसी लड़कियों ने पुरुषों की भोग की भूख को तीन गुना बढ़ाने का ही काम किया है। यह शहरी आज़ाद स्त्रियाँ शाँखा पहनकर, सिन्दूर लगाकर तथा पति के सरनेम को धारण कर ख़ुद ही ज़ाहिर कर रही हैं वे पुरुष की व्यक्ति-सम्पत्ति हैं। उनके पति नामक जो पदार्थ है, वह उनकी सुरक्षा है, जिस सुरक्षा के गड़बड़ा जाने से उसे भारी मुसीबत उठानी पड़ सकती है, जिस सुरक्षा के ढह जाने से वह ख़ुद भी मटियामेट हो जाएगी।

पैसे कमाने का क्या फ़ायदा, यदि अकेले खड़े होने लायक़ मन की शक्ति और साहस ही न हो! मैंने बहुत-सी आत्मनिर्भर लड़कियों को समाज के नारीविरोधी सड़े-गले नियमों के आगे निर्विकार सिर झुकाते देखा है। अपने अधिकारों के विषय में स्पष्ट धारणा बनाने और उसे अर्जित करने के लिए हर प्रकार के ख़तरे उठाना हर शिक्षित और आत्मनिर्भर लड़की के लिए भी सम्भव नहीं है।

मैंने गाँव की अनेक निरक्षर लड़कियों को देखा है जो शहर की उच्चशिक्षित दासी-बाँदियों की तुलना में कहीं अधिक अधिकारबोध से लैस जीवन जीती हैं। किसी ने थोड़ा भी इधर-उधर किया तो वे कमर में आँचल खोंसकर

सारे ख़ानदान को गालियाँ देने के बाद ही चुप होती हैं। शरीर में खरोंच लग जाए, लाठी ले दौड़ पड़ती हैं। अपना हक़ पाने में वे उस्ताद हैं। वे बाक़ायदा तर्कसम्मत बात करती हैं। शहर की किसी लड़की में हिम्मत नहीं कि वह मस्जिद में जाकर नमाज़ पढ़ आए। लेकिन अभी उस दिन, पश्चिम बंगाल के एक गाँव की लड़कियाँ झुण्ड बनाकर भयंकर विद्रोह करती नमाज़ पढ़ आईं। धर्माचरण करके स्त्रियों को सचमुच कोई फ़ायदा नहीं होता, इसकी जानकारी न होते हुए भी उन्होंने कुछ तो किया, उस थोड़े-से 'कुछ' पर उनके समाज में पाबन्दी थी! स्त्रियों के रास्ते सैकड़ों-हज़ारों निषेधों के कचरे से भरे हैं, रास्तों पर चलना हो तो उनकी सबसे बड़ी ज़िम्मेदारी होती है उन तमाम निषेधों को पहले कचरापेटी में डाल देना।

गाँव की स्त्रियाँ बीच-बीच में ग़ुस्से से उबल पड़ती हैं, और नासमझी में विद्रोह कर तो देती हैं, लेकिन इसका मतलब यह नहीं कि गाँवों में जो अशिक्षा और कुशिक्षा का वातावरण था, वह अब नहीं रहा। स्त्रियों पर होने वाले अत्याचार अब नहीं रहे। अब भी वे सभी मौजूद हैं। बाल-विवाह, दहेजप्रथा, स्त्रियों की हत्या, बलात्कार, हत्या सभी कुछ बदस्तूर जारी है। लेकिन कुछ वर्षों में भीतर-ही-भीतर गाँवों की तसवीर काफ़ी कुछ बदल भी गई है। पहले के मुक़ाबले लड़कियाँ अधिक संख्या में स्कूल जा रही हैं। वे हो सकता है किसी एक समय स्कूल छोड़ने के लिए बाध्य जाती हों, लेकिन यह जाने की लहर नई है। स्कूल न जा पाने का एक बड़ा कारण ग़रीबी है, यह स्कूल के मिड डे मील से ही साबित हो जाता है। भात मिलेगा, इस वजह से स्कूल में पढ़ने वालों की संख्या बढ़ जाती है। और यदि भात नहीं मिलता तो वे कहीं और से भात की जुगाड़ में लग जाती हैं। अ, आ, क, ख से तो किसी की भूख नहीं मिटती। लड़कियाँ घर-संसार के कामकाज तथा शादी हो जाने की वजहों से स्कूल छोड़ देती हैं। जिन लोगों के यह झमेले नहीं होते, वे बड़े मज़े से स्कूल की पढ़ाई पूरी करके पढ़ाई के लिए कॉलेज तक जाती हैं। साइकिल चलाकर एक गाँव से दूसरे गाँव, गाँव के रास्तों को रोशन करती हुई चली जाती हैं। शहर में रहनेवाली कितनी लड़कियाँ हैं जो साइकिल चलाती हैं? कोलकाता में तो मैंने अभी तक एक भी लड़की को नहीं देखा।

चूँकि शहरों के मुक़ाबले गाँवों की संख्या ही अधिक है, और शहरी लड़कियों के मुक़ाबले ग्रामीण लड़कियों की संख्या ज़्यादा है, लिहाज़ा गाँवों में ही स्त्रियों की शिक्षा को तेज़ी से बढ़ावा देना होगा। हस्ताक्षर भर करने आ जाएँ तो उसे ही शिक्षित होने का नाम देकर लम्बे समय से ढिंढोरा पीटने का काम चल रहा है। अब इन सबको बन्द होना चाहिए। शिक्षित होने का अर्थ हस्ताक्षर करना तो नहीं ही है, इतिहास, भूगोल, विज्ञान पढ़कर डिग्री अर्जित करना भी नहीं है, शिक्षित होने का मतलब होता है अपने अधिकारों के सम्बन्ध में सम्यक ज्ञान प्राप्त करना। स्त्री किसी का खिलौना नहीं है, वह किसी की गुड़िया नहीं है, दासी नहीं है, वस्तु और यंत्र भी नहीं है—इस सम्बन्ध में जागरूक होना ही सबसे बड़ी शिक्षा है।

मैं इस बात पर विश्वास करती हूँ कि एक समाज कितना उन्नत है, यह उस समाज में स्त्री की उन्नति कैसी है, उस पर निर्भर करता है। समूची जनसंख्या का आधा हिस्सा स्त्रियों का है। यदि यह आधा हिस्सा अशिक्षित और परनिर्भर रह जाए, यदि उत्पीड़ित और अत्याचारित रह जाए, यदि इस विपुल संख्या की मेधा, बुद्धि, शक्ति, क्षमता समाज के कोई काम न आए, फिर तो वह समाज पिछड़ा ही रहेगा। यदि स्त्रियाँ पिछड़ी रहें तो प्रगति भी पिछड़ जाती है। और यदि प्रगति पिछड़ जाए तो सभ्यता पिछड़ जाती है।

भारत की आर्थिक उन्नति निःसंदेह रूप से आसमान को छू रही है। लेकिन इसकी तुलना में स्त्रियों का सर्वांगीण विकास लगभग पाताल को छू रहा है। इस देश में स्त्रियों के अधिकार, मानवाधिकार और समानाधिकार के लिए अभिन्न दीवानी क़ानून की व्यवस्था, धर्ममुक्त, अन्धविश्वासमुक्त स्वस्थ जीवन की माँग को लेकर संग्राम करने के लिए कोई भी ताक़तवर नारी आन्दोलन मौजूद नहीं है। यदि आधी जनसंख्या ही अपने अधिकारों से वंचित रही, तो फिर भला कैसे वह आर्थिक विकास सम्भव हो सकेगा! यह विकास सच्चा विकास नहीं है कि जिसे लेकर गर्व किया जा सके। सऊदी अरब और स्वीडन, दोनों ही अमीर देश हैं। लेकिन दोनों के बीच अन्तर बहुत भयानक है। गणतंत्र, बोलने की आज़ादी, मानवाधिकार के क्षेत्र में यदि स्वीडन को 100 अंक मिलते हैं तो अरब को 0 मिलेगा। एक सभ्य देश है, और दूसरा निश्चित रूप से असभ्य।

स्त्रियों को कोई भी आज़ादी हाथ में देकर नहीं कहेगा कि 'यह लो'। स्त्रियों को लड़ाई करके ख़ुद अपनी आज़ादी हासिल करनी होगी। स्त्रियाँ ख़ुद ही नहीं जानतीं कि वे किन चीज़ों से वंचित हो रही हैं, किस तरह से हो रही हैं। शताब्दियों से स्त्रियों के दिमाग़ में यह बात बैठा दी गई है कि वे दासियाँ हैं। तो फिर स्त्रियों को कैसे मुक्ति मिल सकेगी भला! फिर भी मैं कान लगाए रहती हूँ। कान लगाए रहती हूँ क्योंकि मैं लम्बे समय से सो रही स्त्रियों के जाग उठने की आवाज़ सुनना चाहती हूँ।

मुझे गर्व है कि मैं स्वेच्छाचारी हूँ

आसमान से तुमुल वर्षा हो रही थी और बिजली का गिरना जारी था। ऐसे में उस दिन मैं घर से निकल पड़ी। क्या, बारिश में भीगूँगी।

क्यों भीगोगी?

इच्छा हो रही है।

इच्छा?

हाँ इच्छा।

लोग क्या सोचेंगे!

क्या सोचेंगे?

सोचेंगे इसका दिमाग़ ख़राब है।

सोचते रहें।

बारिश में भीगने पर बीमार पड़ जाओगी!

कैसी बीमारी?

सर्दी बुख़ार।

होने दो।

इस उम्र में यह सब नहीं फबता।

तो कौन-सी उम्र में यह सब फबता है?

सोलह-सत्रह साल उम्र होती तो ठीक होता।

बहुत-से लोगों की नज़रों में वह भी ठीक नहीं। किस उम्र में क्या करना ठीक होता है, इसकी लिस्ट किसने बनाई है?

सोसाइटी ने।

सोसाइटी के लिए हम हैं, कि हमारे लिए सोसाइटी है? मनुष्य ही नियम बनाता है और मनुष्य ही नियम तोड़ता है। कोई भी नियम लम्बे समय तक विद्यमान नहीं रहता।

हमारा कथोपकथन इसके बाद और भी आगे बढ़ता गया और अन्त में स्वेच्छाचारिता पर जाकर थम गया। स्वेच्छाचार का अर्थ यदि अपनी मर्ज़ी और अपनी ख़ुशी से किया जाने वाला काम (संसद बांग्ला अभिधान में ऐसा ही लिखा है) है तो फिर मैं अवश्य ही स्वेच्छाचारी हूँ। सौ प्रतिशत। यह मेरा अपना जीवन है। मैं तय करूँगी कि अपने जीवन में मैं क्या करूँगी, क्या नहीं करूँगी। कोई दूसरा यह तय क्यों करेगा भला? जीवन जिसका है, उसीका है। अपने जीवन में किसे क्या करने की इच्छा है, इसका इनसान को ख़ुद पता होना चाहिए। अभी तक जिसकी अपनी इच्छा निर्मित नहीं हुई हो, उसे मैं बालिग नहीं मानती। जो अभी तक अपनी इच्छा के अनुसार नहीं चलता, या नहीं चल पाता, उसे मैं स्वस्थ मस्तिष्क का व्यक्ति नहीं मानती।

अब सवाल उठ सकता है, यदि किसी की इच्छा किसी का ख़ून करने की हो, तो? किसी की इच्छा किसी के साथ बलात्कार करने की हो, तो फिर? मेरा व्यक्तिगत मत है, जो स्वेच्छाचार किसी को नुक़सान पहुँचाए, मैं उस स्वेच्छाचार पर विश्वास नहीं करती। अब नुक़सान के भी भेद हैं। कोई यदि कहता है 'तुम उस धर्म की निंदा नहीं कर सकतीं, कारण कि तुम्हारी निंदा से मेरी धार्मिक अनुभूतियाँ आहत हुई हैं', तो फिर?

किसी के शरीर को चोट पहुँचाने का अर्थ यदि उसे नुक़सान पहुँचाना होता है, तो फिर मन को चोट पहुँचाने का अर्थ उसे नुक़सान पहुँचाना क्यों नहीं होगा! इस बारे में मेरा मत यह है कि मनुष्य के मन में तमाम तरह के अन्धविश्वास और अज्ञानताएँ घर किये रहती हैं, इन सबको दूर किया जाना चाहिए। दूर करने की ज़िम्मेदारी जागरूक लोगों की है। अब और एक प्रश्न उठ सकता है, मैं क्यों अपने आप को जागरूक मान रही हूँ, और एक कट्टरपंथी को नहीं मान रही हूँ? नहीं मान रही हूँ, इसके पीछे मेरे सैकड़ों तर्क हैं। कट्टरपंथी भी अपने निजी तर्क रख सकते हैं। लेकिन जो विचार-बुद्धि मुझे प्राप्त है, मुझमें

जो मूल्यबोध निर्मित हुए हैं, उससे मैं कट्टरपंथियों के तर्कों को अवैज्ञानिक और अनुचित बताकर उनका खंडन कर अपने मत पर अडिग रह सकती हूँ। मैं जान-बूझकर किसी के शरीर पर आघात नहीं करती। किसी भी अच्छे व्यक्ति के आर्थिक नुक़सान का कारण नहीं बनती। अपनी स्वेच्छाचारिता को लेकर मैं किसी तरह का पश्चाताप नहीं करती। मुझे आज तक पश्चाताप नहीं करना पड़ा है। मैंने समाज के तमाम टैबू तोड़े हैं। लोगों ने इसे स्वेच्छचार कहा, मैंने कहा स्वाधीनता। अपने विवेक के निकट मैं स्वच्छ हूँ। मैं जो कुछ कर रही हूँ, अपनी नज़रों में कोई अन्याय नहीं कर रही हूँ। अपने निकट सच्चा रहना, अपने निकट निरपराध होने का मूल्य बहुत अधिक होता है।

जब मैं किशोरी थी, मेरे लिए हर क़दम पर पाबन्दियाँ थीं। घर से बाहर नहीं निकलोगी। खेलोगी-कूदोगी नहीं। छत पर नहीं जाओगी। पेड़ पर नहीं चढ़ोगी। लड़कों-छोकरों की ओर देखोगी नहीं। किसी के साथ प्रेम नहीं करोगी। मैंने लेकिन सब कुछ किया। मैंने किया, कारण कि यह सब करने की मेरी इच्छा हुई। पाबन्दियाँ थीं तो ये इच्छाएँ हुईं, ऐसा नहीं है। पिताजी ने तो और भी बहुत सारी चीज़ों के लिए मनाही की थी, जैसे पोखर में नहीं उतरोगी, मैं पोखर में नहीं उतरी, कारण कि मुझे तैरना नहीं आता था, और इस वजह से मुझे आशंका होती थी कि तैरने की जानकारी के बिना पोखर में उतरने पर मज़ा तो आएगा ही नहीं बल्कि असावधानी की वजह से डूब कर मेरी मौत भी हो सकती है। पिताजी कहते थे, छत की रेलिंग पर मत चढ़ना। मैं नहीं चढ़ी। कारण कि मुझे लगता था चूँकि रेलिंग बहुत पतली थी, पैर फिसलकर नीचे गिरी तो सर्वनाश हो जाएगा। किसी भी काम को करते वक़्त लोग मुझे क्या बोलते हैं, क्या नहीं बोलते मैं वह सब न देखकर यह देखती हूँ कि मैं क्या कह रही हूँ, मैं क्या तर्क दे रही हूँ। अपनी इच्छाओं के सम्मुख मैं अत्यन्त सज्जनता के साथ खड़ी होती हूँ। स्त्रियों के लिए, जिनकी इच्छाओं का मूल्य यह पुरुषतांत्रिक समाज कभी नहीं देता, अपनी इच्छाओं को प्रतिष्ठित करना सहज नहीं है। लेकिन मुझे प्रतिष्ठित न करने का कोई कारण नहीं दिखाई देता। मुझे पता है, अपने निकट अपना डरा हुआ, हारा हुआ, नतमस्तक, घुटनों के बल झुका हुआ रूप मुझे सहन नहीं होगा।

मेरी लड़ाई सत्य के लिए है, साम्य के लिए है, सुन्दर के लिए है। इस लड़ाई को लड़ने के लिए मुझे स्वेच्छाचारी होना ही पड़ेगा। स्वेच्छाचारी हुए बिना यह लड़ाई नहीं लड़ी जा सकती। व्यक्तिगत जीवन में भी यदि सिर उठाकर रहना है तो स्वेच्छाचारी होना होगा। मैं यदि किसी और की इच्छा के हिसाब से चलती हूँ तो फिर मैं परनिर्भर हूँ। दूसरों की दी हुई राय और सोच के हिसाब से चलती हूँ, तो फिर मैं निश्चित रूप से मानसिक रूप से अपाहिज हूँ। मुझे यदि दूसरों की दी हुई करुणा पर जीवनयापन करना पड़े, तो फिर मैं जो कुछ भी क्यों न रही हूँ, आत्मनिर्भर क़तई नहीं हूँ। वहाँ पर स्वेच्छाचार का आनन्द नहीं होगा। आज़ाद सोच नहीं होगी, आज़ाद बुद्धि नहीं होगी, मैं सिर्फ़ यंत्र की तरह चलती रहूँगी। यह सब सोचने पर मेरा दम घुटने लगता है। इस तरह के दु:सह जीवन से तो उसका न रहना ही बेहतर।

पुरुष हमेशा से ही स्वेच्छाचार करते आ रहे हैं। समाज उन्हीं के अधीन है। स्वेच्छाचार की दरकार स्त्रियों को है। स्त्री की इच्छाओं के घर पर स्त्री को जो ताला लगाना पड़ता है, ताला लगाकर इस समाज में तथाकथित अच्छी स्त्रियाँ, रानी बेटियाँ, बुद्धिमती स्त्रियाँ, भद्र स्त्रियाँ, नम्र स्त्रियाँ बनना पड़ता है—यह समय है कि जब स्त्रियाँ उस ताले की चाबी अपने आँचल में से निकाल लें। वे ताला खोलकर अपनी इच्छाओं को पक्षियों की तरह आकाश में उड़ा दें। स्त्रियाँ सर्वत्र स्वेच्छाचारी हो जाएँ। यदि वे नहीं हुईं तो वे स्वाधीनता का मतलब भी नहीं समझ सकेंगी। नहीं हुईं तो वे जीवन के सौन्दर्य को भी नहीं देख सकेंगी।

स्वाधीनता क्या है, मुझे पता है। मुझे हर क्षण स्वाधीनता की ज़रूरत महसूस होती है। मैं अकेली रहती हूँ कि दुकेली रहती हूँ, या फिर हज़ारों लोगों की भीड़ में रहती हूँ, मैं अपनी आज़ादी किसी को दान में नहीं देती या उसे कहीं भी खोती नहीं। मैं स्वाधीनता और अधिकार की बातें लिखती हूँ, और जो लिखती हूँ उस पर विश्वास करती हूँ। जिस पर विश्वास करती हूँ, उसे जीवन में ढालती हूँ। मैं मानसिक रूप से मज़बूत हूँ, आर्थिक रूप से आत्मनिर्भर हूँ, और नैतिक रूप से स्वाधीन व्यक्ति हूँ। ये बातें पुरुषों को सहन नहीं होती। पुरुष स्त्रियों की इतनी ताक़त को पसन्द नहीं करते। वे स्त्रियों को हाथ की मुट्ठी में लेकर, क़दमों के नीचे पीस डालना चाहते हैं। जो उन्हें पीसने नहीं

देती, वह स्त्री अच्छी नहीं होती। पीसने न दे तो स्त्री बुरी है। पीसने न दे तो स्त्री स्वेच्छाचारी है। बहुत-से लोगों को लगता है स्वेच्छाचारी का मतलब यह है कि किसी भी पुरुष के साथ जब-तब हमबिस्तर हो जाना, यौन-सम्बन्ध बनाना। स्वेच्छाचार का यह अर्थ कदापि नहीं है। पुरुषों के साथ हमबिस्तर न होने को मैं स्वेच्छाचार मानती हूँ। पुरुष के साथ स्त्री को सोना चाहिए, पुरुष बुलाए तो स्त्री जहाँ भी रहे, दौड़कर उसके पास चली जाए, साधारणत: यही नियम है। स्त्री यदि उसकी इच्छा न होने पर न सोए, तो फिर वह स्त्री निश्चय ही स्वेच्छाचारी होगी। तो इस तरह की स्वेच्छाचारी स्त्रियों को पुरुष क्यों पसन्द करेंगे भला! पुरुषों के सुख-भोग के लिए, पुरुषों की देह और मन की तृप्ति के लिए, उनकी विकृतियों, उनके विलास के लिए जो स्त्रियाँ अपने आप को बाँटती नहीं, उन्हें केवल स्वेच्छाचारी नहीं, वेश्या करकर अपमानित करने के लिए पुरुष तैयार बैठे रहते हैं।

मेरी जो मर्ज़ी मैं करती हूँ। मैं किसी का विनाश करके कुछ नहीं करती। स्वेच्छाचारी हूँ इसीलिए जीवन का अर्थ और मूल्य इन दोनों का ही अनुधावन कर पाती हूँ। यदि मैं स्वेच्छाचारी न होती, दूसरों की इच्छाओं की बलिवेदी पर अपनी बलि चढ़ा देती, तो मैं समझ ही नहीं पाती कि मैं कौन हूँ, मैं क्यों हूँ। मनुष्य यदि ख़ुद को ही न पहचान पाए, तो फिर और किसे पहचानेगा! आज यदि मैं स्वेच्छाचारी नहीं होती, तो सम्भव है मैं यह जो लेख लिख रही हूँ, उसका एक वाक्य भी नहीं लिख पाती।

विलक्षण तेज और दृढ़ता

जो स्त्रियाँ सिर झुकाए, मुँह छिपाए जीवन काटती थीं, वही स्त्रियाँ, वही सिंगूर की स्त्रियाँ आज पुलिस की मार खा रही हैं। जो स्त्रियाँ कभी घर से बाहर नहीं निकलीं, कोलकाता की रोशनी जिन्होंने नहीं देखी, वे आज अनशन कर रही हैं। पुरुष भी अनशन कर रहे हैं। सिंगूर से आए एक दोस्त ने कहा, 'जो पुरुष वहाँ अनशन कर रहे हैं, वे उनके द्वारा सरकार के विरोध के परिणाम की बात सोचकर डर और दुश्चिन्ता में बदरंग हुए जा रहे हैं। लेकिन अनशन कर रही स्त्रियों में विलक्षण तेज और दृढ़ता है। स्त्रियाँ कह रही हैं, हमें मरना पड़े तो वह हमें मंज़ूर है। ऐसी दृढ़ता है, ऐसा तेज है!' स्त्रियों को मन की ऐसी ताक़त कहाँ से मिली? बीस से लेकर सत्तर की उम्रवाली स्त्रियों में एक-जैसी ताक़त थी। समझौते के लिए कोई भी तैयार नहीं थी। पीछे हटने के लिए राज़ी नहीं थी। यह सब देखकर बड़ा अच्छा लग रहा था। मुझे पश्चिमी देशों की स्त्रियों का वोट के आन्दोलन को लेकर सड़कों पर उतरना, पुलिस के अत्याचार सहना और एक पल के लिए दमित न होना याद आ गया! तमाम देशों में हुए आज़ादी के आन्दोलनों में स्त्रियों की भूमिका याद आ गई। पुरुष समझौते कर रहे हैं। स्त्रियाँ नहीं कर रही हैं। यह जो स्त्रियों के समझौता न करने के संकल्पों और निर्णयों में असंकुचित चरित्र की ख़बर हमें मिल रही है, यह चरित्र कहाँ चला जाता है? स्त्रियाँ जैसे ही चारदीवारी के भीतर प्रवेश करती हैं, वैसे ही उनका टेंटुवा पकड़ लिया जाता है। उनका दम घोंट दिया जाता है। पाँवों में बेड़ियाँ पहना दी जाती हैं। विलक्षण तेज और दृढ़ता को लिये-लिये वे घरों में सड़ कर मर जाती हैं। देश में अराजकता पैदा होने पर ही उन स्त्रियों पर लोगों

की नज़र जाती है। जुलूस के आगे चलने वाली स्त्रियाँ। घूँघट हटाकर, बुरक़ा फेंककर बाहर निकल आने वाली स्त्रियाँ। घरों के अन्दर किसने इन्हें क़ैद कर दिया है? क्या नहीं है स्त्रियों के पास कि वे सख़्त दीवार को नहीं तोड़ पा रही हैं! यदि किसी ने उनसे हथौड़े छीन लिये हैं तो क्या स्त्रियाँ उनसे अपने हथौड़े छीन नहीं सकतीं? तोड़ने के लिए वे किसी और हथौड़े का इंतज़ाम नहीं कर सकतीं? स्त्रियों की इतनी अखंडता और साहस, उनका अडिग मन कहाँ खो जाता है? कौन उनकी हत्या करता है? इस सवाल का जवाब हमें पता है। पता होने के बावजूद हममें से ज़्यादातर ही चेहरा छुपाए रहते हैं। न जानने का दिखावा करते हैं।

मन में सवाल उठता है, सिंगूर की छीन ली गई ज़मीन क्या कभी भी स्त्रियों की थी? या कि स्त्रियों के पिता, स्त्रियों के पति, स्त्रियों के भाइयों की थी? स्त्रियों के अधिकार में कुछ भी नहीं है, स्त्रियों के मंगल के लिए कुछ भी नहीं है, लेकिन स्त्रियों के द्वारा ही सम्पत्तियों की रक्षा होती है। रक्षा स्त्रियाँ ही करती हैं। मैं देखती हूँ स्त्रियाँ ही समय-समय पर किसी भी दुःसमय और असहनीय दुर्दिनों की परवाह नहीं करतीं। इस समूची पृथ्वी पर ख़तरा उठाने की क़ूवत स्त्रियों में ही ज़्यादा होती है। स्त्रियों ने इसे अनेक-अनेक बार साबित भी किया है। उन्होंने ख़तरे उठाकर असम्भव को सम्भव किया है। फिर भी गंदा पुरुषतंत्र घर में और बाहर भी स्त्रियों की दृढ़ता, उनके सीधेपन की हत्या के आयोजन करता रहता है।

पुरुष युद्ध करते हैं। युद्ध में विजयी होकर पराजित सेना के माल-असबाब की लूट करते हैं। ज़मीन, मकान, बर्तन, स्त्रियाँ। आदिकाल से पुरुषों के ऐसे ही नियम हैं। पुरुषों ने स्त्रियों के पृथक अस्तित्व को कभी भी स्वीकार नहीं किया। स्त्रियाँ हमेशा से ही पुरुषों की निजी वस्तु रही हैं। पुरुष अपनी वस्तु के साथ जो मर्ज़ी करता है, और उसे लगता है कि उसे ऐसा करने का अधिकार है। युद्ध में स्त्रियों को ही सबसे ज़्यादा नुक़सान होता है। युद्ध में भाग लिए बिना भी उनकी हत्या होती है, उनसे बलात्कार किया जाता है, वे बेघर होती हैं, अनाथ होती हैं, अकेली हो जाती हैं, उनका सर्वस्व छिन जाता है। लड़ाईबाज़ पुरुष को इतना नहीं भुगतना पड़ता, जितना स्त्रियों को भुगतना

पड़ता है। लड़ाइयों में पुरुषों की मौत होती है, और लड़ाईबाज़ पतियों की पत्नियाँ बेटे-बेटियों के साथ जिस दुर्गति को भुगतती हैं, उस दुर्गति को कहाँ पर कौन है जो बाँट लेता हो!

मैं युद्धविरोधी हूँ। परमाणु बमों-जैसी अमानवीय चीज़ों से यह विश्व भरता जा रहा है। मारणास्त्रों के पीछे जितना धन ख़र्च होता है उसमें यदि थोड़ी-सी कटौती कर दी जाए तो समूचे विश्व के सारे लोगों के भोजन, शिक्षा और चिकित्सा की व्यवस्था की जा सकती है। लेकिन लड़ाईबाज़ पुरुष ऐसा क्यों करेंगे भला! शान्ति-शान्ति करके चीख़-पुकार कोई कम तो नहीं हो रही है। पुरुष दुनिया भर में जितनी भी अशान्ति क्यों न फैलाएँ, शान्ति पुरस्कार पुरुषों को ही नसीब होता है। जबकि शान्ति के लिए वे कुछ भी नहीं करते। हालाँकि आजकल तो शान्ति पुरस्कार भी पूँजीवादियों द्वारा पोषित किये जा रहे हैं। दरिद्रों को ठगकर, मूर्ख बनाकर बिना किसी विघ्न-बाधा के यदि धन-सम्पदा हासिल कर सकें तो भी शान्ति पुरस्कार हस्तगत हो जाता है। पुरुषों को अस्त्र, मारणास्त्र और युद्ध पसन्द है। उन्हें हिंसा पसन्द है, रक्तपात पसन्द है।

अमेरिका के राष्ट्रपति ड्वाइट डेविड आइज़ेनहॉवर को भले ही मैं पसन्द न करूँ लेकिन उनकी यह बात मैं अक्षरशः मानती हूँ—'हरेक बन्दूक को बनाने में, हर युद्ध के अवसर को पैदा करने में, हर रॉकेट को उड़ाने में जिस धन की दरकार होती है वह उन लोगों से चुराया गया है जो भूख से परेशान हैं, जिनके पास खाने को नहीं है, जो ठण्ड में कष्ट पा रहे हैं, जिनके पास कपड़े नहीं हैं।'

उस दिन मैं रवीन्द्र-सदन में, नन्दन में टहल रही थी। मैंने देखा रवीन्द्र-सदन में नृत्य का अनुष्ठान आयोजित किया गया था। वहाँ कई हज़ार दर्शक थे और थोड़ी दूरी पर मानवाधिकार संगठन द्वारा सिंगूर में हुए पुलिस के अत्याचार के प्रतिवाद स्वरूप आयोजित सभा में केवल पाँच-छह लोग बैठे थे। यह देखकर मेरा मन बहुत ख़राब हो गया। नाच-गान में इतने सारे लोग, और प्रतिवाद में कोई नहीं! मानवाधिकार में कोई नहीं! तो फिर क्या मनुष्य के लिए अब मनुष्य आँसू नहीं बहाता? इसके बावजूद मैं कहूँगी कि पश्चिम बंगाल के लोग सिंगूर प्रसंग में एकजुट हुए हैं, इस बारे में मुखर हुए हैं। सभी

शान्ति चाहते हैं। सभी भले न हों लेकिन अधिकांश लोग ही शान्ति चाहते हैं। अत्यन्त निष्ठुरों के अलावा कौन भला दरिद्रों पर अत्याचार करना चाहता है! मुझे यह सोचते हुए अच्छा लगता है कि पश्चिम बंगाल के लोग सहृदय हैं।

संसार में दो प्रकार के युद्ध होते हैं। एक शोषक का शोषित के विरुद्ध। और दूसरा शोषितों का शोषकों के विरुद्ध होता है। मैं हमेशा से ही इस दूसरे का समर्थन करती आई हूँ। इसलिए तमाम विपदाओं के बावजूद शोषितों के पक्ष में खड़ी रही हूँ। मैं शोषण नहीं चाहती इसलिए ऐसा करती हूँ। मैं अधिकार चाहती हूँ, आज़ादी चाहती हूँ इसलिए खड़ी होती हूँ। मैं विषमता नहीं चाहती, अनाचार नहीं चाहती। मैं शान्ति की हिमायती हूँ। युद्ध की अपेक्षा बहुत सहज है शान्ति की स्थापना। लेकिन सहज काम ही हमें होता नहीं दिखाई दे रहा है। सहज कामों में ही जटिल, कुटिल लोगों को आपत्ति है। सहज कामों में ही अस्त्रधारियों को एतराज़ है। जिनके हाथों में सत्ता है, गिद्ध उनकी आँखों, बेबस लोगों की ओर मुड़कर देखने की मानवीय आँखों को नोचकर खा जाते हैं।

फ्रांसीसी दार्शनिक वॉल्टेयर ने कहा था कि अस्त्रों के दम पर समूचे विश्व-ब्रह्माण्ड पर क़ब्ज़ा जमाना आसान है, लेकिन एक छोटे-से गाँव के मन पर नहीं। 'It would be easier to subjugate the entire universe through force than the minds of a single village.' वॉल्टेयर की यह बात मुझे सिंगूर के लोगों की और भी याद दिला रही है। हो सकता है सिंगूर में टाटा का कारख़ाना लगे। लोग सिंगूर की स्त्रियों के अनशन को भूल जाएँ, उन पर किये गए पुलिस के उत्पीड़न को भी भूल जाएँ। लेकिन उस छोटे-से गाँव के छोटे-से मन को शायद अपने मन ख़राब होने की बात हमेशा के लिए याद रह जाएगी। भविष्य में जो लोग इतिहास लिखेंगे, उनके मन पर शायद यह मन ख़राब करने वाली घटना का कोई असर भी न होगा। वे असम्भव तेज और दृढ़ता के साथ स्त्रियों के आगे आने, अनशन करने, प्रतिवाद में मुखर होने, अपने अधिकारों के लिए जोखिम उठाकर कूद पड़ने की घटना का ज़िक्र भी न करेंगे। इतिहास की रचना तो पुरुष ही करते हैं। स्त्रीविद्वेषी इस समाज के पुरुष, जिन्होंने स्त्री का सम्मान करना नहीं सीखा, वे क्या कहीं पर स्त्रियों का

स्मरण करेंगे, उन्हें सम्मान देंगे! इतिहास के पन्नों से स्त्रियाँ बाहर हो जाएँगी, स्त्रियाँ ही भुला दी जाएँगी।

बड़े-बड़े राजनीतिविद अपने देशप्रेम का प्रदर्शन करते रहते हैं। बड़े-बड़े बुद्धिजीवी अपना देशप्रेम दिखाते हैं। लेकिन झूठ को स्वीकार करने में इनसे पारदर्शी भी कोई नहीं होता। रूज़वेल्ट ने स्वयं राष्ट्रपति होते हुए एक दिन कहा था, 'it is unpatriotic not to tell the truth, whether about the president or anyone else.' तुममें देशप्रेम-जैसा कुछ भी नहीं है यदि तुम सच को छिपाते हो, फिर वह सच किसी भी व्यक्ति या कि देश के राष्ट्रपति से सम्बन्धित ही क्यों न हो। नाच हो रहा है। सरकारी कविता-उत्सव हो रहे हैं। उत्सवों में अनगिनत कवि भाग ले रहे हैं। कवि लोग महा-आनन्द और सुखपूर्वक प्रेम और विरह की कविताएँ पढ़ रहे हैं। हालाँकि उसी समय उनके पास से सिंगूर को लेकर प्रतिवाद करता जुलूस गुज़र रहा है। बड़े-बड़े कवि मुँह पर ताला लटकाए बैठे हुए हैं कि कहीं ताला खोलने पर उनका कोई नुक़सान न हो जाए। वे लोग क्या सिंगूर की अनशनरत स्त्रियों से भी कुछ ज़्यादा खो देंगे? शहर के सम्भ्रांत कवि-कुल को क्या कभी उनसे ज़्यादा नुक़सान हो सकता है?

वॉल्टेयर ने कितने पहले ही कह दिया था, 'It is dangerous to be right when the government is wrong.' हम आज भी देखते हैं, हम हर रोज़ इस सच्चाई को देख रहे हैं। चारों ओर स्त्रियाँ ही ज़िन्दगी के जोखिम उठा रही हैं। अनशन में स्त्रियों की ही मौत होगी। बहुत सम्भव है पुरुष अनशन तोड़ दें। स्त्रियाँ नहीं तोड़ेंगी। ऐसी विलक्षण निर्भीक सत्साहसी स्त्रियाँ यदि राज्य या राष्ट्र या विश्व का शासन सँभालतीं तो यह पृथ्वी और भी कितनी सुन्दर हो जाती।

महाश्वेता, मेधा, ममता : महाजगत की महामानवियाँ

स्त्रियों को राजनीति नहीं आती, वे अर्थशास्त्र नहीं समझतीं, वे क्रिकेट को नहीं समझ पातीं, स्त्रियाँ कठिन काम नहीं कर सकतीं। स्त्रियाँ नहीं कर पातीं, स्त्रियों को नहीं पता, स्त्रियाँ नहीं समझ पातीं—मैंने हर वक़्त यही सुना है। जबकि स्त्रियों ने बार-बार सिद्ध किया है कि वे जानती हैं, वे कर पाती हैं, वे समझ लेती हैं। केवल इतना ही नहीं, वे पुरुषों से कहीं अधिक जानती हैं, कर पाती हैं और समझ जाती हैं। इसके बाद भी स्त्रियों को स्त्रीविद्वेषी समाज के षड्यंत्रों का शिकार होना पड़ता है। स्त्रियों के सब कुछ जानने, कर पाने और समझने को शरीर के बल से ख़ारिज कर पुरुष गद्दियों पर बैठकर आराम फ़रमा रहे हैं। स्त्रियों को पुरुषों के ऐशोआराम के तमाम आयोजन के काम में लगा दिया गया है। स्त्रियों को नेपथ्य में, पर्दे की ओट में रहना होगा। सबसे पीछे, सबसे नीचे सर्वहाराओं के साथ। लेकिन स्त्रियाँ पुरुषों के बँधे-बँधाए नियमों को तोड़कर सामने चली आती हैं। वे यह बता सकती हैं कि संकट के समय वे ही सहाय हैं। ममता, महाश्वेता और मेधा—यह तीन स्त्रियाँ, उनके राजनीतिक आदर्श जो भी हों, उन्होंने जीवन में जो भी ग़लतियाँ की हों, लोगों के बुरे समय में लोगों के साथ खड़ी रही हैं, किसी भी दुर्घटना के ख़तरे उठाए हैं, किसी भी निष्ठुरता के साथ उन्होंने समझौता नहीं किया। अभी इस क्षण में इससे बड़ी और कोई घटना नहीं है। इससे बड़ा कोई सच नहीं है। इससे बढ़कर कोई मानवता नहीं है।

स्त्रियाँ रास्तों पर से पत्थर हटा देती हैं। पुरुष आकर उन रास्तों पर राजाओं की तरह चलते हैं। पुरुष जाकर मसनदों पर बैठते हैं, राजकाज सँभालते हैं।

पुरुषों के अराजकता करने पर, निरंकुश होने पर, युद्ध करने, लोगों की हत्या करने पर शान्ति की पताका हाथ में लिए स्त्री ही आगे आती है। स्त्रियाँ ही घर-घर में चोर, डकैत, नशेड़ी, लुम्पेन, ख़ूनी पुरुषों से रूबरू हो रही हैं, उन्हें सँभाल रही हैं, उन्हें बदल रही हैं, उन्हें इनसान बना रही हैं। वे ख़ुद बीमार हो रही हैं लेकिन औरों को सुख दे रही हैं। स्त्री के इस चरित्र को देखकर लग सकता है कि वह केवल सेवा करने और हर चीज़ देने के लिए ही पैदा हुई है। लेकिन ऐसा है नहीं, युद्ध स्त्री भी कर सकती है, करती है। स्त्री चाहे तो वह भी अधम और कुरूप हो सकती है, निरंकुश शासक हो सकती है। इतिहास में इसकी मिसालें हैं। स्त्री का मतलब ही शान्ति का प्रतीक है, ऐसा नहीं है। स्त्रियाँ कम विनाश, कम निर्ममता, कम ख़ून नहीं जानतीं।

स्त्रियाँ घर और बाहर शान्ति बनाए रख रही हैं। हालाँकि सारे धर्मों में इसी स्त्री को नरक का द्वार कहा गया है। पुरुष और पुरुषतांत्रिक व्यवस्था इसी स्त्री को अनादरित, उपेक्षित, अशान्ति से भरी और बीमार रख रही है। राजनीति स्त्रियों को दूर हटाकर रख रही है। आज कितनी स्त्रियाँ मंत्री पद पर हैं? कितनी स्त्रियाँ संसद सदस्या हैं? कितनी स्त्रियाँ हैं जो प्रशासन चला रही हैं? कितनी स्त्रियाँ अकादमियों के ऊँचे पदों पर हैं? और स्त्रियों की शिक्षा की व्यवस्था को शुरू हुए हुआ ही कितना समय हुआ है! समूचा समाज ही तो अभी उस दिन तक स्त्रियों की शिक्षा के विरोध में था। लेकिन क्या अब स्त्रियों की शिक्षा के विरोधी लोग नहीं हैं! ख़ूब हैं। अब भी क्या लोग यह नहीं सोचते कि लड़कों को ही स्कूल भेजा जाना चाहिए, लड़कियों को नहीं। लड़कियों के लिए खाना बनाना और घर के कामकाज सीखकर उनकी शादी हो जाना ही बेहतर है। और अगर लड़कियों को स्कूल भेजना ही पड़े तो वह क्या सचमुच की शिक्षा के लिए होता है? इसके पीछे उद्देश्य शादी के बाज़ार में लड़कियों की क़ीमत बढ़ाने के सिवा और क्या है! शहरी लोगों को लगता है कि शहर की लड़कियाँ बहुत शिक्षित हैं। हाय रे शिक्षा! स्कूल, कॉलेज और विश्वविद्यालय से पास होने के बाद भी क्या ज़्यादातर लोगों को इस बात का इल्म भी रहता है कि स्त्री और पुरुष दोनों ही मनुष्य हैं और उन दोनों के अधिकार समान हैं? शिक्षित शहरी स्त्रियाँ तो बच्चे को स्कूल में दाख़िला दिलवाकर दिन भर स्कूल के गेट के

पास खड़ी रहती हैं। दिन भर के बाद बच्चा क्या सीखकर बाहर निकलता है? साल बीतने पर गणित, विज्ञान, इतिहास और भूगोल के समानांतर बच्चे क्या कभी इस शिक्षा को ग्रहण कर पाते हैं कि स्त्री और पुरुष दोनों की आज़ादी और अधिकार समान हैं? और जो स्त्रियाँ दस से पाँच ऑफ़िस जाती हैं? यह बात क्या उन्हें भी पता है? पुरुष स्वामी के सारे आदेशों-निर्देशों का वे सिर झुकाकर पालन करती हैं। वे बैठने का कहें तो बैठना पड़ता है, सोने का कहें तो सोना। उनकी अपनी योग्यता का कोई मूल्य नहीं, अपनी दक्षता का कोई दाम नहीं, स्त्रियों को दिन-रात मेहनत करके पैसे नहीं कमाने दिये जाते। यह केवल बाहर की बात नहीं है, घर में भी ऐसा ही होता है। केवल मेहनत करने से काम नहीं चलता, त्याग भी करना होता है। मान, सम्मान, व्यक्तित्व—जो भी सिर उठाकर जीना सिखाता है—सब कुछ का त्याग। जो स्त्रियाँ त्याग नहीं करना चाहतीं, उन्हें अच्छा कहने का रिवाज़ इस समाज में नहीं है। इसलिए त्याग करके ही उन्हें 'अच्छे' के ख़ाते में अपना नाम लिखवाना पड़ता है। 'अच्छे' के ख़ाते में नाम लिखाने और 'वेश्या' के ख़ाते में नाम लिखाने में मेरे हिसाब से वैसा कोई ख़ास फ़र्क़ नहीं है।

ऐसा कुछ भी नहीं है जो स्त्रियाँ नहीं कर सकतीं। अशान्ति फैलाना चाहें तो वे फैला सकती हैं, शान्ति बहाल करना हो तो वे कर सकती हैं। वे जिस पैमाने पर प्यार कर सकती हैं, उसी पैमाने पर नफ़रत भी कर सकती हैं। पुरुषों ने इस धरती को जितनी बार सड़ाने-गलाने की कोशिश की, उतनी ही बार स्त्रियों ने आकर सड़न का उपचार किया है। उतनी बार उन्होंने फ़सलें उगाई हैं। सौहार्द और स्नेह से सिक्त हुआ है सब कुछ। और इसी स्त्री को नेपथ्य में रखकर पुरुषों ने सारा श्रेय हथियाया है। स्त्री ही रचना करती है, और पुरुष लोग आपसी भ्रातृत्व के बन्धन से समृद्ध होते हैं। स्त्री के लिए क्या ऐसा कोई शब्द है? भगिनीत्व? इसका चलन भी नहीं है और चर्चा भी नहीं। स्त्रियों को तो माँ से, बहन से और सहेलियों से अलग ही कर दिया जाता है। स्त्री का स्त्री से बार-बार योग-संयोग नष्ट कर दिया जाता है। इतिहास में शुरू से ही स्त्रियों के बन्धन नाना धर्मों, तंत्रों-मंत्रों में उलझकर नष्ट होते रहे हैं। स्त्रियों को पुरुष लोग बाँध लेते हैं, लेकिन स्त्री के साथ स्त्री के बन्धनों का कोई उपाय

नहीं है। स्त्री अपने प्राप्य अधिकार न पाने की स्थिति में जो आवाज़ उठाएगी, एक आवाज़ को सुन सैकड़ों और हज़ारों आवाज़ें उसके लिए मुखरित होंगी, इसका कोई उपाय नहीं है। स्त्रियों का कोई ताक़तवर संगठन भी नहीं है। और जो है वह अधेड़ गृहवधुओं का झुण्ड है, जिसमें वे महीने या साल में एक बार मिलती हैं और गुनगुनाती हुई गीत गाती हैं, और अपनी आज़ादी का प्रसार देखकर ख़ुद ही मुग्ध हो जाती हैं या उन्हें मूर्च्छा आ जाती है।

पुरुषों ने ख़ूबसूरत स्त्रियों की संज्ञा तैयार की है, उस संज्ञा के अनुसार स्त्रियाँ दीवानियों की तरह सजती-धजती हैं, ख़ुद को सुन्दरी के तौर पर प्रदर्शित करना ज़रूरी है, अन्यथा मान-सम्मान नहीं रहता, समाज में क़ीमत नहीं रहती। आत्मनिर्भर स्त्रियाँ जो थोड़ा-बहुत कमाती हैं, उसका ज़्यादातर हिस्सा उसके साज-शृंगार में चला जाता है। उसे ख़ुद के लिए जो समय मिलता है, उसका ज़्यादातर हिस्सा इस अनुसंधान में चला जाता है कि क्या पहनने या कि न पहनने से लोग उसकी ओर आकर्षित होंगे। पुरुषों ने स्त्रियों को व्यस्त रहने के लिए यह एक बढ़िया काम दिया है। खाना बनाने, बच्चों को पालने और घर-गृहस्थी चलाने से भी बड़ा एक काम ताकि उस व्यस्त स्त्री के पास राजनीति या अर्थशास्त्र को समझने का समय ही न रहे। यहाँ तक कि क्रिकेट तक को समझने का मामूली-सा समय भी किसी को न मिल सके। अपने अधिकार के 'अ' को समझने का तो सवाल ही नहीं उठता। इतने प्रतिबन्ध, इतनी बाधाएँ हैं। षड्यंत्र के सैकड़ों जाल हैं। स्त्रियों को कुचलकर उनका नामोनिशान मिटा देने के सारे आयोजन मौजूद हैं। फिर भी मुझे स्त्रियाँ अपना मेरुदंड सीधा रखकर खड़ी होती दिखाई देती हैं। इस स्त्रीविद्वेषी समाज में ही जन्म लेती हैं महाश्वेता, मेधा और ममता-जैसी निर्भीक स्त्रियाँ।

हम तो और-और महाश्वेता और मेधाओं की उम्मीद कर सकते हैं! स्त्रियों के पास तो मेधा बनने की मेधा है ही! ममता बनने की ममता है। उनके पास महाश्वेता बनने की शक्ति है। तो फिर स्त्रियाँ क्यों पिछड़ जाती हैं, स्त्रियाँ क्यों घर की बहू बनकर रह जाती हैं! स्त्रियाँ क्यों केवल सन्तानों की माँ बनकर बैठी रह जाती हैं! स्त्रियाँ क्योंकर निर्जीव, बुद्धिहीन, निष्प्रभ, अचेत, निस्तेज, निस्पृह, निष्क्रिय, मूक और निषिद्ध होकर पड़ी रहती हैं! स्त्रियाँ तो अग्नि होना

जानती हैं। तो फिर वे क्यों उस अग्नि को प्रज्वलित नहीं करतीं! जिस आग में इस समाज की तमाम विषमताएँ जलकर राख हो जाएँ!

बुरे समय को अच्छे समय के पास ले जाने के लिए स्त्रियों ने ही हाथ आगे बढ़ाए हैं। काश कि इन हाथों पर सैकड़ों-हज़ारों स्त्रियाँ मसाले पीसनेवाले, चावल धोनेवाले अपने हाथ रख दें, इन हाथों पर सूई-धागेवाले, बच्चों की परवरिश करनेवाले, क़लम-पेशेवाले, हथौड़े-छेनीवाले, हँसिया-कुदालवाले हाथ रख दें, काश इन हाथों पर सारी स्त्रियाँ अपने हाथ रख दें।

सारी स्त्रियों को ही नारीवादी होना चाहिए

1

आज से सत्रह साल पहले मैंने बांग्ला शब्दकोश के बारे में लिखा था कि उस शब्दकोश में पुरुष शब्द का अर्थ मनुष्य दिया गया है लेकिन नारी शब्द का अर्थ और जो कुछ भी रहा हो, मनुष्य नहीं है। सत्रह साल पहले लोगों को बड़ा आश्चर्य हुआ था। बहुत-से लोग शब्दकोश खोलकर हतवाक बैठे रहे थे, वे अपनी आँखों पर विश्वास नहीं कर सके थे। लेकिन क्या कोई विश्वास कर सकता है कि अब भी शब्दकोश में वह शब्दार्थ बिना किसी बदलाव के मौजूद है!

2

पुरुष शब्द को मैं एक नेतिवाचक शब्द मानती हूँ। पुरुषतंत्र यदि नेतिवाचक है, तो फिर पुरुष क्यों न होगा भला? यह जो हज़ारों वर्षों से पुरुषसत्तात्मक व्यवस्था टिकी हुई है—कहाँ, इस व्यवस्था को तोड़ने के लिए पुरुषों ने तो कोई प्रयास ही नहीं किये। पुरुष यदि चाहते तो इस तंत्र को निर्मूल किया जा सकता था। साम्य के लिए, समता के लिए वे पुरुषतंत्र को चूर-चूर कर उड़ा सकते थे, उसका नामोनिशान मिटा सकते थे, लेकिन उन्होंने नहीं किया। पुरुष—इस शब्द का प्रयोग मैं अविवेकी, अनुदार, अकृतज्ञ, स्वार्थी, स्वार्थ में अन्धा, लोभी, लोलुप, हीनमन्य, ईर्ष्यालु के समानार्थी के रूप में करना

चाहती हूँ। उन्हें मैं पुरुष कहकर गाली देना चाहती हूँ। उन लड़कों और उन लड़कियों को गाली देना चाहती हूँ, जो वैसे चरित्र के अधिकारी हैं। मैं यह कहकर गाली देना चाहती हूँ, 'छि छि छि तुम इतने कुत्सित, इतने कंजूस, इतने सड़े हुए, इतने पुरुष कैसे हो सके!'

3

पुरुष अभी भी कोलकाता की शिक्षित, आत्मनिर्भर लड़कियों के स्वामी हैं। लड़कियाँ पार्टी में शामिल हो रही हैं, शराब पी रही हैं, नाच रही हैं, और कह रही हैं 'मेरे पति ने मुझे ख़ासी आज़ादी दे रखी है। इतनी आज़ादी बहुत ज़्यादा लड़कियों को नहीं मिलती।'

कृतज्ञता में उस आत्मनिर्भर लड़की का चेहरा चमचमा रहा है। मैं मन-ही-मन कहती हूँ, आज़ादी तेरा जन्मसिद्ध अधिकार है। तेरी चीज़ तेरे ही पास रहेगी। पुरुष उसे देने वाला होता कौन है?

पुरुष लोग स्त्रियों के सिर पर चढ़ बैठे हैं। स्त्रियों ने भी पुरुषों को सिर चढ़ाने में कोई कसर नहीं छोड़ी है। स्त्रियों के सिर पर बैठकर पुरुष स्त्रियों का दिमाग़ खाते हैं। कीड़ों की तरह कुतर-कुतरकर खाते हैं। वे कीड़े बनकर भीतर घुस जाते हैं। वे मस्तिष्क का सर्वनाश कर देते हैं। स्त्रियों क्यों अपना सिर झटककर पुरुषों को नीचे नहीं उतार देतीं? वे कह सकती हैं, 'मेरे बाज़ू में रहो, पीछे रहो, लेकिन सिर पर मत चढ़ना।' कहती हैं क्या?

4

मुझे बहुत-से लोग, यहाँ तक स्त्रियाँ भी कहती हैं, 'आपको लोग नारीवादी कहते हैं, आप इसका प्रतिवाद क्यों नहीं करतीं?'

मैं अवाक होकर कहती हूँ, 'मैं प्रतिवाद क्यों करूँगी भला? मैं तो नारीवाद में विश्वास करती हूँ।' यह सुनकर बहुत-से लोगों का मन ख़राब हो जाता है। मैं उनसे कहती हूँ, 'मैं मानववाद में विश्वास करती हूँ इसीलिए नारीवाद में

मेरा भरोसा है। नारीवादी हुए बग़ैर मानववादी नहीं हुआ जा सकता। कैसे हो सकूँगी, मानव पर हो रहे उत्पीड़न को देख ख़ामोश रहकर मानववादी होना तो सम्भव नहीं है न।'

'स्त्रियाँ या तो फ़ेमिनिस्ट होती हैं, या फिर मैसोकिस्ट, ख़ुद को कष्ट पहुँचाकर आनन्द पाती हैं—वे इन दोनों में कोई एक होती हैं', एक नारीवादी ने ऐसा कहा था। मुझे भी ऐसा ही लगता है। तुम यदि मैसोकिस्ट नहीं होना चाहतीं, तो फिर तुम फ़ेमिनिस्ट होगी। होगी ही। मैं पुरुष और पुरुषों द्वारा शासित समाज द्वारा ख़ुद को उत्पीड़ित होने, कुचले जाने, पीसकर मार डालने, जला कर मार डालने के लिए राज़ी नहीं हूँ। इस वजह से मैं नारीवादी हूँ।

वही व्यक्ति नारीवादी है, जो स्त्री एवं पुरुष दोनों को सम्पूर्ण मनुष्य मानता हो और स्त्री तथा पुरुष के बीच में समता और समानाधिकार पर विश्वास करता हो।

नारीवाद-जैसी सहज, सरल, साधारण चीज़ के विषय में ज़्यादातर लोगों की कोई धारणा ही नहीं होती। स्त्री-पुरुष के राजनीतिक, आर्थिक और सामाजिक समता के पक्ष में रहना ही तो नारीवाद है। यह क्या बहुत कठिन चीज़ है, समझ में न आने वाली?

नारीवाद या फ़ेमिनिस्ट शब्दों पर बहुत-से लोगों को नाराज़गी है, केवल दक्षिण के देशों में ही नहीं, उत्तर के देशों में भी। उन सब देशों में फ़ेमिनिस्ट शब्द के बदले किसी और शब्द, जिस शब्द में किसी तरह की कालिमा न हो, के उपयोग का प्रस्ताव किसी-किसी की ओर से आया था। नया कोई नाम देने से ही सारी समस्याओं का समाधान हो जाएगा! नहीं, नहीं होगा। लोगों को असल में नारीवाद शब्द से डर नहीं लगता, लोगों को नारीवाद के एक्शन से डर लगता है। एक लड़की ख़ुद को नारीवादी कहे-न-कहे, लेकिन वह अपने अधिकारों के लिए मज़बूती से खड़ी हुई है, यह मामला बहुत भयंकर है।

एक ब्रिटिश लेखिका रेबेका वेस्ट ने कहा था, 'नारीवाद क्या है, वह सचमुच मुझे भी नहीं पता। मुझे सिर्फ़ इतना पता है कि जब भी मैं अपने भीतर के मैं को व्यक्त करती हूँ तो वह मुझे पैर पोंछने के पावदान या वेश्या से

अलग करता है, तभी लोग मुझे नारीवादी कहकर पुकारते हैं।'

डेल स्पेंडर ने लिखा था कि नारीवाद कोई युद्ध नहीं करता, अपने विरोधियों का ख़ून नहीं करता, किसी कंसन्ट्रेशन कैम्प का निर्माण नहीं करता। नारीवाद शिक्षा के लिए, वोट के लिए, काम करने के उन्नततर परिवेश के लिए, रास्तों पर सुरक्षा के लिए, सोशल वेलफ़ेयर के लिए, स्त्री शरणार्थियों के लिए, स्त्रीविरोधी क़ानूनों में संशोधन के लिए ...। कोई यदि कहता है कि 'मैं नारीवादी नहीं हूँ', तो मैं सवाल करती हूँ, 'What is your problem?'

मुद्दे की बात यह है, दिमाग़ में समस्या न हो तो सारी स्त्रियों को ही नारीवादी होना चाहिए।

नारीवाद की संज्ञाओं का कोई अन्त नहीं है। नारीवाद एक राजनीतिक थ्योरी और प्रैक्टिस है जो समस्त स्त्रियों को मुक्त कराने के संग्राम में लिप्त है। सारी स्त्रियाँ? हाँ, काली, बादामी, पीली इत्यादि रंगोंवाली स्त्रियाँ, मेहनतकश स्त्रियाँ, दरिद्र स्त्रियाँ, अपाहिज स्त्रियाँ, समलैंगिक स्त्रियाँ, वृद्ध स्त्रियाँ, और इतना ही नहीं, गोरी, अमीर, असमलैंगिक स्त्रियाँ भी।

नारीवाद की और एक सरल संज्ञा यह है कि 'वे मनुष्य हैं' इस बात को ज़ोर देकर कहना। 'Feminism is the radical notion that women are human beings.'

यह सरल संज्ञा उन लोगों को कठिन मालूम होती है, जो लोग स्त्रियों को मनुष्य के रूप में सम्मान देने के लिए राज़ी नहीं हैं।

5

अत्याचार के शिकार मनुष्यों में स्त्रियाँ ही एकमात्र ऐसा समूह है, जो अत्यन्त घनिष्ठ रूप से अपने अत्याचारियों के साथ वास करता है। नारीवादियों ने युगों-युगों से बहुत कुछ कहा है, इतिहास में जिसका बहुत कम ही उल्लेख मिलता है। पूर्व, पश्चिम, उत्तर एवं दक्षिण सभी अंचलों के पुरुष चरित्र के मामले में एक तथा अभिन्न हैं। नारीवादी लोग जिस भी अंचल से जो भी कहें, सभी अंचलों की स्त्रियों के अनुभवों से वह मेल खाता है।

पुरुष अपनी दुर्बलता के लिए क्षमा माँगते हैं, स्त्रियाँ माँगती हैं अपनी सरलता के लिए। पश्चिम की स्त्रियों ने यह बात कही है। पूर्व की स्त्रियों को क्या यह पता नहीं है!

ऐसा माना जाता है कि पुरुषों का बलशाली होना स्वाभाविक है। स्त्रियों के लिए ठीक उलटा है। स्त्रियों को दुर्बल होना फबता है, स्त्री यदि बलशालिनी हुई तो इसे उसका गुण नहीं, दोष माना जाता है। तो यह है समाज, जहाँ हम रहते हैं। स्त्री को पीसफ़ुल और पैसिव कहा जाता है। कि वह जन्म से ही ऐसी होती है। नहीं, यह सब जन्मगत नहीं होता। स्त्री सम्पूर्ण रूप से मनुष्य है, उसके लिए यही जन्मगत है, और कुछ नहीं।

मैं ख़ुद मानसिक रूप से बहुत ताक़तवर हूँ, आर्थिक रूप से आत्मनिर्भर, और नैतिक रूप से स्वाधीन व्यक्ति हूँ। यही, यही घटना तो पुरुषों को क़तई पसन्द नहीं है। पुरुष स्त्री को दुर्बल रूप में देखना चाहता है। पुरुष स्त्री को मुट्ठी में दबाकर, पैरों तले कुचलकर ख़ुश होता है, वह ख़ुशी उसे किसी और चीज़ में नहीं मिलती।

चूँकि मैं व्यक्तिगत जीवन में पुरुष का आधिपत्य बर्दाश्त करने को राज़ी नहीं, इसलिए अकेली रहती हूँ। स्त्री यदि स्वयं को कष्ट न देना चाहे, तो फिर वह नारीवादी है। और नारीवादी होने पर स्वयं के लिए घर का होना बहुत ज़रूरी है। बहुत समय पहले 1928 में वर्जीनिया वुल्फ़ ने एक बहुत ज़रूरी किताब लिखी थी, 'अ रूम ऑफ़ वंस ओन', अपने लिए एक घर। सारी स्त्रियों के लिए अपना एक घर ज़रूरी है। पश्चिम की स्त्रियों ने अपने लिए एक घर का इंतज़ाम कर लिया है। समाज अब उन्हें जूजू[1] का डर नहीं दिखाता। लेकिन समाज सुर्ख़ लाल आँखों से इस भारतवर्ष की स्त्रियों की ओर इस तरह घूर रहा है कि वे डर के मारे दुबकी हुई हैं, इतना डर है कि वे उत्पीड़क, दमनकारी, असभ्य, निर्लज्ज, निष्ठुर पुरुषों के विरोध में मुँह नहीं खोल पातीं। वे इन्हें अपनी चौहद्दी से निकाल बाहर नहीं कर पातीं, बल्कि प्यार-दुलार से उन्हें सिर चढ़ा लेती हैं, जीवन भर पालती हैं।

---

1. बच्चों को डराने वाला एक कल्पित भूत

मैं जब से अकेली रह रही हूँ, उस दिन से मुझे अपने जीवन की क़ीमत का एहसास हुआ है। पुरुष के साथ रहती तो मुझे इसका एहसास नहीं होता। तब पुरुष का जीवन ही प्रधान हो जाता। इस समाज में स्त्री का जीवन पुरुष के जीवन की तुलना में मूल्यहीन है, अर्थहीन है। अत्याचारी के साथ रहने पर स्त्री को अपने जीवन की क़ीमत को समझने का मौक़ा और समय कुछ भी नहीं मिलता। स्त्रियों को तो दिन भर पुरुषों की सेवा में, उसके देह की तृप्ति, उसके मनोरंजन में ही व्यस्त रहना पड़ता है।

मैं अकेली क्यों रहती हूँ? इसके जवाब में यह कहूँगी कि इसका कारण यह है कि मैं मैसोकिस्ट नहीं हूँ। मैं भुगतना नहीं चाहती। मैं नहीं चाहती कि मौक़ा मिलते ही पुरुष मुझे अपने पैरों तले कुचलता रहे। लोग बाहर पीस रहे हैं, पीसना चाह रहे हैं। लेकिन घर में ऐसा न हो। किसी भी सम्बन्ध की वजह से ऐसा न हो। एक साथ रहने-जैसे तथाकथित रोमांटिक जीवन के बहाने भी ऐसा न हो।

उत्तर अमेरिका की एक महिला लिज़ विंस्टेड ने कहा था, 'I think, therefore I'm single.' इसके बाद क्या और भी समझाकर कहने की आवश्यकता है कि स्त्रियों को अकेले रहने की क्या ज़रूरत है? देह में बोध-बुद्धि के रहने पर स्त्रियाँ क्या पुरुषों के साथ रहती हैं? गंजा क्या बेल के पेड़ तले जाता है?

अब कहीं भी लड़कियों जैसा कुछ न रहे

बचपन में मैं भी लड़का बन जाना चाहती थी। एक दिन नींद से उठूँ और मुझे पता चले कि मैं लड़के में बदल गई हूँ। तब मुझे माँ-बाबा का अधिक प्यार मिल सकेगा, अधिक देखरेख मिल सकेगी, मुझे जो कुछ चाहिए वह दिया जाएगा। महँगे खिलौने चाहिए, मिल जाएँगे। फ़ैशनेबल कमीज़, जूते सब उपलब्ध। मुझे खाने के लिए सबसे अच्छी चीज़ें दी जाएँगी। मेरी जहाँ मर्ज़ी जा सकूँगी, शहर के बड़े मैदानों में खेल सकूँगी। कोई मुझे नहीं रोकेगा। मेरी इच्छाओं-आकांक्षाओं को पूरा करने के लिए एक-सौ-एक लोग खड़े रहेंगे। मैं राजा हूँ, मैं बादशाह हूँ, मैं बेटा हूँ, मैं दुनिया हूँ, भगवान हूँ।

मैं जैसे-जैसे बड़ी होती गई, वैसे-वैसे दुर्गति भी बढ़ती गई। लड़की थी तो लोग मुँह बनाते, फटकारते, गालियाँ देते। बात-बात पर बाल मुट्ठी में पकड़कर झिंझोड़ते। कमरे के कोने में बैठी-बैठी आँसू बहाती और सोचती 'कितने ही लोग तो अचानक लड़के बन जाते हैं, मैं क्यों नहीं बन सकती!' पुरुषों की लोलुप नज़रें स्तनों पर जमी रहती, मौक़ा मिलते ही धावा बोल देते। ऋतुमती होते ही मुझे बताया गया कि मैं अपवित्र हो गई हूँ। इसे नहीं छू सकते, उस काम को नहीं कर सकते। लड़की होने के नाते मुझे दिन-रात इस डर के साथ रहना होता था, कि कहीं से कोई मुझ पर टूट पड़ेगा, मेरे साथ दुष्कर्म करेगा या फिर मेरा गला दबाकर मुझे मार देगा। कोई मेरे चेहरे पर तेज़ाब डाल देगा, कि कोई मेरे समूचे बदन पर मिट्टी का तेल डालकर मुझे जला देगा, ठंडे दिमाग़ से मेरे टुकड़े-टुकड़े कर डालेगा।

जो मैं लड़का बन पाती तो निश्चिन्त हो जाती। मेरा डर चला जाता।

आराम से जीती रहती। परिवार से, समाज से, क़ानून, राष्ट्र से हर तरह की मदद मिलती। मैं पढ़ने-लिखने, शोध करने, कुछ हासिल करने, पैसे कमाने और जीवनयापन करने में मन लगा सकती थी। लेकिन लड़की होने की वजह से मेरे जीवन का हर क्षण अपनी सुरक्षा में ही बीत जाता है। काम में लगाना होता है, उसी के साथ-साथ अनगिनत झपट्टों से ख़ुद को बचाकर रखना पड़ता है। मैं कभी भी रास्तों पर अकेली निश्चिन्त होकर नहीं चल सकी, पार्कों में नहीं टहल सकी, नदी किनारे नहीं बैठ सकी, समुद्र के सामने दो घड़ी खड़ी नहीं हो सकी। यह पुरुषों की दुनिया है, इस दुनिया में और कुछ भी, कोई भी, कोई भी प्राणी इतना असुरक्षित नहीं है, जितनी स्त्रियाँ हैं। शहरों, बन्दरगाहों, गाँव-गंजों, रास्तों, मैदानों, खेतों में मैं कभी भी निरापद नहीं थी, अब भी नहीं हूँ। अपनी सुरक्षा के लिए मुझे हमेशा से ही सुरक्षाकर्मी साथ लेकर चलना पड़ता है। मुझे सुरक्षा प्रदान करने के लिए कोई-न-कोई मेरे साथ रहता ही है, क्योंकि मैं स्वयं अपनी सुरक्षा के लिए काफ़ी नहीं हूँ। एक लड़की को सुरक्षा देने के लिए राष्ट्र, राष्ट्र के क़ानून, समाज, समाज की रीति-नीति यह सब काफ़ी नहीं है। बहुत-से लोग ऐसे में फुँफकार उठेंगे कि 'पुरुषों के लिए भी तो सुरक्षा का अभाव है।' बिलकुल ठीक। पुरुषों को भी इसका अभाव है। एक पुरुष को सुरक्षा का जो अभाव है, वह अभाव तो स्त्रियों को है ही, उससे लाख गुना ज़्यादा अभाव स्त्रियों को हैं, चूँकि उन्होंने स्त्री रूप में जन्म लिया है। यह समस्या किसी भी पुरुष को नहीं है। इस प्राणीजगत में किसी और को नहीं है।

यह समाज स्त्री और पुरुषों को जन्म के बाद से ही सिखाता आ रहा है कि पुरुष थोड़ा अधिक मनुष्य है, स्त्रियाँ थोड़ी कम मनुष्य हैं। बहुत-सी बातें हैं जो स्त्रियों को नहीं करनी चाहिए, नहीं कहनी चाहिए, नहीं माँगनी चाहिए, नहीं सोचनी चाहिए। स्त्रियों का शरीर दुर्बल होता है, उनका मन दुर्बल होता है। स्त्रियाँ स्वाधीनता के योग्य नहीं हैं। यह तालीम लेते-लेते स्त्रियों का आत्मविश्वास चूर-चूर होकर ख़त्म हो गया है। यही कारण है कि स्त्रियाँ इकट्ठी नहीं होतीं, प्रतिवाद नहीं करतीं। उठकर खड़ी नहीं होतीं। लात नहीं मारतीं। स्त्री-विरोधी समाज के ख़िलाफ़ स्त्रियाँ बोलती तो हैं ही नहीं, बल्कि प्यार, आह्लाद और प्रश्रय देकर उसे सिर चढ़ाए रखती हैं।

पुरुषों को लगता है कि समाज में स्त्री और पुरुषों के बीच जो विषमता है, वह स्त्रियों की समस्या है, उनकी नहीं, इसके विरुद्ध आन्दोलन करने की ज़िम्मेदारी स्त्रियों की है, उनकी नहीं। इस विषमता को ख़त्म करने का काम भी केवल स्त्रियों का है। पुरुष लोग ग़ैरज़िम्मेदारों की तरह घूमते फिर रहे हैं। यदि एक पुरुष भी इस समाज की भलाई चाहता है तो उसे इस विषमता को दूर करने की ज़िम्मेदारी लेनी होगी। एक मनुष्य द्वारा दूसरे मनुष्य पर अत्याचार करते रहने का नियम यदि बना रहा तो कोई भी समाज स्वस्थ नहीं रह सकता, उसके सुन्दर होने का तो सवाल ही नहीं उठता। समाज को स्वस्थ रखने की ज़िम्मेदारी अकेली स्त्री की क्यों होगी, दोनों की क्यों न होगी! समाज तो स्त्री और पुरुष दोनों का ही है! क्या इसका यह मतलब है कि पुरुष विषमता को दूर करना ही नहीं चाहते? पुरुष समता नहीं चाहते? समानाधिकार नहीं चाहते? यदि चाहते तो आज ऊँचे पदों पर जो महान-महान पुरुष विराजमान हैं, वे तो एक ही फूँक में विषमता को जड़ से क्यों नहीं उखाड़ फेंक रहे हैं!

यदि उन्होंने इसे जड़ से उखाड़ दिया तो फिर उन्हें यौन-उत्पीड़न का मौक़ा नहीं मिल सकेगा! भारतीय समाज जिस परिवार की बड़ाई करता आया है, वहीं पर जघन्य अपराध हो रहे हैं। बच्चियों का यौन-उत्पीड़न किया जा रहा है। पिता, काका, बड़े भाई, ताऊ, दादू के परिवार में एक छोटी बच्ची निरापद नहीं है।

पिछले दिनों केन्द्रीय सरकार की एक रिपोर्ट में यह प्रकाशित हुआ है—'देश के 53 प्रतिशत बच्चे किसी-न-किसी तरह से यौन-उत्पीड़न के शिकार हैं। इसमें बलात्कार, गुदामैथुन, यौन-हिंसा से लेकर ज़बर्दस्ती चुम्बन लेना भी शामिल है। एक बटा पाँच बच्चे ही चरम यौन-उत्पीड़न के शिकार हैं। 83 प्रतिशत मामलों में परिवार के अत्यन्त घनिष्ठ लोगों ने ही यौन-उत्पीड़न किया है। 50 प्रतिशत मामलों में वह व्यक्ति बच्चों का कोई परिचित रहा है। ये सारे मामले परिवार में ही दब कर रह जाते हैं। कोई मुँह नहीं खोलता। बेबस बच्चे अँधेरे में ही रह जाते हैं। 70 प्रतिशत मामलों में वे कुछ बता ही नहीं पाते।'

पश्चिम बंगाल अपराध के शीर्ष पर है। इस राज्य की स्त्रियों और पुरुषों से हमेशा ही सुनती आई हूँ कि 'सबसे प्रोग्रेसिव राज्य है यह। दूसरे राज्यों

में स्त्रियों पर उत्पीड़न होते होंगे लेकिन पश्चिम बंगाल में कभी नहीं होते।' पश्चिम बंगाल के लिए 'प्रोग्रेसिव' शब्द का काफ़ी प्रयोग किया जाता है। मुझे नहीं पता कि आज वे केन्द्र की इस समीक्षा को सुनकर क्या कहेंगे। हो सकता है नाक सिकोड़कर कहें, 'शहरों में तो नहीं, यदि होता है तो वह गाँवों में होता होगा।' मैं यदि शहर का उदाहरण दूँ कि 'टालीगंज में हो रहा है', तो कहेंगे, 'टालीगंज में होता होगा, लेकिन बालीगंज में नहीं होता!' आँख-कान बन्द किये ऐसे लोग मैंने बहुत कम ही देखे हैं। पड़ोसी का मकान बुरी तरह से जल रहा है, लेकिन जब तक ख़ुद की पूँछ में आग नहीं लगेगी, तब तक वह सोया रहेगा और स्वीकार ही नहीं करेगा कि आग की थोड़ी-बहुत चिंगारी भी कहीं पर दिखाई दे रही है।

यौन-उत्पीड़न के कारण बच्चियाँ इतनी अधिक विपन्नता का अनुभव करती हैं कि 48.4 प्रतिशत लड़कियाँ कह रही हैं, 'मैं लड़का होकर क्यों नहीं जन्मी।' वे लड़के बन जाना चाहती हैं। मैंने भी जिस तरह लड़का बन जाना चाहा था।

लड़का बन जाने पर फिर यह निरन्तर उत्पीड़न नहीं सहना पड़ता। एक लड़की केवल बचपन में नहीं भुगतती, उसे हर उम्र में भुगतना पड़ता है। बचपन में, जवानी में, प्रौढ़ उम्र में और बुढ़ापे में भी। लेकिन कौन भुगतना चाहता है! लड़कियों के लिए यह सच है कि बिना मरे उन्हें मुक्ति नहीं मिलती।

मुझे यह देखने की बड़ी इच्छा होती है कि इस धरती की सारी लड़कियाँ एक दिन लड़कों में तब्दील हो गई हैं। अब कहीं भी लड़कियों-जैसा कुछ नहीं है। तब सम्भवतः पुरुषतंत्र-जैसी किसी चीज़ का कोई अस्तित्व नहीं रहेगा। पुरुषतंत्र तो स्त्रियों को कुचलने के लिए ही है। जब लड़कियाँ ही नहीं रहीं तो फिर कुचलेंगे किसे! पुरुष लोग युद्ध करेंगे, मरेंगे, कुछ पुरुष शान्ति की बात भी करेंगे, वर्ग-संघर्ष और साम्य के अधिकार के लिए सड़कों पर उतरेंगे। पुरुष लोग स्वाभाविक कारणों से ही समलैंगिक हो जाएँगे। वे अपने भगवान से गर्भाशय की कामना करेंगे, माँगेंगे कि वह गर्भाशय किसी एक शुभलग्न में कन्या सन्तान धारण कर सके। पुरुष लोग स्वप्न देखेंगे कि उस कन्या के जन्म के बाद दुनिया भर के सारे पुरुष मिलकर उस कन्या के साथ दुष्कर्म कर रहे हैं। जब तक वह कन्या जीवित है, वे तब तक हर पल उसके साथ

दुष्कर्म कर रहे हैं। वह कन्या जब एक और कन्या को जन्म देगी, वे उसके जन्म के बाद से ही उसके साथ दुष्कर्म करना शुरू कर देंगे।

लेकिन पुरुषों का यह सपना साकार नहीं होने वाला। पुरुष तब तक सपना देखते रहेंगे जब तक न एक-एक कर वे मर जाएँगे और मानवजाति विलुप्त हो जाएगी।

मानवजाति को बरक़रार रखने के लिए जीवन भर स्त्रियों को पुरुषों के अन्याय-अत्याचार सहते हुए क्यों मर-मरकर जीना होगा! किन वजहों से, कौन-से स्वार्थों के कारण स्त्रियाँ इस जाति को टिकाए रखने की ज़िम्मेदारी लेंगी! इससे तो विलुप्ति ही बेहतर। जो प्राणी सुख से रहते हैं, जिनमें समता होती है, जो प्यार से भरे होते हैं, जो दूसरों को नोच-फाड़कर नहीं खाते, दाँतों से काटकर नहीं मारते, जो दूसरों के ख़ून से होली नहीं खेलते, पृथ्वी नामक इस ग्रह पर उन्हें ही जीते रहना चाहिए। मनुष्य इतिहास बन जाए। पुरुषों के कलंक का इतिहास।

महिला दिवस

1

महिला दिवस की सुबह कुछ फ़ोन आए। सभी ने कहा, 'हैपी वीमन्स डे'। ठीक जिस तरह वे लोग कहते हैं 'हैपी वैलेन्टाइंस डे' या फिर 'हैपी मदर्स डे'। वैलेन्टाइंस डे या मदर्स डे पर हैपीनेस या सुख की बात होती है। प्रेमी-प्रेमिका या फिर माँओं के आनन्द उत्सव के लिए मूलतः ये दो दिन होते हैं। लेकिन महिला दिवस का तो एक ही उद्देश्य नहीं होता। महिला दिवस की शुरुआत ही स्त्रियों के ख़िलाफ़ वैषम्य को दूर करने के आन्दोलन के लिए की गई थी। अब भी उसी वजह से महिला दिवस मनाया जाता है। यह दिवस स्त्रियों के आनन्द उत्सव का दिवस नहीं है। इस दिवस की उपस्थिति साबित करती है कि नारी आज भी अत्याचारित और अपमानित है, नारी आज भी वंचित और लांछित है। लिहाज़ा इस दिन आज भी स्त्रियाँ अपने प्राप्य अधिकारों के लिए अपना दावा पेश करती हैं।

'महिला दिवस' मुझे कभी भी आनन्द नहीं देता। आनन्द नहीं देता क्योंकि मेरे लिए यह दिन अत्यन्त दुख का दिन है। दुख का दिन इसलिए कि हमारे मौलिक अधिकारों को पाने के लिए आज भी हमें रोना पड़ रहा है, चीख़ना पड़ रहा है, सभा-सेमिनार करने पड़ रहे हैं, सड़कों पर उतरना पड़ रहा है, जुलूसों में जाना पड़ रहा है।

कितने दिनों पहले, सम्भवतः 105 साल पहले स्त्रियों ने उत्पीड़ित, निपीड़ित, अत्याचारित और अपमानित न होने के अधिकार की माँग की थी। तब से लेकर आज भी हर साल इस दिन एक ही अधिकार की माँग की जाती

है, माँग इसलिए की जाती है कि स्त्रियाँ आज भी स्त्री के रूप में जन्म लेने के अपराध में उत्पीड़ित, निपीड़ित, अत्याचारित और अपमानित हैं। आज भी हम स्त्रियाँ वंचित और लांछित हैं। जिस दिन हमें समान अधिकार मिल जाएँगे, उस दिन से इस दिवस का अस्तित्व समाप्त हो जाएगा। पूरे अन्तःकरण से हम लोग इस दिवस की विलुप्ति चाहते हैं।

2

मैं तो सब समय कहती हूँ, वर्ष के 364 दिन पुरुष दिवस होते हैं और 1 दिन महिला दिवस। स्त्री और पुरुषों के बीच जो हज़ारों विषमताएँ हैं, उन्हें यदि हटा दें तो फिर महिला दिवस मनाने की ज़रूरत ही नहीं रहेगी। स्त्रियों से विद्वेष रखने वाले कुछ पुरुष 'पुरुष दिवस' मनाने लगे हैं, इसे भी रोकना होगा। कोशिश यह करनी चाहिए कि स्त्री और पुरुष मिलकर 'मानव दिवस' मनाने का इंतज़ाम करें।

3

महिला दिवस के दिन क्या बलात्कार नहीं हुए? स्त्रियों पर क्या एक दिन के लिए भी अत्याचार बन्द थे? बच्चियों की तस्करी नहीं की गई, बच्चियों किशोरियों को यौनदासी बनाने के लिए उन्हें वेश्यालयों में नहीं बेचा गया? महिला दिवस पर क्या स्त्रियों की हत्या बन्द थी? स्त्रियों को क्या जलाकर नहीं मारा गया उस दिन? मैं सच बात को खोलकर कहना चाहती हूँ कि महिला दिवस पर समूचे विश्व में स्त्रियों को उत्पीड़ित किया जा रहा है।

4

मेरा महिला दिवस अन्य साधारण दिनों की तरह ही बीता। उस दिन मैंने किसी भी आनन्द-उत्सव में भाग नहीं लिया। कहीं पर वक्तृता या वितर्क भी नहीं किया। एक बड़ी पत्रिका में छपी ख़बर मेरे मन को आधा दिन कष्ट देती रही।

ख़बर का शीर्षक था: 'स्त्रियों के गुप्तांग में दुर्गन्ध की 8 वजहें'। महिला दिवस पर पुरुषों के प्रतिष्ठान से स्त्रियों के लिए यह एक कमाल का उपहार था!

पुराने ज़माने से हम लोग पढ़ते आए हैं, सुनते आए हैं कि स्त्रियों के गुप्तांग में भयंकर बदबू होती है। मुझे लगता है उस बदबू को दूर करने के लिए पूरी मानवजाति ने आज आकाश-पाताल एक कर दिया है। बदबू की कितनी ही तरह की वजहें ढूँढ़ी जा रही हैं! कितनी ही तरह के समाधान भी बताए जा रहे हैं! यानी कुदरती गन्ध को 'दुर्गन्ध' कहा जाता है। इस गन्ध को दूर करने के लिए कितने ही नुक़सानदेह रसायन बाज़ार में लाए जा रहे हैं!

किसी ने पुरुषांग के दुर्गन्ध के बारे में सुना है? पुरुषांग के दुर्गन्ध को लेकर मीडिया में क्यों नहीं लिखा जाता, चर्चा क्यों नहीं की जाती? किन-किन वजहों से पुरुषों के गुप्तांग में दुर्गन्ध होती है, किस तरह उस दुर्गन्ध को दूर किया जा सकता है—इन सबको लेकर क्यों अनुसंधान नहीं होते?

स्त्रियों को ही डायन कहकर चिह्नित किया जाता है, उन्हें बदक़िस्मत, अशुभ, नरक का द्वार कहा जाता है, गंदगी से भरी हुई और दुर्गन्ध का आधार कहा जाता है, ताकि स्त्रियाँ शर्म के मारे संकुचित होकर, डर की वजह से दुबक कर रहें, वे आत्मविश्वास खो दें और ख़ुद से नफ़रत करना सीखें।

यह तो थी आधे दिन की बात। मेरे मन के ख़राब होने की बात। शेष आधे दिन में मैंने स्वयं को शर्म और भय से मुक्त किया था, मैंने जो आत्मविश्वास खो दिया था, उसे फिर से हासिल कर लिया था, ख़ुद से नफ़रत करने की बजाय मैंने अपने आप से प्यार किया था। इस आधे दिन मैं बहुत अच्छी रही। जो स्त्रियाँ ख़ुद से नफ़रत कर रही हैं, क्योंकि समाज ने उन्हें अपने आप से नफ़रत करना सिखाया है, मैं उन्हें नफ़रत बन्द करने को कहती हूँ। नफ़रत करने से हम ख़ुद ही आगे बढ़ने से ख़ुद को रोकते हैं। नफ़रत करने से इनसान पीछे हटता जाता है। स्त्रियों को षड्यंत्र करके पीछे रखा गया है, और इस पर लड़कियाँ और-और पीछे जाना चाहती हैं। बहुत पहले से उनकी पीठ दीवार से टिक चुकी है। दीवार से पीठ टिकने पर इनसान सामने की ओर जाता है। सामने जो कुछ भी रहता है, उसे तोड़कर और आगे जाता है। वह निरापद दूरी पर चला जाता है। लड़कियाँ कब इनसान बनेंगी?

365 दिनों में से 364 दिन पुरुषदिवस, 1 दिन महिला दिवस

वह एक दिन हमारा कैसे हो गया

8 मार्च, 1857। न्यूयॉर्क शहर में गारमेंट्स और टेक्सटाइल उद्योग में काम करने वाली महिला श्रमिक अपने कर्मस्थल के अमानवीय परिवेश के विरुद्ध प्रतिवाद के लिए एकत्र हुई थीं। तब उनसे 12 घंटे काम लिया जाता था और साधारण-सा वेतन दिया जाता था। पुलिस ने आकर जुलूस को तितरबितर कर दिया था। इसके दो साल बाद उन्हीं श्रमिकों ने एक यूनियन का गठन कर लिया था।

8 मार्च, 1908। न्यूयॉर्क शहर में पंद्रह हज़ार स्त्रियों ने जुलूस निकाला था। उनकी माँग थी कि काम के समय में कटौती की जाए। उन्हें अच्छा वेतन दिया जाए। वोट देने का अधिकार दिया जाए। बच्चों से काम करवाने पर पाबन्दी लगाई जाए।

उसी साल मई महीने में अमेरिका की सोशलिस्ट पार्टी ने फ़रवरी के अन्तिम रविवार को राष्ट्रीय महिला दिवस घोषित किया था।

28 फ़रवरी, 1909। समूचे अमेरिका में पहला राष्ट्रीय महिला दिवस मनाया गया। वर्ष 1913 तक अमेरिका की महिलाएँ इसी दिन को महिला दिवस के रूप में मनाती रहीं।

वर्ष 1910। यूरोप की महिलाओं ने फ़रवरी के अन्तिम रविवार को महिला दिवस के रूप में मनाने की शुरुआत की।

डेनमार्क की राजधानी कोपेनहेगेन में अन्तर्राष्ट्रीय समाजवादी दल की सभा में महिला दिवस को अन्तर्राष्ट्रीय स्वरूप देने की माँग उठाई गई। जर्मन सोशलिस्ट पार्टी की नेत्री क्लारा जेटकिन ने इसमें मुख्य भूमिका निभाई थी। सत्रह देशों की सौ महिला प्रतिनिधियों ने अन्तर्राष्ट्रीय महिला दिवस के प्रस्ताव को अपना समर्थन दिया था।

अन्तर्राष्ट्रीय महिला दिवस के लिए अब भी कोई दिन निर्दिष्ट नहीं हो सका है।

19 मार्च, 1911। यूरोप में अन्तर्राष्ट्रीय महिला दिवस बड़े धूमधाम से मनाया गया। ऑस्ट्रिया, जर्मनी, स्विट्ज़रलैण्ड और डेनमार्क में लाखों महिलाओं ने अपने अधिकारों की माँग के समर्थन में जुलूस निकाले। वोट देने का अधिकार। राजनीति करने का अधिकार। काम करने का अधिकार। कर्मस्थल पर महिलाओं और पुरुषों के बीच जो विषमता थी, उसे दूर करने के अधिकार के समर्थन में जुलूस निकाले गए।

इसके कुछ दिनों बाद ही न्यूयॉर्क के एक कारख़ाने में आग लगने से एक सौ चालीस महिला श्रमिकों की मौत हो गई थी। उनमें ज़्यादातर इतालवी और यहूदी महिलाएँ थीं। इस घटना के बाद में अमेरिका में ज़बर्दस्त आन्दोलन शुरू हुए थे।

8 मार्च, 1913-14। यूरोप और अमेरिका में यही दिन अन्तर्राष्ट्रीय महिला दिवस के रूप में मनाया जाता रहा। महिलाओं ने पहले विश्वयुद्ध के ख़िलाफ़ प्रदर्शन किये।

23 फ़रवरी, 1917। रूस में 20 लाख रूसी महिलाओं ने भोजन और शान्ति की माँग करते हुए अपनी असहनीय दरिद्रता के ख़िलाफ़ जुलूस निकाले।

रूस में उन दिनों जूलियन कैलेण्डर को मानने का चलन था। जूलियन कैलेण्डर की 23 फ़रवरी जॉर्जियन कैलेण्डर का 8 मार्च ही है।

8 मार्च, 1975। राष्ट्रसंघ ने इस दिन को अन्तर्राष्ट्रीय महिला दिवस घोषित कर दिया।

दिसम्बर, 1977। राष्ट्रसंघ की सामान्य सभा ने एक प्रस्ताव का समर्थन किया कि राष्ट्रसंघ के सदस्य-राष्ट्रों को हर दिन को महिला अधिकार राष्ट्रसंघ

दिवस या अन्तर्राष्ट्रीय शान्ति राष्ट्रसंघ दिवस के रूप में स्वीकार करना होगा।

आजकल 'वह दिन'

वह दिन आजकल उतना राजनैतिक नहीं रहा, जितना वह पहले हुआ करता था। वह दिन आजकल किसी भी फ़ादर्स डे, मदर्स डे या वैलेण्टाइन डे-जैसा ही हो गया है।

इस दिन तमाम देशों में क्या होता है?

तमाम देशों की सभाओं में बड़े-बड़े भाषण होते हैं। देशों में रंगारंग रैलियाँ निकाली जाती हैं। सुखी स्त्रियाँ तमाम तरह का साज-सिंगार करके निकलती हैं। वे खाती-पीती हैं, गाने गाती हैं।

इस दिन और भी बहुत कुछ घटित होता है, जिनमें से अधिकांश के बारे में ज़्यादातर लोगों को कोई ख़बर ही नहीं होती।

इस दिन अनगिनत स्त्रियाँ भोजन के अभाव में, पीने के शुद्ध जल के अभाव में कष्ट पाती हैं। यहाँ तक कि मर भी जाती हैं।

कन्या सन्तान जन्म न ले इसलिए इस दिन भ्रूणहत्या की जाती है, इस दिन परिवारों को दारुण दुःख देकर अवांछित कन्याएँ जन्म लेती हैं। कन्या को जन्म देने के अपराध में इस दिन सैकड़ों-हज़ारों रमणियों को उनके पति तलाक़ देते हैं।

इस दिन कन्या शिशुओं की हत्या होती है, कारण कि वे कन्याएँ हैं। कन्या शिशुओं को इस दिन कचरे के ढेर पर फेंक दिया जाता है, कारण कि वे कन्याएँ हैं। इस दिन वयस्क पुरुष लड़कियों के साथ दुष्कर्म करते हैं।

इस दिन गाँव-गंजों, शहर-बन्दरगाहों पर तरुणियों-युवतियों के साथ सामूहिक बलात्कार किये जाते हैं। इस दिन पुरुष लड़कियों के बदन पर कैरोसिन छिड़ककर आग लगा देते हैं। इस दिन पुरुष गला घोंटकर लड़कियों की हत्या करते हैं। इस दिन पुरुष स्त्रियों पर प्रबल प्रहार करते हैं। वे लड़कियों

के चेहरों पर तेज़ाब फेंक देते हैं ताकि उनके चेहरे झुलस जाएँ। प्रेमी लोग प्रेमिकाओं को वेश्याओं के मोहल्लों में बेच आते हैं। इस दिन यौनदासी बनाने या फिर ज़रख़रीद ग़ुलाम के रूप में एक देश से दूसरे देश, एक शहर से दूसरे शहर, एक गाँव से दूसरे गाँव लाखों-लाख लड़कियों की तस्करी की जाती है। इस दिन चेहरे झुलस उठते हैं। तमाम तरह के दंश झेलती, दलित, अपमानित, उपेक्षित, असम्मानित असंख्य लड़कियाँ अपने सम्भ्रम की रक्षा की कोशिश में आत्महत्या कर लेती हैं।

इस दिन, जिन लोगों की डिमांड की वजह से इस धरती की हज़ार करोड़ लड़कियों को वेश्या या यौनदासी बनना पड़ा, (डिमांड होती है तो सप्लाई का इंतज़ाम किया जाता है, डिमांड न रहे तो सप्लाई की ज़रूरत नहीं पड़ती।) पुरुषतांत्रिक राजनीति की शिकार हमारी दुखी लड़कियों को वे अपनी मर्ज़ी के हिसाब से भोगते हैं। महिला दिवस पर महिलाएँ सुबह से लेकर आधी रात तक पुरुषों के अत्याचारों तले पिसती रहती हैं। जो अत्याचार पैशाचिक और पाशविक अत्याचार से भी हज़ार गुना निर्मम होता है।

364 दिन पुरुष-दिवस, 1 दिन महिला-दिवस

असल में, सच कहने में क्या, इस पुरुषशासित समाज में 365 दिनों में से 365 दिन ही पुरुष-दिवस हैं। एक दिन स्त्रियों के प्रति करुणा दिखाते हुए रखा गया है, कारण कि स्त्रियों पर पुरुषों का उत्पीड़न बहुत अधिक है, इसलिए कम-से-कम एक दिन तो ऐसा हो कि स्त्रियाँ सदलबल रोना-धोना कर सकें। या फिर 'जो दिया है नाथ, हम उतने में ही सुखी हैं' कहकर चर्चा के अनुष्ठान आयोजित कर सकें। 'हम नहीं मानते, नहीं मानेंगे'-जैसे स्लोगनों का ज़माना बहुत पहले बीत चुका है। अब तो जितना नरम हुआ जा सके, चीज़ों को जितना रफ़ा-दफ़ा किया जा सके, उसी में मंगल है। स्त्रियों को मंगलमयी करने का क़ायदा और कौशल इस समाज में कोई नया नहीं है।

इस दुनिया में 'पुरुष-दिवस'-जैसे किसी दिवस की कोई ज़रूरत ही नहीं है। कारण कि हर दिवस ही तो पुरुष-दिवस है।

मेरी अपनी राय यह है कि स्त्री और पुरुष के बीच जो भयंकर विषमता मौजूद है, वह यदि दूर हो जाए तो फिर 'महिला-दिवस' या 'पुरुष-दिवस'-जैसा कोई दिवस नहीं रहेगा। मेरा सपना है कि 365 दिनों में हरेक दिन 'मानव-दिवस' हो जाए।

उक्ति

नहीं, इस दिन को लेकर बहुत अधिक लोगों ने समालोचना नहीं की है। यहाँ तक कि बड़ी नारीवादियों ने भी नहीं। अमेरिका की राजनीतिविद, नारीवादी, क़ानून की विशेषज्ञ बेला अबजुग, स्पष्टवक्त्री के रूप में जिनकी काफ़ी शोहरत हुआ करती थी, उन्होंने कमाल की बात कही है—

'They used to give us a day—it was called International Women's Day. In 1975 they gave us a year, the Year of the Woman. Then from 1975 to 1985 they gave us a decade, the Decade of the Woman. I said at the time, who knows, if we behave they may let us into the whole thing. Well, we did't behave and here we are.'

बिहेव की बात उठती है ते मुझे हर बार वही बात याद आ जाती है, well-behaved women rarely make history.

हम स्त्रियाँ अब क्या करेंगी

हमें एक दिन दिया गया है। हम उस दिन को मनाएँगे। हममें से कोई-कोई कहेंगी कि हम ख़ूब बढ़िया हैं, लेकिन बहुत दूरस्थ गाँवों में हो सकता है कि कोई-कोई लड़की ख़ूब बढ़िया न भी हो, वे लोग दरअसल कोशिश नहीं करतीं इसलिए उन्हें अधिकार नहीं मिलते। इच्छा हो तो क्या नहीं हो सकता!

कुछ स्त्रियाँ कह सकती हैं, हम बढ़िया नहीं हैं। हम लोग घर और बाहर उत्पीड़ित हो रही हैं। पुरुषतंत्र और धर्म, संस्कार और गृहस्थी, रिवाज़ और

पर्दा, परम्परा और संस्कृति सभी इस समाज में स्त्री-विरोधी हैं। स्त्रियाँ इस समाज में यौन-वस्तु के अलावा और कुछ नहीं हैं, स्त्री तो पुरुष और उनकी व्यवस्था की सेवा के लिए है। इस धार्मिक पुरुषसत्तात्मक सड़े-गले पुराने संस्कारों से घिरे समाज को तोड़कर एक नया, विषमताओं से मुक्त समाज बनाना हो तो क्रांति की ज़रूरत होगी।

कोई कहेगी, उस क्रांति को घटित कराने के लिए केवल स्त्रियों को आगे आना होगा।

कोई कहेगा, स्त्री पुरुष दोनों को ही आगे आना होगा।

कोई इस दिन वेश्याप्रथा का गुणगान करेगा तो कोई वेश्यावृत्ति निर्मूलन की इच्छा ज़ाहिर करेगा। स्त्रियाँ ही स्त्रियों के पण्य में बदल जाने के पक्ष में बोलेंगी, और बहुत-सी स्त्रियाँ नारी के पण्य में बदल जाने के विरोध में बोलेंगी। दोनों पक्ष अलग-अलग तरह के मत प्रकट करेंगे और स्त्रियों में किसी तरह की एकता निर्मित नहीं हो सकेगी। स्त्रियाँ बँट जाएँगी। द्विखंडित हो जाएँगी। हर वर्ष की तरह, इस वर्ष भी। पुरुषतंत्र को और भी हज़ारों वर्षों तक टिकाए रखने के लिए इस पल में इससे बेहतर और क्या हो सकता है भला!

समलैंगिकों को गर्त में छिपाकर प्रगतिशील होना असम्भव

मेरे पश्चिम के दोस्तों में से लगभग आधे ही समलैंगिक हैं। इस वजह से यूरोप अमेरिका में समकामी बार, रेस्त्राँ, नृत्यमंचों पर मेरा बहुत आना-जाना होता है। न्यूयॉर्क में हर साल समकामियों की जो विशाल गे प्राइड परेड होती है, मैं उसमें भी ख़ुशी-ख़ुशी समकामी-समर्थक के रूप में शामिल हुई हूँ। समकामी लोग अपने अधिकारों के लिए बहुत वर्षों से आन्दोलन कर रहे हैं। उन्होंने बहुत सारे अधिकार अर्जित भी कर लिए हैं, लेकिन बहुत सारे बाक़ी भी रह गए हैं। उत्तर यूरोप के देशों में समकामी लोगों को सबसे अधिक अधिकार प्राप्त होते हैं। वहाँ शादी के बारे में तो हुआ ही, दत्तक सन्तान के उत्तराधिकार के मामले में जो सवाल थे, उनका भी फ़ैसला हो गया है। उन सब देशों में आज समकामी भी राष्ट्रप्रमुख हैं, प्रधानमंत्री हैं।

जो लोग समकामियों के अधिकारों का समर्थन नहीं करते, वे मानवाधिकारों के समर्थक नहीं हैं। हर व्यक्ति को यह अधिकार है कि वह अपनी यौनेच्छा का प्रकार और उसकी प्रकृति तय करे, और उसके मुताबिक़ अपना साथी तलाश ले, और एकसाथ रहे। मेरे बहुत से समकामी मित्र एकसाथ रह रहे हैं। दो-एक ने अपनी इच्छा के चलते शादी भी कर ली है। कुछ समकामी पुरुष मित्र जोड़ों ने बच्चे गोद ले लिए हैं। उस दिन पेरिस में मेरी दो समकामी मित्रों के यहाँ जाकर देखा, एक हाल ही में माँ बनी है। क्या मामला है, स्पर्म कहाँ से मिले? तुम किसी पुरुष के साथ सोईं? नहीं, हमबिस्तर होकर नहीं। उन्होंने अपने ही एक समकामी पुरुष मित्र से स्पर्म लिए हैं। मेरी दोनों समकामी दोस्त

नवजात बच्चे को एक समान स्नेह के साथ पाल रही हैं। जब पुरुष और स्त्री बच्चे के पिता-माता होते हैं, तब बच्चे का लालन-पालन स्त्री को ही करना पड़ता है, बच्चे को खिलाना, सुलाना, बच्चे की कथरी-कपड़े बदलना-जैसे हज़ार तरह के कामों में से पुरुष भला कितने काम करते हैं?

दोनों पेरेंट्स यदि स्त्रियाँ हों, तो जिस तरह बच्चे की देखभाल बेहतर ढंग से होती है, ठीक उसी तरह बच्चा भी एक वैषम्यहीन पारिवारिक परिवेश में बड़ा होता है। ऐसे में बच्चे की परवरिश की ज़िम्मेदारी किसी एक पर नहीं थोप दी जाती। इसका सबसे ख़ूबसूरत पक्ष यह है कि उन दोनों स्त्रियों की दुनिया में श्रेष्ठ लिंग, ऊँची नाक-जैसी बेवकूफ़ियों का झमेला नहीं है।

उस दिन इस कोलकाता में, जिस कोलकाता को अधिकतर लोग एक विराट प्रगतिशील शहर और भारत की सांस्कृतिक राजधानी समझते हैं, वहाँ शर्म से चेहरा छुपाकर रहनेवाली एक समकामी लड़की ने मेरे पास आकर अपनी तक़लीफ़ बयाँ की। उसने किसी पुरुष से शादी नहीं की। इस बात से उसके माँ-बाप बहुत नाराज़ हैं। उस लड़की की पसन्द एक लड़की है। वह उस लड़की को अपने घर ले जाती है तो लोग उसकी निंदा करते हैं। मोहल्ले के लोग कहने लगे हैं कि यह लड़की 'ख़राब' है। वह अपनी प्रेमिका के साथ रहना चाहती है। लेकिन इस कोलकाता शहर में यह सम्भव नहीं है। कहते-कहते वह लड़की रो रही थी। मैंने कहा, 'लोग जो मर्ज़ी कहें, तुम्हें जो अच्छा लगे वही करना।' मैंने कहा ज़रूर, लेकिन वह लड़की किस तरह भला इस शहर में टिक सकेगी! लोग उसे जीने नहीं देंगे। समकामी होने के अपराध में इन दिनों लोगों की नौकरियाँ जा रही हैं। उस लड़की को भी अपनी नौकरी जाने का डर सताता है, मोहल्ले से भगा दिये जाने के डर से वह नीली पड़ जाती है। मुझे उस लड़की के लिए, उसके दुर्भाग्य के लिए बहुत दुःख होता है। सड़े हुए पुराने पुरुषतांत्रिक प्रथा में पड़े हुए दकियानूसी होमोफ़ोबिक लोगों के लिए दुःख होता है। उनकी बुद्धिविहीनता के लिए दुःख होता है।

जहाँ पर लड़की के रूप में जन्म लेना एक अभिशाप हो, वहाँ समकामी होना ठीक कैसा होता है, इसे समझ पाने की हैसियत ज़्यादातर लोगों की नहीं है। समकाम के ख़िलाफ़ क़ानून है, पकड़े गए तो दस साल की जेल, जी हाँ,

इस लोकतांत्रिक देश में। यह नितान्त अविश्वसनीय बात है। लोकतंत्र वाले इस देश में अपना मत प्रकट करने की आज़ादी और मानवाधिकार का हनन कितने अनायास ही किया जाता है! कितने लोग हैं जो इसका प्रतिवाद करते हैं?

सरकार के हिसाब से इस देश में हर घंटे में एक लड़की से दुष्कर्म होता है, हर छह घंटे में एक लड़की को दहेज न देने के अपराध में जलाकर मारा जा रहा है, और अवैध गर्भपात के मामलों में 80 प्रतिशत शिशु लड़कियाँ ही हैं। जी हाँ, दुष्कर्म का शिकार होने, उत्पीड़ित होने, मार खाने का अधिकार तो लड़कियों को है, लेकिन किसी और लड़की से प्रेम करने का अधिकार उसे नहीं है। प्रेम उसे पुरुष से करना होगा, प्रेम उसे पुरुषों को ही देना होगा, उसे पुरुष के निकट ही अपना जीवन उत्सर्ग करना होगा। यदि ऐसा नहीं हुआ तो पुरुषतंत्र में तुम्हारे लिए एक तिल बराबर भी जगह नहीं है।

यूरोप की मेरी एक समकामी दोस्त दो साल पहले कोलकाता आई थी। एक एन.जी.ओ. के काम के सिलसिले में दो महीने शहर के अलावा गाँवों में भी उसका जाना हुआ था। यूरोप वापसी से पहले मेरी उससे मुलाक़ात हुई। उसने बताया कि उसने क्या-क्या किया, वह बोली कि कम-से-कम बारह लड़कियों के साथ उसने यौन सम्बन्ध बनाए।

'यह तुम क्या कह रही हो?' मैं चौंक उठी। 'वे सब राज़ी हो गईं?'

उस युवती ने कहा, 'बिलकुल राज़ी हुईं।'

'क्या वे शादीशुदा थीं?'

'हाँ शादीशुदा भी थीं और कुछ कुँवारी भी।'

'उनमें झिझक नहीं थी?'

'बिलकुल भी नहीं।'

'उन्हें बिस्तर तक लाने में परेशानी नहीं हुई?'

'ज़रा भी नहीं। होंठों को चूमते-चूमते वक्ष पर थोड़ा-सा प्यार करते ही वे पिघल गईं।'

'और ऑर्गेज़्म?'

'उन्हें तेज़ ऑर्गेज़्म महसूस हुआ। मुझे लगता है कि उन्हें पुरुष से ऐसा ऑर्गेज़्म कभी नहीं मिल सका।'

मेरी उस दोस्त को असमकामी या हेट्रोसेक्सुअल लड़कियों का आचरण बहुत स्वाभाविक भले लगा हो लेकिन मैं थोड़ी सोच में पड़ गई। लड़कियाँ वर्षों से थोड़ी-सी छुअन की प्रतीक्षा में अपनी यौनिकता का दमन करती आ रही हैं! कि जैसे अग्नि दो बूँद पानी की प्रतीक्षा करती है।

पुरुषों से सुख न पाकर ही लड़कियाँ समकामी बनती हैं, ऐसा नहीं है। लड़कियाँ लड़कियों से प्यार करके ही समकामी बनती हैं। कितने पुरुष हैं जो प्यार से छूना जानते हैं! पुरुष जिस चीज़ को बहुत अच्छे से जानते हैं, वह है बलात्कार। पितृतंत्र का मंत्र यदि कृत्रिम रूप से स्त्रियों के मस्तिष्क में न घुसाया गया होता, उन्हें यदि असभ्य तंत्र-मंत्रों से दृष्टिहीन न बना दिया गया होता, तो सम्भव है ज़्यादातर स्त्रियाँ समकामी ही होतीं। समकामिता का अनुभव मुझे भी है और मैं हलफ़ उठाकर कह सकती हूँ कि वे दिन मैंने बहुत सुख-शान्ति से बिताए थे, उन दिनों मैं बहुत निश्चिन्त थी, भीतर और बाहर से नितान्त तृप्त।

और जैसे ही मैं पुरुषों की ओर लौटी वैसे ही दुश्चिन्ता, लांछन, अशान्ति और असन्तोष का दौर शुरू हो गया। बदक़िस्मती से मेरा शरीर पुरुषकामी है, अन्यथा समकामी होकर मैं समाज को दिखा देती कि कैसे प्यार किया जाता है, कैसे एकसाथ रहा जाता है, और लाखों लोगों के सामने चिल्लाकर कहा जाता है कि 'मुझे समकामी होने का हर तरह का अधिकार प्राप्त है, मैं समकामी हूँ, मैं अपने आप को लेकर शर्मिन्दा नहीं हूँ बल्कि मुझे इस बात पर फ़ख़्र है।'

मुझे उन लोगों पर शर्म आती है जो दूसरों की यौन इच्छाओं की लगाम पकड़कर जीवन बिताते हैं। और भले ही यह दुखद हो लेकिन सच्चाई यह है कि समाज में इन्हीं की संख्या अधिक है।

कोलकाता की जो समकामी लड़की मेरे पास अपनी पीड़ा सुनाने आई थी, उसने कहा था, समाज जिस दिन, हो सकता है किसी दिन, समकामियों को स्वीकार कर लेता है, लिहाज़ा वह उस अच्छे दिन का इंतज़ार कर रही है। मैंने उससे कहा, 'समाज कभी भी यह काम नहीं करेगा।' मैंने कहा 'तुम किसी भी चीज़ की परवाह मत करना। बल्कि मुखर होकर अपनी माँगों को

सामने रखो। ऊँची आवाज़ में अपनी बात कहो। इस दुनिया में समकामियों ने अपने अधिकारों को पाने के लिए आन्दोलन किये हैं, किसी ने उनके हाथों में उनके अधिकार थमाते हुए नहीं कहा कि यह लो, मैंने दिये। किसी भी युग में कोई भी समाज इतना मानवीय नहीं रहा।'

समकामियों को गर्त से बाहर निकलना होगा। वे जितने दिनों तक गर्त में रहेंगे उतने दिनों तक लोगों को उनसे नफ़रत करने और उनसे डरने की सुविधा होगी। और उनके बाहर निकलते ही लोग समझ सकेंगे कि वे लोग भी उन्हीं-जैसे मनुष्य हैं, वे उन्हीं के भाई-बहन हैं। उनके अपने।

लेस्बियन शब्द ग्रीस के लेस्बा नामक एक द्वीप से बना है, जिस द्वीप पर ईसा मसीह के जन्म के साढ़े तीन सौ साल पहले सैफ़ो नामक एक कवयित्री ने जन्म लिया था। जिस कवयित्री ने एक अन्य स्त्री के प्रति अपने प्रेम और यौन आकर्षण की बात कही थी। बांग्ला में हम लोग लेस्बियनों को समकामी कहते हैं। ख़ूबसूरत शब्द है। लेकिन इस शब्द में केवल काम का उल्लेख है, प्यार का नहीं। लेकिन समकामी जोड़ियाँ एक-दूसरे से प्यार करती हैं। काम उनके सम्बन्ध को टिकाए रखने का आधार नहीं है, उसे स्थायी बनाता है प्रेम। मैंने बहुत बार देखा है कि समकामी लोग प्रेम को जितना महत्त्व देते हैं, असमकामी लोग उतना नहीं देते।

टेनिस खिलाड़ी मार्टिना नवरातिलोवा की पूर्व प्रेमिका और अमेरिकी लेखिका रीता मे ब्राउन ने समकामियों के प्रसंग में कहा है, 'स्त्रियाँ, जो स्त्रियों से प्रेम करती हैं, वे लेस्बियन हैं। पुरुष, चूँकि वे लोग स्त्रियों को यौन-सामग्री समझते हैं, वे लेस्बियन की संज्ञा थोड़े भिन्न रूप में देते हैं, उनका मत है कि लेस्बियन का मतलब है दो स्त्रियों में यौनसम्बन्ध।' उन्होंने आगे कहा— 'No government has the right to tell its citizens when or whom to love. The only queer people are those who don't love anybody.'

जिस तरह सरकारों को जनगण के प्रेम-जीवन को लेकर सिर खपाने का अधिकार नहीं रहना चाहिए, वैसे ही हमारी ज़िम्मेदारी है कि हम जनगण के अधिकारों के लिए संघर्ष करें। हम जो लोग मानवाधिकार पर विश्वास करते

हैं, हम असमकामी और समकामी सभी लोगों के लिए इस गणतंत्र वाले देश में समानाधिकार के आधार पर सभ्य क़ानून के प्रणयन के लिए आन्दोलन क्यों नहीं कर रहे हैं! हम और कितने युगों तक नफ़रत, हिंसा, युद्ध और रक्तपात पर विश्वास करते रहेंगे, और कितने युगों तक प्रेम पर भरोसा नहीं जताएँगे! और कब तक प्रेम को दुत्कारेंगे, चुम्बन को सेंसर करेंगे, यौनिकता पर पाबन्दी लगाएँगे! और कब तक हम सभ्यता के नाम पर असभ्यता करते रहेंगे?

लिंग निरपेक्ष बांग्ला भाषा की ज़रूरत

जिन लोगों पर बांग्ला भाषा को दरिद्रता और वैषम्य से मुक्त कर इसे और समृद्ध करने की ज़िम्मेदारी है, वे निश्चय ही अत्यन्त विज्ञ, विशेषज्ञ, ज्ञानी और गुणी लोग हैं। मैं अनुमान लगा सकती हूँ कि उनमें अधिकांश ही पुरुष हैं। लेकिन पुरुष होने की वजह से ही लोग पुरुषतांत्रिक मानसिकता वहन करेंगे, मुझे ऐसा नहीं लगता। मैं उन लोगों तथा साधारण जनता से लिंग निरपेक्ष भाषा की उद्‌भावना एवं प्रचार करने का अनुरोध करती हूँ। विश्व के सभ्य देश जहाँ पर स्त्रियों को 'मनुष्य' के रूप में स्वीकृति दी जाती है, उन सब देशों में भाषा को भी लिंग निरपेक्ष बनाया जा रहा है। इस बंगाल में यदि इस दिशा में कोई प्रयास नहीं किये गए, तो फिर समझना चाहिए कि बंगाली स्त्री आदिकाल से जिस तरह आचार-आचरण, क़ानून, परम्पराओं, धर्म, संस्कृति, विचार, भाषा में मार खाती रही है, उसी तरह आगे भी खाती रहेगी। अंग्रेज़ी भाषा को लिंग निरपेक्ष करने के लिए जो बदलाव हुए हैं या हो रहे हैं, उनके कुछ मामूली उदाहरण यहाँ दे रही हूँ।

पहले जैसा था	**अब जैसा है / या कि हो रहा है**
मैन	ह्यूमन बीइंग
मैनकाइंड	ह्यूमन काइंड, ह्यूमैनिटी
मैन्स एचीवमेंट	ह्यूमन एचीवमेंट
मैनफ़ुली	वैलेंटली
मैनपावर	वर्कफ़ोर्स, ह्यूमन एनर्जी, ह्यूमन रिसोर्सेस

मैन मेड	ह्यूमन इन्ड्यूस्ड
ब्रदरहुड ऑफ़ मैन	ह्यूमन फ़ेलोशिप, ह्यूमन किनशिप
ब्रदरली	फ्रेंडली
मैन एंड वाइफ़	हसबेंड एंड वाइफ़
बिज़नेसमैन	बिज़नेस मैनेजर
कैमरामैन	फ़ोटोग्राफ़र, कैमरा ऑपरेटर, कैमरा क्रू
क्राफ़्ट्समैन	क्राफ़्ट वर्कर, आर्टिज़न
क्राफ़्टमैनशिप	क्राफ़्ट, क्राफ़्ट स्किल्स
फ़ेलो कंट्रीमैन	कम्पैट्रिएट
फ़ोरमैन	सुपरवाइज़र
जेन्टलमैन्स एग्रीमेंट	ऑनरेबल एग्रीमेंट
लैंडलॉर्ड	ओनर, प्रोपराइटर
ले-मैन	ले-पर्सन, नॉन प्रोफ़ेशनल
आम्बुड्समैन	मीडियेटर
पुलिसमैन	पुलिस, पुलिस ऑफ़िसर
सेल्समैन	सेल्स एसिस्टेंट
स्पोक्समैन	स्पोक्सपर्सन
स्पोर्ट्र्समैन	एथलीट, स्पोर्ट्र्सवुमन (प्रयोजन के हिसाब से)
वर्क मैन लाइक	वैल एक्ज़ीक्यूटेड
जॉन एंड मेरी हैव फ़ुल टाइम जॉब्स, ही हेल्प्स हर विद द हाउसवर्क	जॉन एंड मेरी हैव फ़ुल टाइम जॉब्स, दे शेयर हाउसवर्क
ट्रांस्पोर्ट विल बी प्रोवाइडेड फ़ॉर डेलीगेट्स एंड देयर वाइव्ज़	ट्रांस्पोर्ट विल बी प्रोवाइडेड फ़ॉर डेलीगेट्स एंड देयर स्पाउज़ेज़ / पर्सन्स एकंपनिंग देम
द डॉक्टर...ही	डॉक्टर्स...दे
द नर्स...शी	नर्सेस...दे

वुमन डॉक्टर, मेल नर्स	डॉक्टर, नर्स
मदरिंग	पैरेंटिंग, नर्चरिंग, चाइल्ड रिअरिंग
हाउस वाइफ़	होममेकर
फ़ोरफ़ादर्स	एन्सेस्टर्स
फ़ाउंडिंग फ़ादर्स	फ़ाउंडर्स
वुमन ड्राइवर	ड्राइवर
गनमैन	शूटर
द कॉमन मैन	द एवरेज पर्सन, ऑर्डिनरी पीपल

बांग्ला भाषा को लिंग निरपेक्ष (और ज़रूरत के हिसाब से लिंग-निर्दिष्ट) कर देने से वह एक सभ्य भाषा बन सकती है, अन्यथा यह पुरुषतांत्रिक ही रह जाएगी, जैसी कि अभी है। सबसे पहले शब्दकोश में बदलाव करने होंगे।

स्त्री और पुरुष में जो शारीरिक बदलाव हैं, वे तो हैं ही। यहाँ उनके बदलाव की बात नहीं हो रही है। एक-एक समाज में, एक-एक समय में स्त्री और पुरुषों की भूमिका अलग-अलग तरह की थी। स्त्री और पुरुष होने की वजह से आर्थिक, सामाजिक, राजनीतिक, सांस्कृतिक अवसरों और सुविधाओं में हेरफेर कर दिया गया। स्त्री और पुरुषों के कार्यों का भी बँटवारा कर दिया गया। यह बँटवारा पुरुषों ने किया है। स्त्रियों को देश की जन-योजनाओं, आर्थिक नियंत्रण और निर्णय लेने-जैसे महत्त्वपूर्ण कार्यों की ज़िम्मेदारी उठाने के क्षेत्र में बाधा पहुँचाई जाती है। लैंगिक समानता की बात कहने पर बहुत-से लोगों को लगता है कि पुरुष और स्त्री को एक कर देने की बात की जा रही है। ऐसा नहीं है, पुरुष हो या कि स्त्री हो, जो भी सुविधाएँ मिलेंगी, अवसर मिलेंगे, उन्हें समान रूप से मिलेंगे—यह हमारी माँग है।

'अबला' शब्द का प्रयोग जिस अर्थ में किया जाता है, उसी अर्थ में 'अबल' शब्द का प्रयोग करना होगा। पुरुष यदि बलहीन और दुर्बल हुए तो फिर उन्हें अबल कहकर पुकारना होगा, जिस तरह स्त्रियों को अबला पुकारा जाता है। कुमारी, सती, रखैल, पतिता, वारांगना, वारवनिता, गणिका, वेश्या, डाकिनी, कलंकिनी, कुलटा, उपपत्नी, पत्नी, रंडी, असती, द्विचारिणी,

रूपोपजीवी, देहोपजीवी, छिनाल आदि के लिए या तो पुल्लिंग प्रतिशब्द तैयार किये जाएँ, अन्यथा इन शब्दों का प्रयोग बन्द किया जाए।

कुमारी और सती शब्दों का प्रयोग जिन अर्थों में किया जाता है, ठीक उसी अर्थ में कुमार और सत् का प्रयोग नहीं किया जाता। शब्दों में नये अर्थों की प्रतिष्ठा करने की भी बहुत ज़रूरत है। सती/असती शब्दों के लिए पुल्लिंग प्रतिशब्द तैयार करने हों तो सत/असत के बारे में विचार किया जा सकता है। सत-असत जिस तरह स्त्री और पुरुष के लिए भिन्न अर्थ में प्रयुक्त हो रहे हैं, उसी तरह होंगे। मुझे पता है कि ज़ोर-ज़बर्दस्ती भाषा में कोई नया शब्द नहीं डाला जा सकता। लेकिन जब लोगों में जागरूकता आती है तो नये शब्दों और वाक्यों का प्रयोग होने लगता है, और वे चलन में आ जाते हैं। पुरुषतांत्रिक समाज ने बांग्ला भाषा को अत्यन्त स्त्री-विरोधी भाषा में परिणत कर दिया है। बाज़ार में हमेशा से जो गाली-गलौज और यौन रसात्मक कौतुक का माहौल है, वह लगभग पूरी तरह से स्त्री-विरोधी है। स्त्रियों का भयंकर रूप से अपमान करके समाज तुमुल अट्टहास करता रहा है।

स्त्रियाँ जिस राजनीतिक, आर्थिक, सामाजिक और सांस्कृतिक परिवेश में रह रही हैं, यदि वह परिवेश स्त्रियों पर किसी भी तरह की रोक लगाता है तो वहाँ पर उन्हें उनका समानाधिकार कभी प्राप्त नहीं हो सकेगा।

चलते-फिरते मुझे पुरुषतांत्रिक वाक्यों का सामना करना पड़ता है। फ़र्ज़ कीजिए कि सुब्रत ने मुझे दावत पर बुलाया, मैं जाऊँगी, मैंने तय किया कि मैं अपने साथ अपने एक मित्र अमित को ले जाऊँगी, मैं जैसे ही यह बात बताऊँगी वैसे ही सुब्रत अमित के साथ फ़ोन पर बात करने इच्छा ज़ाहिर करेगा, वह अमित को समझा देगा कि वह अमुक पते पर मुझे सुब्रत के घर ले आए। बाप जनम में अमित को अमुक पते के बारे में नहीं पता। उस पते के बारे में यदि किसी को मालूम है, तो वह है मेरी गाड़ी का ड्राइवर, और गाड़ी में जो नक़्शा है वह, मैं उस नक़्शे के बूते पते ढूँढ़ सकती हूँ, जो कि अमित के लिए कभी भी सम्भव नहीं। अमित मेरी गाड़ी में बैठा आराम से गाने सुनता रहता है और या तो ड्राइवर या फिर मैं पते ढूँढ़ निकालते हैं। हम सुब्रत के घर जा पहुँचे तो सुब्रत, उसके घर के लोग तथा उसके दोस्तों को

यह जानकारी थी, और उन्होंने और लोगों को भी बताया कि अमित नामक एक लड़का मुझे उसके घर लाया है।

किसी के यहाँ दावत पर जाएँ तो मैंने ग़ौर किया कि तमाम लोग अकेली लड़कियों से पूछते हैं, 'किसके संग आई हो या कि तुम्हें कौन लाया है?' अकेले लड़कों से कोई यह नहीं पूछता कि तुम्हें कौन लाया। लड़कियाँ अकेली कहीं नहीं जा सकती इस मान्यता की वजह से भाषा का ऐसा प्रयोग दिखाई देता है।

रोज़मर्रा के जीवन में हर दिन पुरुष को प्रमुखता देते जिन सब वाक्यों का प्रयोग किया जा रहा है, उन्हें सुनना किसी के भी मन या कान को नहीं खटकता। 'सुब्रत अभी-अभी अपनी पत्नी को लेकर निकल गया।' इसकी बजाय कहा जा सकता था, 'सुब्रत और ऋतुपर्णा अभी-अभी निकल गए!'

'दे आर मेकिंग लव' बोलचाल की बांग्ला भाषा में ऐसे शब्दों का प्रचलन नहीं है, चलन में ऐसा है कि 'लड़का लड़की के साथ कर रहा है।' इसमें दोनों से कोई काम नहीं कराया जा रहा है। इसमें दोनों का इन्वॉल्वमेंट नहीं है। इसमें एक एक्टिव है, और दूसरे को पैसिव माना जा रहा है।

कवि और महिला-कवि, बांग्ला में ज़माने से ऐसा कहा जा रहा है। स्त्री और पुरुष दोनों के लिए 'कवि' शब्द का प्रयोग करना ज़रूरी है, लेकिन ऐसा न करके स्त्रियों को यदि 'महिला-कवि' कहा जाए, तो फिर पुरुषों को सिर्फ़ कवि न कहकर 'पुरुष-कवि' कहना चाहिए। इसी तरह से पत्रकार और महिला-पत्रकार। जबकि दोनों के लिए ही पत्रकार होना चाहिए। या फिर एक के लिए पुरुष-पत्रकार, अन्य के लिए महिला-पत्रकार।

बांग्ला में 'तुम लोग कितने पुरुषों से यहाँ रह रहे हो?' न कहकर, पूछा जाना चाहिए, 'तुम लोग कितनी पीढ़ियों से यहाँ रह रहे हो?' 'तुम्हारे पूर्व-पुरुष कहाँ रहते थे?' के बदले पूछा जा सकता है, 'तुम्हारी पहले की पीढ़ियाँ कहाँ रहती थीं?'

'मेरे स्वामी कोलकाता में नहीं हैं' न कहकर 'मेरे पति', या यदि कल्याण नाम हो तो फिर 'कल्याण कोलकाता में नहीं हैं' कहा जाना चाहिए। पति को 'एई, ऐई सुनते हो, क्यों जी, पिंकी के पापा कहाँ गए' इस तरह न पुकारकर सीधे-सीधे नाम लेकर, यदि नाम अभीक हो, तो अभीक पुकारना चाहिए।

बांग्ला में लिंग निरपेक्ष भाषा के निर्माण में एक बड़ी सुविधा है। सुविधा यह है कि अंग्रेज़ी में 'ही' और 'शी' दोनों के ही लिए 'वह' शब्द का प्रयोग किया जाता है। हिम/हर/हिज़ इन सबके लिए 'तार' (उसका एवं उसकी)/उसे का प्रयोग किया जाता है। स्त्री और पुरुष दोनों के मामले में एक ही शब्द का प्रयोग इस भाषा को लिंग निरपेक्ष बनाने की दिशा में व्यापक सम्भावना उपलब्ध कराते हैं।

हर वक़्त पति-पत्नी ऐसा प्रयोग क्यों किया जाता है? पत्नी-पति ऐसा प्रयोग भी तो किया जा सकता है। उत्तम-सुचित्रा के स्थान पर विकल्प के रूप में सुचित्रा-उत्तम भी तो कहा जा सकता है।

भाषा को इस वजह से शुद्ध करने की बात कही जा रही है कि भाषा केवल हमारी मानसिकता का प्रतिफलन भर नहीं होती, भाषा हमारी मानसिकता को गढ़ती भी है। यदि सब समय ऐसी भाषा बोली जाती रहे, जो स्त्री को दुर्बल, परनिर्भर, निचली श्रेणी की जीव के रूप में चिह्नित करती हो, तो फिर यह धारणा अनजाने ही लोगों के दिमाग़ में घुसकर घर कर लेती है कि स्त्रियाँ सचमुच दुर्बल, परनिर्भर और निचली श्रेणी की जीव हैं।

यह संसार आधुनिक हो रहा है। लोगों में साम्य और समानाधिकार का बोध बढ़ता जा रहा है। स्त्रियाँ बेड़ियाँ तोड़कर बाहर आ रही हैं। हमारी सोच, हमारे विचार और हमारी धारणाएँ बदलती जा रही हैं, तो फिर उपयोग में आने वाली भाषा में बदलाव क्यों नहीं हो रहा?

भाषा बहुत ताक़तवर चीज़ है। साहित्यकार जानते हैं और विषमता की शिकार स्त्रियाँ भी जानती हैं कि भाषा की ताक़त कितनी भयंकर है। जो समाज मनुष्य की भाषा में जितनी शुद्धता लाने की कोशिश करेगा, वह समाज उतना ही अधिक सभ्य होता जाएगा।

नाम में बहुत कुछ रखा है...

ऊँचे-ऊँचे पद पुरुषों के लिए तैयार किये गए हैं, इसलिए उन पदों में 'पतियों' का ही बोलबाला है। भूपति, राष्ट्रपति, सभापति, दलपति। पत्नियों को तो घर में नज़रबन्द करके रखा जाता था और रखा जाता है, पत्नियों को तो शिक्षित होने ही नहीं दिया जाता था और अब भी नहीं होने दिया जाता है। आजकल लैंगिक विषमता को कम करके दिखाने के सिलसिले में, परम्पराओं या फिर वैसी ही कुछ वजहों का हवाला देकर, बढ़िया पढ़-लिखकर 'कान में क़लम खोंसकर ऑफ़िस जाती महिलाओं को (स्त्री-शिक्षा के विरुद्ध बांग्लादेश के शिक्षित पुरुषों की तमाम व्यंग्योक्तियों में से एक), अचानक ऐसे-ऐसे पदों के सामने खड़ा कर दिया जाता है, जिन पदों की ओर उन्हें क़दम बढ़ाने का अधिकार नहीं है। प्रेसिडेंट के पद पर 'अनटचेबल हो', 'माइनॉरिटी मुस्लिम हो', अब उनके साथ खड़े रहने वाले दूसरे दर्ज़े के शहरी हैं, दूसरे अर्थ में 'सर्वोत्कृष्ट अनटचेबल' और माइनॉरिटी यानी स्त्रियों को यदि उस पद पर बिठा दें तो भारत नामक राष्ट्र की उदारनीति को लेकर विश्व में नाम ख़राब होगा। राष्ट्र का 'पति' एक स्त्री होगी! पति तो पुरुष होता है, पति के लिए तैयार किये गए पद पर एक स्त्री भला क्यों आसीन होगी? पुरुष के लिए 'पद' तैयार किया जा चुका है, अब एक स्त्री उस पद के लिए निर्वाचित हुई है तो इस वजह से उस पद का नाम बदल दिया जाएगा, इस बात को अस्वीकार करने वाले लोगों की तादाद बहुत ज़्यादा है। इनमें बुद्धिजीवी हैं, 'बड़े-बड़े नारीवादी' भी हैं। मेरी राय में, ऊँचे पदों को पाने का अधिकार केवल पुरुषों का नहीं होता, स्त्रियों को भी होता है, यह बात पद तैयार करते समय किसी

पुरुष के दिमाग़ में नहीं आई, नहीं आई तो आज इसका प्रायश्चित किया जाए। 'पति' पद को ख़त्म कर दिया जाए, अन्यथा स्त्री-पद यानी लिंग-निर्दिष्ट पद तैयार किया जाए। क्या यह सबसे अच्छा न होगा कि स्त्री और पुरुष दोनों के ही लिए पद यानी लिंग-निरपेक्ष पद का निर्माण किया जाए? बहुत-से लोग इसमें राज़ी नहीं हैं, पुरुष पद जिस तरह से मौजूद है, वे उसे वैसा ही बनाए रखना चाहते हैं, 'अन्यथा स्टाम्प-पैड वग़ैरह बदलने होंगे, यह मामला 'बहुत प्रैक्टिकल' नहीं है। पुरानी चीज़ों से काम चला लेना 'प्रैक्टिकल' होता है। पुरुष के पद पर स्त्रियों ने एक्सीडेंटली' अधिकार जमा लिया है, ऐसा कोई बार-बार तो होगा नहीं, इसलिए यह पद जिस नाम से है, उसी नाम से रहने दें।' ख़र्चे सम्बन्धी अतिरिक्त झमेलों के बहाने बनाकर वह पद पुरुष के नाम से रह जाए, यह पुरुषवादी स्त्री-पुरुष दोनों की मन की बात है।

मैं इसे नहीं मानती। 'ख़र्चे' और 'अतिरिक्त झमेले' इस मामले में इन्हें वहन करना अत्यन्त ज़रूरी है। बहुत-से ग़ैरज़रूरी मदों में राष्ट्र का पैसा ख़र्च होता है। जबकि यह ख़र्च तो मानवता के हित में युगान्तकारी सुधार के लिए होगा। और, नये सिरे से ऑफ़िस के काग़ज़ों पर पदों के नाम बदलने में कोई ऐसा बड़ा ख़र्चा नहीं होने वाला कि भारत सरकार उसे वहन नहीं कर सकती। कितने ही तो शहरों के नाम बदल दिये गए। उनके झमेले क्या अतिरिक्त नहीं थे? बॉम्बे जब मुम्बई हुआ, मद्रास जब चेन्नई हुआ, कलकत्ता जब कोलकाता हुआ तो क्या उनकी सील और पैड ही बदले गए? और भी लाख तरह की चीज़ें बदलनी पड़ीं। और यह तो शहरों के नाम बदलने-जैसा रोमांटिक राष्ट्रवाद नहीं है, यह तो हज़ार वर्षों से पाले-पोसे गए पुरुषतंत्र की मदद से लैंगिक विषमता के विरुद्ध मानवता के पक्ष में किया जा रहा एक आन्दोलन है। जो मानवता स्त्री और पुरुष को समान नज़रों से देखती है, जिसे परिवार में, समाज, राष्ट्र और लोगों की सोच और उनकी चेतना में प्रविष्ट कराने से समाज में दिन-ब-दिन विषमता और भी उभरती जाएगी।

'स्त्री और पुरुष दोनों ही इस पद पर आसीन हो सकते हैं, राष्ट्रपति तो निहायत एक पद का नाम है'—जो लोग ऐसा कह रहे हैं, उनके लिए मैं फिर से कहती हूँ, ठीक है कि यह एक पद का ही नाम है, लेकिन यह पुरुष के

पद का नाम है। इस पद पर स्त्री आसीन हो सकती है, ज़रूर हो सकती है, लेकिन इसके बाद भी यह पद पुरुष का ही पद रहेगा। इतिहास, भाषाविज्ञान, पुरुषतंत्र सभी बिना किसी दुविधा के ऐसा ही कहेंगे।

लिंग-निरपेक्ष शब्दों के लिए अन्य भाषाभाषी देशों में भी आन्दोलन हुए हैं। फ़ायरमैन को अब फ़ायरफ़ाइटर कहा जाता है। बारमैन को बारटेंडर। स्टुअर्ड या स्टुअड्र्स को फ़्लाइट अटेंडेंट। मेलमैन को मेल कैरियर, चेयरमैन को चेयरपर्सन या चेयर। ही (He) और शी (She) के बदले अब सिंग्युलर दे (They) के प्रयोग का चलन है। यूरोप और अमेरिका के अनेक शिक्षा प्रतिष्ठानों यहाँ तक कि तमाम व्यावसायिक प्रतिष्ठानों में भी यह निर्देश जारी किया गया है कि वहाँ ऐसे शब्दों का किसी भी तरह से प्रयोग नहीं किया जा सकता, जिनमें लैंगिक विषमता के किसी भी प्रकार के निशान हैं। यह ख़ूब अच्छा उद्योग है। जो लोग इस उद्योग में विश्वास नहीं रखते, वे निश्चित रूप से मानवाधिकार, आधुनिकता और बदलावों में यक़ीन नहीं रखते।

जिन शब्दों से लैंगिक विषमता प्रकट होती है, ऐसे शब्दों के प्रयोग पर आपत्ति जताने पर विरोधीदल के लोग दौड़े-दौड़े आएँगे और कहेंगे, 'इन सब कॉस्मेटिक बदलावों से वास्तव में पुरुषतंत्र में सचमुच का कोई परिवर्तन नहीं होगा।' कहेंगे 'बिलावजह भाषा पर अत्याचार हो रहा है।' कहेंगे 'देश में इससे भी बड़ी कई समस्याएँ हैं, उनके समाधान की कोशिशें होनी चाहिए।'

किसी भी सुधार या बदलाव में, ख़ासतौर पर वह यदि स्त्रियों के पक्ष में हो, बाधा देने वाले लोगों का अभाव किसी भी काल में नहीं रहा। लेकिन जो लोग मानवाधिकार में यक़ीन रखते हैं, उन्हें पता है कि इसकी रक्षा हर क्षेत्र में करनी होती है, यहाँ तक की बोली जाने वाली भाषा के मामले में भी। एक तुच्छ-से शब्द की भी बड़ी क़ीमत होती है। और राष्ट्रपति? उसकी क़ीमत तो बहुत ज़्यादा है।

स्त्री के मामले में पद का नाम 'राष्ट्रनेत्री' या फिर इसी तरह का कुछ और हो सकता है। लिंग-निरपेक्ष हो तो 'राष्ट्रप्रधान' शब्द बहुत कमाल का है। किस शब्द का प्रयोग किया जाना उचित होगा यह परिभाषा गढ़ने वाले तथा भाषाविद लोग और भी सोच-विचार कर बताएँगे। मैं तो सिर्फ़ इतना कह रही

हूँ कि राष्ट्रपति के स्थान पर कोई भी लिंग-निर्दिष्ट (Gender-specific) या लिंग-निरपेक्ष (Gender-neutral) शब्द की बहुत-बहुत दरकार है।

यह पद यदि शुरू से ही 'राष्ट्रपति' न होकर 'राष्ट्रनेत्री' होता, और राष्ट्र के सर्वोच्च इस पद को हासिल करने से पुरुषों को छल के द्वारा वंचित रखा जाता, तो क्या पुरुष लोग ख़ुद के लिए राष्ट्रनेत्री पद को सिर झुकाकर वरण कर पाते? नहीं। झाड़ूदार लोगों को यदि झाड़ूदारनी कहकर पुकारा जाए, तो वे लोग सहन करेंगे? वहाँ पर राष्ट्रपति-जैसे विराट व्यक्ति को 'राष्ट्रनेत्री' पुकारने पर वे ठीक इसी तरह असहनीय महसूस करेंगे। चूँकि राष्ट्रपति पद 'पुरुषों का पद है', इसलिए राय दी जा रही है कि स्त्रियों के लिए राष्ट्रपति पद न केवल पूरी तरह ठीक है बल्कि वह आकर्षक और लुभानेवाला भी है। इस समाज में पुरुषों का स्थान स्त्रियों से ऊपर है लिहाज़ा 'पुरुषों का पद' पाने पर स्त्री की पदोन्नति हुई है ऐसा माना जाता है। लड़कियाँ लड़कों की पोशाक पहन लें तो उन्हें स्मार्ट समझा जाता है। सम्पादिका / लेखिका शब्दों का प्रयोग न करके सम्पादक / लेखक शब्द का प्रयोग करने में बहुत-से लोगों को आधुनिकता दिखाई देती है। ऐक्ट्रेस को आजकल तो ऐक्टर कहा जा रहा है। लेकिन ठीक इसका उलट क्या हो सकता है? सभी अभिनेताओं को यदि यह प्रस्ताव दिया जाए कि अब से तुम लोग 'ऐक्ट्रेस' हो? कोई इसे मानेगा? सवाल ही नहीं उठता, बल्कि वे हँसते-हँसते दोहरे हो जाएँगे। मुझे यहाँ मैडोना का एक गीत याद आ रहा है—

Girls can wear jeans
And cut their hair short
Wear shirts and boots
Cause it's okay to be a boy
But for a boy to look like a girl is degrading
Cause you think that being a girl is degrading

लड़कियों के कपड़े पहनने से लड़कों के मान-सम्मान को ठेस लगती है। स्त्रियों के पद स्वीकार करने से पुरुषों के लिए पद की अवनति होती है। तो ऐसा है समाज। ऐसी सामाजिक परिस्थिति में देश की स्त्री-प्रेसिडेंट

को 'राष्ट्रनेत्री' या 'राष्ट्रप्रधान' न कहकर 'राष्ट्रपति' कहना, उस पद को मैस्कुलिन बनाए रखने के षड्यंत्र के अलावा और कुछ भी नहीं है। स्त्री को पति के स्थान पर बिठाने पर, सोचा जा रहा है कि शायद बड़ा स्मार्ट-सा कुछ घट गया है, शायद मान-सम्मान बढ़ गया है, कि शायद पदोन्नति हो गई है। ऐसी सोच प्रचंड पुरुषतांत्रिक सोच है इसमें किसी को कोई संशय नहीं होना चाहिए।

जिस देश ने एक स्त्री को राष्ट्रप्रधान बनाने में लम्बे साठ वर्ष लिए, वह देश किसी और स्त्री को राष्ट्रप्रधान के रूप में निर्वाचित करने में कितने वर्ष लेगा, वह देश ही जानता है। 'पतियों' का रौब इतना है कि पति नाम को ख़ारिज करने की हिम्मत किसी में नहीं है। पति पद की गद्दी पर बैठने में पतियों यानी पुरुषों को ख़ूब आराम मिलता है। पति पद संसार में सबसे ऊपर है, पति लोग समाजपति के रूप में समाज में भी सब कुछ के ऊपर हैं, और यदि राष्ट्र के पति हो जाएँ फिर तो कोई बात ही नहीं। सबके ऊपर पति सत्य, उससे ऊपर नहीं। लेकिन, सती लोग भले ही न समझें पति लोग समझ जाते हैं, सतियों को पति होने का कहने के पीछे जो राजनीति काम कर रही है, उससे सतियों यानी स्त्रियों की कोई गति नहीं होने वाली, बल्कि उनका नुक़सान ही होगा।

पुरुषों के पद में लीन हो जाने में कोई सफलता नहीं है। इसकी बजाय अपने पद के नाम को पुरुष से अलग कर एक पृथक अस्तित्व की बात याद दिला देने में ही सार्थकता है। इस समाज में स्त्री के पृथक अस्तित्व को स्वीकार करने का चलन नहीं है। इस 'नहीं' को चैलेंज करना ज़रूरी है। नाम से क्या कोई फ़र्क़ नहीं पड़ता? नाम से बहुत फ़र्क पड़ता है। नाम की वजह से अपने अलग अस्तित्व की मौजूदगी को जताने-जैसी विराट घटना घटती है। यह क्या कम बात है? यदि स्त्री स्त्री होकर और स्त्री-पद पर अधिष्ठित होकर सम्मान न पा सके, सम्मान पाने के लिए यदि उसे पुरुष-जैसा होना पड़े या कि पुरुषों के पदों पर आरोहण करना पड़े, तो फिर वह स्त्रियों के लिए सम्मान तो बिलकुल नहीं होगा, वह बल्कि उनका घोर अपमान ही होगा।

बहुत-से लोग कह रहे हैं कि 'राष्ट्रनेत्री' एक नया शब्द है, इसे लोग स्वीकार नहीं करेंगे। यह ठीक नहीं है। गर्लहुड को समझाने के लिए इतने

दिनों तक बांग्ला में कोई लिंग-निर्दिष्ट शब्द नहीं था। उसे समझाने के लिए बॉयहुड यानी 'छेलेबैला' (लड़कपन) का आश्रय लेना पड़ता था। अस्सी के दशक में मैंने जैसे ही 'मेयेबैला' (लड़कीपन) शब्द का प्रयोग करना शुरू किया, वैसे ही लोगों ने इसे तुरंत लपक लिया। पद तैयार करने के लिए क़दमों को थोड़ा बढ़ाना होता है। नये क़दम न रचे जाएँ तो फिर नये पद किस तरह तैयार होंगे भला! मानसिकता बदलेगी कैसे! बदलाव के न होने से पदों में भी बदलाव नहीं होता!